U0527129

清酒吻玫瑰

不止是颗菜 著

九州出版社
JIUZHOUPRESS

# 目 录
CONTENTS

Chapter 01　清酒与玫瑰　　　001

Chapter 02　清酒吻玫瑰　　　243

篇外 01　　无尽夏　　　　　353

篇外 02　　不许夏线　　　　361

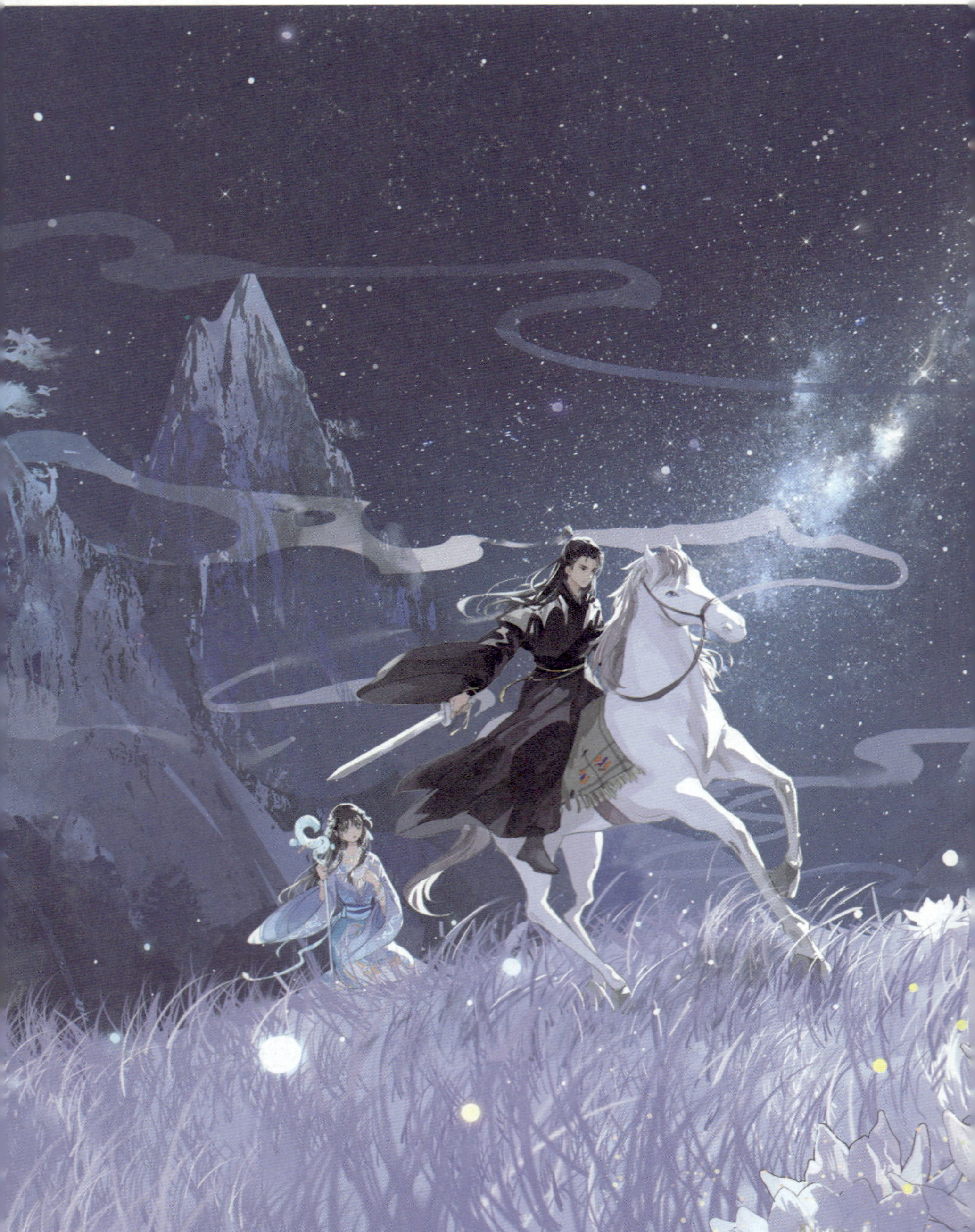

冥河之畔，明月皎皎，夜色如水。
那人一袭清冷黑衣，挑剑策马而来。

镜头中一直垂眸的男生似有所感,忽然抬头,眸光蓦地定住,笔直与她相接。

四目相对的那一刹那,两人明显凝停。偷看的和被偷看的都沉默了。

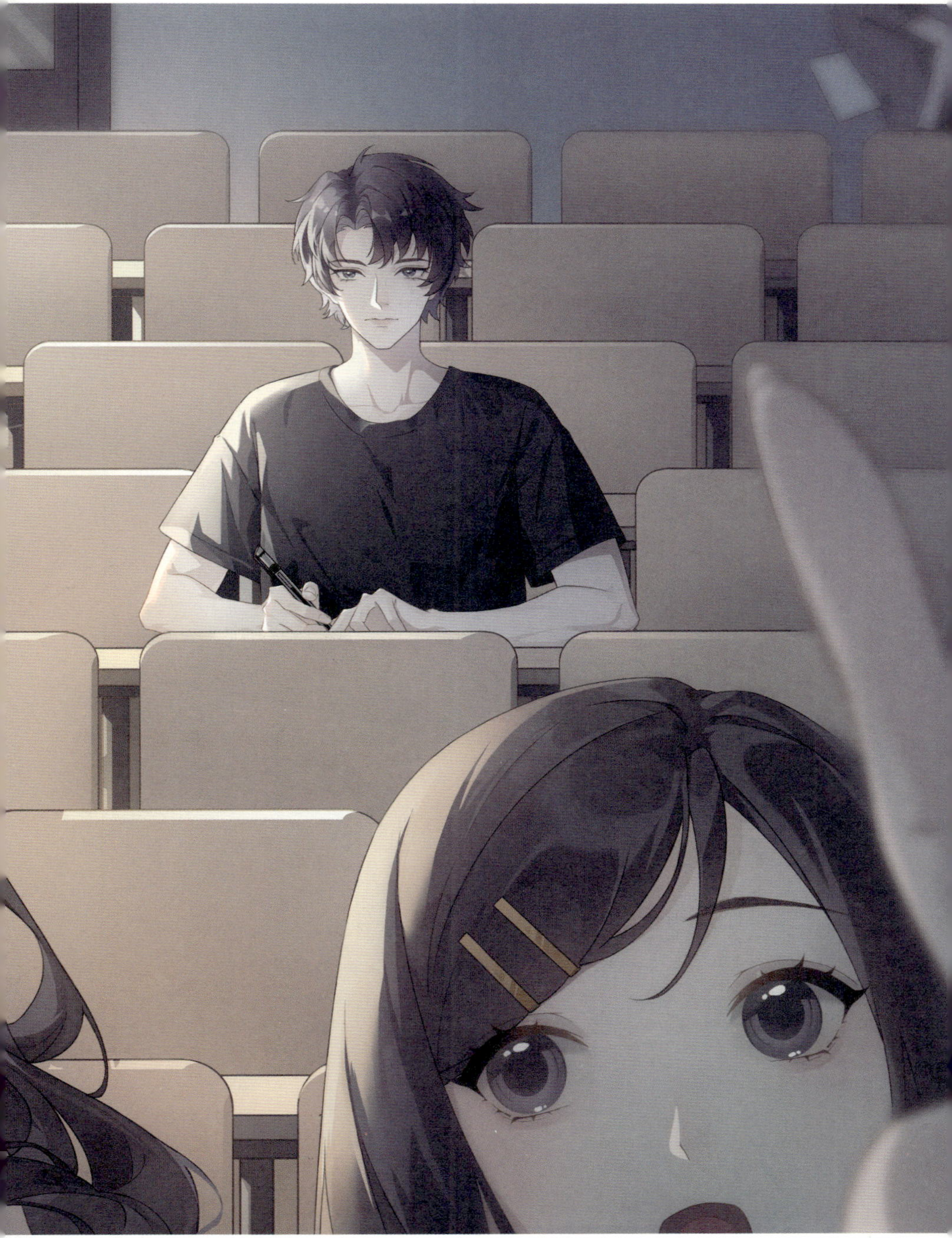

他们接吻了
在一月的清晨
山顶的日出和风都觉见作证。

不世风青♡

# Chapter 01
## 清酒与玫瑰

## 【一】

  平城的夏天炎热又漫长，立了秋，路旁的树叶仍被烈日晒得透绿。偶尔吹阵风也不过是卷着干燥尘埃的热浪，闷得很。

  下午时分，黑色轿车驶过平大城南校区斑驳的林荫道，一路开往宿舍楼，最终停在十七栋女寝楼下。

  池再夏从车上下来，撑着柄碎花遮阳伞，墨镜覆住她半张巴掌脸，下颌微扬，是审视打量的弧度。她今天穿了双一字带高跟鞋，绸质系带绕在踝骨上，往下是细长的鞋跟，往上则是骨肉停匀的小腿。奶白吊带裙下摆不及膝，长长的冷茶色卷发随意散落在肩，纤长的颈白皙瘦削，若隐若现。

  不远处有男生勾肩搭背地拍着篮球，似乎是注意到池再夏，随口讨论了几句。池再夏却并未感受到男生们的视线，也并不关心，等司机阿姨搬送行李的间隙随手点开周司扬发来的新微信。

  周司扬：夏夏，到城南了吗？不知道你现在方不方便回消息，这两天我想了很久，还是想和你说声……对不起。

  池再夏扫了一眼时间：13:14。

  1314？笑死，以为玩玩卡点的小把戏她就会轻易原谅吗？

  周司扬：我是真的很喜欢你。

  她推了推墨镜，好整以暇地看下一条——

  周司扬：但就像你说的，我们之间可能没什么缘分，既然你不想继续，那我们不如……就这样吧。

  池再夏愣了愣，盯着消息想了一会儿。

  她不想继续，就是他还想继续。就这样吧是什么意思？累了有小情绪了？

　　没等她做完阅读理解，周司扬又发来一篇文艺的小作文。池再夏一目十行地扫完，没忍住哧了一声。这是想用分手转移注意力让她反过来哄他？做什么春秋大梦，倒打一耙反客为主，这招可没人比她更熟。

　　她轻飘飘地回了一句：OK，如你所愿。

　　随即静音，收起手机。

　　"她真来住校……还以为她不会来呢。"

　　"她凭什么不来？本部这边大一大二一直要求住校，能搞特殊早就有人搞了。"

　　"也是，不过她住个校好夸张，还带扫地机器人，她会用——"

　　话音未落，池再夏推门而入。室友们不约而同地望向她，客气又略显心虚地打了声招呼。

　　同学一年，大家和池再夏还不太熟。大一在静西校区时她不住校，除了上课很少见她人影。她和班上的同学也没什么来往，就连恋爱对象都来自附近的体大和电影学院。

　　这会儿室友们默契地噤了声，整理着自己的东西，眼角余光却总会不经意地扫到池再夏。毕竟在他们国际部，这位新室友虽然不常现身，却是从来不缺话题度。

　　国际部全称平城大学国际交流学院，名头好听，实际上不过是平大和国外一些大学联合开展的国际合作项目，对高考成绩没有太高要求，相应的，也不会发放平大本校文凭。

　　在许多平大学子眼里，国际部约等于一群混日子的富二代。原本"富二代们"校区独立，和本校生也算井水不犯河水，偏偏下半年国际部所在的静西校区因市政拆迁，被暂时并入本部。暑期消息传开本部生就大为不满，留学培训班性质的院系迁来，学习资源被共享不说，学习风气和本部名声还要受其影响。而且，学校还直接越过大一新生，给这些迁校生扩建了新宿舍楼。新宿舍楼都是宽敞的四人间，空调暖气、独立卫浴、生活阳台一应俱全，比部分设施陈旧的老宿舍条件要好上不少。

只不过新宿舍条件再好，和池再夏先前住的校外平层也没什么可比性。池再夏靠着椅背，打量着阿姨整理过的上床下桌。怎么说呢……虽然被迫做好了居住条件降级的心理准备，但要在这衣帽间大小的屋子里生活一年，还是和三个半生不熟的同班女生一起，她觉得这不叫降级，这叫坠机，心情不甚美丽。

眼角余光瞥到桌上的香薰蜡烛，她想起什么，又看了一眼手机。半小时了，没消息再发来……在赶路来城南？

她拿起香薰沉思了一会儿。

没记错的话，这是上学期周司扬去英国比赛时给她带的伴手礼，知道她喜欢这款限定香薰，周司扬跑遍了伦敦的大街小巷，甚至不惜为此误机。

想到周司扬对她的好，池再夏决定大发慈悲，再细品一下先前囫囵扫过的小作文：

"很遗憾没成为你的例外和偏爱。

"你没有不舍，我怎好难过。

"虽然分开，但希望你以后的生活能更加精彩……"

还挺有文采，又是遗憾又是难过的，该不会之前说话太狠，他以为自己真要分手所以自暴自弃了吧？

先前他说完晚安又偷偷王者开黑，好巧不巧被她抓个正着，她劈头盖脸骂完一通，在气头上提了分手。这几天求原谅的电话消息不断，她原本还打算再晾晾他……算了，给他个台阶下好了。

池再夏矜持地点开对话框，想了想，纡尊降贵般敲下几个字：真想分手？我再给你最后一次机会。

对话框里跳出一个红色感叹号——对方开启了朋友验证，你还不是他的朋友。

晚上九点——

池再夏：【截图】

池再夏：中间本来还有去童话里的合照，被删了。

池再夏：过生日的那条也删了【微笑】

池再夏：不对，微博数量没变，他没删，只是改了权限。

晚上十点——

池再夏：【分享音乐《下雨天》】

池再夏：【分享音乐《好心分手》】

池再夏：【分享音乐《别怕我伤心》】

零点——

池再夏：【截图】

池再夏：【截图】

池再夏：你再仔细感受一下我标红的这两句，他的意思不就是爱我爱得太深，想成为我的例外和偏爱吗？怎么可能是真想分手！

陆明珠半晌无言。她的耐心在经历了劈头盖脸痛骂渣男、搜寻变心蛛丝马迹、被迫听完整张EMO歌单之后终于到达了极限。

陆明珠：【分享链接《网×云压抑短句分手文案》】

池再夏点开——

"很遗憾没成为你的例外和偏爱。"

……怎么这么眼熟？

"你没有不舍，我怎好难过。"

她噌地一下就从床上坐了起来。

池再夏：是我瞎了吗？陆明猪？

陆明珠：你是瞎了。

陆明珠：所以可以别再"在屎里找糖"，好好睡觉了吗，我的大小姐？

池再夏不死心地对比，可每一条都能在网上一字不落地找到原句。

火大，现在就是非常火大。她一个高中古诗都背不明白的人，竟然把这篇抄来的小作文反复阅读并全文背诵了五个小时。小丑，她简直就是个小丑！

池再夏气呼呼地躺下。宿舍的床板又硬又小，阿姨换了柔软的床垫，空间仍很有限，她憋屈地翻滚到深夜三点还是合不上眼。

池再夏：我觉得我不会再好了。

已经睡完上半觉起来蹲厕所的陆明珠打着呵欠：你和陈卓分手的时候也这么说的。

池再夏：……

陆明珠：你是不是太闲了？实在不行来跟我玩玩游戏，转移下注意力。

池再夏：？

池再夏：我就算大学四年再也不找男朋友也不会去玩你那个网恋奔现都能上社会新闻的下头游戏！

扔下手机，池再夏继续抑郁。

次日上午十点，室友陆续出门。

室外一改连日晴明，阴沉沉的，积雨云压得很低。没一会儿，雨声不意外地由小及大，密密匝匝地在耳边响起。

金色特效在池再夏电脑上一闪而过，画面定格，映入眼帘的是"风月"二字，笔锋利落，潇洒飘逸。池再夏随便选了个叫"荒城之南"的服务器，进入游戏。也没别的，她隐约记得陆明珠玩的区服带个"北"字。她才不想和陆明珠一个服，更不想让陆明珠知道，自己在失眠一整晚后真的偷偷玩起了时常嘲讽的网恋高发小游戏。

费尽心思地捏了张和本人三分相似的脸，又在一众门派中选择了初始装扮比较顺眼的天巫族，池再夏卡在了取名这一步。

《风月》玩家太多，好听有寓意的ID早被抢注，池再夏试了十多个名字，包括真名在内通通有主。本就不多的耐心被窗外下个没完的雨和

不断重复的"昵称已被占用"提醒耗得一干二净,她臭着脸在卸载游戏关机前最后尝试着输入了一次"雨一直夏"——恭喜,角色创建成功!

站在小雨淅沥还自带左右双声道的新手村,池再夏怔了怔。不得不承认,这个游戏的场景做得还挺逼真,雨丝细密,阴云密布,悬着纸糊灯笼的古色屋檐高低错落,浸润在空蒙雨雾里。她挪了挪,耳边忽然响起一声热情的招呼:"客官,是打尖还是住店?"

游戏自此开始不受控制地过起剧情。她现在所在的地方叫停仙镇,刚刚打招呼的是停仙客栈掌柜——卓扬。日前,驻镇不远的天巫圣地开始三年一度的宗门遴选,她一介孤女,幼时蒙天巫族人出手相救,得以幸存于世,忽闻天巫遴选,她跋山涉水日夜兼程,终于在选前三日赶到了此地。

得知她此行目的,卓扬连连点头,欣慰不已,紧接着又开始忆往昔,顺便在感叹中"不经意"地介绍起如今《风月》大陆的世道背景……

游戏套路,池再夏不懂。但小说套路,她很懂。眼前这位刚好结合了两任前男友名字的客栈掌柜,四舍五入不就是穿越小说醒来后提供消息的婢女吗?

耐着性子听"婢女"讲了一会儿故事,池再夏忍不住打字。

【附近】雨一直夏:好了,我知道了,别说了。

【剧情】卓扬:魔族蛰伏万载,酝酿出惊天阴谋!平静的《风月》大陆一分为五,各自为政,各方势力也由此陷入漫无止境的乱世纷争……

【附近】雨一直夏:?

【附近】雨一直夏:我让你别说了。

【剧情】卓扬:幸有十大门派逢乱而生,匡扶正义!《风月》大陆才逐渐恢复往昔的祥和安宁,然表面的安宁背后,五域之间从未真正止戈,更大的危机亦在暗处悄然蕴生……

看出来了,游戏里的前男友结合体多少欠点教训。

过了好半晌，故事终于讲完，前男友结合体话锋一转，表示他们客栈会为参加遴选的侠士提供免费食宿，只需要在住店期间帮忙干点小活就好。随即，他十分自然地拜托她去挖点野菜。

叮——

您已开启主线任务"初至停仙"
任务一：帮卓掌柜去地里挖些野菜（0/10）

池再夏觉得很荒唐，她没说要住店，也没说不给钱，凭什么挖野菜？她无情地拒绝掉任务，游戏也无情地陷入停滞状态。

见不管怎么点都没有其他选项，池再夏深吸了一口气，最后还是决定先忍一手，小挖几颗。

挖完野菜又喂兔子，各位邻居看她好欺负也很不客气，一会儿让她洗衣服，一会儿让她扫地，有时两人相隔不到十米还非要让她送信，整个停仙镇就是一群刁民！

不知被这群刁民指使了多久，卓·前男友结合体·刁民头头·扬终于发话了："雨一直夏，感谢你这些日子的帮助，现在写下你的投名状，前往天巫圣地吧。"

角色信息栏闪了闪，示意补充填写。

雨一直夏
天巫族少女（未入门）
7级

池再夏抿着唇，面无表情地在空白处重重写下："雨不会一直下，但男人的头会。"

从游戏到现实，一直一直下！

# 【二】

《风月》全称《逍遥游：〈风月〉》，是一款传统MMORPG奇幻仙侠类网游。虽然如今MOBA和TPS游戏更为盛行，但凭借情怀拉满的原作IP和顶级团队耗时数年的精心打造，《风月》一经推出便火爆全网，运营近三年，早已在热门网游的领域牢占一席之地。

池再夏高中就知道《风月》。那时候游戏刚出，身边很多人玩，有人叫她一起，她也随口敷衍过有空会玩。只不过她对游戏向来兴致欠缺，扫雷都扫不明白，也就是随口敷衍而已。

大约是以前的敷衍招来报应，一上午过去，池再夏才终于凭借过人的游戏天赋走出遍地刁民的停仙镇。停仙镇外天高海阔，《风月》大陆交错相连，地图上密密麻麻的坐标和地名勾勒出一个神秘又陌生的奇幻世界。

池再夏按照指引一路前往天巫圣地——风雪千山，在新NPC处接了一堆五花八门的遴选任务。

大概是被之前的刁民奴役出了斯德哥尔摩综合征，她还想跟着任务继续升级。奈何二十多个小时没合眼，她的身体已经无法承受这突如其来的努力。为了不成为这段死去的爱情里死去的部分，池再夏决定暂时关机，上床补眠。

再醒来时天色已近傍晚，寝室空无一人。池再夏睡得有些头疼，捞起手机看了一眼，半小时前池礼给她发来了两条消息：

和室友相处得如何？

你妈问的。

已读，懒得回。

她打着呵欠起床洗漱，双眼放空，正在想晚上吃什么，肚子忽然隐隐作痛。她皱眉，匆忙抓起手机，猫着腰窜进洗手间。不一会儿，外面传来窸窣的开门声。

"她没在?"

"应该吃饭去了。"

室友们结伴回寝,见她不在,随口讨论了两句。

池再夏没在意,边上厕所边玩手机,见班群弹出通知还顺手点了一下,内容是覆盖全体的开学安排。然而没等她看完具体安排,消息就被顶了上去。

班上一个叫姜岁岁的女生冷不丁地在群里说道:我问了周司扬朋友,真分了,貌似是池再夏被甩!

随即扔出张周司扬和他朋友的聊天截图——

周司扬:真分了啊,没意思。

周司扬:漂亮有什么用?

周司扬:接吻都得交换全身体检报告,结果在半个月内的那种,这福气给你你要不要??

发完大概三秒,姜岁岁火速撤回,仿佛是发错了频,紧接着洗手间外又有急促的铃声响起。

"喂,岁岁。"钟思甜在收拾桌子,见来电显示姜岁岁,随手按了外放。

"甜甜救命!池再夏是不是和你一个寝?她在寝室吗?她刚才有没有看手机?"电话接通,姜岁岁不带喘歇地噼里啪啦好一顿问。

钟思甜下意识环顾四周:"不在,怎么了?你找她有事?"

"呜呜呜刚刚我在寝室群里聊她的八卦,班群突然发通知,我一下子发错了群没注意!"

"啊?!"

寝室三人听到这里都放下手中的事,立马打开班群。

钟思甜:"我这边只能看到消息撤回,你发什么了?"

"也没什么,就是池再夏和她男朋友分手的事。"姜岁岁声音沮丧,懊恼了一会儿,心存侥幸地问道,"你说有没有一种可能……我撤回太快她没看到？或者她屏蔽了班群，又或者她在忙别的根本没看手机？"

"这……也有可能吧，不是你说，我们都不知道。"钟思甜安慰道。

似乎是应和这声安慰，"哗啦"一声，洗手间毫无征兆地传来冲水声。寝室三人呼吸略滞，僵了一瞬，齐刷刷转头。

池再夏正好从洗手间出来。她重重关门，不急不缓地走到三人面前扫视一圈，又垂眼看向通话中的手机，用一种漫不经心且不怎么客气的语调问道："你说有没有一种可能，我不是个瞎子？"

电话那头寂静两秒，随即传来"嘟嘟"忙音。

寝室很安静，比专业课上叫人回答问题还要安静。

"那个……我还没吃饭，我去吃饭。"

"我也去我也去。"

"我还能再吃点，等等我！"

冷眼看着室友们语无伦次地飞奔离寝，池再夏静了几秒，滑开手机，给池礼回了一条消息：挺好，寝室清静指南之《如何一句话让室友不敢回寝》。

池礼扫了一眼，没理。

池再夏也没想要他理，回完便抱着胳膊在寝室里来回踱步。她面色平静，只是来回一趟得做三次深呼吸。不气，不气，生气会乳腺增生。不行，她现在就是很气！

瞥见桌上的香薰蜡烛，池再夏更是鬼火直冒，什么破东西，澳大利亚的袋鼠见了都得骂一声晦气！她径直将晦气蜡烛扔进垃圾桶。定定地看了一会儿，她想到什么，又把它捡了起来。

半小时后，收了高额费用的跑腿小哥不知从哪送来一把清明上坟点的香。池再夏抽出三根插在蜡烛上，然后又叫来同城闪送，将这份大礼连夜送往平城西郊的体大。

雨后晚风泛着丝丝凉意，稍稍显露初秋的端倪。池再夏洗完澡，伏在阳台上透气。操场上，教官们发号施令的哨声此起彼伏，军训的大一新生也站得井然有序。

最初认识周司扬，也是在大一军训。

那会儿静西和体大相邻，两校共用军训场地。她长得好看，第一天就在体大出了名，解散休息时总有男生凑到她跟前找存在感，直接点的还会要电话号码、企鹅微信，周司扬就是其中之一，对面电影学院的陈卓也是其中之一。

军训结束后，她在一众追求者中选择了长相最对她胃口的陈卓。两人谈了不到两个月，陈卓上了一部电影男五，觉得自己要红，为了三万有两万九都是买来的粉丝求她分手。真好笑，就凭他那稀碎的演技，也不知道哪来的自信。

倒是周司扬扮深情惯有一手，她和陈卓分掉后，他跨校半年追她追得轰轰烈烈、风雨无阻，她本以为会是什么回头浪子的深情桥段，结果嘛，两人根本就是卧龙凤雏。

说来也怪，像是犯了什么小人，池再夏上大学以来，总在选些没文化的下头男……想到这，她脑海中不自觉闪过某道身影。

"阿嚏！"身影一瞬消散。池再夏揉了揉鼻子，短暂的低落情绪没敌过钻脖的嗖嗖冷风，她忍不住抱着手臂摩挲了一会儿，转身回屋。

室友们再次结伴回寝时，池再夏正百无聊赖地打开电脑，登上《风月》。先前的尴尬并未消弭，见到她，室友们下意识地交换眼神，连说话都变得小声。

池再夏懒得管她们，专心玩自己的游戏。玩没多久，寝室外传来一阵突兀的男女交谈和杂乱的脚步声，池再夏握着鼠标的手不由得一顿。

男的？

是啊，这是女生寝室，怎么会有男的？几个室友听到动静也疑惑着，面面相觑。

很快，脚步声停在她们寝室门口。

"咚咚咚……"

"同学，社联和校学生会招新，方便进来一下吗？"

她们是大二，招的哪门子新？还是钟思甜先反应过来："噢，我想起来了，校园通上说静西那边的社团城南都有，重合的得合并或者解散，我们刚迁来城南，所以也要重加社团吧，至于校学生会……"

她没往下说，但大家心里清楚。平大的校学生会和一些普通学校里被人厌烦的"过官瘾"小团体完全不是一种东西，本部生都很难进，何况他们国际部，招新不过是走个流程罢了。

"咚咚咚……"外面又在敲。

钟思甜起身："我去开门。"

打开寝室门，五六个人陆续进来，原本还算宽敞的寝室倏然拥挤不堪。池再夏对这些学校组织没什么好感，戴上耳机，不欲理睬。

"同学，听你口音是星城的吧？我也是星城的，加个微信，回头拉你进我们星城同学会。"

"这一页是社团类目，今年招新的社团一共有178个，这学期新生入学，学校鼓励创建新社团，所以招新日当天应该还有别的。"

"对，下周一，在明德广场那边。"

"……"

吵死了！

池再夏将耳机切换至降噪模式，整个人散发着强烈的生人勿近的气息，连背影都写着大大的两个字：婉拒。可就在世界清静的下一秒，她眼前悄然覆上一片淡淡的阴影，眼角的余光瞥见一张不识相的蓝红配色宣传单被缓缓递出，停在她触手可及之处。

"同学，了解一下。"隔着降噪耳机，男声遥远沉静。

池再夏心底无名火起,她摘下耳机转头,不耐烦的拒绝还没脱口就在对上来人面容的瞬间停在嗓子眼,然后被生生咽了回去。

来人身量很高,皮肤冷白,穿浅色棉质短袖,身上带着干净的瘦削感。头发应该刚洗没一会儿,潮湿柔软的样子衬得男生神情安静寡淡。

平大本部的书呆子……长得还挺不赖。

池再夏对长得不赖的男生向来是有一些容忍度的,尤其是这种看起来正正经经、很有教养、脑子很好的男生。

她接过宣传单,顺便抬眼觑了一下男生脖子上挂的工作牌,校学生会副会长——许定。

许定,这个名字她好像在哪见过。不过这个名字很普通,见过也不稀奇。

看着眼前女生心不在焉地翻阅宣传单,许定目光微移,视线不着痕迹地扫过书架、床单,最后在电脑屏幕上停了几秒。有风自露天阳台穿堂而过,女生裹的薄披肩被吹落半截,很淡的玫瑰尾调也随之掠过鼻尖。

池再夏再抬头时,男生已经转身。半句介绍都没有,校学生会果然高高在上,只是来走个流程。她扫着男生的背影,没趣地想。后面过来的社联成员倒是很热情,可惜帅得不够惹眼,池再夏兴致缺缺,接过传单便不耐敷衍。

一行人走后,几人忍不住开始讨论。池再夏没参与,耳机开着降噪模式她也听不清,但不听她都能猜到话题肯定在那位许副会长身上。

同样,扫楼结束的一行人也在讨论:

"国际部美女可真多,刚刚302那个,你们有没有注意?"

"玩电脑那个是吧,当然,长得和明星似的。"

"你不是加她室友微信了?回头打听打听。"

……

许定走在一群人中间,例行公事般翻看扫楼记录,似乎对他们聊的东西不感兴趣。下了楼,许定停步。

"今天辛苦了,大家回去早点休息,晚安。"他的声音不高不低,听不出太多情绪,说完点点头,态度一贯的平淡疏离。

社联的几个人客套几句,三两作散。学生会的一个女生却紧张地在身后交握着双手,一直磨蹭,等其他人走了才小心翼翼地上前搭话:"会长,你今天怎么……也来扫楼啦?之前看安排,国际部宿舍好像只有我一个人。"

没等他回话,女生挽了挽头发,清嗓介绍道:"我叫宋宁,之前是文院学生会的,这学期才进校会,不知道会长你……有没有印象?我高中也是一中的,文7班。"

"一中?"

"嗯。我们这届大概有六七个一中校友,国际部也算的话……就更多了,刚刚他们讨论的女生其实也是。"

许定抬眼。他的眼睛是极浅的内双,很清淡收敛的眼型,偏偏瞳仁像覆了层玻璃质般清黑剔透,看人时显得认真又安静。

见他认真听,宋宁以为他感兴趣,又主动道:"其实我和其中几个一直有联系,会长有空的话,我可以组织大家一起聚聚。对了会长,你饿不饿呀?前面开了几家新店,既然是校友……我能请你吃个夜宵吗?我刚进校会,很多东西都不太懂,想和会长你请教一下。"

这番话说得克制又得体,宋宁估摸着,对自己的邀请有几分信心。

几秒后,许定垂眼道:"不用,谢谢。我在校会只是挂名,有什么问题可以问你们部长。快门禁了,注意安全。"

他没有思考,也看不出为难,语气寻常得好像应付过无数次类似的邀约。

宋宁怔了一下,张了张嘴还想再说什么,男生却已经点点头,错身离开。他身后是灯火通明的国际部宿舍楼,无光处,他的背影挺拔颀长又静默清瘦。

## 【三】

次日是开学第一天,天晴,满课。

池再夏没睡好。大概是昨天下午过度补眠,晚上怎么也睡不着,她躺在床上逛了一宿游戏论坛,从新手指南看到装备时装,从江湖恩怨看到网恋奔现,凌晨五点才关掉手机跟周公和解。

一整天的课上下来,池再夏困倦非常。可回寝时天还没黑,直接就睡必然会陷入深夜失眠的恶性循环,于是她点了杯咖啡,准备倒倒时差,玩会儿《风月》。

昨晚做了几小时任务,她已经升到32级,这会儿上线,小巫女还停留在熟悉的任务点——天巫圣地风雪千山。风雪千山地如其名,入目皆是凛冽风雪,重峦叠嶂。

池再夏站在白茫茫的山脚下,照常拉近镜头,调整游戏视角。不想镜头拉近一瞬,屏幕毫无征兆地闪过一道晃眼金光!随后金光缓缓消散……她也被人凶残地砍倒在地。

【附近】雨一直夏:???

池再夏在附近公屏敲了一排问号。可杀她的人不知道没看见还是怎么,根本不搭理。压着火气回到复活点,她开启任务地点自动寻路。当她辛辛苦苦回到任务点又被一阵不知从哪冒出的金光秒杀时,她感觉自己就是只即将爆炸的气球!

【附近】雨一直夏:有完没完,杀新手很有意思吗?

没人回话,但游戏界面突然弹出一行提醒:【明镜非台】对你使用转生咒,你已重获新生,即将苏醒。

什么东西?池再夏还没细看,小巫女已经活蹦乱跳地从原地站起。紧接着,游戏界面出现另一行提醒:【明镜非台】邀请你加入队伍,是否同意?

池再夏点击同意。

【队伍】明镜非台：抱歉，刚刚群到你了。

进队后，灰衣僧人轻描淡写地道了个歉，然后就没了声响。他双手合十，清俊的眉眼低垂，下颌也是微垂的，一副怜悯众生的慈悲姿态，可他仍做着无情的杀生机器，沉静地往前迈一步，周围的小怪就在金光里倒下一片。

池再夏被气笑了，这歉道得能不能再敷衍点？还专程拉她入队，怎么，在附近公屏道歉是怕被小怪偷听吗？

她又开始打字。可噼里啪啦打到一半，耳边蓦地响起声系统提醒：叮——恭喜，您已经升到33级啦！

她都没动，怎么升的级？池再夏疑惑地凑近屏幕仔细观察了一会儿。终于，她后知后觉地发现先前那阵金光依然笼罩在身，但没再将她击倒，而且伴随着一片片小怪空血，她的经验值也在不断上涨。

组队不会被队友误伤，还能经验共享……对不起，刚刚是她问号敲得有点多了。这个秃子，不，这位大师是以实际行动在为自己的群攻误伤道歉。

池再夏点开对方的资料看了一眼，33级禅宗，和她一样一身系统送的破铜烂铁，但怎么感觉……这人比她厉害一点？

她没多想，盯着不断上涨的经验条迟疑地问道："你……是要带我升级吗？"

对面静默片刻，回了个1，过会儿又补上一句："群到你两次，应该的。"

野外被杀会掉经验，虽然掉得不多，也已经涨回来了，但池再夏对这种识相的加倍补偿十分受用。她随手回了个合掌感谢的表情，心安理得地蹭了起来。

《风月》获取升级经验的途径共有三种，其中一种是跟着剧情做任务，可以了解游戏背景、故事设定，缺点是效率低，只有纯新手才会选择，玩小号的、掉级重练的人大多会选择野外刷怪，或者找人带低阶副本。

池再夏第一次接触到刷怪这种任务以外的升级方式，感觉还挺新鲜，然而新鲜了不到半小时她就觉得好没意思。路是同一条路，怪是同一批怪，死了活活了死，机械又重复，队友更是安静得离谱，闷头杀怪，一句话都不说。

她无聊地打起呵欠，眼角冒出泪花，脑海中正盘旋着溜之大吉的念头，一直安静的队友突然停步：不好意思，有点事，先下一会儿。

那可太好了。池再夏差不多秒回：没关系，谢谢你带我升级。

【鞠躬】【鞠躬】【鞠躬】

对面没再说话，发来好友请求。她顺手点了接受。

《风月》的新号，系统会默认开启定位，此刻进入好友列表的禅宗资料上显示着"小于1000m"。

池再夏下意识以为是游戏距离，没在意，只是后知后觉地开始疑惑对方加她好友是什么意思，下次还要带她升级吗？不了吧……再这么升下去，没满级她估计就会删掉这个游戏。

想了想，她打算和对方说清楚。可还没开口，信息栏就先冒出一行小字：你的好友【明镜非台】下线了。算了，也不一定会有下次，真有下次再说也不迟。这么想着，池再夏点点头，喝了口咖啡，继续倒时差找乐子。

两小时后，池再夏正按下回车发出条消息，系统突然提醒：你的好友【明镜非台】上线了。池再夏一愣，有种不太好的预感。想什么来什么，叮的一声，私聊频道响起。

【私聊】明镜非台：继续升级吗？

又叮了一声——

【私聊】秋行：徒弟，过来，先带你去刷个小副本。

是的，没错。明镜非台下线的短短两小时，她做任务升到了35级，在升级的一瞬，系统给出最新指引：江湖凶险，侠女何不寻找一位师父，护你周全？

池再夏想，是蛮凶险的，站在路边都会被当成小怪砍死。于是她跟着系统的指引发布了拜师需求。

很快，系统给她匹配到几位师父人选。系统匹配的人选比较随机，有人婉拒纯萌新，有人仅收同门派徒弟，只有一位叫秋行的燕云骑还算主动热情。她和秋行聊了几句，感觉是个正常人，游戏时间也对得上，就十分潦草地拜了师。

【秋行】邀请你加入队伍，是否同意？

【明镜非台】邀请你加入队伍，是否同意？

池再夏眼皮跳了跳，心虚片刻，还是进了秋行的队。

【队伍】秋行：徒弟你好，欢迎。【鼓掌】

【队伍】雨一直夏：师父好。

【队伍】秋行：给你介绍下，这两位是你的师兄师姐。

【队伍】秋行：这就是我刚给你们收的小师妹了，纯萌新。【偷笑】

池再夏看了一下，队伍里还有一位叫舒冷的天音阁，一位叫江悬夜的七星门。两人都三十多级，但身上是满级才能用的装备，穿得也流光溢彩。

池再夏打了声招呼，舒冷没出声，江悬夜应得很快。

【队伍】秋行：我再随便叫个人，带你们去刷魂墟。

魂墟是40级的五人副本，秋行一个人就能带他们通关，但副本人数不足的话不能获取最高档经验。

池再夏脑中灵光一闪，编辑消息点击发送。

【队伍】雨一直夏：师父，是缺人吗？我可不可以叫个朋友一起？升级路上遇到的。

【队伍】秋行：可以，叫来吧。

池再夏刚刚私聊婉拒了明镜非台的组队邀请，还告诉他自己已经拜师，心里总觉得有点过意不去，这会儿正好可以补救一句。

【私聊】雨一直夏：对了大师，我们下副本少个人，你要来吗？我师父满级，可以带带我们。

其实她觉得这位大师寡言少语的，大概率不会参加这种多人活动，她也就是客气一下，显得之前的拒绝没那么生硬。没想到沉默几秒，对方回了个1。几分钟后，一行人在副本门口会合。

【队伍】秋行：徒弟，要不要来语音？我和你师兄师姐都在，这个本很简单，可以边打边教你点东西，你朋友也一起来玩呀。

《风月》有队内语音功能，同时也推出了语音助手辅助软件，只要不是热衷单机的孤寡玩家，大多都会挂语音和亲友游戏闲聊。池再夏知道这个软件，但她不想和刚认识的人语音聊天，总觉得很古怪。

【队伍】雨一直夏：我不方便说话。

【队伍】秋行：没事，能听就行，你可以打字。

不用说话，那还好。池再夏想了想，登上新下载的语音助手，搜索秋行发来的频道。秋行的语音频道叫策马江湖，她进去后又进来一个人——明镜非台。大师也来了。

"徒弟你好呀。"耳麦里有人打招呼，"雨一直夏……你的名字真可爱，我以后就叫你夏夏吧。"

……好标准的渣男音，低哑、黏糊，一句话说得藕断丝连，听着就爱四处留情。

"小师妹好，我是江悬夜，也是你师兄。"这道男声倒很正常，听着也很亲切自然。

"你师兄的天巫玩得不错，我不在的时候你可以问他。"秋行含着低哑气泡音夸了一句，旋即CUE到另一位徒弟，"冷冷，你人呢？一直没说话，是不是不在？"

"在，回消息闭了会儿麦。"这道是有点冷淡的女神音，只和秋行交流，对她这位新来的小师妹似乎不感兴趣，"我们什么时候开始？晚一点我还有事。"

"马上马上，"秋行看了一眼队伍，"人都到了，那进本吧大家。"

池再夏闻言切回游戏界面，只不过切回之前，她注意到明镜非台的话筒亮了一下。看来大师和她一样，不是没麦，只是不想说话。

一行人陆续进本。魂墟本的全名叫魂墟引梦，一共有四个守关BOSS。

这种低阶小本的BOSS在满级燕云骑的等级压制下根本不值一提，秋行边打边教副本常识，语气轻松，也中和了副本里诡怖的背景音。

池再夏稍微有点意外，这师父声音听着像渣男，教学却细致正经，半句和游戏无关的都没提。

几人一路都很顺利，直到最后一个BOSS。最后这个BOSS不难，但进入疯狂阶段后BOSS会凝视一名离它最近的玩家，对其释放锁魂针，触碰即死。

原本离BOSS最近的是秋行，他的门派有保命护盾，可以抵御锁魂针的伤害。可不知怎的，进入疯狂阶段后，舒冷突然闪现冲到BOSS脸上，一跃成为离BOSS最近的人。眼见BOSS开始凝眸读条，舒冷使出一招天音阁门派技能移星换月，迅速调换了自己和池再夏的位置。池再夏还没反应过来发生了什么，头顶已经出现被锁魂针点名的提示。

秋行刚教的，副本BOSS点名和上课老师点名一样，没好事。

她赶紧往后撤，无奈BOSS凝视后会锁定玩家，不论退到哪里，技能都会朝其追踪释放。闪着银光的尖锐毒针毫不留情地朝小巫女直直射出，速度极快，眼看着针尖逼近，再逼近——在即将触碰小巫女的一瞬蓦地定住。

时间的流速仿佛被无限放慢，以她为中心，四周缓缓绽放出一朵重瓣的金色莲花。金色光芒自灰衣僧人手持的念珠中不断涌出，丝丝缕缕，不容拒绝地笼罩在她身上。

除她之外的几人皆是一怔，这是……赦世？

赦世是禅宗门派技能，使用后会将自身99%的血量凝作一朵金色心莲，为选中的一名队友抵御所有伤害，持续5s。这个技能几乎是以命换命，冷门到没人会在副本使用。但这个技能很出名，因为它的技能面板上写着一句话——吾所爱之人爱这愚昧众生，吾愿为她颠覆众生，也愿为她赦世成仁。

## 【四】

在赦世的漫天金光中，空气似乎静了几秒。好一会儿，舒冷才回神："不好意思小师妹，刚刚点错了。"

点错什么，为什么道歉？池再夏完全在状况外。

秋行则是十分意外，不禁问了一句。

【队伍】秋行：明镜，你玩多久了？小号？

【队伍】明镜非台：很久没玩了。

【队伍】秋行：很久没玩还有这种反应，可以啊明镜。

秋行很欣赏他的操作，接着夸了几句，不过他没什么反应。

【队伍】秋行：对了夏夏，你们俩还没帮会，我先拉你们进帮，白天我工作忙，一般不在，有事可以直接在帮会问，你师兄师姐都在。

【队伍】江悬夜：我们帮的综合实力还可以，而且师父是副帮主，小师妹放心。

游戏界面随即弹出入帮邀请。

帮会名称：踏星

帮会等级：10

帮会属域：中州

帮会排名：1

中州帮会战力榜第一，综合实力还可以，江悬夜可真谦虚。

两人进了帮，加了帮会企鹅群。时间已经不早，几人在队里聊了几句便陆续下线。
　　池再夏大概是困过头，游戏下了，人却坐在电脑前没动，打开了刚加的帮会群。

　　来新人啦，欢迎欢迎~
　　漂亮亚亚贴贴0v0

　　看到欢迎，她正准备回应，不想消息一瞬就被唰唰盖过。

　　【链接】
　　快看！论坛说我们服要合进南柯一梦了！
　　我们服这么快就开一年了？
　　策划有病吧！南柯已经那么多人了还合。
　　南柯的中州指挥帮是哪个？我们帮抢得过指挥权吗？

　　合服意味着帮派据地洗牌，尤其是同一属地的指挥帮派，难逃一场恶战。

　　故剑情深，他们帮大佬很多的。
　　该不会是青山不许在的那个……故剑情深吧？
　　是哦。
　　青山不许又是谁？
　　你一个君山不知道青山不许是谁？你要是其他门派我还能理解。
　　笑死，看来许神是A得有点久了。

　　合服？她刚合完校又要合服？池再夏纳闷了一下，不过这显然不是她一个萌新需要关注的事情,她往上翻,顺着一前一后的入群提醒找到明镜非台的企鹅ID,加为好友。

好友请求很快通过,池再夏发了张猫猫祟祟的表情,试探道:"大师,刚刚在副本你是不是救我啦?"

在副本里她没搞清状况,下游戏后她去论坛看了魂墟的副本攻略帖,才隐约明白发生了什么。她打怪只会哪里亮了点哪里,没有操作,全凭直觉,自然判断不了舒冷是点错还是故意,至于明镜非台……

"小事。"

"哪里是小事,我查了一下,你那技能差不多是以命换命——"

不对,池再夏删掉后半句。可删掉后她也不知道该说点什么,人家随手扔个技能,确实不是什么大事。

见她输入半天没发出消息,明镜非台问:"还有事吗?"

"没有,就是想感谢一下你!我要睡了,你也早点休息,晚安!"

沉默片刻,明镜非台回复:"嗯,晚安。"

和许多MMORPG游戏一样,角色满级才算真正进入《风月》的世界。往后几天,池再夏都在升级。其实在游戏里拜了师,升级什么的理应由师父来带。但秋行白天上班,晚上指挥大型副本,偶尔闲下来还有妹妹来找,问装备的,带上分的,咨询情感问题的……总之是左右逢源,没什么时间管徒弟死活。

不过他也不是完全没管。他会冷不丁地关心一下池再夏的练级进度,给她发点天巫族从入门到入土的游戏攻略,还会交代大徒弟江悬夜升级的时候记得带小师妹一起。

江悬夜不是新手,需要升级是因为先前舒冷和人起冲突,他为了帮舒冷报仇,花大价钱给人挂了一周悬赏。结果对方不是什么善茬,反手给两人安排上双倍悬赏不说,还带人在副本门口蹲点埋伏,把他俩从满级杀回了三十多级。如果不是秋行及时出现调停,他俩恐怕都被轮白了。

【队伍】雨一直夏：所以是什么冲突？

【队伍】江悬夜：没什么。

显然不愿多说。

这几天升级，池再夏经常和江悬夜、明镜非台一起，明镜非台话少，大多时候都是她和江悬夜在闲扯。这位江师兄人不错，耐心、大方，还很能聊，就是一遇上和师姐舒冷有关的事就有点五迷三道，不怎么着调。见他不愿多说，池再夏也没多问，专心采着任务所需的草药。

他们在清这周的周常任务，限时两小时，这会儿已经做到第九个，要在南域密林里采集99株神秘草药。三人满地图找了一刻钟，终于采齐。列表刷新出最后的终极任务：击败野外BOSS——南域蛊师。

不知怎的，站在神秘的BOSS蛊师面前，江悬夜一动不动。池再夏以为他去上厕所或者拿外卖了，不想下一秒，他在队聊里敲出个重重的感叹号。

【队伍】江悬夜：！

【队伍】江悬夜：阿冷让我上号收个菜。

【队伍】江悬夜：我先下一会儿！

【队伍】雨一直夏：？

【队伍】雨一直夏：不能打完再收吗？

你的好友【江悬夜】下线了。

【队伍】雨一直夏：……

这位师兄到底是什么二十四孝无偿代练？先前他双开舒冷的号过来分经验，她没意见，毕竟她出力不多，差不多是个活着的吉祥物，只要明镜不介意，开几个号来她都可以。这两天他电脑太卡没法双开，只能另外抽空帮舒冷升级。这是人家的私事，她不想管，也和她无关。可现在太离谱了，为了收菜连限时的组队任务都不做了。池再夏很火大。

【队伍】明镜非台：没关系。

【队伍】明镜非台：我可以。

【队伍】明镜非台：你站我后面。

很奇怪，明明是很简单的几句，池再夏看着却莫名歇了火气。

【队伍】雨一直夏：果然，还是遁入空门的男人靠谱。

【队伍】雨一直夏：【上香】【上香】【上香】

明镜非台默住。

说是这么说，池再夏倒也没真站后面看着人家动手。蛊师是全民向的周常BOSS，不像副本BOSS需要处理很多机制，但血条很厚，一个没满级的输出不打个七八分钟根本压不下半血。她给明镜非台刷了个减免伤害的祝祷BUFF，然后上前信心满满地噼里啪啦一顿操作——

【队伍】明镜非台：你打错目标了。

池再夏一怔。这才发现她给明镜非台刷完祝祷BUFF竟然忘了切目标，一直在激情殴打自己的队友！

【队伍】雨一直夏：不好意思。

【队伍】雨一直夏：一个小失误TvT

她坐直了一点，集中精神选中BOSS，可技能刚刚放空，还在冷却，她只能煞有其事地对着BOSS狠狠平A一刀！这一刀下去，百万血量的BOSS受到了高达194点的巨额伤害，她也因站在BOSS的毒雾里一动不动，以每秒1W+的掉血速度光荣GG。

"你很脆，不要站在BOSS面向里，可以绕到它背后攻击。"看到小巫女蹦蹦跶跶地上前献祭式突击，坐在电脑前的男生眼皮跳了跳，耐心地指点了一句。

这句话他是开团队语音说的，声音干净又略显清冷，键盘敲击得很快，却感觉有条不紊。

池再夏握住鼠标的手莫名随着BOSS的轰然倒地顿了一顿。

池再夏这个人多少是有点声控的，当初陈卓和周司扬能在一众追求者中脱颖而出，除了颜值，声音也是一大加分项。她扶了扶耳机打算仔细听听，对方却径直关麦，没再说话。

027

打完BOSS时间已然所剩不多，两人在尸体上找到线索，赶在限时结束前回NPC处交了任务。恰巧这时江悬夜重新上线，舒冷的账号也下线又上线。

【队伍】江悬夜：夏夏，明镜，不好意思啊啊啊啊！阿冷回来了，她和亲友截图，问我要不要去，我先撤了！

截图是游戏里一种比较受欢迎的休闲方式，约等于在现实生活中拍照留念。说完，系统就提醒江悬夜离开队伍了。池再夏无语，但也已经习以为常。

不到半小时，系统又提醒江悬夜下线了。池再夏没在意，然而江悬夜紧接着给她发来一条企鹅消息："夏夏，今天太鸽了，不好意思啊，明天一定和你们一起认真升级，我先睡了，你们好好玩。"

池再夏懒得回，这才几点就睡。她瞥了一眼时间，等等，九点……好像有什么事来着？班群适时冒出关于选课的全体提醒。

哦对，选课。

【队伍】雨一直夏：明镜，我先挂会儿机，要选课了！

【队伍】明镜非台：1

这几天大家一起升级，难免提到现实，江悬夜没什么防备，三两句就把自己交代得一清二楚。池再夏没那么具体，但也没隐瞒自己在念大学。

九点，学校官网的选课页面卡成JPG。池再夏半天没点进去，索性敷了张面膜，看了看班群。见班里同学都在吐槽学校的垃圾服务器，她又退出去，点开了踏星的帮会群。

帮会群里，先前热议的合服话题已经过去。

【截图】
冷冷和凤哥这张也太像结婚照了吧！
是谁默默换了情侣装我不说【扶眼镜】

等等，我没看错吧，随风骑的是惊雪？
所以上周野外爆的那匹惊雪被我们帮的人收了？！【惊讶】
土狗求问，惊雪现在什么价？
没有市价，但隔壁区止战帮会那匹是3W+收的【嘘】

池再夏有点疑惑，舒冷还在截图，江悬夜怎么睡了？

她点开图片看了一眼。白衣胜雪的一对男女依偎着坐在马上，周遭风霜漫天，两人四目相对，上演着一出拉丝文学。

她突然间好像明白了什么。这个叫随风的是最近帮主请来打帮战的高玩，据说是四海群英榜榜上有名的选手，来之后一直和舒冷走得很近。刚刚江悬夜早早下线，消息也发得情绪低落……看来是匆忙赶赴的截图之约不太如意啊。

池再夏托腮吃瓜，脸上面膜敷到快干才记起正事。她刷新学校官网，选课页面已经能进了，但热门课程也已被瓜分完了。体育模块只剩下交谊舞、健美操、康复训练、铁人三项，看起来就没什么世俗的欲望。综合模块还好，除了极其热门的调音师入门、COSPLAY艺术、红楼美食探微，其他或多或少都有名额。

池再夏懒得等二轮补选，挑了挑，两个模块分别选定康复训练和艺术摄影，选完她重新打开游戏。

【队伍】雨一直夏：嘀嘀嘀。

【队伍】雨一直夏：我回来啦。

【队伍】明镜非台：嗯。

【队伍】明镜非台：课选好了吗？

【队伍】雨一直夏：选好了。

【队伍】雨一直夏：一个大概是学拍照，一个听着像卧床三月刚起来走路？

【队伍】雨一直夏：无所谓啦，反正不用跳健美操就好，对了，

029

明镜你快看帮会群!

她边分享八卦,边打开游戏内的四海群英榜——

随风
君山派
排名5

没记错的话,君山派是玩家公认操作最难的门派,能排在群英榜第五确实厉害。

【队伍】明镜非台:厉害吗?

明镜非台完全略过了暗潮涌动的八卦重点,反问。

【队伍】雨一直夏:我也不知道,但应该没有那个什么青山不许厉害吧,不过也说不定,可能太久不玩变菜了,还不如他。

池再夏想起帮里夸过的别服大佬,随口回复。

明镜非台静了静。

快十点的时候,池再夏如往常准备下线,和明镜非台道别。

平大官网也在十点开放了二轮补选,有些热门选修释放出了少量的剩余名额。男寝3栋409因二轮选课正讨论得热烈:

"乒乓二轮怎么也这么快啊?"

"正常,羽毛球也秒没。"

"滑冰和保龄球就一直是灰的,离谱。"

"欸,许老师,你选了什么?"见许定也开着选课界面,舒孝宇问了一句。

许定往后靠了靠,耳机挂在脖颈:"艺术摄影。"

"你不早说,我本来也想选,其实综合的都还可以,关键是体育。"他气笑了,"铁人三项、交谊舞,学校真觉得有人愿意上?还有康复训练,这都是什么老弱病残关爱课程?"

他吐槽了一会儿,想起什么又问:"那体育呢?你体育选的什么?"

许定顿了顿,缓缓道:"你说的老弱病残关爱课程……康复训练。"

## 【五】

大概是没想到这课真有人选,舒孝宇噎得半晌没说出话,表情夸张地凑近许定电脑看了一眼,才搭着他的肩喃喃感叹道:"真有你的……"

另外两个室友也过来凑热闹,许定任他们揶揄,也不接话,只扔下耳机起身走向阳台。

夜风吹得短袖皱起,他冷清的轮廓浸润在夜色里,线条愈显明晰。半倚着栏杆的手肘挪了挪,火机咔嗒一声,清瘦指骨间有一点猩红火光明灭,夜空中也缭绕开浅淡的烟草味道。

他在望不远处的女生宿舍,目光静得像湖底无光处幽微的水。


不知不觉间又到了周一,池再夏选的艺术摄影这周开课,时间正好是周一晚上六点半。去上课前太阳还有点晒,池再夏懒得抹防晒霜,拿顶棒球帽扣着,一路都沿树下的阴凉处走。

艺术摄影的教室在音乐楼三楼,经过一楼大报告厅时池再夏往里扫了一眼,这个时间也不知道在做什么活动,里面坐满了人。

"嘭——"

"不好意思同学,不好意思!"

迎面有女生抱着一摞书匆匆走来,不小心撞到池再夏,书被撞掉几本,池再夏的右耳耳机也被撞落在地。

降噪失效后的世界倏然变得喧嚣,说话声、嬉笑声,或快或慢的脚步声……入耳的各色杂音中还混了一道麦克风扩开的寡淡男声:"我谨代表平大建院全体学生欢迎学弟学妹的到来,平大建院是一个充满活力、朝气、热情的地方,在这里……"

池再夏有点好奇,又有点想笑。活力、朝气、热情,找只鸡来咯两嗓子难道不比他有感情?她接过女生帮忙捡起的耳机,不自觉地往大报告厅多看了一眼。

台上的身影挺拔颀长,远远透着沉静。底下穿军训服的新生不少在玩手机,甚至在偷拍台上讲话的人,可惜那人站在身后屏幕的光影暗处,走到离台最近的那扇窗也看不分明。

模块选修都是大课,池再夏到教室时中后排已经坐得满满当当,她懒得再往后找,直接坐在了进门的第一排。

按照惯例,开学第一堂课都要点名,艺术摄影也不例外。

"池再夏。"

"到。"

"姜岁岁。"

"到。"

听到这个名字,池再夏循声转头。同班同学她还是认识的,姜岁岁嘛,八卦她被周司扬甩掉的那个。

不巧,姜岁岁听到点名也默默立起书本挡脸,还忍不住探出半个脑袋偷偷瞧她。可对上她的视线,姜岁岁又立马将脑袋埋了下去,仿佛下一秒就能挖个地洞从教室窜逃。

"许定。许定?许定没来吗?"

有人出声解释:"老师,建院今天开迎新大会,许定是我们建院的学生代表,要上台发言,大概等会儿才能过来。"

楼下那个活力朝气热情?名字还挺耳熟。

老师也没为难,做了个记号就继续点其他人。等点完名,老师浅谈了一下这门课的教学计划和课程重点,就给他们放起了讲摄影艺术百年历史的纪录片。

教室里灯都关了,窗帘也都遮着,从二十世纪开始讲起的纪录片画面昏昧，文艺腔台词平缓细腻，没有激烈的情绪起伏。池再夏看得昏昏欲睡，想起晚上还要下副本，才百无聊赖地将手机亮度调到最低，一只手撑着额头，一只手在桌下打开副本攻略。

副本攻略是秋行发来的。经过一个周末的努力，池再夏终于满级。可能是因为满级后师父会收到系统提醒，秋行终于想起自己还放养了一个新手徒弟，第一时间给池再夏发来满级祝贺，还表示要带她下大型副本，给她发来攻略让她预习。

大概看了两分钟，池再夏忍不住掩唇打了个呵欠，不知道是老师放的纪录片更催眠，还是这总计四千五百字配图六十七张堪比小论文的副本攻略更催眠。总之她睡着了，这一睡，就睡到了第二节课的上课铃响。

被铃声吵醒时，池再夏还以为第一节课刚下，想出去透口气。姜岁岁不知道什么时候坐到了她旁边，她瞥了一眼，颇为冷淡地说了声："让让。"

姜岁岁愣了一下，指着幕布提醒道："上课了。"

池再夏环顾四周，看到大家果然都坐在自己的座位上。她又看了一眼前方，纪录片竟然还没放完，这选修课敷衍得未免也太过明显。

见她终于有了点睡醒的样子，姜岁岁想起正事，不由得挺直身板，默背起腹稿。背完她清了清嗓，侧身深呼吸，鼓起勇气说道："池再夏，对不起！我、我之前不是故意在班群里八卦你的，我发错了。"

池再夏收回目光，看她。

"我不是那个意思，我八卦你被甩……不是！我八卦你分手这件事本身就是不对的。"

姜岁岁纠结了一周，一直没找到合适的机会道歉，这会儿终于下定决心却又紧张得语无伦次。

"总之这件事真的很对不起，我是真心想和你道歉的，你觉得诚意不够的话，我还可以去班群道歉。"

　　如果不是场地限制发挥，池再夏毫不怀疑下一秒她就能站起来鞠个一百八十度的躬。不过话说回来，池再夏有点意外，虽然从错频八卦这种事就能看出这人不是特别聪明，但她从没想过对方会为了这么点事特意找她道歉。

　　见姜岁岁已然抱着社死的决心打开手机，池再夏斜睨了她眼，道："不用。"

　　"你不生气了？"姜岁岁小心翼翼地问。

　　"我是气球吗？气一周？"

　　说实话她还是蛮气的。看到姜岁岁错发的消息她才知道，某些人在她面前恨不得把后世子孙的孝一起给尽了，背地里却恨不得把雅思词典里的B一起给装了。不过认清渣男的嘴脸也不算坏事，起码她迅速从失恋的情绪中走了出来，而且她还给渣男举行了小型上坟仪式，算是断得彻彻底底。

　　姜岁岁张了张嘴，没接话，一副欲言又止的样子，似乎不相信她会原谅得这么云淡风轻。

　　池再夏见不得这种表情，不耐烦道："我看起来像缺男朋友的人吗？"

　　姜岁岁这回倒是毫不迟疑地摇了摇头。毕竟池再夏分手的消息一传出来，光他们班就有两三个男生蠢蠢欲动，想沾沾周司扬的福气成为她的天选奴才。顺便一说，她们班男生总计五人。

　　"同学们，上课了啊，我们先暂停一下。"说话间，给他们放了纪录片就不知所踪的老师突然回到教室，"上节课没来的几位同学，我再点一下名。"

　　"盛尔雅。"

　　"到。"

　　"朱晨。"

"到。"

"许定。"

"到。"

最后这声道离得很近，近得好像在后脑勺上，池再夏和姜岁岁都不由得回头。

阶梯教室的阶差不大，但男生很高，看他时会不自觉地仰起脑袋。他的眼瞳清净漆黑，睫毛长密低垂，皮肤很白，唇色偏淡，脸颊是瘦削的样子，但整个人看着并不单薄，像是一汪沉寂在昏昧光影里的冷海，就连夏天随处可见的黑色短袖穿在他身上都显得妥帖柔软。

池再夏想起来了。这是那个……学生会副会长？难怪刚刚觉得名字耳熟。

"原来是他！"姜岁岁也认出来了，小声八卦道，"他叫许定，好像是建院学生会会长，还是校会副会长，上周下寝招新来着，我们宿舍后来一直聊他，可惜我那会儿不在，没见到，不过之前在静西我就经常看到校园通上有人拿他的照片打听……"姜岁岁没忍住往后瞟了一眼，凑近池再夏咬耳朵道，"别说，确实挺帅！"

姜岁岁话多又密，池再夏被吵得脑子嗡嗡的，没怎么听进去，只顾着想：这人真有意思，自己好像和她没这么熟吧，靠这么近干什么？

池再夏不动声色地挪了挪，姜岁岁也极其自然地跟着挪。池再夏已经很久没交过新朋友了，也没和人八卦过男生，面对这突如其来的热情，一时之间也不知该做何反应。

所以当姜岁岁问出"你觉得怎么样"的时候，她罕见地刹了下车，没依照惯性堵上一句"不怎么样"，而是顿了顿，敷衍了一声："没太看清。"

没太看清？帅哥怎么能没太看清呢？姜岁岁是个实诚人，见老师再次离开教室，立马打开美颜拍照软件，示意池再夏过来假装闺蜜自拍。

手机屏幕太小，为了能照到身后的男生，姜岁岁横拿着手机不断调整，找好角度后又不断用"就在这看，看足一百八十秒"的眼神疯狂暗示。

池再夏迟疑一下，下意识地往屏幕上扫了一眼。

软件的补光效果良好，教室光线黯淡，画面却很清晰。男生安静地垂着眼，瘦长指骨微屈，手中铅笔在空白纸张上浅浅勾勒。

"看清了吗？"姜岁岁极小声地问，怕光线不好还贴心地滑动屏幕更换滤镜。

看清了，但滤镜有点怪。

她还没开口，镜头中一直垂眸的男生似有所感，忽然抬头，眼睫轻微颤动几下，随后眸光搜寻到什么，蓦地定住，笔直与她相接。四目相对的那一刹那，两人的动作瞬间凝滞。

偏偏姜岁岁换着滤镜，连屏幕上新出现的人像对焦框都没注意到。当姜岁岁手下的滤镜从害羞小可爱滑动到甜美小清新，再从人间水蜜桃滑动到心机绿茶妆，最后定格在宛如墓碑遗照的黑白哥特风时——偷看的和被偷看的都沉默了。

## 【六】

艺术摄影这后半节课池再夏上得那叫一个如芒在背，如坐针毡。

下课铃响时纪录片刚好放完，老师踩着铃声回到教室，顺手开了灯。教室骤然明亮，昏暗中的窃窣低语和琐碎杂声也如水入油锅，倏然热烈起来。

大家赶着离开，门口很快被人堵满。平日不爱凑热闹的池再夏也压低帽檐，和姜岁岁一起完美地融入龟速前移的过道人群。

人多自然拥挤，混乱中不知是谁掉了手机，俯身去捡，旁边的人为了腾地方又往后退。池再夏一个不留神，被前面的人挤得后背生生撞上一个硬挺的胸膛。

池再夏倒抽一口气,有干净清冽的味道涌入鼻腔,身侧还伸出只手虚扶了她一把。那只手很好看,白皙瘦长,指骨弯曲成疏落的弧度,腕间隐约可见淡青色的血管。

池再夏恍了一下神,站稳后想要道谢,不料一转头就猝不及防地撞进一双安静眼眸。

他叫什么来着,许定?

卡壳几秒,池再夏若无其事地挤出一句:"谢谢。"旋即回身,背脊绷直,穿着可爱五指袜的脚趾也紧紧地蜷缩在一起。

"不用谢。"许定垂下眼睫,淡淡地应了一声。

也不知道池再夏听没听见,反正她没再回头,人群松动,她很快和姜岁岁一起消失在教室门口。

许定回寝时舒孝宇和李为都不在,只有陈稳顶着鸡窝头哈欠连天地和人打着电话。

"不是,我记得高中那会儿她身边就没你这型的。

"那哪知道,我又不认识,非要我说,那只能说都是些不学无术型的呗。

"行,行,成了回头请吃饭啊。"

挂掉电话,陈稳好笑道:"我们社团一哥们听说我是一中毕业的,跑来找我打听池再夏。池再夏你知道吧?和咱们同届,文1班的,长得可漂亮,以前我们班有好几个人追她。"

许定放下包落座,不置可否。

"听说她家挺有钱的,也不知道为什么没直接给人送出国,反倒跑我们学校念什么国际部。"

陈稳打开外卖软件,一边点着外卖一边絮絮叨叨。

"这学期国际部不是刚好迁来吗?我们社团那哥们碰着她一回,着了魔似的四处找人打听。那哥们平时还挺闷的,和你一样也是他们院大牛,不是我说啊,就他这款,铁定没戏。"

许定扶着电脑边缘的手停了停。

"池再夏以前身边那些男的个个富二代,又花又爱玩,梁今越你总知道吧?高中那会儿还挺出名,兀思楼后面那片樱花林还有新图书馆,都是他家捐的,他和池再夏好像是什么……青梅竹马?

"嗐,反正我们社团那哥们和他们压根就不是一路人,说难听点,非上赶着追人家估计也就当多了条舔狗,没什么意思。

"不过话说回来,谈恋爱本来就没什么意思,伺候女朋友和伺候祖宗似的,我自己都没伺候明白——"

听到这,许定眉心微跳,下意识地戴上耳机,调成降噪模式。陈稳伺候祖宗前女友的故事他已经在不同场合听了三十八回,不是很想再听第三十九回了。

另一边,无意中成为话题女主角的池再夏毫无所觉,选修课结束就径直回了寝。

住校以来,她和室友一直没什么交流,最近还挂了遮挡床下书桌的围帘,更是将自己和其他人完全隔绝开。这会儿还没到约定的下本时间,池再夏原本打算先去主城逛逛,可刚上线,秋行就发来私聊。

【私聊】秋行:夏夏,快来语音。

【私聊】雨一直夏:111

今天语音房间里很热闹,池再夏进去时里面已经有了不少人,只不过除了秋行、舒冷和江悬夜,其他人她都不认识。

"夏夏,来啦。"还是熟悉的渣男音,"给大家正式介绍一下,这是我新收的小徒弟夏夏,玩的天巫,昨天才满级,是个小萌新。"

之前秋行放养也不是没原因,《风月》大多玩法对等级都有要求,不先升到满级,他平日指挥的大型副本池再夏连门都进不去。升到满级就不一样了,地图全开放,玩法全开放。幻境挑战、竞技PK、攻城略地……这些玩法都会带来相应的奖励,可以帮助玩家养成角色、提升实力。当然，奖励最丰厚、获取途径最稳定的还是幻境挑战，也就是俗称的下副本。

除5人小队副本外，《风月》还有10至40人共同参与的大型团队副本。根据人数不同，这些大型团本也分为不同难度：简单、普通、传说，还有梦魇。他们今晚要下的是20人普通难度副本——青丘仙国。

秋行虽然向大家介绍了她，也有人随口欢迎，但语音很快就聊到别的话题。新手而已，没人多加理会。

七嘴八舌间，叮咚一声，明镜非台来了。画面重演，无人在意。见差不多到了下本时间，人也已经来齐，秋行扶麦清了清嗓，让大家准备准备，到副本门口集合。

"欸，毛毛掉了。"突然有人插了一句。

秋行："问题不大，我们等她一下。"

游戏掉线是常事，大家都会等一等，可过了好一会儿这位叫毛毛的掉线玩家也没上线。亲友准备打电话问，人终于在帮会群现身。

毛毛：家人们，我这突然断网了QAQ！

毛毛：刚刚问了运营商，说是线缆断了，一时半会儿恢复不了，我应该是上不来了，你们重新找个人吧。【磕头】【大哭】

秋行：【没事】

秋行安慰两句，又在帮会群里问还没有人想来打本。

随风：缺人？我来。

团里顿时哇声一片。很显然，大家对舒冷、随风和江悬夜之间的八卦都有所耳闻。可惜池再夏这会儿没心情吃瓜，因为进了副本她才发现，她的队友画风好像和她不大一样。

大家都穿着各色时装，带着各色珍奇召唤兽，一副光鲜亮丽、富贵逼人的样子。而她裹着那身朴素至极的天巫族入门袍服混在其中，活像个宗门倒闭卖身为奴还把自己搞得灰头土脸的婢女。

她池再夏怎么能和灰头土脸沾边呢？在游戏里也不能！

偏偏这游戏奇葩得很，漂亮时装只能去主城异域商人处购买，主城地图又要等升到满级才对玩家开放。天可怜见，她昨晚下线前才勉强把地图传送阵开齐，刚刚上线，还没来得及见识主城的富贵风流就一头扎进了妖风四起的团本。

一段青丘仙狐与世无争专心修炼，却被上古大妖毁灭家园的剧情动画结束后，方才还如世外桃源般的青丘仙国转眼间就变成了黑天蔽日、枭鸟凄泣的诡谲之地。不远处长尾盘旋的妖冶女魔双眼血红，上扬的唇角还残留血迹。

大型团本的场面果然很大，除秋行外，其他人已经自觉地安静下来。

秋行简单交代了一下第一个BOSS的打法，发起了团队就位确认。

池再夏也毫不心虚地确认了。因为秋行私聊和她说随便打，带她熟悉熟悉而已，普通难度的副本死了也问题不大。也不知道该说池再夏幸运还是怎么，这个本打下来，她虽然没在伤害和治疗方面做出什么有效贡献，但死亡率控制在了全团平均水平。简单来说，死过，但死得不算显眼，至少没造成灾难性团灭。

池再夏松了口气，还有空私聊明镜非台："看，我才死了两次，还有人死四次欸！"

明镜非台看了一眼【赦世】的使用频率，没说什么，只嗯了一声。

团队气氛在终极BOSS倒地后变得轻松不少，大家上厕所的上厕所，拿外卖的拿外卖。秋行检查完掉落的装备资源，发现没什么值钱的，直接开启了一键竞拍。

大型团本会掉落很多奖励，个人奖励自己找副本NPC领取就行，公共奖励在通关后，团长可以根据团员需求选择相应的分配模式。比较省心的是一键竞拍，所有装备资源进入拍卖池，团员可以直接在系统拍卖界面竞拍出价。拍卖结束后，流拍物品系统会以底价回收，累积拍卖额则会根据副本贡献值分给团队成员，也就是玩家所说的工资。

他们今天通关的是20人普通团本，爆出高级资源和极品装备的概率本来就低。整个本下来，除了必掉的帮会建设资源，最值钱的是一颗品质程度为【稀少】的火灵宝石。

宝石是镶嵌在装备上的道具，种类很多，不同种类的宝石属性和适用门派不尽相同。这颗火灵宝石是近身伤害类，属性加成为【命中】和【暴击】，仅适合近身输出门派。好巧不巧，随风玩的君山派剑客和江悬夜玩的七星门杀手都是非常标准的近身输出门派。

不一会儿，系统按顺序拍到了这颗宝石。

【系统】拍卖品【火灵宝石】，起拍价100金，开始竞拍——

【出价】随风：500金

【出价】江悬夜：1000金

【出价】随风：1500金

【出价】江悬夜：2000金

来了来了！围观群众迅速就位！

【出价】随风：3000金

【出价】江悬夜：4000金

战况胶着，拍卖界面一时只剩下两人的竞价提醒。

【出价】江悬夜：7000金

【出价】随风：8000金

【出价】江悬夜：9000金

【出价】随风：10000金

10000金，按当前金价比算差不多五百人民币，一块稀少品质的宝石，平时顶了天也不过两百，现在这价格显然已经不是在拍宝石了。

静止片刻后，系统提示：【江悬夜】已停止竞拍。

撕到这个价停下来很正常，偏偏语音里有人看热闹不怕事大，调侃他怎么就停了。

江悬夜还没说话，随风先轻笑一声："大学生么，理解。"显然是没把江悬夜放在眼里。

系统等待了一会儿，自动进入倒计时。

【系统】【火灵宝石】竞拍倒计时10

【系统】【火灵宝石】竞拍倒计时9

……

【团队】灯花花：老板大气！

【团队】千暮：工资终于能看了，泪目。

【团队】暖樱：一颗稀少宝石拍到1W，风总你惊雪多少拍的？

【惊讶】

众人的目光都聚焦在随风身上。

【团队】随风：没多少，想要的东西，价格不重要。

【系统】【火灵宝石】竞拍倒计时3

【系统】【火灵宝石】竞拍倒计时2

【出价】雨一直夏：20000金

这行出价紧跟在系统倒计时之后，明显又突兀，团队频道沉寂几秒，随即问号刷屏。

【团队】雨一直夏：帮人拍。

池再夏的门派属于远程输出或者治疗辅助，这颗宝石她用不上。

为了防止游戏内的恶意抬价行为，非本门派适用的装备道具系统是禁止出价的，就连【竞拍】按钮都是灰色，但如果选择旁边的【赠送】选项给别人拍，倒是可以参与。

团里的成员显然比她更清楚这点，所以他们迷惑的并不是她出价拍一颗自己用不上的宝石，而是她竟然出到这个价帮自己的师兄找场子。

随风显然也没想到会有这一出，静默半响后——

【团队】随风：算了，给你吧。

【团队】随风：回头直接拍极品好了。

【团队】雨一直夏：别呀，你可以继续加。

【团队】雨一直夏：你说得对，想要的东西价格不重要。

团队语音里的躁动在这一刻到达了顶峰！大家看戏之余也忍不住开始拱火。

"是呀，继续嘛。"

"风老板该不会拍不起吧？"

"风老板怎么会拍不起？骑的惊雪耶。"

不知怎的，据说和随风走得很近的舒冷没有开口帮他解围，其他人乐得看戏，也没向着随风说话。

随风憋了一会儿——

【出价】随风：21000金

【出价】雨一直夏：30000金

【出价】随风：31000金

【出价】雨一直夏：40000金

池再夏这两轮的跟价时间间隔都不到半秒，仿佛价格早已输好，只等对手出价立马压上。

"现在的新人都这么猛吗？"

"啥玩意儿四万了，我就去了个WC！"

随风跟不下去了。40000金他不是没有，但用来拍一块稀少品质的宝石，这显然并不符合他花小钱装大B的游戏原则。他没点放弃竞拍，但也没再出价。

系统等了一会儿，又一次进入倒计时，十秒后——

【系统】【火灵宝石】竞拍结束，成交价：40000金，恭喜【雨一直夏】！

【私聊】江悬夜：？

【私聊】江悬夜：别拍！我不要！

【私聊】江悬夜：夏夏！我真的不需要这块宝石，别赌气！

【私聊】江悬夜：价格太高了！

【私聊】江悬夜：【焦急】【焦急】

【私聊】江悬夜：你这样我怎么好意思！

从池再夏出价开始，私聊就一直疯狂作响，可她没注意，等拍卖结束才看到。

【私聊】雨一直夏：？

【私聊】雨一直夏：我不是给你拍的。

与此同时，拍卖界面也弹出提醒——

【系统】【雨一直夏】将【火灵宝石】赠送给团队成员【明镜非台】。

# 【七】

这条赠送提示一出，大家都有点愣住。她先前说帮人拍，大家下意识以为她是帮江悬夜拍，毕竟被下了面子的是江悬夜，她气不过帮师兄找场子，可以理解，可她竟然……

【私聊】明镜非台：给我？

被赠予者本人也有点意外。

【私聊】雨一直夏：不然呢？

【私聊】雨一直夏：宝石面板上不是写着适配度最高的门派是禅宗吗？

【私聊】雨一直夏：我看他们都想要，感觉应该很有用。

池再夏说得理所当然。进本前明镜非台给了她一些打本时能用上的符咒药品。她收下了，可想付给对方金币时却被拒绝了，说是买多了分她一点，不值钱。池再夏也没坚持，毕竟她是过年收红包都懒得婉拒推拉的人，副本打完还件时装给他就是了。只不过脑补了一下，他们出家人穿时装……好像有点奇怪？

恰巧随风和江悬夜又拍起了宝石，她注意到宝石适配度最高的门派是禅宗，于是就有了拍赠的想法。当然，她也确实有那么点想给江悬夜找场子的意思。最近升级江悬夜帮了不少，但她又不笨，她这位师兄心向师姐，拍赠给他，说不定明天她就成了三角关系之外的第四角！

明镜非台似乎知道她的想法，过了一会儿，回了句"谢谢"。身着禅衣的大师也手持念珠走到她面前，缓缓地施了个礼。

无瑕昙花在她眼前盛放，随即，她身上多了一层禅宗门派的技能BUFF——优昙钵华。这层BUFF没什么特殊效果，只有一句简单描述：一现昙花，谢赠有缘人。

这是在谢谢她？正正经经，还怪可爱的。

拍卖结束，剩下的事情就是等工资了。工资是按副本贡献值分的，计算方式有点复杂，总的来说就是高的有加成，低的得扣减。池再夏是个新手，什么都不会，跟着下本见见世面而已，自然一毛钱也分不到，这点在下本前秋行已经和她达成了共识。

可没想到工资发完，江悬夜和秋行都不约而同地找她交易。

【私聊】江悬夜：夏夏，虽然你是给明镜拍的宝石，但还是很感谢你。

【私聊】江悬夜：我的工资给你，一定要收下。

【私聊】秋行：我徒弟第一次下本怎么能真没工资？

【私聊】秋行：行了，你们慢慢玩，我先下了，还得加会儿班。

池再夏正打算去问问明镜非台这工资怎么退，下一秒，系统提醒：【明镜非台】邀请你进行交易。

【私聊】雨一直夏：……

【私聊】雨一直夏：你不会也要给我工资吧？

【私聊】明镜非台：也？

池再夏说了一下江悬夜和秋行交易给她工资的事情，觉得不大合适，尤其是江悬夜那边还有情感纠纷，她要是收了，还不方便回礼。

静默片刻——

【私聊】明镜非台：嗯。

　　【私聊】明镜非台：你觉得不太合适的话，可以通过邮件退回给他们。

　　哦对，可以发邮件。

　　【私聊】明镜非台：但是，我的请你收下。

　　【私聊】雨一直夏：？

　　【私聊】明镜非台：你送了我很贵重的东西。

　　【私聊】明镜非台：这是应该的。

　　【私聊】明镜非台：以后我的都给你。

　　这是虽然收了宝石，但要拿工资还债的意思吗？好像有哪里不对，可一时半会儿池再夏没想明白。对方也没想让她明白，交易完就说自己有点事要挂会儿机，等会儿回来。刚好池再夏打算去洗澡，于是也将角色停回闭关禁地，一键挂机吸收灵气。

　　前后不过半小时，池再夏洗完澡回到屏幕前，正裹上披肩喝着温水，就发现帮里出了点事。

　　随风退帮了。并且在十分钟前，世界刷过一条系统公告：姻缘树下红线牵，恭喜【随风】&【梦寒烟】喜结良缘。

　　梦寒烟是谁？随风不是和舒冷师姐？池再夏脑子里冒着问号。帮会里也冒出几串问号，但不知道吃瓜群众是已经下线还是默契地不蹚浑水，好半晌都没人八卦。

　　池再夏想了想，虽然自己好像让某位高玩丢了面子，但这么点事，应该不至于让他破防到直接退帮还和别人结婚吧？怎么想怎么觉得自己很清白，池再夏放下心，给明镜非台留了言就迫不及待地传送至主城，开启了奇迹夏夏变身之旅。

　　《风月》大陆共有五大属地，每块属地都有一座热闹繁华的主城。池再夏去的是五大主城之首，中州腹地——天京。

　　只见宏伟森严的城门伫立眼前，空中不时有七彩凤凰盘旋。传送阵的朦胧光柱里密密麻麻全是玩家。城外有人骑马，有人御剑，还有人席地而坐叫卖灵石，全然一派大城市的热闹景象。

小巫女目标明确，朝着城内的异域商人坐标蹦蹦跶跶，沿途看到什么都觉得新奇。走到异域商人跟前，池再夏迫不及待地点开NPC交互。屏幕跳转一瞬，进入商城，游戏界面上随即出现琳琅满目的漂亮时装。池再夏双眼发光，这点一下，那点一下，很快进入了一种全新的忘我状态。

这条裙子刺绣精致，买！

这个发型大家闺秀，买！

这双靴子平平无奇，但不丑，买买买！

于是池再夏在异域商人面前入定半小时后，除了难看到放在衣匣都嫌占地方的一些丑东西，整个商城从发型、皮肤到首饰时装，基本实现了全方位无死角的ALL IN！

将满满当当的衣匣按自己的喜好整理一番，池再夏终于舒心不少。不过这还没完，她活动一下脖颈，随即又开始了无休无止的换装搭配。她每搭一套就企鹅截图发给明镜非台一套。

夏夏：明镜明镜，给你看看我新买的时装！

夏夏：【截图】

夏夏：【截图】

夏夏：【截图】

……

夏夏：可是明天打本穿什么呢（-^-）

夏夏：好烦，我可能有选择困难症！

夏夏：【绝望猫猫头.gif】

夏夏：【抓狂猫猫头.gif】

消息石沉大海，没一点回响。

还没回来吗？池再夏切出商城界面。禅宗大师不知什么时候已经

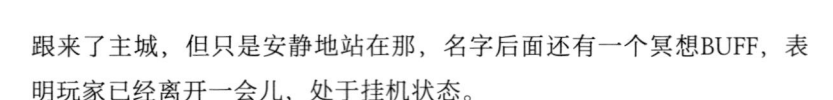

跟来了主城，但只是安静地站在那，名字后面还有一个冥想BUFF，表明玩家已经离开一会儿，处于挂机状态。

噢，回来了，又没完全回来。

果然一到这种时候，男人就靠不住。

池再夏也没放在心上，她本来就和平时找陆明珠聊新衣服一样，找个亲友随口抱怨几句，挑选战袍这种甜蜜的烦恼当然还得她自己承受。

过了一会儿，右下角忽然响起消息提示音。池再夏扫了一眼，随手点开，目光很快移回游戏角色身上。下一瞬，她眸光凝滞。

……这什么东西？一篇图文并茂的……游戏时装品鉴小作文？不，说小作文不太合适，这应该算答辩论文！

映入眼帘的是她亲手发出的搭配截图，按照发送顺序，这些搭配截图都有了自己的编号，而且编号后面都有一段非常正经的分析。从这些分析中可以看出对方认真斟酌过，但大概触及知识盲区，评价十分保守，于是只能附加上其他玩家搭配分享的论坛链接。

编号03：

墨色长袍契合天亚族神秘的气质，发型可爱，不失少女体型的灵动俏皮。这件时装其他玩家做过很多搭配，可以参考，链接：www.fengyuebbs/3001/page=1.com

除此之外，他还附上了明天要下的副本场景截图，根据副本场景、BOSS技能特效以及服装颜色适配度综合得出结论——他推荐第十五套。

池再夏哽住。看来他果然是……狠狠地冥想了一番啊。

大概是这篇"论文"实在是有点超出池再夏的想象，好半晌她才回神，缓缓敲出一串省略号。

明镜非台：怎么了？

夏夏：没怎么，我现在就换上第十五套。

她麻麻地换上第十五套时装，然后返图给明镜非台。还想再加个什么表情，可不小心点到一张【哥哥抱抱】的撒娇猫猫头动图，就这么发了出去。

池再夏脑子一嗡，手忙脚乱地撤回。

夏夏：发错了发错了【双手合十】

对面安静，没有回话。她不知道对面男生的电脑装了防撤回插件，此刻猫猫头还在对话框里重复地卖萌撒娇，喊哥哥抱抱。

这是她平时发给男朋友的吗？男生眸光微凝。清瘦的长指覆在键盘上，试探着打出简短的回复，又来回删改。

本来发错表情是很寻常的一件事，池再夏没觉得有多大问题，但对面一直不说话，她就不由得警惕了一下。说起来，玩游戏这段时间明镜总和她一起，他闷闷的，好像也没其他朋友，基本一上线就来找她。所以他该不会在游戏里日久生情，慢慢喜欢上她，看到她误发的表情就方寸大乱了吧？那可完了，她可不会搞什么网恋！

池再夏开始脑补些有的没的，进度很快来到删号跑路辜负纯情大师……就在这时，对话框突然蹦出一个熟悉又机械的数字——1。

脑补戛然而止。池再夏眨眨眼。哦，又想多了。

# 【八】

之后几天，池再夏每天上线第一件事就是打开衣匣给自己换一身漂亮时装。这过程大概需要花费十到十五分钟，因为除了衣服发型，她还特别注重手镯颜色、睫毛款式这些不怼脸观察根本无人在意的细节。

就在池再夏穿着精心搭配的时装穿梭在各种日常活动、幻境副本的过程中……新的一周，来了。

周一傍晚，姜岁岁串寝来找池再夏一起上选修课。上周选修课后，姜岁岁也不知道怎么就十分自然地单方面和池再夏熟络起来。她还自动自发地给池再夏带起了奶茶早餐，说是动动嘴皮子不能表现她道歉的决心，一定要用实际行动来展现自己的诚意。

这会儿站在302寝室门口，姜岁岁又给池再夏带了一杯诚意满满的奶茶。

咚咚咚——她敲了敲门。

"池再夏，你在吗？"

"岁岁？"开门的是钟思甜。

"欸？甜甜你也在啊，我还以为你去参加社团活动了呢，冯璐她们不是都去了吗？"姜岁岁边说边往里探头探脑。

"没呢，我没报她们那个社。"

两人聊了两句，钟思甜回头看一眼遮得严密的围帘，嗓音压低几分，轻声问："你来找池再夏？"

"对呀，她在不在？"

钟思甜点点头："好像在打游戏，戴了耳机。"

"她还会打游戏？"姜岁岁觉得惊奇。

就在这时，围帘刷的一声忽然被拉开，池再夏转身没好气地抬眼睨她："你来干什么？"

"来叫你一起上摄影课啊。"姜岁岁想都没想，答得那叫一个理所当然。似乎是被屏幕上的画面吸引，她还上前特别自来熟地打量起池再夏玩的游戏。

"这游戏我在网上看人推荐过，这个是你吗？"姜岁岁指了指界面上的小巫女，"真好看！"

池再夏原本是不乐意搭理姜岁岁的，但姜岁岁夸她游戏角色好看……她清了一下嗓子，漫不经心地拨弄着头发，回应道："那是当然。"

"看起来还挺厉害，没想到你是游戏大神欸。"姜岁岁真情实感地夸着。她没怎么玩过游戏，分不清装备时装，反正觉得衣服花里胡哨的，那这人就应该有点水平。其实这种想法也不算非常离谱，就像MOBA游戏里菜鸟很难集齐典藏全皮，池再夏这种技能还没认全就扫荡商城的网游新手，有，但并不多见。

姜岁岁还在夸，池再夏解释了两句"没有""一般"，也被姜岁岁看成云淡风轻的自谦。

游戏玩这么久，好像第一次有人夸她厉害……池再夏被吹捧得有点找不着北，虚荣心猫猫祟祟地冒头，一时竟也没再反驳。反正姜岁岁是个比她还要不如的游戏小白，她心虚地坐直了点，一手握住鼠标，一手覆上键盘，操纵着小巫女蹦蹦跶跶，往前头野怪区走。

她本来就是趁着下午人少做点采集任务，在这附近挖了半天药材，已经知道前面有一群20级的野猪，还有一只40级的超大野猪。以她现在的等级优势，秒杀它们自然不在话下。

池再夏径直奔向野猪群，手执法杖优雅进攻！她严格遵循"哪里亮了点哪里"的基本原则，还捏着"实在不行脸滚键盘"的有效后招，在一通手指飞舞眼花缭乱的华丽操作后——野猪们十分上道地全员BE了。

姜岁岁也十分捧场，目瞪口呆地凑近道："你也太厉害了吧，一个人就能杀这么多！"

池再夏矜持表示："还好。"

怕姜岁岁再问东问西，她露完一手就啪地一下迅速合上电脑："好了，不是要上摄影课吗？走吧。"

"哦对。"姜岁岁看了一眼时间，"快走快走，只剩一刻钟了！"说完才想起把奶茶递出去，"差点忘了，这个给你。"

池再夏略显嫌弃地扫了一眼，倒没拒绝，随手从桌上拿了盒包装精致的点心递给她。目光不经意扫到钟思甜，她顿了一下，又多拿了一盒。

由于上周放纪录片的行为太过敷衍，池再夏已经认定艺术摄影是一门水课。她早就找到一本汇集了中彩票、一夜情、绝症误诊、霸总追妻的言情小说准备上课摸鱼，不知道好不好看，她还预备了另一本青梅竹马真假少爷、绿茶前任豪门联姻的先婚后爱文学以防万一。然而她没想到，这水课突然不水了。

　　上课铃响，老师站在讲台上道歉开场："首先和各位同学说声不好意思，上周我们院突然出了点问题需要处理，所以给大家放了两节课的纪录片。不过这部纪录片本身就是要布置给大家课后自行观看的，在课堂上看完也没有太大问题……"解释完，老师切入正题，很快进入了这门课的理论教学。

　　池再夏和姜岁岁是踩点到的，和上周一样，教室里只剩下前排座位。池再夏无所谓坐哪，扫了一眼后座，见不是上周那位许副会长，已然安心了许多。

　　老师在讲课，池再夏也没心思看小说，无聊发了会儿呆，又支着额在桌下翻了翻微信。

　　她刷出来的第一条动态是定位在美国的梁今越，配图是开跑车兜风，配文依旧是没什么文化以至于只能少说表现高冷的一个单词——COOL。

　　好心情戛然而止，池再夏面无表情地滑过去，没一会儿又忍不住滑回来。

　　很奇怪，明明告别还算体面，可他们依然从形影不离的青梅竹马变成了赞都不点的躺列关系。

　　"看什么呢，分组了分组了！"教室里不知怎么，一恍神的工夫变得闹哄哄的，姜岁岁也撞了撞她的胳膊出声提醒。

　　"什么分组？"池再夏回神。

　　姜岁岁："摄影小组啊，以后上课都要以小组为单位进行活动，老师在统计有单反的人。"

艺术摄影的选修备注里有那么一条，最好有单反相机。但很多学生不是本地人，不一定带相机来学校，加上单反并不是便宜玩具，不可能人人都有，所以摄影分组是以机器为基点，两台一组，再进行组员扩展。

"池再夏，你肯定有对不对？我的相机没带来学校，你快举手，我加你的小组！"姜岁岁极其自然地给自己找好小团体。

池再夏无语，嫌弃地扒拉开她的爪子，缓缓举手。

大约花了十分钟，老师统计完班上都谁有机器，拿起花名册说："现在我点到名字的同学请站起来互相认一下，这就是以后的机器分组了。指定完机器分组，其他同学可以自行选择加入，8—12人为一个小组，大家有问题吗？"

没人提出异议，于是老师开始分组。

"盛尔雅，祝鹏，你们一组。"

"池再夏，许定，你们一组。"

"张提提，冯倩安……"

她和谁一组？

池再夏人站起来了，脑子还没，蒙头蒙脑地看向不远处清俊高瘦的身影。那道身影也稍稍侧身，朝她点了一下头。

姜岁岁激动地抱住她的胳膊晃了晃："许定，我们和许定一组欸！"

池再夏麻了。这难道是什么好事吗？她不明白经历过上周的社死现场怎么还有人能这么兴高采烈。

"等会儿我去找老师换组。"她面无表情地说道。

"换组？别呀。"姜岁岁一听，连忙阻拦，"他可是建院大牛！他们这种人绩点很高，什么课都能拿高分，和他一组不会吃亏的。"

她像是在乎分数的人？

姜岁岁苦口婆心地劝："再说了，分完又换多不好，人家就知道你不愿意和他一组了，一来二去的，岂不是更尴尬？而且不就是偷看一下，这有什么，大不了我等会儿和他解释解释。"

解释什么？怎么解释？池再夏正要开口，后座的同学忽然拍拍她的肩，问："同学打扰一下，你有机器对吧，请问你们组还缺人吗？"

"缺！"姜岁岁立马转头，积极地代表她回答，"我们组现在三个人，要看另外那位同学有没有同伴，应该是缺的。"

对方点点头表示了解，又问："那你们是哪个院的呀？"

姜岁岁顿了一下："我们是国际部的。"

"噢……好的，我再问问其他组，看有没有我们院的。"

对方没表现出太多异样，但也和买东西嫌贵去看看别家一样，一去没再回来。这很正常，从合并校区开始，对国际部有意见的城南学生就不在少数。

前段时间得知一起上模块选修，校园通上更是吵得沸沸扬扬，校长信箱都被塞爆了。后来学校不得不出面解释，模块选修作此安排是出于对教学资源的整合考量，仅此一次，并不作为以后定例。事实上国际部只是暂时被并进来，新校区在建，一两年就能搬走，以后也不可能再有这样的教学安排了。

和这位同学一样，知道她们是国际部生后没有下文的还有几个。但也有男生冲着池再夏来，自告奋勇说有比较丰富的摄影经验。还有人认出另外一位组员是建院学神，冲着许定想要进组。

机器分完后，已经快到第一节课的下课时间，老师抬手看了看腕表，说："那大家开始自由组队吧，可以换位置讨论，总之下节课前确定好具体分组就行。"

阶梯教室倏然喧嚣起来。

姜岁岁打算拖起池再夏去找许定。池再夏双手环抱在身前，一动不动："凭什么我们去找他？"

"凭人家脑子好，凭人家能带我们拿高分。"

池再夏还是没动。

"行了大小姐，这不是——"姜岁岁打算再劝两句，一抬眼，却见许定拿着自己的书正往她们这边走来。

走到过道处,许定停步。他耐心地等着右侧同学收拾离开,才将自己的书放到桌上。

"你好,我是建筑学1班的许定。"他站在过道低头看池再夏,礼貌地进行着自我介绍。

池再夏抬眼一瞥,想起上周的事,目光心虚地游移起来。她摸摸后脖颈,也敷衍地自报起家门:"噢……国际部,池再夏。"

听到国际部许定没什么特别的反应,语气仍然礼貌清淡:"那以后摄影课我们可以互相帮助,多多交流。"

池再夏继续敷衍点头,心里却纳闷她能帮什么,这难道不是他单方面的定向扶贫吗?好在简短的介绍后,姜岁岁拯救了她:"许同学你好,我叫姜岁岁,和池再夏是同班同学,我们以后也在一组。"

许定嗯了一声。

"对了,这两位同学刚刚说想加我们组,不知道你那边……"

姜岁岁本来就坐在最外侧,隔在池再夏和许定中间。这会儿她滔滔不绝地和许定说起组员问题,池再夏就偷偷转身背对过道,听其他人说着相机镜头什么的,假装出很忙的样子。

许定在听姜岁岁说话,时不时回应一句,偶尔目光也不经意地越过她,扫向后面女生的冷茶色卷发。

一番交流下来,姜岁岁感觉这位许副会长脾气还挺好,既没有因为国际部流露出什么情绪,也没有因为自己是校会副会长就强势安排搞一言堂。那上周的事情,他应该不介意吧?

想了想,姜岁岁掩唇咳了一声,试探道:"许同学,还有件事不知道你记不记得,上周……我和我同学也坐在你前面,然后……拿手机看了你一下……"

许定抬眼,目光静静的,一副不置可否的样子。

姜岁岁被这眼神看得发毛,突然也没了底,这眼神是什么意思?

055

"还敢提"的意思吗?她心虚地往后瞟了一眼,见池再夏在装死,于是又转回来硬着头皮面对许定。

"其……其实是因为你之前下寝招过新,我认出你,就稍微和我同学聊了两句。然后我同学没看清你长什么样子,我想着打开手机让她看一下,总之我们绝对没有要偷拍你的意思!嗯,就是看一下!"

"那看清了吗?"

"看清了,我同学觉得你特别帅!"

姜岁岁顺着话头脱口而出,根本没过脑子,说完也没觉着什么,反正夸人又不会出错。

许定挪了挪目光,望向姜岁岁身后的池再夏。她的背脊很薄,衣衫领口不安分地向一侧倾斜着,半露出白皙漂亮的直角肩。在教室白灯下,懒散的背影也染上几分冷色调的清艳。

半晌,许定开口:"谢谢,你同学也很好看。"

## 【九】

池再夏当然是好看的。他们国际部的学生大部分都具备家境不错和学习不怎么样两大特点,有相对较多的闲钱和时间来捯饬自己。就算和以前静西附近的体大、电影学院相比,国际部的美女含量也毫不逊色。而在美女如云的国际部,池再夏也一直都是镁光灯下的焦点。所以姜岁岁没觉得许定这话有什么问题,甚至还想附和几句。

池再夏背对着他们,周遭声音杂乱,听不清他们在聊些什么,但后背凉凉的,总感觉不大对劲。她疑神疑鬼地回头,却看到两人只是在和其他组员正常交流。

等了一会儿,趁姜岁岁空下来,池再夏拉过她小声拷问:"你们刚刚在说什么?怎么感觉古古怪怪的?"

"就在说分组的事情啊,噢,我还和他解释了上周的事……"

姜岁岁又给池再夏复述了一遍，末了一脸自然地说："他听了觉得没什么，就这样。"

"就这样？"池再夏狐疑道。

姜岁岁本来想说"就这样呀他还夸你好看呢"，可上课铃骤然响起，清脆到刺耳的高分贝铃声将教室的吵闹声都全然覆盖。

老师回来，统计具体分组。

池再夏他们组一共十个人，除了池再夏和姜岁岁是同班同学，其他人都来自不同院系。为了方便以后沟通，姜岁岁提议拉个讨论组，大家没意见，都配合地扫码加入。

等众人讨论完回到自己的位置，姜岁岁悄悄凑近池再夏，拿着手机分享道："看，许定的微信！"

池再夏瞥了一眼。

许定的头像是一个几何建筑的手绘图，列表一抓一大把的那种灰白色调，昵称直接是真名，朴素得特别适合配上一张三寸白底免冠照。

姜岁岁点开他的朋友圈。他的朋友圈没有设置展示时间，但一共没发多少，有时候是拍的风景，有时候是搭建好的模型，很少配文。

池再夏兴致缺缺，她微信好友上千，这样的动态每天都能刷到无数条。

"这是什么意思？"姜岁岁又指着许定头像下面的个性签名问。

FIRM，一个简单的英文单词。

池再夏扫了一眼，随口说："电影吧。"

姜岁岁："电影难道不是MOVIE吗？"

"有两个单词都是电影。"池再夏回答得不假思索。她对自己的英语水平还是有点信心的，但不多。

说完没几秒，她就感觉这单词确实有点形似神不似，于是又凑近屏幕仔细研究了一下，声音也变得犹疑："或者农场？"

姜岁岁："我记得农场好像是F-A-R-M。"

"是吗？"

两人偏头对视，小脑袋瓜凑在一起，都从彼此眼中看到了对未知知识的深深疑惑。最后还是姜岁岁想起手机上有单词软件，打开搜了一下："噢，是公司，做形容词有坚持、坚定的意思。"

……无聊，池再夏在心里翻了个天大的白眼。

熬完这堂选修课，外面天已经黑了。池再夏这回没急着跑路，等教室里人都走得差不多了，才和姜岁岁一起离开。

走到音乐楼外，姜岁岁眼尖地瞄到不远处那道熟悉的身影，试探着喊了一声："许会长？"

许定停步，回头。

"干什么你——"池再夏还没反应过来，就硬生生被姜岁岁拽着往前走。

姜岁岁压低嗓音："这么好的机会还不赶紧和人套套近乎！"

"和他套近乎干什么？"

"我妈说了，在家靠父母，出门靠朋友，在学校多认识点人总没错，不然你以为我怎么认识的你前男友的朋友？"

人家念书你交朋友，还骄傲上了，可真有你的。

快步走到许定面前，姜岁岁已经热情地打起招呼："许会长，好巧啊，这条路……你是要回宿舍吗？"

许定抬眼，礼貌地嗯了一声。

姜岁岁就等着他这声，笑眯眯道："我们也回宿舍，刚好顺路。"

许定没说什么，但很轻地点了一下头，似乎还配合地放缓了步调。

秋日夜里的风是微潮的，清清冷冷。不过校园里还很热闹，琴房传来悠扬的琴声，学生三两成行，或是骑单车，或是走路，远处合围成同心圆的图书馆楼群也灯火通明。

池再夏懒得打搅姜岁岁的交友大计，一路玩着手机，不时敷衍几声。姜岁岁却一碗水端平谁都不落,一会儿这边说两句,一会儿那边聊两句。到女寝楼下时,她已经顺势向许定要起了好友位:"对了许会长,方便加个微信好友吗?以后有什么不懂的我们也好向你请教。"

许定微顿。

姜岁岁忙又补上一句:"不方便也没关系,我就是问一下,实在有什么问题也可以在讨论组里找你。"

"没有不方便。"许定抿抿唇,"我关了被添加,现在手机没电,回寝室我来加吧。"

姜岁岁眼睛一亮:"好啊好啊,麻烦会长啦!"她见好就收,忙乖觉道,"那会长再见,我们到了,就先上楼了!"

听到"上楼",沉浸式玩手机的池再夏在一旁掀了一下眼皮,也含混地说了声再见,只不过她嘴巴都没怎么张开,从表情到声音都透露着敷衍。

许定点点头,站在原地,一直安静地目送两人上楼,过了很久才缓缓转身,迈步离开。

走过楼梯转角,姜岁岁兴奋地抱紧池再夏的胳膊吱哇乱叫:"啊啊啊池再夏!你听到了吧?许定说回去加我们欸!没想到他这么好说话!"

"醒醒吧你,人家就是委婉拒绝的意思,你脑子泡水了吗这都听不出来?"

"哪有!"

"手机没电都能说出口,还要有多明显?"

池再夏无语地翻了个白眼。拜托,这种比外卖送迟一小时的面条还要烂的理由她高中就不用了好吗?

"真的?"听她这笃定的口气,原本以为成功的姜岁岁不由得开始动摇,"可我都说不方便就算了,他为什么还要加,这不是多此一举吗?"

"讲面子的人是这样的，可能觉得当面拒绝太尴尬，说回头再加，但回头没加的话，别人也会以为他是忘了，不好意思问，对吧。"池再夏分析得头头是道。

　　姜岁岁虽然很想说"我好意思问啊，这有什么不好意思的"，但还是忍了忍，把大逆不道的话咽了回去，她可不想给自己找白眼受。

　　不过池再夏说得也对，能混进平大校会的哪是什么一般人，看着安静内敛，实则八面玲珑，连国际部生也不得罪，就冲这待人处世，谁见了不想高低给投个几十票？就是可惜了，微信没加上，她叹了口气。

　　回寝室，池再夏照例先洗了个澡。

　　虽然淋浴设施都是全新，但每天在这不足两平方米没有精油香氛泡泡浴的洗手间经受一场不稳定水温水压的洗礼，对池再夏来说也是前所未有的糟心。

　　洗完澡出来，她边擦发尾边上游戏。好友列表里，明镜非台的名字还是灰色，她打开企鹅，问他今天还上不上号。

　　对面回了个1，解释说："刚洗完澡，稍等。"

　　这边刚和明镜非台约好，叮的一声，游戏里私聊又响了起来。

　　【私聊】软桃：夏夏，来日常吗？刚好有个位置！

　　软桃是帮会里的，前两天在任务点附近碰巧遇到，对方很热情地邀请她一起任务，两人就顺理成章加了好友。

　　话说回来，自从池再夏花四万金拍下宝石又每天穿着不重样的时装招摇过市后，帮里关爱新手的人突然就多了起来。

　　池再夏的游戏好友也从原来少得可怜的几个人扩展到了需要分两个组。

　　【私聊】雨一直夏：不了，一个位置不够，我和明镜一起。

　　【私聊】软桃：明镜？好啊夏夏！【并不简单】

　　【私聊】软桃：老实交代！你和明镜什么关系！又是拍宝石又是绑定日常的！

【私聊】雨一直夏：关你什么事？

池再夏没明白，就见过一次，她和她有什么好交代的？这人真有意思，比姜岁岁管得还宽。

对面似乎没想到她说话这么直白，一下哽住，好半天没出声。

池再夏没管她，正想到姜岁岁呢，就见姜岁岁给她发来了微信轰炸。她拿起手机——

姜岁岁：啊啊啊啊啊啊！

姜岁岁：加了加了！

姜岁岁：【截图】

姜岁岁：许定加我了！是不是也加你了！看吧看吧！你就是以小夏之心度君子之腹！

池再夏：骂谁呢？

【姜岁岁撤回了一条消息。】

池再夏点开截图看了一眼，还真加了，这位许会长怎么这么老实。

她下意识地退出聊天界面，点开好友请求。有倒是有，还挺多，但没有一条来自那位许会长。

还没轮到吗？这么想着，池再夏看了一眼微信设置，确认自己没有关闭被添加后，又好脾气地回到新朋友页面继续等待。

一分钟，两分钟……看着风平浪静仿佛断网的好友请求列表，她后知后觉，好像明白了什么。

噢，只加姜岁岁不加她是吧？一个小组这就开始搞区别对待是吧？

真有意思，不加就不加！她池再夏的微信是谁想加就随便能加的吗？看看这长长的打招呼列表！想加她的人如过江之金鱼好吗！

池再夏将手机扔到桌上。没过几秒，她气不过又把手机捞起来，从摄影讨论组找到许定的头像，点进去，正想一气呵成将这人拉入黑名单，忽然瞥见"发消息"三个字，眸光顿住。

等等，发消息，不应该是"添加到通讯录"吗？

池再夏点了一下"发消息"按钮,界面自动跳转到聊天对话框,不过里面一片空白。她又退回到好友列表,按字母顺序找到X。在长长的列表末尾,她终于看到一个夹杂在各色花哨昵称里,她从未注意过的用灰白建筑手稿做头像的好友,好友昵称:许定。

## 【十】

池再夏怔住。许定?她怎么会有许定好友?

她盯着完全空白的聊天界面陷入沉思……她平时并没有删除聊天记录的习惯,完全空白,甚至没有打招呼内容,这说明好友至少是换手机之前加的,她这个手机是什么时候换的来着?

不行,想不起来,头好痒,好像要长脑子了!

她懒得再当什么福尔摩斯,干脆敲了个问号发过去,本来还要问他"我怎么会有你的微信",想了想又改了一下顺序倒打一耙。

池再夏:许会长,我们之前认识吗?你怎么会有我的微信?

对面人在,过了一会儿,发来一张截图。截图内容是一段简短的聊天记录,也不能说是聊天记录,因为只有他一个人在说话,她理都没理。

许定:池再夏同学你好,我是MOC乐高社社长许定。

以上为打招呼内容。

许定:池再夏同学你好,MOC乐高社本周活动时间为周五中午12点,地点:科技楼3楼活动室,望准时参加。

许定:池再夏同学你好,因校运会冲突,MOC乐高社本周活动取消,收到请回复。

……

许定:池再夏同学你好,本周三中午12点,MOC乐高社活动地点定于二教6楼603,本学期最后一次社团活动,出勤率为零将无法获取社团加分，还望准时参加。

第一条打招呼的发送时间是三年前二月，最后这条是三年前六月，算起来应该是高一下学期那会儿。

MOC乐高社？她高一好像确实加过什么混学分的社团，但一次都没去过，是这个社团吗？出勤率为零将无法获取社团加分，她怎么记得那会儿进的社团混上加分了呢？

池再夏满脑子都是疑惑，好一会儿才想起回话。

池再夏：原来你也是一中的。

池再夏：【猫猫头震惊.jpg】

许定：是。

池再夏：好巧，我们还在一个社。

许定：嗯。

反应这么寡淡，看来这人对她没什么印象。不过也能理解，能进平大王牌学院还能混上校会副会长的人，即便在学神云集的平城一中肯定也属于顶尖那拨。

听姜岁岁说，这位许会长是凭借什么竞赛金牌保送的平大，那他高一不是集训就是竞赛，高二高三都保送了，估计也不怎么出现在学校，不知道她在一中的光辉事迹很正常。

既然不是区别对待，池再夏也就不气了。她草草结束对话，撂下手机，没打算再和对面多聊。

这一小会儿工夫，电脑已经休眠。她挪挪鼠标，屏幕转醒，只不过游戏界面的私聊已经被软桃的道歉刷屏，大致就是些对不起不该乱八卦、好像冒犯到她了之类的。

池再夏顿了几秒才想起来，刚刚这人打听八卦被她怼了回去。她吃软不吃硬，人家道歉态度良好，她也就觉得没什么，随手回了句没事，甚至还想了一下自己刚刚是不是语气不太好。

好友列表里，明镜非台已经是在线状态。

063

两人现在培养出了默契，都不用打招呼，一个组队请求发过去就能同时传送到日常任务点。任务点附近有很多人在蹲队伍，明镜非台发了一条招募，很快组齐队友。

　　日常很简单，通常不需要太多交流。几人一起安静地刷着BOSS，没想到的是今天BOSS打完，地上竟然掉落了一枚火鸟蛋。

　　【队伍】月织织：！

　　【队伍】月织织：火鸟蛋！

　　【队伍】月织织：我馋了好久，第一次见到。【星星眼】

　　池再夏这才注意到地上那枚小小的火鸟蛋，看面板描述品质不高，长得也不好看，孵出来就是只普通品质的秃毛火鸟而已。

　　组队日常没有竞拍一说，大家都是默认系统随机分配，简单来说——看脸。于是在看完面板描述后，池再夏就发现那枚火鸟蛋已经自动落入了自己的背包。

　　【队伍】月织织：【大哭】【大哭】

　　【队伍】月织织：恭喜姐妹！小声问一句姐妹能卖给我吗？多少钱你开，当然不可以也没关系。【大哭】

　　看得出来，这个叫月织织的玩家是真的很喜欢秃毛火鸟。池再夏没多想，直接点了她交易。

　　【队伍】月织织：？！

　　【队伍】月织织：啊啊啊啊谢谢姐妹！

　　【队伍】月织织：我就差这只火鸟集齐所有灵宠了，呜呜呜真的超级感谢！

　　【队伍】雨一直夏：不用

　　【队伍】雨一直夏：我不太喜欢，送给你好了。

　　月织织没有因为池再夏直白的嫌弃就不再感激，追着池再夏要给金，池再夏直接拒绝了交易。月织织又加上她好友，说以后有需要帮忙的地方尽管找她。

【私聊】月织织：姐妹，你也是平城的吗！

【私聊】雨一直夏：你怎么知道？

【私聊】月织织：我们俩的距离只有二十多公里耶。

【私聊】雨一直夏：？

于是在玩了这么久游戏后，池再夏终于从月织织口中得知《风月》还有距离定位功能，只不过仅限同步开启这一功能的好友可见。

池再夏隐约记起什么，打开明镜非台的资料看了一眼，距离那一栏显示的是未知。

他没开定位。难道她眼花或者记错了？仔细想想，哪怕之前开过，小于1000m也确实不太可能，很有可能是1000km。

池再夏一边琢磨一边关掉定位，还在想要不要找明镜确认，明镜就突然发来私聊。

【私聊】明镜非台：夏夏，有件事想和你说一下。

【私聊】明镜非台：我要出趟远门，可能一周左右才能回来。

这消息来得有点猝不及防，池再夏愣了一下。

【私聊】雨一直夏：什么时候？

【私聊】明镜非台：明晚。

【私聊】雨一直夏：噢。

【私聊】雨一直夏：那不能带电脑？

【私聊】明镜非台：是一个比较重要的活动，需要帮导师处理些事，会比较忙，而且有时差。

【私聊】雨一直夏：出国？

【私聊】明镜非台：嗯。

池再夏突然有点好奇明镜的三次元，之前她和江悬夜都透露过自己在念大学，但明镜从没说过自己的现实生活，只从那次开麦可以听出他应该是个年轻男生。

【私聊】雨一直夏：你有导师，那你是在读研吗？

【私聊】明镜非台：不是，我现在大二。

欸？他也大二，那年纪应该和她差不多大。

短暂的惊讶后，池再夏不知道为什么，心里又泛起些空落落的感觉。之前还担心明镜会不会对她日久生情什么的，结果突然发现，明明是她比较依赖明镜。

尤其是上次拍完火灵宝石后，江师兄不知怎么上线频率骤然降低，上了也对副本日常兴致缺缺，倒经常在社交账号上更新些伤感文学，秋行又一贯很忙，所以她和明镜一起玩的时间就更多了，基本登上游戏就下意识地找他。

虽然他话不多，人闷闷的，但做什么都很靠谱，突然说要离开一周，池再夏光是想想都觉得会很无聊。不过说到底也只是游戏好友……池再夏叹口气，故作轻松道："好啊，那等你回来。"

对面静默片刻，回了一个"嗯"。

【私聊】雨一直夏：你说等你回来会不会都合服啦？我看群里最近一直在发合服的小道消息。

不得不说，池再夏多少有点摆摊算命的神婆潜质，上一秒说到合服，下一秒帮会群就有人贴出了官网正式发布的合服公告。

《风月》每个版本都会开几个新服，按照一季度一版本的频率，服务器必然会存在冗余情况，所以新服开满一年后，基本就会被合并进其他大服。他们所在的荒城之南是去年新开的，流量还可以，但仍然没逃脱合服的宿命，将被并进电信第一大服——南柯一梦。

真是南柯！这破游戏是不是要倒闭了啊？我不理解。
下周一？这么快！
我还是第一次经历合服欸，为什么觉得好刺激！
天天打架，是挺刺激。
听说北原那边的帮会联盟在联系隔壁服，好像想谈合作，我们帮怎么说?

帮主也在联系故剑情深那边,不过人家肯定不会让帮联指挥啦,故剑的战力比我们帮高一倍还不止……

怕什么,青山不许都退游多久了啊,他们帮没有青山不许也就那样,不服就是干呗。

你可真敢说,拿什么干?拿头干啊!

青山不许,这已经不是池再夏第一次看到这个ID了。闲着也是闲着,她好奇地上官网看了一眼。

游戏官网是可以查到玩家排行榜的,榜单种类很多,四海群英榜、幻境风云榜、战力榜、武器榜……林林总总十几个,有的全门派一起排,有的分门派排。

池再夏选择服务器南柯一梦,查看:

四海群英榜——

君山派 青山不许 第一;

门派武器榜——

君山派 青山不许 第一;

幻境风云榜——

【神墓探幽】40人梦魇级幻境 【故剑情深】青山不许 首杀;

【溯往昆仑】40人梦魇级幻境 【故剑情深】青山不许 首杀;

【《风月》无边】40人梦魇级幻境 【故剑情深】青山不许 首杀

……

池再夏忍不住截图发给明镜非台:"这样屠榜,这人是睡在游戏里吗?"

对面静了几秒……不是。

## 【十一】

　　青山不许当然没有睡在游戏，正如帮会群所说，这位大佬已经隐退很久了。之所以还能屠榜，是因为她看的四海群英、门派武器这种都属于纪录型榜单，只要创造的纪录够高，就很难被人打破。像战力、修为这种需要长期保持增长状态的榜单，别说一两年，小半个月不在就会被人取代。不过池再夏只是随口一问，也没太去纠结缘由。

　　随着合服消息的正式发布，这几天，游戏和论坛都肉眼可见的躁动起来……在《风月》里，每个帮派创建之初都要选择自己的属地，一旦选定，不可更改。

　　原本游戏内大多帮战都来源于五大属地之间的竞争，合服后就不一样了，一山不容二虎，属地内部的帮派也会为了地盘和指挥话语权的争夺开始内斗。这种内斗很难避免，除非一方滑跪，或者双方达成合作共识。

　　池再夏所在的帮会踏星是荒城之南服务器的中州指挥帮，中州帮会战力榜第一，本服总排名也相当靠前，但明眼人都能看出，踏星和隔壁服的中州指挥帮故剑情深实力根本不在一个量级。合服消息发布后，踏星帮主已经联系上故剑情深，想直接让出中州指挥权避免帮战。简单来说就是踏星打不过，准备滑跪了。

　　不过这些和池再夏关系不大，她只是个新手，对打打杀杀也不感兴趣，相对而言，她还是更喜欢买时装、做日常、下副本、拍装备这些。

　　说起来，这段时间池再夏下了不少副本，装备和操作都有了一定提升。装备的提升嘛，在钞能力的作用下自然是很明显的。至于操作，现在大概就是能认清技能、分辨出使用顺序的水平，还是菜得BOSS看到都想昏厥。

　　夏夏：我好菜哦，刚刚做日常又死了！

　　夏夏：明镜你老实交代，你之前是不是经常用技能救我？！

明镜：偶尔，没有经常。

明镜：慢慢来，没关系。

夏夏：欸，你怎么在？

明镜非台已经三天没上游戏了。池再夏这三天都在自己做日常，企鹅给他留言，一般都要隔很久才能得到回复。

明镜：刚好起床。

池再夏算了算时差。现在起床，他去的该不会是美国吧？

夏夏：那……早安？

明镜：嗯，早安【太阳】

原来这人会用表情啊，企鹅自带的小太阳怎么感觉还挺可爱。

"叮叮——"正在这时，游戏内的私聊频道接连响了两声。

池再夏看了一眼。

【私聊】天蓝：夏夏。

【私聊】天蓝：刷灵鹿洞吗？

天蓝是最近那批开始关爱新手的帮会成员之一，副本里见过几次，很热情，之前隔三岔五就来问她要不要带排位，说能带她无痛上分逛大街。

有这种好事，池再夏当然是要去的。有福同享，她每次还会叫上明镜一起，两人齐齐出现在擂台角落，打坐敲木鱼看着场上3V1。托天蓝的福，她和明镜还完成了好几个排位任务。

只不过两三次后天蓝就没再问过排位了，明镜说，天蓝可能嫌他们菜。这几天不知怎么，天蓝的私聊再度频繁起来，就像这会儿又来问她要不要刷灵鹿洞。

【私聊】雨一直夏：灵鹿洞我还没刷过，不会。

【私聊】天蓝：没关系，很简单的。

【私聊】天蓝：我带你，我还叫了我们帮奶妈。

灵鹿洞是满级5人本，很受玩家欢迎，因为它有概率掉落珍贵品级的灵宠九色鹿。比起先前送给月织织的秃毛火鸟，九色鹿要好看太多了，而且不用孵化，和天巫也很搭，池再夏还挺想刷一只。

她敲了个1答应下来，然后又和明镜非台说了一声。

夏夏：我要去刷灵鹿洞，先不和你聊了！

灵鹿洞，正在喝水的男生停下动作。灵鹿洞是亲友休闲本，可秋行最近在加班加点带40人梦魇，争取在合服前多刷帮会资源，江悬夜更是连游戏都很少上。

"灵鹿洞，和你师兄一起吗？"他不经意地问。

"不是，和那个什么……之前带过我们排位的那个——"池再夏回游戏看了一眼ID，"天蓝。他说还叫了帮里的奶妈。"

对面男生看着聊天框内蹦出的ID，安静很久，嗯了一声，回了句"好好玩"，转而又打开日程安排。

这边池再夏买了一点符咒药品，进了天蓝的队。天蓝见她来，很热情地在团队语音和她说晚上好。

池再夏没太注意他这份热情，见其他人还没进队，打声招呼就干脆起身去了趟洗手间。等她回来时，天蓝正在有意无意地哼歌。池再夏听了一耳朵……多少是有点难听了，她直接把音量拉低。

正当她打算问问其他人怎么还没到的时候，几声入队提示音响起。

池再夏这才发现天蓝叫来的帮会奶妈是软桃，另外一男一女大概是他们的亲友，不认识。

"天蓝，唱什么呢？"软桃一进来就问。

"没什么，随便哼两句。"他笑了一下，"最近比较喜欢和夏天有关的东西。"

这话好耳熟，她的渣男前任们也这样说。池再夏警惕起来，不管是不是自己多想，直接在队伍频道懵懂地问了一句："我回来了，都到了吗？你们在说什么？"

软桃这才注意到池再夏，意味深长道："夏夏，原来天蓝要带的新手是你呀。"

天蓝:"你也认识夏夏?我之前经常带夏夏排位。"

"只有三次,还有明镜一起。"池再夏打字纠正。

软桃噢了一声,了然道:"说起来最近几天明镜好像都没上线?"

"他有事。"池再夏随便应付一句,没细说。

队伍里陌生男乐师却突然问:"欸,小桃,这是不是你们帮那个花四万金给亲友拍稀少宝石的新手富婆小姐呀?"

软桃:"嗯,她叫夏夏,我们刚刚说的明镜……就是那个亲友。"

这都多久了,一颗宝石,至于这么八卦吗?然后他们就用实际行动证明——至于。整个灵鹿洞加上剧情动画满打满算不过二十分钟,他们开着团队语音聊了整整二十分钟的八卦。

聊八卦其实没什么,可他们总用一种并不是发自内心的怜爱语气表达对其中一方的同情,半遮半掩、欲言又止,聊完再加上一句"当然我也只是听说不一定是真的啦",听起来很像在开什么又当又立的塑料姐妹茶话会。

副本快要结束的时候,他们聊到哪个帮帮主为了和漂亮妹妹上床,在游戏里砸了很多钱结果被骗。男乐师还用夹子音CUE池再夏,来了个首尾呼应。

"对了,夏夏小姐姐,你也要小心点哦,你那个朋友最近不上线,说不定也是骗你拍了贵重礼物不想还就直接跑路了,当然,小姐姐你有钱可能不在乎几万金,我只是冒昧地提醒你一下啦。"

"那你是挺冒昧的。"

如果没有他们在这阴阳怪气地聊八卦,又或者没有表现出对那次竞拍的了解,池再夏可能会觉得他确实是好心提醒。但他这明显不是,而是闲得发慌站在道德制高点以好心的名义习惯性地恶意揣测,简称犯贱。

"小姐姐你这是什么意思?我都说了只是好心提醒一下呀,实话是比较难听嘛,但……"

池再夏只觉得耳朵有被吵到:"难听就闭嘴,别夹出什么好歹。"

软桃赶忙出来打圆场,然后又开始替人道歉。

之前她道歉池再夏还以为是发自内心,现在看来不然,刚刚碎嘴的时候她可一句没少说,道什么歉呢?道歉态度良好但坚决不改是吧?

池再夏理都没理,径直退队。晦气死了,浪费二十分钟还什么都没出。

天蓝很快追来,和她解释那两个人他根本不认识,是软桃叫来的,软桃也是因为在同一帮会所以才偶尔一起刷本,算不上熟。

池再夏对这些不感兴趣,虽然天蓝没参与他们的八卦,但这个人也很不对劲,一会儿哼什么难听的歌,一会儿又说喜欢和夏天有关的东西。鉴于近期脑补多次翻车,她也不太确定是不是她自作多情,干脆直接下线,没多搭理,反正今天她也没心情再继续游戏。

然而池再夏没想到,第二天再上游戏时,她发现自己被悬赏了。

以前陆明珠就说,她这臭脾气如果来玩《风月》,刚出新手村就得被人挂悬赏。可事实上,池再夏已经老实本分地玩了好长一段时间,别说悬赏,路上遇到红名打架人家都会怜爱她是萌新小巫女,特地停手等她走开再继续厮杀。

看到这道悬赏通知,池再夏思考了一下,倒也没太惊讶,心想应该是昨晚那个污染耳朵的乐师发的。她点开悬赏,看到发布者却是一个陌生ID:慕浅瑶。

难道是那个乐师的小号?池再夏疑惑。

被挂悬赏其实算不上什么大事,游戏嘛,总有无尽的恩怨是非,一句口角引发的血案时时刻刻都在发生。这会儿除了这道悬赏风平浪静的,池再夏也就当没回事,顺手给对方反挂一个,该干什么就干什么。

然而她正做着日常,队伍里的路人突然疑问道:"雨一直夏……姐妹,世界上刷的该不会是你吧?"

什么?池再夏后知后觉地看向世界公屏。

【世界】慕浅瑶：雨一直夏，你玩游戏就是为了找男人吗？技能还没学会就先学会知三当三啦？

## 【十二】

知三当三……不知道为什么，池再夏看到这个词的第一反应是：难道明镜有女朋友了？

没等她细想，慕浅瑶已经在世界刷屏。

【世界】慕浅瑶：雨一直夏，你玩游戏就是为了找男人吗？技能还没学会就先学会知三当三啦？

【世界】慕浅瑶：雨一直夏，你玩游戏就是为了找男人吗？技能还没学会就先学会知三当三啦？

《风月》的世界发言覆盖全频，不过需要使用到喇叭道具，同服玩家在线可见。喇叭偶尔活动会送，直接购买五块一个，所以"不服上世界"也是人民币玩家彰显财力的一种方式。慕浅瑶显然挺有财力，一句话反反复复地刷，一副不把事情搞大誓不罢休的架势。

【世界】三花淡奶：？

【世界】卿泽泽：展开说说？

【世界】静水流深：前排蹲一个惊天动地的818！

【世界】流萤抱月：这是哪个不长眼的又得罪瑶公主啦【狗头】

【世界】一咕到底：借屏，【30人传说级幻境幽莲之境】=1尊贵治疗，补贴分红！

池再夏顺着世界消息点开慕浅瑶的资料。慕浅瑶玩的是玩家人数最多的门派——璇玑宫，一身装备比她见过的所有璇玑宫的人都要华丽，全身金装，极品宝石，甚至还有八段神武。

神武本来就很难做，需要各种可遇不可求的神级材料，做完想要升级上段更是难上加难，总之是又看钱又看命。

073

论坛有持续更新的神武汇总帖，游戏开服至今，排行第一的武器仍是青山不许手中那把十二段君山神武，慕浅瑶手中上了八段的璇玑宫神武也很少见，全服应该不超过二十把。

　　看完资料，池再夏已经确定自己并不认识这位金光闪闪的璇玑宫弟子。她没理会同队想要近距离吃瓜的路人玩家，刷完日常，一边前往NPC处交任务，一边买了点道具喇叭。

　　【世界】雨一直夏：【慕浅瑶】

　　【世界】雨一直夏：谁告诉你我技能没学会？

　　【世界】雨一直夏：你哪位？

　　【世界】慕浅瑶：【呕吐】【呕吐】【呕吐】

　　【世界】慕浅瑶：自己做过什么心里没点数？

　　世界频道愈发热闹，毕竟独角戏总是没有互扯头花来得直接刺激！

　　【世界】静水流深：看了一下资料，踏星的，我好像知道是谁了。【捂嘴】

　　【世界】三花淡奶：家人们能不做谜语人吗？

　　【世界】蜂蜜烤鸡腿：应该是踏星最近来的那位新手富婆，据说拍装备不眨眼，跟她打本车车发财。【吃瓜】

　　【世界】卿泽泽：所以富婆们的男主是哪位？

　　【世界】蜂蜜烤鸡腿：盲猜一手随风大神，慕浅瑶好像是他徒弟！

　　【世界】轻轻：这又是哪路大神……我怎么没听过？【疑惑】

　　【世界】蜂蜜烤鸡腿：指路群英榜君山派第五。

　　【世界】流萤抱月：笑死，我们服的君山第五都能叫大神啦？看到都想替青山不许打个问号的程度，真是漫天神佛千千万，《风月》高玩占一半。【嘲笑】

　　【世界】亦山亦川：男主不是天蓝吗？慕浅瑶在帮会说了。【迷茫】

　　随风……天蓝……天蓝？池再夏看着世界频道正纳闷，游戏界面忽然弹出几条系统提醒：

【慕浅瑶】对你开启了强制敌对模式！

【唯爱瑶宝】对你开启了强制敌对模式！

……

紧接着，这几道开启了强制敌对的红名自四面八方朝她冲来。

他们气势汹汹来者不善，怕杀个新人杀得不够利落完美，还在语音里交流着"我先给控""你续个定身""我一套技能交完你再接控""等会儿给我个盾我怕这家伙直接交大"什么的。然而他们还没杀到面前，池再夏已经用瞬移符光速消失。

瞬移符是逃命道具，但少有人买，因为相比高昂的价格，它表现出的效果实在有些不尽如人意。首先游戏都是有安全区的，不想被杀可以待在安全区里不出来。其次被杀几回掉不了多少经验，如果杀几回解决不了恩怨，那逃这一时也没什么大用。但池再夏觉得这东西很有用，特别适合她这种脾气不小又技术不行的咸鱼，所以一口气买了一百张，买到了物品拥有上限。

连招攒好杀到跟前，却见雨一直夏突然没了踪影，慕浅瑶愣了一下才想起还有瞬移符这种鸡肋又晦气的道具，她气得又开始连刷世界，还让池再夏等着，818已经在写了，论坛见！

【世界】雨一直夏：好啊，我等着！【嚣张】【勾手指】

池再夏也特别想看看这位上来就悬赏挂人搞追杀的小公主到底要8她什么，于是在好整以暇地等了十分钟后，她终于在论坛看到了来自神武小公主的文学巨作——

《818荒城之南那位技能还没学会就先学会知三当三的富婆萌新》

要说多少次，技能已经学会了！学会了！池再夏不悦，但还是点

075

了进去。

按惯例，慕浅瑶首先把"小三"信息挂了出来，紧接着开始讲述她和天蓝的感情历程，期间还放了一些恩爱记录当作证明。随后是事情的重点，她开始回忆昨天深夜上天蓝的号给他准备惊喜，却无意发现天蓝在游戏空间发暧昧截图并设置仅"小三"可见的事。

天蓝：和夏夏。【截图】【截图】
天蓝：最近很爱夏天。
天蓝：下雨了，希望它一直下。

池再夏看到这，多少也有点不会了。她没自作多情，这人就是想钓她！不过这人是小学生吗？游戏空间这种东西谁看！噢，也不能这么说，慕浅瑶就看。

池再夏又点开天蓝发的截图。截图背景是灵鹿洞副本，画面中只有两个人，一张两人并肩站在树下，挨得很近，从截图角度看特别像在牵手；另一张则是两人面对面站着，由于体型不同造成的位置偏差，看起来很像在深情凝望。而这两张图上的ID赫然是【天蓝】和【雨一直夏】。

说实话，光是看图，池再夏自己都要信了。然而身为当事人，池再夏差点被气笑。她真是大开眼界，单独发游戏空间搞精准钓鱼那套就算了，怎么还有人趁她去洗手间自己截图制造暧昧呀！别说她根本没看见，就算看见她也不会觉得有被撩到，只会觉得这人有点大病好吧！

再往下就是慕浅瑶发现之后气不过，去找天蓝对峙了。他们的对峙聊天里，天蓝一直在暗示是池再夏主动找他，他不过好心带带新人而已，还诉苦说慕浅瑶身边总有很多男蝴蝶，两人没结婚没名分，他很没安全感，现在她又这样咄咄逼人，让他感觉很累。

也不知道是被渣男话术糊弄住了还是自己确实有值得心虚的地方，聊天记录里慕浅瑶突然没再质问天蓝，转而将矛头对准池再夏。

罗列证据环节差不多到此结束，后面则是保留节目喷小三，语焉不详说什么上梁不正下梁歪、师门传统之类的。最后表明立场，只要雨一直夏上号一天，她慕浅瑶就会不计成本无限期追杀，直到小三转服卖号或者退游。

帖子发出之后，翻页速度很快。前面都是些无意义的占楼，怜爱楼主骂小三，支持楼主悬赏追杀，治治现在的不良风气，还有所谓的"在场路人"现身发言。

9L：昨晚灵鹿洞在场路人发言，进本的时候男主正在给女主唱歌，男主还说最近喜欢和夏天有关的东西，两个人好像经常排位上分什么的，当时那氛围，你们自己品。【捂嘴】

……

11L：同灵鹿洞在场路人，9L说的都是真的，顺便一提，富婆女主脾气非常炸裂，亲友好心提醒也要被骂，而且女亲友找她玩她爱答不理，男亲友找她她立马就去，什么成分不用我多说了吧？

虽然前排基本呈现出一边倒的态势，但不少人都长着眼睛，会自己看证据，后面楼层就不乏路人提出质疑了。

48L：能看出这哥们是个渣男，但好像证明不了富婆知三当三吧？

……

62L：有一说一，楼主挂出来的明明是渣男同时垂钓富婆，818不应该8男的？渣男这就美美隐身啦，不出来走两步？

慕浅瑶没理那些让她挂渣男的，只挑了48L理所当然地回复。

楼主：他游戏空间里那么多和我有关的动态，她难道看不到？知三当三别洗了。

　　池再夏只气自己的论坛账号还不到留言等级。真有意思，遇上个比她还蛮不讲理的！她回到游戏——

　　【世界】雨一直夏：【慕浅瑶】

　　【世界】雨一直夏：请问你是什么万众瞩目的女明星吗？谁都得关注你那些破动态？

　　【世界】雨一直夏：你家河童我看不上，趁我不在偷偷截图还要算到我头上，真是笑死。

　　【世界】雨一直夏：我话也放在这，要杀就杀，能杀到算你有本事！【勾手指】【挑衅】

　　发完这条池再夏就没再理会，直接发布高额的贴身高手招募令。

　　【世界】雨雀：富婆果然是富婆，够嚣张。【吃瓜】

　　【世界】流萤抱月：红红火火恍恍惚惚公主殿下你也有今天。

　　【世界】路风风：趁人多找个老婆。【狗头】

　　【世界】静水流深：妙呀妙呀！打起来打起来给我狠狠打起来！

　　……

　　这会儿游戏和论坛都热闹得像在过年，踏星帮会群却陷入了诡异的沉默。池再夏正冒着火，原本想从帮会揪出天蓝骂上一顿，结果发现这人悄无声息地退帮了。她干脆把帖子里的9L和11L截图扔在帮会群里，打算一本一本地算账。

　　雨一直夏：@软桃

　　雨一直夏：你有事吗？不搬弄是非是不是会死？

　　她把软桃八卦道歉，还有昨晚游戏的队聊记录全都丢了出来，刚刚还沉默的帮会群瞬间冒出很多人。

　　在场路人是桃子？

这事还和桃子有关？

软桃也出来了。

软桃：夏夏你误会了，这应该是我亲友。【可怜】

雨一直夏：你和你亲友有什么区别？哦，有点区别，他们是出头鸟，你是躲在背后的小白莲。【嘲讽】

她看起来像傻子吗？即便回帖的两个"路人"都是她亲友，那"女亲友找她玩她爱答不理，男亲友找她她立马就去"这种话显然也是从她嘴里传出来的，更不用提他们臭味相投、搬弄是非、爱嚼舌根的爱好，还好意思在这QAQ！

你说话能不能别这么冲啊？

看聊天记录明明是你比较离谱吧……桃子当你是朋友才八卦一下，直接给人甩脸子，说你爱答不理只爱和男亲友玩也没说错就是了。

啧，富婆惹不起。

池再夏有一瞬间以为自己看错了。她玩《风月》没多久，还不明白在这种本质社交的游戏里，亲友到底有多重要，大多数人对正义的维护，到亲友面前最多只能做到沉默不言。

正当她被软桃的亲友围攻到快要怀疑人生的时候，帮里突然有个意想不到的人站了出来。

舒冷：差不多行了。

舒冷：师父在梦魇本暂时看不到消息，就当我们师门的人死光了？

群里安静几秒，可很快，软桃的亲友又开始内涵。

二师姐不说小师妹的。【偷笑】

富婆惹不起，大佬也惹不起，溜了溜了。

池再夏知道他们在内涵什么。

慕浅瑶的818里似是而非地说了一句师门传统，楼里有人好奇这又是什么瓜。于是有知情人士出来解答，说池再夏的师姐舒冷也是惯三，和师父暧昧把前师娘气到退游，还被某土豪原配悬赏追杀差点轮白。但因为她声音好听操作犀利，是天音阁攻略组大佬，所以还是在游戏里混得风生水起，很吃得开。

不过舒冷显然不是吃素的，一句话就把这些阴阳怪气的人给堵了回去。

舒冷：知道惹不起就少犯贱。

说谁犯贱呢？

果真是一个师门的，说话都这么没素质。

眼看帮会的气氛愈发剑拔弩张，帮主终于出现，不过他的出现不是为了解决矛盾，而是让人很不理解的撇清干系——

大家冷静一下，马上就合服了，请大家专心备战合服事宜，私人恩怨自行处理，帮会暂时禁言一天。【抱拳】

## 【十三】

明镜：睡了吗？

收到明镜的消息时是深夜三点，池再夏还在寝室床上翻来覆去气到睡不着。她不理解这个游戏怎么会有这么多离谱的人，也不理解明明是因为闲得没事想调整心情才来玩的这破游戏，结果在游戏里给自己找这么大一堆气受着，她图什么？

夏夏：没睡，睡不着！

回完这条，池再夏换了个姿势，手肘撑在枕头上，趴着回复。

夏夏：帮会的消息你看了吗？

明镜：刚刚看到。

池再夏似乎是嫌帮会聊的那些不够全面，又从下灵鹿洞那个倒霉副本开始，把事情的来龙去脉重新给他讲了一遍。

夏夏：气死我了！

对面一直没插话，耐心很好地等她讲完。

明镜：别太生气，等我回来。

夏夏：你回来也没什么用，人家满金装还拿着八段璇玑神武呢！【猫猫叹气.gif】

夏夏：不过没关系，我发了招募令，出安全区也可以找人保护我，她杀不到，气死她气死她！

夏夏：【愤怒猫猫头.gif】

看她炸毛，对面的人弯了一下唇。良久，他认真挑选了一个【摸摸头】的表情发了过去。

大概是发泄过后情绪得到缓解，或者被这难得的表情顺到了毛，池再夏忽然感觉没那么气了。

她心情平复一些，和明镜聊了几句有的没的，脑海中还闪过一个念头，深更半夜和男网友聊天……好像不大对的样子。

然而困意袭来，话说到一半，她眼皮半阖，脑袋一点就睡了过去。

对面久久没有等到回复，猜到她已经睡着，回看帮会群里的聊天记录，眸色深了深。

一觉醒来已经快十二点，今天周六不用上课，池再夏睡眼惺忪地捞起手机，原本只是下意识地看一眼时间，却发现睡个觉的工夫，屏幕上多出了几十条未读提醒。

她点开看，消息都是江悬夜和秋行发来的。

江悬夜：夏夏，我这段时间没太关注游戏，醒来才看到帮会消息，你没事吧？

江悬夜：他们也太不要脸了，不占理还敢挂你悬赏！

江悬夜：你放心，师兄这几天会多上线保护你的。【握拳】

……

秋行：夏夏，别担心。

秋行：你是我徒弟，我绝对不会随便让人欺负了你。

秋行：不过最近因为合服的事情天天忙着带本，都没怎么照顾到你，师父在这里也要跟你说一声抱歉。

……

池再夏略感意外，然后她发现原本说要禁言一天的帮会群已经解禁，里面少了几个人，仔细一看，少的竟然是软桃和帮软桃说话的亲友。

什么情况？她带着疑惑起床洗漱，点了一份沙拉，打开电脑，登录游戏。

周末游戏里人多，池再夏昨晚在主城天京下的线，这会儿天京人满，她一上线就被自动传送回了门派地图——风雪千山。

慕浅瑶大概是清楚这一登录规律，早早就带着人在风雪千山的传送点蹲守。

池再夏落地就看到新弹出的敌对提醒，还没来得及出传送阵就有两道不知从哪冒出来的身影挡在她面前，ID是熟悉的舒冷和江悬夜。下一秒，舒冷朝她发起组队邀请。

入队后，她听见舒冷开了团队麦在和江悬夜沟通，声音依然是那道听起来有点冷淡的女神音。

舒冷："你先给个群控，回头把对面奶妈拉开就行了，脆皮我来。"

江悬夜："他们璇玑拿的是八段神武，要不我先给你个盾？"

舒冷："不用，慕浅瑶，给她十二段神武也就那样。"

【队伍】雨一直夏：那我呢，我能做点什么？

趁着说话的间隙，池再夏问了一句。

舒冷："待在传送阵里别出来。"

【队伍】雨一直夏：？

舒冷没再理她，和江悬夜配合着上前与人厮杀，双方很快混成一团，各种技能特效放得人眼花缭乱，目不暇接。

不过事实证明舒冷不是在说大话，他们2V4，在满身金装八段神武的装备压制下还能打得有来有回。虽然舒冷手中那支流光溢彩的玉笛也是上了五段的天音神武，但神武一段一境界，三段之间属性差得不是一点半点。

池再夏和这位师姐一直不熟，受江悬夜上赶着献殷勤，还有和随风纠缠的八卦影响，她之前对这位师姐的印象算不上很好，但……

"锵——"

一声武器碰撞的特效音过后，打到残血的一群人在天音神武附带的反伤AOE效果下同归于尽，全员倒地。

舒冷："愣着干什么？拉人。"

传送阵内毫发无损的池再夏终于反应过来，哦对，天巫族也有复活技能。她找了找，把舒冷和江悬夜拉了起来。

慕浅瑶见状不好，留下一句"我看你们能救她几次"就赶紧选择回重生点，省得留在原地被对面轮级。

天巫的复活技能救人起来并不是满血状态，池再夏给舒冷和江悬夜把血刷满，然后在队伍打字，感谢他们。

"什么谢不谢的，不用这么客气。"

江悬夜没当回事，但说完这句队里安静几秒，气氛没征兆地冷了下来。他尴尬地咳一声，让池再夏有事叫他，然后找了个借口原地下线。

队伍里一时只剩下池再夏和舒冷两人。池再夏倒也察觉出了她师兄师姐有点不对，可她和这位舒冷师姐实在说不上熟，于是干脆当什么都不知道,只问了一下软桃那几个人消失的事。

舒冷:"师父踢走的。"

昨晚秋行指挥的梦魇本状况频出,很晚才结束。从副本出来看到消息,秋行没和帮主打招呼就把软桃他们几个踢出了帮会。踢完之后秋行还去找了帮主,质问什么叫作私人恩怨自行处理,这件事明显是他徒弟受委屈,帮会应该为她出头才对。

"怎么出头,开帮战吗?"帮主反问。

秋行想说有什么不能开的,玩游戏图的不就是个有怨报怨、有仇报仇,可话到嘴边,他想起什么,还是没说出口。

最开始玩游戏,大家确实都是一腔热血、快意恩仇,然而随着帮会慢慢扩张,游戏对他们来说已经不是单纯的游戏。最直观的大概就是摆在眼前的资源利益,经营一个踏星这样的帮会,每月可以变现一笔可观的生活收入。他在现实中拥有一份薪资不错的工作,也许可以轻松地说一句帮战就帮战,但他知道,帮主不可以。

慕浅瑶所在的西江月是南域第一大帮,合服在即,踏星不可能在这个关头和西江月发生正面冲突。所以沉默很久之后,秋行只坚持软桃那几个人不能再回帮会,余下没有再提。

听到这些,池再夏有点理解又不是完全理解,因为妥协这两个字离她的世界实在遥远。不过她本来就没指望帮会给她出头,秋行为了她踹掉软桃那几个人,她已经很意外了。

舒冷事不关己地说完,嘱咐她少出安全区,就打算离开。池再夏和她道别,顺便又单独道了次谢。

"不用,你被追杀也有我的原因,应该的。"

这话池再夏就听不懂了,什么叫也有她的原因?可舒冷没再解释,很快离队。

池再夏站在风雪千山的传送点,看着这片熟悉的无垠之境,发了会儿呆。在这个游戏里遇上了一些莫名其妙的人,但好像也很幸运,遇见了一些不错的人。

舒冷虽然没有和池再夏多做解释，但到了晚上，她不声不响地径直往慕浅瑶的818帖中扔了一个重磅炸弹！

慕浅瑶挂人证据不足，昨晚就有很多人跟帖质疑。不过也有不少人站在她的角度说话，觉得有时候绿茶段位太高、不留把柄，拿不出更直接的证据不代表对方就不是知三当三，甚至还有吃了闷亏的原配苦主在帖里拿自己举例。

总之，昨晚开帖时围观群众的态度还不统一，可这会儿因为舒冷的重磅炸弹，回帖区实现了压制性的全面倒戈。

810L：所以根本就不是挂什么知三当三，只是为破防的绿茶男师父报仇？

833L：救命，你们的游戏怎么能这么精彩！

895L：属实是自挂东南枝了，一言难尽富婆女×死要面子绿茶男×广泛撒网软饭男，还搁这情深似海挂人家知三当三。【白眼】

943L：所以是一块火灵宝石引发的血案？

990L：啥？这故事咋这么复杂？有没有人来给捋捋？！

其实也不算复杂，简单来说就是随风进入踏星之前曾与舒冷在野外偶遇，当时舒冷出手帮过他，后来随风进入踏星发现舒冷也在，他觉得两人很有缘分，于是对舒冷展开追求。舒冷一开始也觉得这人手法不错，在他的追求之下，和他有过一段短暂的感情接触。

当时的接触是以不会将游戏感情发展到现实为前提的，然而随风屡屡越界，舒冷接触下来觉得并不合适，很快便委婉拒绝。

可随风不死心，被拒绝后持续纠缠，跟进副本，甚至妄图展现财力打压"情敌"江悬夜，结果没想到被雨一直夏横插一脚。他丢了大脸，随后舒冷又忍无可忍地向他摊牌，他接连破防，恼羞成怒之下直接退帮,和梦寒烟结婚挽尊,而梦寒烟正是他徒弟慕浅瑶的小号。

慕浅瑶和随风一直以师徒的关系保持暧昧,同时身为本服知名富婆,还和天蓝等诸位有点手法但不多的软饭男牵扯不清。所以她找池再夏的麻烦不仅是因为天蓝,更因为她是舒冷的师妹,还让她亲爱的师父丢过面子。

池再夏一路看下来,真是快要无语死。

之前她就看到有人说慕浅瑶是随风的徒弟,但没把这两件事联系起来,毕竟她确实想不到,有人会因为竞拍没拍过这么点小事一直记仇。

她随手往下翻页,帖子却在跳转的瞬间被删除了,和删帖同时来的是瑶公主气急败坏后更为执着、规模更大的追杀!四个人杀不了,那就八个、十个!

池再夏也是个有脾气的人,玩个游戏,什么野鸡都想欺负到她头上?!以为她是挑出来的软柿子好欺负是吧?她干脆不在安全区待了,哪怕做个杀小怪的任务,都直接招募令拉满,兴师动众地请来一堆大号跟着,时不时地故意挑衅。

就这么鸡飞狗跳地过了两三天,周一零点,池再夏还带着一帮大号在冥河边找往生花,顺便在世界频道日常阴阳怪气慕浅瑶,游戏忽然提前关闭进入更新,南柯一梦和荒城之南合服了。

## 【十四】

天京排队1W+这破游戏还让不让玩了啊?

东都也排队8000+呢,急啥? 【喝茶】

被情思难寄的人给堵了,坐标12.931救救救救!

"你一直在看啥呢?要小组讨论了。"

周一摄影课,姜岁岁撞了撞在桌下玩手机的池再夏,小声提醒。

"没什么。"池再夏关掉帮会群，随便应了一声，心里却想着不知道下课回去游戏有没有更新好。

上周分组过后摄影课位置都是按小组来坐，这会儿要讨论，池再夏才迟缓地觉察到好像有人不在。

"我们组那位许会长呢？又没来？"

"这都第二节课了你才发现？"

"……他又不是我男朋友，难道我还需要第一时间注意他在不在？"池再夏莫名道，"再说了，我男朋友也没这待遇。"

姜岁岁哽了几秒，没好气地翻了个白眼，解释道："人家是请假了，好像要去参加什么出国交流的活动，之前就在讨论组说过，这节课来不了。"

"哦。"池再夏敷衍一声，兴致缺缺。她就随口一问，没有真想关心别人的行踪。

"好学生就是不一样，公费旅游还不用上课，多好。"姜岁岁叹了口气，话头一转开始忆往昔，"我也好几年没去美国玩了，上次去还是高二暑假……"

美国？池再夏莫名其妙地突然想到明镜。下一秒她又觉得不对，提到去美国，她第一时间想起的竟然不是梁今越？

心不在焉地上完课，池再夏回寝。游戏已经更新好，她一边登录，一边打开游戏群看了一眼。

虽然踏星已经提前和故剑情深达成友好共识，但和其他帮派没有，合服必然带来一些水土不服的问题，这会儿游戏里冲突四起，暂时没人再关心论坛八卦里的恩怨情仇。

见游戏还在加载，池再夏点开明镜的对话框，发了个猫猫探头的表情，没想到对面在线，很快回了个!。

夏夏：！

夏夏：你回来了？

明镜：嗯，刚回学校。

夏夏：那你今天还上游戏吗？要不要倒倒时差？

明镜：已经上了，没关系。

夏夏：【猫猫蹦跳.gif】

夏夏：我马上来找你！

明镜：不用，你在哪，我来找你。

池再夏切回游戏界面，也没想他明明能看到好友位置，为什么要问她在哪。她昨天是在冥河之畔下线的，这会儿上线仍然是在月色如水的幽夜冥河，河面安静沉寂，摆渡扁舟荡开点点涟漪，河畔往生花糜艳盛放，摇曳着浅淡光泽。

夏夏：我在冥河，你别来了，这里又不能传送，麻烦死了。

冥河是交界场景，除了任务少有人来，和副本一样，禁轻功、禁瞬移、禁召唤、禁原地传送，只能走路坐船，或者骑马。池再夏正准备唤出坐骑前往传送点，唤到一半，进度条突然被人打断。

系统提醒：你的宿敌【慕浅瑶】已出现！

系统提醒：你的宿敌【唯爱瑶宝】已出现！

系统提醒：你的宿敌【慕瑾瑾】已出现！

【附近】慕浅瑶：终于舍得上线了啊。

【附近】慕浅瑶：你不是很嚣张吗？还敢来冥河找死！

【附近】唯爱瑶宝：某些只会花钱找人当保镖的废物该不会不知道冥河不能召唤贴身高手吧？不会吧不会吧不会吧？【幸灾乐祸】

她还真不知道！看着招募令上灰色的召唤按钮，池再夏惊愕之余又开始懊恼，她昨晚是带人从其他地图来的冥河，并不知道这里不能召唤！

她打开好友列表准备先和明镜说声别来，可好友列表里明镜非台并不在线。

他不是说已经上线了吗?

池再夏疑惑,但来不及多想,因为对面已经有人冲了过来。她交了几个位移技能和对面拉开距离,但用处不大,对面足足有八个人,几乎一个照面,小巫女的血条就被砍掉了三分之一。

她最近为了应对追杀,身上的装备已经堆了很高的防御值,天赋也全部点了治疗,然而孤身一人,这些都是徒劳,小巫女很快在合力围杀下被一剑刺穿心脏,直直倒地。下一秒,对面同门又强行施法把她拉了起来,不给她躺在地上的机会。

其实一般死亡都会有选择回重生点的选项,但开了强制敌对的话回不了重生点,只能眼睁睁看着自己被对面拉起来,再被一击清空血条。

【附近】慕浅瑶:要让你滚出这游戏,你以为我只是说说?

【附近】慕浅瑶:你师父没好好教你,那今天我就先教教你什么叫轮白!

池再夏火大到不行,进战状态甚至不能正常退出游戏,拔网线倒是可以,可她凭什么下线,又凭什么灰溜溜地跑掉?这几天被追杀出脾气,她根本就不想跑,只想跟对方拼个鱼死网破、你死我活,不就是个破游戏,谁弄不死谁!

【附近】雨一直夏:来啊。

【附近】雨一直夏:你今天怎么杀我,改天我就怎么十倍奉还!

【微笑】

【附近】慕浅瑶:【大笑】【大笑】

【附近】慕浅瑶:这可是你自己说的。

慕浅瑶往前挪了挪,显然是打算亲自动手,池再夏被她的同伴定身,只能看着她手上的赤光软鞭劈面甩来!

就在这一瞬,变故突生!

几乎是毫无预兆地,耳机里忽然传来一阵逼真的马蹄音效,那声音由远及近,近到似乎疾奔至眼前。

　　冥河之畔,明月皎皎,夜色如水。池再夏看到那人一袭清冷黑衣,执剑策马而来。银白长剑破风而出,笔直横在小巫女面前,挡下了神武璇玑全力一击!

　　下一秒——

　　系统提醒:【青山不许】邀请你加入他的队伍,是否同意?

　　屏幕仿若有片刻静止,池再夏脑子还没反应过来,已经点了同意。
　　紧接着——

　　【附近】系统提醒:【青山不许】对幽夜冥河场景内所有玩家开启了强制敌对模式!
　　【地图】系统提醒:【青山不许】对幽夜冥河场景内所有玩家开启了强制敌对模式!
　　【世界】系统提醒:【青山不许】对幽夜冥河场景内所有玩家开启了强制敌对模式!

　　一连三道不同范围的强制敌对提醒在初初合服的混乱厮杀中并不十分明显,过了几秒,终于有人反应过来。
　　【世界】生椰半糖:青山不许?
　　【世界】梦苏苏:我没看错吧,许神回来了?
　　【世界】逐月:什么情况?场景敌对?!青山不许在冥河开场景敌对?!
　　世界频道一时喧嚣!与此同时,慕浅瑶的队伍也陷入震惊和混乱。
　　【团队】慕浅瑶:?
　　【团队】唯爱瑶宝:神经病吧开场景敌对,谁啊!

【团队】慕瑾瑾：青山不许……该不会是故剑情深里那个青山不许吧?

【团队】暗夜飞龙：还真是！十二段君山神武！【惊呆】【惊呆】

【团队】轩白：这人不是A了？这是卖号了？

【团队】路难明：青山不许？

【团队】路难明：不是说对面新手他们帮也不打算管吗？青山不许可不是这个价啊老板们！

【团队】慕浅瑶：少废话，管他是谁，八个人还打不过他一个？我们难道是废物吗！

很快慕浅瑶就明白了，他们的确是废物。只见黑衣君山执剑而立，在巫女周围设下保护结界。

涌动的光幕外，那把银白长剑通身泛着如玉光泽，明明温润夺目，可每次出鞘，扑面而来的都是凛冽的杀气。

【附近】系统提醒：【慕瑾瑾】被【青山不许】击杀了！

【附近】系统提醒：【慕浅瑶】被【青山不许】击杀了！

【附近】系统提醒：【暗夜飞龙】被【青山不许】击杀了！

……

这里面操作最好的是女刺客路难明，半血还在支撑，隐身技能CD好了之后赶紧趁着隐身打字。

【附近】路难明：大佬，我现在就走，别开强制了行吗？讲道理我就是接个单，没必要赶尽杀绝吧QAQ！

青山不许理都没理。

【附近】系统提醒：【路难明】被【青山不许】击杀了！

一连八道击杀提醒,击杀者却还没下半血。

池再夏好像在做梦,好半天才回神。

这个青山不许,是她知道的那个睡在游戏里屠榜的……青山不许吗?他怎么会在这?不对啊,冥河场景不能召唤,这不是她招募来的高手,难道是慕浅瑶他们刚好得罪他了?

池再夏斟酌半晌,在队伍里问了一句。

【队伍】雨一直夏:你好,请问你是?

"是我。"对方沉默片刻,没打字,而是开了团队语音,"明镜非台。"

在他说前半句时,池再夏脑子里莫名浮现的是某道身影站在台上演讲的场景,听到后半句,她才迟缓地回想起明镜唯一一次开麦时的情景,继而思维停滞,大脑空白。

耳麦里的男声继续道:"夏夏,他们杀你几次?复活他们,我们十倍奉还。"

## 【十五】

君山剑客口中的"十倍奉还"不是说说而已,整整半小时,冥河之畔的附近频道只剩下青山不许的击杀提醒。

【附近】系统提醒: 【慕浅瑶】被【青山不许】击杀了!
【附近】系统提醒: 【暗夜飞龙】被【青山不许】击杀了!
……

有人想看热闹,但又不敢往冥河边跑,这位大佬开的可是场景敌对。

场景敌对一旦开启,除队友外全场景皆为红名,一般只有非帮战状态的帮派私下混战才开。一开始慕浅瑶还骂骂咧咧让他等着,这就去帮会摇人过来,他再厉害也只有一个人,能一挑八、一挑十,还能一挑几十上百号人不成?

青山不许没搭理,继续轮级。半小时过去,对面别说人了,连只野猪都没摇来,几个人也被轮得彻底哑了火。

【世界】静水流深:风雪千山去幽夜冥河的路被故剑情深给堵了。【吃瓜】

【世界】轻轻:不止风雪千山,去幽夜冥河的几条路都被堵了……

【世界】亦山亦川:报——故剑情深一个满编神武团挡在南域出口截杀西江月的人,放话说退帮不杀!

【世界】轻轻:这么刺激的吗!

【世界】三花淡奶:刚合服故剑情深不搞踏星不搞苍炎去搞西江月,什么仇啊?

【世界】卿泽泽:果然是大城市来的,满编神武团!不说了,我去见见世面。

【世界】青空山海:你们荒城的帮派真有本事,第一天就得罪故剑啦,故剑在南柯都打本养老小半年了。【嗑瓜子】

……

池再夏还没从明镜是青山不许这件事中回过神,心跳不正常地快速跳动着,看到这些不断翻涌的世界消息,脑子更像是打了结,怎么也解不开。

一瞬间,她想起了很多事。难怪他之前没觉得随风厉害,难怪他下本总是零失误,难怪他说等他回来……原来他是青山不许!

对面大概是确认了不会有人来帮忙,再这么被轮下去装备也会完全磨损,于是只能忍气吞声地物理断网,强行下线。

一时间,冥河之畔只剩下两个人,娇小巫女和黑衣剑客站在一起。

月色静谧,倾泻在河面,荡开细微又柔软的涟漪。

"夏夏。"耳麦里再次传来那道男声。

池再夏原本正在打字,听到声音指尖忽地一顿,打出一长串M……

【队伍】雨一直夏:你是明镜?

她回过神,删删改改,犹豫着发出四个字。

【队伍】青山不许:嗯,我是。

他也开始打字。

【队伍】雨一直夏:这是你的大号?

【队伍】青山不许:嗯。

【队伍】雨一直夏:那你之前怎么不说?

【队伍】青山不许:应该要说吗?

【队伍】青山不许:抱歉,我之前没想过会再上这个号。

这不是应不应该的问题,自己有一个这么厉害的大号,正常人都会说吧?!而且她在他面前提过好几次青山不许,每次他都没有……等一下,她每次提青山不许好像都没说什么好话,不是怀疑人家变菜了就是怀疑人家睡在游戏里!

【队伍】雨一直夏:算了,不重要。

池再夏有点心虚,赶紧岔开话题。

【队伍】雨一直夏:那你以后玩这个号还是……

【队伍】青山不许:剑客装备好一点,可以保护你,如果你不习惯,我平时也可以玩神宗。

【队伍】雨一直夏:不用。

【队伍】雨一直夏:你想玩什么就玩什么,不用考虑我。

她迅速地回了两句。本来还想再问问世界上说的故剑情深围堵西江月是怎么回事,但现在的气氛就很怪。

加完好友,池再夏借口要去洗澡先挂会儿机,然后把自己闷进浴室,开始整理思绪。

明镜非台……青山不许……别说,名字还挺对称,可为什么呢?

细想一下，明镜并没有隐瞒过自己不是新手，他之前说很久没玩了，和青山不许也能对上号。难道他就是想换个身份玩游戏？也有可能，连区服都换了，说不定是因为以前在南柯一梦发生过什么不愉快的事，如果不是刚巧合服，他也不会再玩这个号。

池再夏琢磨了一会儿，好不容易接受明镜非台就是青山不许这一事实，又忍不住开始回忆刚刚那种奇怪的感觉。

好像有那么一会儿，她的心跳得特别快。可也没什么不对的事情啊，亲友帮忙不是很正常吗？师兄师姐都是这么帮她的。

她闭眼冲水，用力摇了摇脑袋，浴室里热气弥漫，她感觉自己好像飘浮在空中，没有实感，脑海中又不自觉地浮现出君山剑客挡在自己身前那一幕。

是我，明镜非台。

夏夏，他们杀你几次？复活他们，我们十倍奉还。

……

救命！宿舍这个破浴室是不是不通风？这么闷，感觉心脏都快跳出来了！

匆匆忙忙洗完，池再夏站到阳台上吹了吹风，时不时还拿手扇扇。好一会儿，感觉呼吸顺畅了，她才回到屋内。

游戏里，原本只有两人的队伍不知道什么时候多了七八个人，耳麦里也是吵吵嚷嚷的。

"……真不够意思，回来不提前打声招呼，一回来就让我去堵人家帮会，这事儿你要不给我解释清楚今天没完！"

"我之前还问他下赛年回不回来抢首杀，他隔了小一周吧，给我回了一个2，隔了一周就给我回个2，差点没把我给气死！"

"笑死，团长这明摆着是在荒城开小号带妹啊，这你们都看不懂？还是个巫女，以前茵茵拿巫女进本时他怎么说？他说不要再让他看见巫女出现在他的队伍里。"

然后她就听到那道男声纠正："我说的是，不要再让我看见这种操作的巫女出现在我的队伍里。"

"懂了，没否认带妹。"

池再夏一愣，她好像是那个妹？她摘下耳机，心虚得没敢再听。本来想装还没回来，可不小心碰了一下鼠标，冥想BUFF消失，很快她就收到私聊。

【私聊】青山不许：夏夏，回来了吗？

【私聊】雨一直夏：1

【私聊】青山不许：他们是我以前在南柯一梦的亲友。

【私聊】雨一直夏：噢，看出来了。

其实是听出来了。

见她回来，大家一通招呼介绍，团队里热闹更甚。

【团队】春风不度：夏夏还是萌新啊！【坏笑】

【团队】雨一直夏：【疑惑】

【团队】春风不度：小萌新要不要拜我为师？全门派精通。

【勾手指】

【团队】雨一直夏：我有师父了。

【团队】春风不度：没关系啊，我可以做你二师父。

【团队】雨一直夏：不了。

【团队】春风不度：为什么？

【团队】雨一直夏：因为论坛说结了契但不带结契信物的异性师父不能拜。

【团队】雨一直夏：尤其是龙刀廷。

【团队】雨一直夏：我刚玩没多久，不想连招还没学明白就一天到晚818。

托天蓝的福,她对龙刀廷这个门派已经PTSD了。

【团队】安窈窈:哈哈哈哈哈哈哈哈笑死!

【团队】安窈窈:没错,别拜他,君山出情种,龙刀多渣男!姐妹你已经掌握了精准闪避渣男的独门秘诀!【狗头】

还有这种说法?池再夏好奇。

【团队】雨一直夏:那禅宗呢?

【团队】春风不度:禅宗和你们天巫族一样,属于没什么人玩快要灭门的门派。【微笑】

【团队】雨一直夏:?

【团队】安窈窈:别听他胡说八道,他们龙刀廷才要灭门了呢,渣男收容所,呸!

团队里以春风不度和安窈窈为首瞎聊了一阵,有人提议不如边打本边聊,于是大家稍停了一会儿,选了个10人休闲本。

这种10人休闲本对他们这些打惯40人梦魇的资深副本玩家来说闭着眼都能过,所以也没人指挥,大家随心所欲地打着,全程基本都在聊天。

池再夏半听半看,已经眼熟的是春风不度和安窈窈,另外还有两对情侣ID也比较容易分辨——满城风絮和一川烟草,芽芽和芽芽的挂件。其中满城风絮和芽芽两个女生不在故剑,好像是因为自己的情缘才跟过来的。

团里的气氛很轻松,春风不度和安窈窈是话痨,一川烟草和芽芽的挂件也很能闲扯,就连明镜也没那么闷了,偶尔还会接几句话。

副本顺利打完,运气不错,最后的BOSS还爆出一个同心铃。同心铃是具备召唤功能的特殊物品,在除副本以外的任意地图都可以召唤好友到达身边。

【团队】芽芽:啊啊啊啊同心铃!终于有东西能召唤这条狗了!

【团队】芽芽的挂件:我什么时候不是老婆你喊一声就到?哪还用得着这玩意啊。

【团队】芽芽：滚滚滚！

池再夏看了功能描述后原本有些心动，可芽芽都这么说了，她就歇了心思，毕竟是明镜的亲友，不好和人抢。

不过她不好意思，不代表所有人都不好意思，副本竞拍默认价格说话，什么东西都让来让去，自己想要的很可能永远拿不到。

【出价】芽芽：2000金

【出价】满城风絮：5000金

【出价】芽芽：6000金

【出价】满城风絮：8000金

【出价】芽芽：10000金

【出价】满城风絮：11000金

竞拍到这还算正常，安窈窈和春风不度在语音惊叹着两人都是富婆。

可没一会儿，价格拍上两万，满城风絮停拍，一川烟草顶上，然后又是芽芽停拍，芽芽的挂件顶上，气氛就不太对劲了。

【出价】一川烟草：40000金

【出价】芽芽的挂件：41000金

【出价】一川烟草：42000金

价格一路飙上四万，作为一个召唤物品，还是亲友队伍，这价格实在高得离谱。

池再夏也已经察觉出不对，安窈窈和春风不度甚至都闭嘴了，队伍里弥漫着一种诡异的沉默。

两个刚刚还嘻嘻哈哈的好兄弟不知道出于什么压力，还在硬着头皮继续往上拍。

【出价】一川烟草：49000金

【出价】芽芽的挂件：50000金

【出价】一川烟草：51000金

【出价】青山不许：52000金

【团队】青山不许：让给我可以吗？

冤大头救场啦？

很显然，某冤大头这是打圆场的意思。他一出价，两人的情缘也有了台阶，都默许了停止加价。系统很快进入倒计时……

【系统】【同心铃】竞拍倒计时3

【系统】【同心铃】竞拍倒计时2

【系统】【同心铃】竞拍倒计时1

【系统】【同心铃】竞拍结束，成交价：52000金，恭喜【青山不许】！

【系统】【青山不许】将【同心铃】赠送给团队成员【雨一直夏】

还在暗中吃瓜的池再夏突然蒙了。

## 【十六】

【私聊】雨一直夏：？

【私聊】雨一直夏：为什么给我？

回过神，池再夏直接敲了个问号发过去。对面很快在企鹅上回给她一张截图，是一川烟草和芽芽的挂件在疯狂私聊求他救场。

夏夏：我知道，但你可以自己留着，不用送我。

明镜：我已经有了。

他发来自己背包里的同心铃的截图。

噢，这样。池再夏明白了。她之前送过宝石，这个给她，大概也是为了还礼。

夏夏：那好吧~谢谢。

明镜：以后有危险，你可以用它召唤我。

夏夏：1111

团里气氛终于缓和下来，只不过到底是较上了劲，有点尴尬，竞拍结束芽芽和满城风絮就相继找理由离开了队伍，芽芽的挂件和一川烟草也火速追了过去。

见人都走了，春风不度舒口气，忍不住吐槽："他们这些奔现的就是麻烦，动不动就发脾气作来作去，还得成天跟在屁股后面哄，找个游戏情缘多好，不行就散。"

"想拍个东西而已，哪里就作了？再说了，一川他们本来也说好不奔现啊，情、难、自、控懂不懂啊你，不懂就少发言。"隔着屏幕都能感受到安窈窈在翻白眼。

春风不度："啊对对对你最懂，你懂连个情缘都找不着。"

安窈窈："春风不度你是不是欠揍！"

两人在团队语音斗嘴斗得厉害，池再夏没插话，但突然有点好奇，明镜他这个大号……之前是不是也有情缘？在游戏里，排名选手、副本团长、帮主指挥总是格外受欢迎，作为屠榜高玩，声音还很好听，他应该桃花不断才对。

池再夏越想越觉得自己猜得没错，思绪不一会儿就顺着他包里已有的同心铃联想到了没准他就是因为以前在南柯受过情伤才换区服玩小号，所以玩了个看破红尘心如止水的禅宗……

脑洞发散的这会儿工夫，春风不度和安窈窈已经斗完嘴去PK区打架了，队伍里不知不觉又只剩下小巫女和君山剑客。

池再夏收回思绪，正想说点什么，冷不丁地，系统忽然开始提醒——

【青山不许】为你献上了一朵玫瑰花，亲密度+1

【青山不许】为你献上了一朵玫瑰花，亲密度+1

……

【私聊】雨一直夏：【疑惑】

【私聊】青山不许：刚好有道具，刷一下亲密度。

【私聊】雨一直夏：刷这个有什么用？

之前他玩禅宗，他们好像从没刷过。

【私聊】青山不许：召唤好友需要500以上的亲密度。

是吗？池再夏又看了一下同心铃的物品面板，的确是有这样一条附加描述。她翻了翻自己的背包，发现也有几个加亲密度的道具，于是也一股脑地用了。

你为【青山不许】送上了一壶梨花醉，亲密度+1

你为【青山不许】送上了一壶梨花醉，亲密度+1

……

两人的道具很快用完，亲密度也不过100出头。

【私聊】雨一直夏：还有什么别的办法能加吗？

【私聊】青山不许：双修。

池再夏一愣，立马查了一下，还真是。论坛说亲密度一般是伴侣才会需要使用的数值，只有双修和特定道具能加，难不成还要为了召唤功能先结个婚？

【私聊】青山不许：没关系，我仓库里还有很多道具，回主城拿一趟。

池再夏赶紧敲出个1，随即拍了拍脸。

人家就是告诉她另外一种途径，她在乱想什么呀，太荒谬了！一定是因为今天晚上发生的事情太多，脑子太乱了还没缓过来，嗯，一定是！

这么想着，池再夏刷完亲密度，连每天不落的日常都没做就心虚地匆匆下线，她需要好好睡一觉让自己的脑袋清醒一点。

这边池再夏状态不对匆忙下线蒙头就睡,另一边君山剑客还在游戏里给她报仇扫尾。

今天刚合服西江月就被故剑情深出动满编神武团堵在南域出口围杀,这无冤无仇的,西江月原本以为是中州帮会在合服前联盟密谋了什么,在搞一些很新的战术。直到青山不许在幽夜冥河护下那个叫雨一直夏的小巫女,对慕浅瑶一行人发起场景敌对,西江月的人才后知后觉地反应过来,这他喵的,好像不是无冤无仇啊!

挑灯看剑:哥们儿,平心而论,咱们两个帮之前也没什么过节,以前跨服赛遇见还都打过止战他们帮是吧?能透个底不,许神跟那个雨一直夏是啥关系?

西江月的帮主几经波折,终于联系上春风不度。

春风不度:我怎么知道?

挑灯看剑:那这事你们那边想怎么处理?今晚你们帮满编团堵了我们帮俩小时,我们帮也没说啥,差不多可以了吧?

春风不度:你们帮也可以说点啥。

挑灯看剑:⋯⋯

挑灯看剑:哥们儿这么说话就没意思了不是?

春风不度:你想有什么意思?

春风不度:关键这事我说了也不算。

春风不度也是被他叨叨烦了。

春风不度:算了,我给你透个底吧,要不是因为刚合服没到帮联指挥权分配的时间,今天晚上就不是在出口堵人,而是开帮战了,这么说你明白了吗?

春风不度:你们帮动了不该动的人,我哥们儿的打算也很简单,血洗你们帮。

挑灯看剑:?

挑灯看剑:至于?

春风不度：都说了，这事儿我说了不算。

春风不度：你搁这儿跟我干聊没用，要么就帮战看看谁家散帮，要么就想想办法表现一下诚意，好吧？忙着呢，不说了。

和挑灯看剑装完一波，春风不度忍不住去找事主。

春风不度：我和挑灯看剑说了，让他给点诚意，他要是把人踢走，真要继续开？会不会有点过？

青山不许：十个PVP追杀一个PVE新手的时候，他们觉得自己过吗？

春风不度：OK，开开开。

春风不度：所以你还真就是为了那个夏夏？

春风不度：我记得去年问你你还说以后应该不会再玩了，还说什么本来就是为了一个人才开始玩的游戏，结果人家根本不玩，所以这个游戏对你也没意义，是这么个意思我没记错吧？

春风不度：说说，怎么这回又有意义了？

青山不许：少管。

春风不度：让我猜猜，这又是搞小号又是换区服的，你该不会就是冲着人家去的吧！

春风不度：这么一想很有可能啊，人家是个新手，你就整个新手号陪人家升级……夏夏，欸我没记错的话你密码是不是有个SUMMER？

对面没再回复，春风不度不死心，打算回游戏找人。可刚切回游戏界面，他就发现自己被青山不许开了敌对。

懂了，这是说中了。

再说西江月那边，得到春风不度有关诚意的暗示，挑灯看剑想了想，差不多想通了关节。他直接在帮会对话慕浅瑶，让她向雨一直夏道歉。

其实大家心里清楚，没有证据就挂人知三当三这件事慕浅瑶并不占理，何况后面还有人爆出她和随风的关系。

随风是典型的爱面子渣男，被爆师徒暧昧的当天就早早退帮，在企鹅和游戏里挂上了"暂A，归期不定"，一整个躲风头的大动作。但慕浅瑶不同，她行事一向嚣张跋扈蛮不讲理，删帖之后还在报复追杀惹是生非。他们帮会也捧着这位富婆，出人出力，还把雨一直夏加了帮会黑名单，见一次杀一次。

然而此一时彼一时，她如果只是搞个新手，帮会自然没意见，问题是这个新手背后有青山不许和故剑情深一整个帮会撑腰，情况就不一样了。

很显然，慕浅瑶绝不可能道歉。她直接在帮会质问撒泼，挑灯看剑走流程和她理论了几句，直接摆明不道歉就麻烦退帮，随之而来的就是帮会争吵，再然后就是慕浅瑶以及她的拥护者被清理出了西江月。挑灯看剑觉得这波诚意属实是到位了。

当夜零点，合帮后的首次帮联指挥权进行分配，中州属地的帮联指挥权理所应当地分给了故剑情深。

零点零一分，系统发出提醒——

*系统提醒：中州帮会【故剑情深】向南域帮会【西江月】宣战了！*

【世界】轻轻：什么情况？

【世界】亦山亦川：刚刚西江月内部大吵一架，慕浅瑶带着一帮人走了。

【世界】流萤抱月：你确定是走了不是被踢了？笑死，真没想到这么快就能看见瑶公主的福报。

【世界】卿泽泽：故剑情深到底和西江月什么仇什么怨啊，刚过零点就开帮战。

【世界】静水流深：据可靠情报，这波是冲冠一怒为红颜。

【捂嘴】

没等吃瓜群众八卦出红颜是谁，西江月的人就自己出来了。

【世界】挑灯看剑：青山不许，你们帮什么意思啊，过分了吧？

【世界】月笼沙：本来就是私人恩怨，帮主都已经把人清完了还开帮战，这诚意难道还不够？

【世界】青山不许：没有主动散帮，诚意的确不够。

【世界】青山不许：故剑情深宣战西江月，散帮为止，退帮不杀。

## 【十七】

这条消息发出后，世界频道莫名停了两秒，随即又炸开了锅。

【世界】静水流深：救命！我是不是看到活的青山不许啦！

【世界】小布丁：青山不许竟然回归了？！

【世界】易水寒：泪目，突然想起当年看许神PK视频觉得剑客好强，于是怒转君山结果被燕云骑按在地板上摩擦的EMO往事。【沧桑点烟】

【世界】霜雪未凝：借屏问，故剑还收人吗？三段神武千机PVE&PVP全能选手，没别的就是想跟你们帮一起揍西江月。【狗头】

【世界】清梦星河：所以真的是冲冠一怒为红颜？妈呀有点帅是怎么回事！【星星眼】

【世界】轻轻：我来捋捋，青山不许给雨一直夏报仇，这说明两人肯定认识，青山不许都A这么久了，雨一直夏是不是故剑情深哪位大佬的小号啊？

【世界】花未眠：其他不知道，但雨一直夏是真新手，和她一起下过本，的确是新得不能再新了。

世界频道因青山不许现身愈发热闹沸腾，同时，西江月、踏星还有故剑情深内部也陷入了不同程度、不同缘由的混乱。

西江月被开帮战，一部分人怒火上涌，觉得被羞辱了，催促帮主

105

赶紧接下战书和他们拼个你死我活。还有一部分人开始马后炮，说当初就不该掺和慕浅瑶这些破事，堂堂南域第一大帮加黑名单追杀一个新手，像什么样子。

踏星则是开始心虚，西江月都能为不占理的慕浅瑶出手，他们帮的人被欺负了他们却装聋作哑充耳不闻。雨一直夏自己花钱找人保护反击，帮里甚至还有人暗戳戳地抱怨她这是存心把事情搞大。现在好了，故剑情深刚合服就为了他们帮自己都不维护的人兴师动众围杀西江月，很难说他们帮这波袖手旁观是不是得罪了故剑。

至于故剑帮众，看到青山不许这个灰暗了一年多的名字重新亮起早就疯了，根本就来不及追问原因，只顾着积极响应，指哪打哪。

这场帮战来得迅速又猛烈。青山不许说退帮不杀，西江月就十分真实地连夜退走了一批生活玩家。生活玩家本来就是为了高级帮会的福利才选择入帮，没有什么强烈归属感，换个地方待着也一样。

当然还有相当一批热衷于打架的PVP玩家没有认怂，打算和故剑情深死磕到底。只不过故剑的帮会战力放眼全服都是一骑绝尘的水平，西江月很难与之抗衡，再加上南域内部并不太平，好几个帮派都对西江月虎视眈眈，以至于帮战一开始就呈现出一边倒的态势。

青山不许对付西江月，也没忘记罪魁祸首慕浅瑶，不死不休的强制敌对并未关闭，当初慕浅瑶嚣张放出不计成本无限期追杀的话终于回到了她自己身上。

池再夏第二天一醒来，就被各种问她和青山不许是什么关系的消息给轰炸了。大家都没把青山不许和明镜非台联系在一起，只有秋行敏感地察觉到这一点，得到肯定的答复后，他整个人就坐不住了。

【私聊】秋行：怪不得，原来明镜是青山不许！难怪他禅宗那么强，每次下本伤害都爆炸到完全超出他的装备水平！

【私聊】秋行：夏夏，你知道他带故剑情深拿过多少次梦魇级副本的首杀吗？我以前还是新手团长时就经常研究他们的首杀打法，尤其是溯往昆仑那个本，特别变态！老二就卡了全服一周的进度，神武团献祭流什么的大家都试过，没用，结果他们团……

秋行一提到副本就滔滔不绝。池再夏没心情听，也不懂他说的那些，她只知道故剑情深和西江月开帮战了——好像是为了她。

睡完一觉刚清醒了点的脑子又彻底蒙住。她不是自恋，但忍不住怀疑，这真的是为了亲友能够做到的程度吗？如果她是故剑的人那很合理，但她不是呀，除了认识明镜，她和故剑情深可以说是一毛钱关系都没有。

上线逗留一会儿，私聊不停作响。池再夏正心烦意乱，系统又突然跳出提醒——

你的好友【青山不许】上线了。

她的大脑还没反应过来，身体已经下意识地控制鼠标点了屏幕右上角的关闭。对着空空的电脑屏幕，她出神几秒才慢半拍地打开企鹅，和明镜说今天有点不舒服，就不玩游戏了。

她当然没有不舒服，只是有点不知道怎么面对明镜。他对她太好，好到似乎超出了亲友的界限，某种情愫隐隐约约，来得莫名又不算意外。

第二天中午，陆明珠发消息说晚上来城南找她。

池再夏想了想，提前和明镜打了声招呼。

夏夏：今晚我也上不了游戏了，朋友要来学校找我。

对面的男生看着手机静了片刻，是不是动作太大，吓到她了……

夏夏：是真的，我们学校最近开了一家人气很高的甜品店，她特意过来打卡，明天一定！

过了半响，对面终于发来回复。

明镜：好。

他怎么好像不信？池再夏有点郁闷。她没说谎，平大图书馆外新开的甜品店很火,很多博主都来探店,陆明珠难得有空,也说要来他们学校看她,顺便打卡。

陆明珠是她的高中同学,也是她唯一的闺密,两人在念书这件事上都没什么天赋,但好在陆明珠从小学舞,有一技之长,幸运地考上了舞院,没有沦落到和她一起来国际部混日子。

晚上,装修雅致的甜品店内,陆明珠点完餐四周环顾一圈,将视线移回面前的池再夏身上。

"怎么样,住校习不习惯?"

池再夏靠着沙发椅背刷手机,漫不经心道:"你说呢?"

"反正就一年,而且我看平大本部这条件挺不错的嘛,不吃亏。"

池再夏懒得接话。要不是城南周边没什么楼盘,校区又太大,上课路程远到住在校外根本不现实,别说一年,就是一个月她也绝对不会忍受。

不过抛开宿舍条件不谈,平大本部的校内环境确实不错。比如她们现在所在的图书馆,就是一个规模庞大的合围形楼群,由蜚声国际的知名建筑师亲自操刀设计,耗时十余年才全部完工,馆藏也极为丰富,经常有游客和校外人士慕名而来。

大概也是因为学校里游客众多,图书馆外侧也经营着一些书店、文创店和甜品店之类的小店。此刻甜品店内坐得半满,有人拍照,有人赶论文,也有人在角落组织沙龙。

池再夏正和陆明珠闲扯些有的没的,不经意间扫见一道熟悉的身影。那道身影正在柜台前和店员交流些什么,身形清瘦挺拔,气质干干净净,侧脸的轮廓优越得有些惹眼。

她端起咖啡喝了一口:"对了陆明猪,你知不知道以前一中有个叫许定的?"

"许定?"陆明珠用小银勺舀着咸蛋黄千层,想了一会儿,"好像有点印象,哪个班的?"

"顶楼那几个班吧,我也不太清楚。"

"噢……你说的是不是学校单独出过喜报的那个?"陆明珠想起来了,"我记得很早就保送了,你问他干什么?"

"没什么,就是选修课的小组里有这么个人,然后发现早就加了微信,也是一中的。"

"早就加了微信,他追过你啊?"

池再夏被她的脑回路无语到:"以前你推荐我加的那个混学分社团,他是社长!"

混学分社团?没等陆明珠发出疑问,不远处蓦地传来一道女声:"欸?池再夏,你怎么在这!"

池再夏顺着声音看去,是姜岁岁。

姜岁岁很快上前,一屁股坐到她旁边,看向对面的陆明珠,好奇地问:"这是你朋友?"

"你有事吗?"池再夏上下打量她一圈,并没有要给她介绍陆明珠的意思。

"有事啊,我和许会长约好来这里拿相机。"说完,她又笑眯眯地向陆明珠自我介绍道,"你好,我叫姜岁岁,是池再夏的同班同学。"

"你好,我是陆明珠,夏夏的朋友。"

"我一看就知道你是夏夏的朋友,美女的朋友总是美女嘛。对了,你是学舞蹈的吗?气质真好!"

"是吗?能看出来?"陆明珠被夸得还挺开心,不禁坐直了些。

"当然,学舞蹈的就是特别容易看出来……"

眼看两人已经聊上,池再夏忍住翻白眼的冲动,干脆往沙发里面挪了挪,捞起手机。

三言两语间,姜岁岁扫上一个大美女的微信,抬头看见许定,又忙不迭地朝他打招呼:"许会长,这里!"

许定侧目,稍稍颔首。

姜岁岁想着许定和陆明珠不认识，坐一起可能会尴尬，池再夏又窝在里面刷手机，一副死也不会动弹的懒散样子，便干脆自己起身坐到陆明珠那边，把池再夏旁边的位置给许定留了出来。

"给你介绍一下，这是我们校学生会副会长许定，我们三个在同一个选修课小组。"

许定？陆明珠没忍住看了他一眼，又看向池再夏。

池再夏维持着玩手机的动作，在姜岁岁招呼许定的瞬间就已经僵住。

姜岁岁这人也太能张罗了吧，谁同意他们俩坐这了？

"许会长，给你介绍一下，这是陆明珠，舞院的，夏夏的朋友。"

许定落座，朝陆明珠和池再夏礼貌点头。陆明珠也朝他回点了一下。

姜岁岁坐在陆明珠旁边，自来熟道："我出门前还特地去她们寝，想问问她要不要带蛋糕，结果她不在，我说呢，平时天天在寝室里打游戏，今天怎么没在，原来是出来陪美女了。"

"游戏？"陆明珠视线转向池再夏，狐疑道。

池再夏还没反应过来，姜岁岁这个漏勺三两下就给她露了底："是啊，她玩那个什么游戏还挺厉害来着，刷地一下就杀很多怪物，我都没想到她还是个游戏大神！"

游戏大神？

空气似乎倏然凝固，坐在池再夏身边的许定也拢手掩唇，莫名地轻咳了一声。

# 【十八】

"没有！"几乎是下意识的，池再夏矢口否认。否认完她端起咖啡，一边小口抿着压惊，一边躲避陆明珠的视线。

"没她说的那么夸张，就是有点无聊⋯⋯随便找个小游戏玩玩，没什么。"她摆出一副满不在乎的态度，语气也云淡风轻。

"什么游戏？"陆明珠忍不住追问。

池再夏继续战术性喝咖啡，心里虚虚的，面上却装得不耐烦："就是个氪金换装游戏，你管那么多干什么，再说了，还不是因为你让我玩游戏转移注意力我才会玩！"

提到转移注意力，陆明珠自然就想起了她和周司扬分手的事。还有不熟的人在场，一时间，陆明珠倒也不好追问。

"对了，你们不是有事吗？"池再夏看了一眼许定，又看向对面的姜岁岁。

她现在一心想把姜岁岁这个大漏勺打发走，省得语出惊人再给她抖出点有的没的。奈何姜岁岁完全没有领会到这层意思。

"没什么事啊，就是借个相机。你不是说你手上没有，回头外出实践再让人送过来嘛，我们社团明天有个活动得用，就问许会长借了。许会长，真是太感谢啦，还麻烦你跑一趟！"

"没事，刚好顺路。"许定将相机放在桌上，往前推了推。

姜岁岁连忙拿起来，然后指了指相机，小心翼翼地问道："会长，这里面应该……没有什么不能看的吧？"

"没有，你随意。"

"那我开机试试！"姜岁岁迫不及待地打开相机，摆弄了两下，然后又像模像样地举起，手托着镜头底部旋转调节……

正前方取景框内的两人毫无所觉，女生窝在沙发椅背里喝咖啡，男生坐得比较靠前，正在帮过来上甜品的服务员挪开水杯。

明明是毫无交流的状态，姜岁岁也不知道怎么，脑子里突然间冒出"嗯？好配！"的念头，手指紧接着不受控制地按下快门。

"咔嚓——"

两人闻声齐齐抬眼看向镜头。

"咔嚓咔嚓——"

这个同步的动作,更配了!

"你干什么?"池再夏莫名其妙。

"试相机啊。"姜岁岁专注地看着屏幕,敷衍一声,又歪头偷偷把照片分享给陆明珠。

陆明珠凑近看了一眼,随即抬头与姜岁岁对视,脑海中也不禁冒出一个荒唐的念头:怎么回事,还挺配?

陆明珠和姜岁岁不一样,已经认识池再夏很久了,对池再夏的过往情史再了解不过。别说,池大小姐好像还从没交往过这一类型的男朋友。她的前任、暧昧对象们大多是梁今越的变种,无一例外的爱玩、不念书、外向张扬,虽然都是不折不扣的高富帅,但连个能背明白元素周期表的都没有。

池再夏从她俩眼神中察觉出不对劲,还以为拍到她什么丑照,忙从沙发里坐起来,拍桌子道:"姜岁岁,拍什么了?相机给我,删掉!"

"没什么,就试拍了一下,删了删了……"

姜岁岁点了删除,还将屏幕展示给池再夏看。池再夏却不上当,没仔细看就熟练地找到已删除文件进行二次清理。

姜岁岁这下急了:"干什么呀你,拍得多好!"

"少来!"池再夏不为所动,删完关机,才将它塞回姜岁岁手里,也不管姜岁岁如何为自己的神来一拍心痛惋惜。

这只是个小小的插曲。

池再夏喝多了咖啡,不一会儿就说想去洗手间。她看一眼坐在外侧的许定,话还没出口人家就已经礼貌起身,声音温和道:"刚好,我还有事,就先走了。"

他看向池再夏。

池再夏怔了一下:"噢……那一起走吧。"

店内没有洗手间,最近的应该在图书馆楼,于是两人一道走出了甜品店。

店外是深秋扑面而来凉津津的夜风，池再夏穿着裙子，肩带细细的，连袖子都没有，迎面这么一吹，冷不丁地打了个寒战。许定偏头看她一眼，默不作声地脱下衬衣外套递给她。

"谢啦。"她没怎么犹豫，直接接过。

漂亮女生从来不缺男生关照，借衣服这种小事，在她看来实在是平常得很。

她边下台阶边穿衣服，裹在这件气息干净的外套里，身体好像也回暖不少。

"我下节选修课还你，你不急着穿吧？"

"不急。"

池再夏点点头，忽然又发现，他说话的语调……怎么有种似曾相识的感觉？

念头一闪而过，她停步："那我去图书馆了，拜拜？"

他也停步，正要道别，目光在池再夏身上停了一瞬，似乎想起什么："你带学生证了吗？"

她下意识摇头，没明白他问学生证的意图。

"图书馆要扫学生证才能进。"

"是吗？"池再夏迟疑。

倒也不能怪她无知，刚搬来城南没多久，很多事情她并不清楚。而且她和图书馆既无缘也无分，从初中开始，除了领教材，她就没往这个别人熬夜占座的地方主动迈过半步。

许定轻轻点头，然后又说："我带了，用我的吧。"

池再夏也没多想，应了声谢，两人就这么顺理成章地多走一段，一起进了图书馆。

平大的图书馆分东西南北四区，数栋楼合围，藏书数百万册，大得简直令人迷茫。

许定人证合一过机检测，通道关卡打开，池再夏缀在他身后蹭了

进去。拐几个弯，走了不长不短的一段路，许定停下："前面就是洗手间了，不过……你还认识回去的路吗？"

见对方显然已经看出了她的路痴程度，她干脆道："不认识，我第一次来图书馆，你能不能等等我？"

两人四目相对，因为身高差，视线也是一仰一俯。对视是无声的，然而空气中似乎有什么不可名状的情绪在无端进开。最终，俯视的那道先不动声色地回避。

"好，我等你。"他喉结轻微滚动。

池再夏也没觉出有哪不对，转身就去了洗手间。

人呢？池再夏从洗手间出来时，刚刚说好等她的男生不见了身影。

她正疑惑地四下张望，一回头差点撞上人家的胸膛。

她下意识地往后退开半步，又摸摸根本没碰到的额头："你去哪了？"

"抱歉，突然想起去二楼自习室拿几本书。"他抿着唇，气息却有些重，"巧克力，吃吗？"

池再夏垂眼一看，略感意外。

他递出的是一款有点小众的巧克力，口感和味道都很特别，她从小就很喜欢，这也是她为数不多能够接受的高甜度食物之一。刚刚在甜品店，她一直喝咖啡，其他东西一口没碰。

她接过巧克力还没来得及道谢，身后忽然传来一道陌生的女声："会长？"

宋宁抱着几本书，看看许定，又看看池再夏，面上讶异。

许定记得他们一起扫过楼，于是朝她礼貌地点了一下头，但很明显没有多聊的意思。

宋宁也识趣，打完招呼就继续往前走，只不过一步三回头，心里止不住惊讶。

她大一就开始关注许定，对这个同高中的校友早就心存好感，可惜一直没什么机会多加接触。

上次扫楼倒是难得,她也把握住机会主动出击,结果却并不如意,不过她也就是尝试一下,远远没到非他不可的地步。

可他和池再夏……

很明显,池再夏身上衬衫是许定的,她出现在图书馆的原因也只能是陪许定。

宋宁不停地推理着,想起那晚扫楼结束和许定的寥寥对话,脑中灵光一闪,好像明白了什么。所以当时他有一瞬间忽然给出反应,并不是因为对一中校友感兴趣,而是因为她提到了池再夏?他对池再夏感兴趣?

她忍不住又回了一次头。平心而论,他们俩站在一起还挺般配。

般配的两人离开图书馆后就礼貌地道了别,分道扬镳。

姜岁岁和陆明珠就两人的适配度问题已经热聊了好一会儿,当池再夏穿着许定的衬衣回到甜品店时,她俩更是连以后生了孩子得找许定补课这事儿都安排好了。

姜岁岁:"我刚刚扫码才发现,许会长走之前埋了单,他可一口水都没喝!"

陆明珠:"他还给你外套。"

姜岁岁:"要颜值有颜值,要智商有智商!"

陆明珠:"这不比陈卓和周司扬强多了?"

池再夏抬手:"停!能不能别提那两个晦气东西?"

陆明珠:"所以我这不是在给你推荐不同类型吗?"

姜岁岁:"你刚刚都没看到我拍的照片有多般配!"

"人家好心借个外套带个路而已,你俩是不是有病?男朋友我会自己找用不着你俩操心,管好你们自己吧真是烦死了!"

池再夏被念叨得一个头两个大,更关键的是期间陆明珠提到谈恋爱,她脑海中闪过的竟然是游戏里禅宗大师和君山剑客的身影。她一

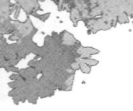

时间更是心慌意乱。

真是完了大蛋了!

姜岁岁借相机只是社团活动要用半天,次日傍晚她就将用完的相机还了回去。

道谢之余,她还夸了一下相机的出片效果不错,顺便第N次为昨天被池再夏无情删除的试拍感到惋惜。

许定不置可否。

回寝后,他将相机连接电脑,指尖轻敲,不多时,姜岁岁多番念叨的封神抓拍照清晰地展现在他眼前。照片里的女生明眸皓齿,抬眼望向镜头,和旁边的男生是完全同步的动作。

他抿着唇,神情安静而幽微。上次他们出现在同一张照片里,已经是很多年前的事了。

## 【十九】

那是南桥小学一年级的班级照。按照女生在前男生在后的顺序,他站在最后一排边缘的位置。而她被老师安排在第一排中间,穿百褶校服裙,梳漂亮公主头,笑起来露出一排整齐又可爱的小米牙,精致得像橱窗高处最昂贵的芭比娃娃。

两张照片在眼前缓慢重叠,他们之间的距离不再像从前那样,很远很远。

"咔嗒——"门口传来锁芯拧动的声响。

许定面不改色地垂眼轻敲键盘,调出一张CAD图。

寝室门被打开,陈稳和舒孝宇一边笑骂一边往里走。

陈稳:"还能咋的?实在不行凑合过呗,也这么长时间了。"

舒孝宇:"瞧你那没出息的样儿。"

陈稳:"你有出息,人家一叫就屁颠屁颠去给人当苦力,喘得像头牛似的，别说饭了，连口水都没混上，就硬舔。"

舒孝宇："谁硬舔了，这叫打地基，打地基懂不懂？这都不懂还学建筑，赶紧收拾收拾滚蛋！"

见许定在寝室，舒孝宇箍着陈稳上前告状："欸许老师，刚你不在，申盈盈打错电话，两人聊了几句，这没出息的又上赶着和人约饭，给他兴奋得，在食堂就非要干个82年的可乐。"

申盈盈就是陈稳时常挂在嘴边，念叨了三十九回孙子日记的前女友，两人分分合合的情史也算是平大意难忘了。

许定毫不意外："他每隔一段时间就会想伺候祖宗，你还没习惯吗？"

舒孝宇："笑死，还得是你啊许老师！"

陈稳死鸭子嘴硬："这次是她主动打电话找我，我可没上赶着，再说了就是吃个饭，也不一定怎么着。"

说着他又拉舒孝宇下水，损起他追新闻专业漂亮学姐的事，舒孝宇嘴上也不相让。

两人互相损着，话题冷不防地扯到许定。

舒孝宇说："许老师，你就没打算谈个恋爱？你这不还有时间玩游戏呢吗？倒也没忙到谈恋爱的时间都没有吧？"

许定置若罔闻。

舒孝宇又拿手肘撞了撞陈稳："你俩不一个高中吗？他长这样，高中没交过女朋友？没啥白月光之类的？"

陈稳嗤笑一声："女朋友应该是没有，白月光那我可不知道，我俩又不是一个班的，再说了，你看他这闷葫芦样儿，有也不能跟我说啊。"

许定没理他们。快到上线时间，他干脆戴上耳机，打开了游戏。

青山不许上线时池再夏已经在线，这会儿正恼火地扔开鼠标，往椅背里靠。

很奇怪，今天她打开电脑就发现鼠标变得特别迟缓，半天都拖不到指定位置，她的手都快移出桌面了，鼠标还在那慢吞吞地挪。调试了好一会儿还是不行，她心烦气躁，干脆打开购物软件挑了个新的。

还没等她结账呢，耳边刚好传来一声提示音，抬眼一瞥，游戏屏幕弹出提醒——

【青山不许】邀请你加入队伍，是否同意？

她放下手机，点了同意。

【队伍】雨一直夏：我又又又又做不了日常了！

【队伍】雨一直夏：鼠标坏了，反应很慢！

【队伍】青山不许：反应很慢？

【队伍】雨一直夏：嗯TvT

她郁闷地吐槽完鼠标是怎么慢的，又顺便问他有没有好用的型号推荐，刚好在买。

他想了想。

【队伍】青山不许：你先看一下鼠标滚轮下方，是不是有一个按键？

池再夏拿起鼠标看了一眼。

【队伍】雨一直夏：1

【队伍】青山不许：先按一下，如果不行，再多按几下。

池再夏试了试，鼠标移速很神奇地就这么恢复了！

【队伍】雨一直夏：？

【队伍】雨一直夏：它好了！

【队伍】雨一直夏：明镜你真棒！【旋转】【跳跃】【闭眼】【撒花花】

【队伍】青山不许：这是DPI键，调节鼠标精度的，可能之前不小心碰到了。

池再夏分不清什么DPI、KPI，也没放在心上，正打算再闭眼赞美一番，可想起什么，热情又忽然冷却。

她没上游戏这两天，慕浅瑶的悬赏追杀不断，被轮了好几十级，眼看在这个服是待不下去了。好在合服后暂时关闭的转服功能已经重新开放，她的账号在开放的第一时间就变成了"转服中"，算是彻彻底底来了个落荒而逃。

同样落荒而逃的还有天蓝。这哥们儿显然比慕浅瑶更有经验，事情刚闹出来就突然隐身，企鹅找不见，游戏不上线。昨晚深更半夜偷摸着上来整理物品，结果被人发现挂了世界，他还厚着脸皮死活不出安全区，整理完就原地下线转服窜逃。

在游戏世界里改头换面从来不难，也无从阻止，不过有人整理了他和随风的相关信息挂墙头，哪怕能帮助到一个人也算好事一件。

然后就是西江月散帮了。当初踏星都冷眼旁观的事，眼前这人却带着毫无干系的故剑情深出手，这也是池再夏一直没想好怎么开口问他的事情。

两人沉默着做完日常，池再夏双手覆在键盘上，打出一句话，删掉，又打出一句话，删掉……几次过后，她一闭眼，直接按下回车——

【队伍】雨一直夏：听说西江月散帮了。

她莫名忐忑。

【队伍】青山不许：嗯。

【队伍】青山不许：故剑和南域其他几个帮有合作，本来就打算散掉西江月。

他回得很快，没有半点犹疑。

池再夏脑海中冒出一个问号。

这么说，散帮战不单纯是为她报仇？想到这，她又试探了两句。然后明镜就给她详细解释了南域的帮派格局，还给她解释了一些谋划好的攻城战术什么的。

池再夏不是很懂，但听他这么一说，总觉得故剑情深打西江月那是应该一定必须的事情，帮她只是顺便而已。她偷偷舒了口气，也自欺欺人地放了点心。

【队伍】青山不许：今晚有攻城战，想去玩吗？

刚好提到攻城战，他就顺便问了一句。

【队伍】雨一直夏：我可以去？

【队伍】青山不许：当然。

【队伍】雨一直夏：1

攻城战是属地之间的城池争夺，一般打赢了都有比较丰厚的物资奖励，简单来说，就是官方定期组织的大型群架，动辄几百上千人一起打。

作为合服后的中州指挥帮，故剑情深拥有较高的话语权，多放个人进去围观就是点点鼠标的事。池再夏顺利进入战场，还和明镜一起进了故剑的语音频道。

今天的攻城战是中州联合南域攻打东荒的边界玉魁城，三方攻守加起来大概有一千五百多人。池再夏哪见过这阵仗，攻城战开始，乌压乌压的队友和红名占据整个屏幕，游戏瞬间卡得一动不动。

她忙在语音公屏发了句"我卡了"，可大家都在语音聊天，没第一时间看见。

过了快一分钟安窈窈才注意到："夏夏，没关系，死了回重生点就好，攻城战是这样的，有点吃显卡，你是不是电脑配置不太行呀？"

池再夏不懂，发了一下自己的电脑型号。

有人忍不住感叹："顶配游戏本啊，原来真有人用。"

安窈窈："打扰了，不是电脑配置不行，是这游戏不行。"

池再夏正疑惑着，明镜终于给她发来企鹅消息，整理了一些游戏设置上的问题。她一一照做，情况稍微好转，但不知道哪没弄对，还是一卡一卡的。

明镜：方便远程让我看一下吗？

远程……远程控制电脑吗？池再夏扫了一眼自己的桌面，倒没什么不能看的。

夏夏：方便。

下一秒，明镜向她发起了远程控制请求。她点了接受。

她没用过远程，只看到鼠标被对方控制着在屏幕上游走，似乎是在检查显卡模式，更改游戏参数之类的。池再夏认真看着，明明电脑没什么隐私的东西，但总有些莫名紧张。万万没想到，就在她保持这种高度紧张的状态时，右下角蓦地弹出小窗提醒——

**【掌上明猪】邀请你进行语音通话**

下方还有一个红色的拒绝按钮和一个绿色的接受按钮。

池再夏心脏都快被吓停了！手脚麻了一瞬，她忍不住在心里痛骂陆明猪！搞什么呀？！吓得她以为是明镜给她打语音电话了！

也是赶巧，她平时从来不登电脑微信，今天有个国外学校申请的资料要传才登了一下，传完忘记退出，她也没当回事，谁知道陆明珠会在这个时候打什么语音电话！

她手忙脚乱，下意识地夺回鼠标的控制权，点下拒绝。

大概是远程控制让电脑变得迟缓，点一下没反应，她又多点了一下。

于是在延迟反应后，通话请求顺利拒绝，她也好死不死地点到未读信息条，和陆明珠的微信对话框就这么猝不及防地弹了出来——

**【昨天23:19】**

掌上明猪：我真觉得你俩挺配的，反正你也不爱念书，还不如抓紧时间谈谈恋爱。

掌上明猪：还有你到底玩什么游戏了？该不会是《风月》吧？建模男神音都不能信，闭眼一抓都是渣男，这可都是你说的。

掌上明猪：不过这种游戏吧，什么千里送骗钱骗炮818我没见过，也是不理解怎么会有人相信网恋。

而她回的是——

夏夏：？

夏夏：我觉得也不是完全不能相信。

## 【二十】

看到这大刺刺的聊天界面，池再夏脑袋宕机了几秒。反应过来后她赶紧关掉，然后又下意识地想和明镜解释，"你你我我"地打了好几个字，她突然想起，打字对方好像也能看到！她双手乍然从键盘上弹开，条件反射般定在胸前，像只停摆的胆小招财猫。

对面等了一会儿，见她没动静，终于接过控制权，规矩地做完最后调整，而后主动断开了远程连接。

明镜：好了，试试。

池再夏伸出招财小爪，僵硬地试了试。游戏确实是好了，她的顶配游戏本终于显现出它该有的性能，上千人的战斗画面也呈现得高清丝滑。

但她不太好！刚刚的聊天记录明镜一定看到了！不过就那么几秒……可能没看全？

也不怪她这般忐忑，刚刚那段聊天记录里，她看起来就像现实生活中明明有在接触的发展对象，完了还一边看不上男玩家一边觉得网恋也能谈一谈，活脱脱一个现实游戏两手抓的普信渣女第三视角鉴证实录。

池再夏心里七上八下的，这时，陆明珠的语音又发了过来。她连忙和明镜打声招呼暂时逃离社死现场，而后抄起手机走向阳台。

池再夏按下接听，蓄力已满的怒气条猛地爆发："陆明猪，要死啊你！"

"发什么疯？"陆明珠莫名其妙道，"我还没问你干什么挂我语音呢。"

"我……"池再夏哽住。

和游戏相关的肯定不能说，不过她很快又想到一个借口："我睡觉你打什么语音！"

"这个点就睡觉，你认真的？你打算凌晨三四点起床？"

"少废话！什么事？"

"你不是昨晚发神经说网恋也不是不可以吗？我这不得打个电话问问你什么情况。"

池再夏昨晚回消息时已经是深夜一点，陆明珠睡着了，没再回复，这会儿才特意打电话来问。

"我就是在网上看到一个网恋结婚的新闻随口一说，你该不会以为我在搞网恋吧？笑话。"

池再夏说得理直气壮，但她察觉到，自己内心深处好像有一点点心虚，不多，就一点点。

不过话说回来，最近她确实老是刷到什么"网恋到极品帅哥""网恋奔现三年抱俩""网恋多年举办游戏主题婚礼"之类的新闻，仿佛以前那些三十多岁没工作天天在出租房吃泡面打游戏房租都交不起的骗炮渣男一下子都人间蒸发了。这叫什么效应来着？上心理课好像学过，但她一时想不起来。

陆明珠听她这么否认，倒没多想，毕竟她身边从来不缺颜值身高样样出色的清纯男大，再怎么消费降级也不至于跌落到马里亚纳海沟就是了。

她想起什么，又问："对了，你昨天说起高中我推荐你加的社团，我总觉得有哪不对，回来特意翻了一下，我没记错，我推荐的那个你没加呀。MAC高达社社长是我们隔壁班李兆显,他之前想追你,你记不记得?你是不是加错啦?"

"是吗?"池再夏找到许定之前发来的截图,"我加的那个叫什么乐高社,MOC……"

"MOC乐高社?"

"对,就是这个。那就是加错了吧,高达乐高,反正听起来也差不多。"池再夏没当回事。

"还真是MOC乐高社?"陆明珠困惑道,"你竟然混进去了?我记得这个社团要求很高的,作品都能拿去参加比赛。"

"搭个积木能有什么要求,还比赛,儿童比赛吗?"池再夏无语,"没其他事我先挂了,别耽误我玩……别耽误我睡觉!"

陆明珠还在纳闷,池再夏却已经果断地挂掉了电话。

回到游戏,刚刚的尴尬两人默契地没有再提。

攻城战差不多进行到了白热化阶段,附近、帮派、属地等频道都在不停地翻滚着新消息,语音里充斥着激昂的指挥交流,BGM也很振奋人心。打这种上千人的群架,个人的操作手法已经不那么重要了,重要的是人数、装备、战术……打得越激烈,主频道就越吵闹,耳边只能听到些"抱团""死了补"之类的重复话语。

安窈窈嫌主频道太吵,重新开了一个子频道,把亲友都拉来聊天,池再夏也被拉了进去。一开始话题参与者主要是上次一起打过10人休闲本的几个人,安窈窈、春风不度、一川烟草、芽芽的挂件,还有帮会里几个和安窈窈关系好的女生。可以听出他们都是热热闹闹的性格,话也很密。

聊着聊着,他们聊到某件梦魇副本掉落的非卖时装。

池再夏对非卖时装有点好奇,正想听他们多聊点,没承想上次抢过装备的满城风絮和芽芽两人突然又歪起了楼。

满城风絮:"我觉得金缕衣也就那样吧,不是很好看。"

芽芽："但是它贵呀，《风月》不好看的东西还不够多吗？"

满城风絮："也没有很贵，我那次遇到，才两万金就拍到了，上次在论坛看到有人说十万拍到，笑死，这种丑衣服怎么会有人花十万。"

芽芽："十万怎么了，千金难买我乐意。"

满城风絮："啊，十万拍金缕衣的是你啊？那当我没说。"

眼看气氛不对，一川烟草和芽芽的挂件赶忙出来打圆场，其他人也配合他们插科打诨。为了找个安全的新话题，他们忽然将目光对准池再夏。

其实故剑情深的人早就对池再夏十分好奇，但碍于被示意过不要起哄，他们都按捺着，没在她面前问东问西。

不过这会儿有了光明正大的幌子，便你一言我一语，一会儿邀请她加入故剑，一会儿问她之前和青山不许是怎么认识的，在某位剑客发出警告的边缘疯狂蹦迪。

池再夏则是选择性地在公屏回答。

"夏夏，你怎么一直打字不说话呀？"安窈窈顺嘴一问。

雨一直夏：我在学校，说话会打扰室友。

"噢，这样。那周末应该没关系吧？周末来跟我们一起聊天呀，我还能教你玩天巫纯奶流！"

池再夏迟疑片刻，应下。

事实上打扰室友本来就是借口，钟思甜她们门禁前很少回寝。一开始她只是觉得和陌生人语音聊天……很奇怪，后来熟悉了，她也习惯了打字，没有找到合适的时机开麦。

手机振了振，是先前准备下单却半路打住的鼠标商家发来的问询消息。

池再夏心念一动，想到了先前在论坛逛到过的语音设备答疑帖，说是用声卡说话唱歌效果堪比百万调音师。她对自己的声音倒是没什么不自信的，虽然不是可可爱爱软妹音，但怎么也能夸上一句清甜。

只不过吧，谁又不想让自己声音听起来更好听一点呢？况且游戏传统，各大帮会一到年节就爱在语音频道里举行歌会之类的活动，万一被赶鸭子上架非要唱歌怎么办？

想到这，池再夏神神秘秘地举起了手机。

周六，池再夏收到了五六箱快递。姜岁岁周末没外出，贡献了小推车帮她一起把东西运回寝室。

"你这是买了什么呀？"姜岁岁探头探脑地看了一眼，好奇地问。

"就是些电脑配件。"池再夏在玩手机，随便应了一声。

"那你会弄吗？"

"什么？"池再夏一下没听懂她的意思。

"我说，这么多配件，你会装吗？"

池再夏被问住，之前只顾着买，都没考虑过安装的问题，现在一想，她确实不会。

"我们班班长是不是很懂这些？我找他过来帮忙？"

"班长好像出门聚餐了，算了，我帮你找一个。"

姜岁岁说找就找，麻溜地掏出手机，开始在她经营已久的交友事业中挑选幸运儿。池再夏没多问，反正谁来都一样，装完给姜岁岁转钱，让姜岁岁帮忙请吃饭就是了。

于是一刻钟后，池再夏在寝室楼下正和姜岁岁聊着选学校的事情，猝不及防地接到一位出乎她意料的援兵。

"你怎么会找他？"池再夏小声质问姜岁岁。

姜岁岁努努嘴，示意她看正在用工作牌和宿管阿姨交涉的许定："学生会的，进女寝方便一点嘛。"

说得也是，不过——

"他是学建筑的，会不会？"池再夏狐疑。

"他都来了你说他会不会？又不是让他解决长生不老之类的世纪

难题,你该不会以为装个电脑配件能难倒建院学神吧?"姜岁岁强势硬吹。

池再夏还想再说点什么,许定已经转身朝她们点头致意:"好了,可以进去了。"

池再夏看向他,收了声,面不改色地在背后拧了姜岁岁一把。

三人一道上楼,302寝室这会儿没人,池再夏给许定拿了一瓶青柚水。

他接过,道了声谢。他还不渴,将水规矩地摆在一旁,蹲下身打量了一下几箱快递,又问池再夏要了把美工刀,耐心很好地一一拆开。

池再夏一直在旁边看着,等箱子全部拆完,东西拿出来,她觉得有点不对劲……

她原本只是想买个声卡,然而店家推销功力一流,一会儿给她推荐这,一会儿给她推荐那,听说她用笔记本玩游戏,还给她推荐了曲面屏、机械键盘什么的,说打游戏哪能用笔记本,怎么可能有输出?怎么可能有奶量?她也是听不得忽悠的人,知道玩游戏要用到这些专业设备,还以为找到了自己菜得离谱的原因,直接就让人安排了一个套餐,一单把生意给做足了。

可谁能告诉她,除了外接显示屏、键盘、声卡,这些打光板、麦克风、美颜灯、悬臂支架是怎么回事?甚至还有粉红色的话筒海绵套?

许定保持原有的姿势沉吟了一会儿,抬眼望向池再夏:"你这是,要当主播吗?"

# 【二十一】

室内一瞬寂静无声。

秋日的阳光从晾了衣服的窗台洒进来,落在他柔软的黑发上,泛出浅金光泽,他侧脸的轮廓似乎也被镀上一层柔和的光晕。

池再夏哽住。她想解释，却不知道从哪开始，嘴巴张张合合，半晌只尴尬地挤出三个字："我没有……"

姜岁岁回自己寝上了趟洗手间过来，看见满地设备，也惊讶地睁大了眼。

"池再夏，你要当主播吗？"她走近打量，发出了没见过世面的感叹，"真齐全啊……在哪个平台？当游戏主播还是颜值主播？"

"……我不当主播！"池再夏没好气地瞪向姜岁岁，一瞬间耳朵根都气红了。

"麻烦你帮我弄下显示器就好，这些……这些不用装，买错了。"她憋着羞恼，不自然地快速对许定说道。

许定轻咳一声，没有多问，应了声好。

他做事安静认真，将池再夏桌面上的东西清理开，安装完又将东西仔细放回原位。

池再夏说买错的东西他重新打包好，空出的快递盒也拆得整整齐齐，一举一动都给人一种从容干净、很有条理的感觉。

大约半小时后，许定转头说："好了，你可以试一下。"

"噢。"

池再夏依言上前，稍稍倾身，从许定手中接过鼠标时不小心碰到了他的指尖。细微的触感让她不自觉地缩了一下，没承想一扭头，脑袋又猛地撞到他的下巴。

她往后仰，捂住前额。和图书馆那次不同，这回真撞到了，虽然不痛，但两人的距离很近，清淡的木质调味道似有若无地萦绕在她鼻尖。

他大概比她高出大半个头，她垂下的视线能望见他的脖颈，声带正微微振动。

"抱歉。"他轻声说。

池再夏摇了摇头，若无其事地转回去，有点别扭地始终没有抬眼和他对视。

正如姜岁岁所言，安装电脑配件还难不倒这位建院学神，她试了一下，连接没有问题，线也收得漂亮。

她道了声谢。不过既然对方是她也认识的人，倒不好让姜岁岁帮忙请吃饭了，她看一眼时间："快五点了，不如一起吃个晚饭？我请你。"

她对这位许副会长实在了解有限，看着是沉静寡淡的性格，但好像又有副热心肠，最近频繁出现在需要帮忙的场合。她暗暗想道，这顿饭对方答应还是拒绝，概率应该一半一半，然而她忘了算上姜岁岁这个变数。

一听吃饭，姜岁岁积极响应："好啊好啊，我快饿死了！今天睡到中午才起来，都没吃什么东西，去吃火锅怎么样？西门那边新开了一家，听说菜品很新鲜！"

她什么时候说要请她了？虽然她的确不可能和这位许副会长单独约饭，但有些人是不是太会给自己安排戏份了？还火锅，她的本意可是去楼下最近的七食堂吃一顿半小时以内就能解决的普通晚饭！

她忍了忍，又望向许定，用眼神征询他的意见。

许定接收到信号，但似乎感知有误，略一点头，很好说话地应了一声："我都可以。"

池再夏吸口气，勉强笑笑："那就去吃火锅吧。"

他们去的火锅店新开不久，环境不错，生意也很火爆。

好在他们去得早，服务员边领他们入座边夸他们运气好，这是最后一张四人桌了，再晚来一会儿就得排位等翻台。

姜岁岁确实是饿了，一坐下便迫不及待地拿起平板，不顾别人死活地开始点菜。

池再夏对面是许定，干坐一会儿，为免两人大眼瞪小眼气氛尴尬，她想着先去弄点调料。

可她起身，许定也刚好站了起来，两人一起走到调料台前。

129

池再夏有点选择困难症,不知道加什么好。她很少吃火锅,吃起来还挺影响别人食欲,总爱点些不值钱的蔬菜豆腐,煮一碟青菜能有一搭没一搭地吃上半小时。调料她也很少自己弄,总是觊觎别人的,比如此刻,她就看上了许定手中那碟调料。颜色丰富,好像香香的,很好吃的样子。

　　见她不时偷偷看一眼他的碗,又依样舀一点,许定不动声色地将自己的调料递出:"你要吗?"

　　池再夏抬头眨了下眼睛:"可以吗?"

　　许定嗯了一声,避开她过于直接的视线:"我可以和你换。"

　　"那……谢啦？"池再夏迟疑半瞬,欣然换了,然后又好心提醒道,"我的可能不太好吃,你最好重新弄一个。"

　　许定抿抿唇:"没关系,我都可以,不用浪费。"

　　池再夏闻言点点头,没再多说什么。

　　回到座位,锅底和一部分菜品已经来了,池再夏坐下,几乎是下意识地开始找她的青菜。

　　"这个？"许定拿起靠他那边的一碟菠菜,斜悬在清汤上方。

　　"啊,对！"

　　许定将菜拨下去。

　　吃着吃着……辣锅那边又溅开一点油,池再夏下意识地闭眼往后躲了一下,等睁开眼,对面的男生已经将纸巾盒缓缓推到她面前,将火关小了些。

　　他做这些并不刻意,姜岁岁他也关照,所以池再夏除了觉得这人周到、教养好,没觉得有什么特别的。不过姜岁岁在不停吃和不停说的间隙还一心三用,品出了些不同的味道。

　　回寝的路上,路灯渐亮,许定接到电话,临时要去趟院会办公室,于是三人在路口分开。

　　姜岁岁见他走远,拉过池再夏神经兮兮地道:"我看出来了,许会长好像对你有意思欸!"

池再夏觉得好笑:"你倒是比我还有自信。"

"不是!"姜岁岁边挽住她往前走,边认真地分析道,"我今天微信找他那会儿,他好像在建院专教建模,但我说你想找人帮忙装电脑配件,他二话没说就答应了。"

"所以呢,这不是热心吗?"池再夏没明白,"你之前借相机,人家也特意给你送过去了。"

"热心是没错,但刚刚吃火锅的时候,不管你要什么,他都提前注意到了!"

池再夏反驳:"你要饮料他帮忙倒了,你要勺子他也帮你找了服务员,不是一样?"

"不一样!"姜岁岁重声纠正,"他对你的关照是主动的!不用你提他就做了,但对我是正常人那种……"她绞尽脑汁地想着如何表达,"就是那种……我说了,他会帮忙,但我不说,他很难注意到,你有没有发现?"

"没发现。"

姜岁岁被她一句话给噎了回去,过了几秒仍不死心:"那还有啊,这回他又提前埋单了,明明说好是你感谢他,你请客对吧?那他埋单说明什么?说明他不是为了吃这顿感谢饭,而是想和你吃饭,你能理解吗?而且最后你问他为什么埋单,他还借机留了一个下次你请的约,这八成是故意的呀,多明显!"

池再夏没把她这些言之凿凿的分析放在心上,只纳闷道:"撮合成我和他,你是能拿平大本部毕业证吗?照你这么说,我也可以分析,他上次是因为给你送相机去的甜品店,埋单是因为你,帮我装显示器也是因为你找他,他想帮你的忙,火锅就更不用说了,你也在场,所以你怎么不说他对你有意思呢?"

姜岁岁满脑子问号,半晌才反应过来:"你该不会不知道……我有个异地的男朋友吧?"

"……是吗?

"我的朋友圈,我的情头,你都没看见?"姜岁岁不可置信。她一度以为她微信里哪怕是随手加的代购都已经知道她名花有主了。

池再夏沉默了一会儿,忽然又面不改色地碎碎念道:"我觉得你分析得也不是没有道理,这样,周一我把外套还给他,再试探一下好了,要真像你说的那样,也好早点断掉他的念想,省得他喜欢我喜欢到不可自拔。"

姜岁岁一时竟无言以对。

晚上,池再夏照常登录游戏。

她已经用上了新的外接显示屏和会发光的机械键盘,说实话,换了这两样,游戏体验感的确要好上不少。笔记本配置再高,屏幕尺寸始终有限,按键也是挤挤挨挨的,没有机械键盘敲击时那种独有的节奏感。

白天那会儿觉得尴尬,池再夏说了那堆直播设备不用装,也就没好意思让许定把淹没在其中的声卡单独拿出来弄。吃完火锅回寝,她自己按照说明书折腾了一会儿,好像也没什么问题,毕竟本来就是手机电脑通用的款式,使用起来并不复杂。

她今晚应了安窈窈的约,要和他们一起玩,进入队伍后,也顺便加入了语音频道。

"夏夏,来啦!"安窈窈招呼。

紧接着春风不度、一川烟草他们也陆续和她打了声招呼。

她清清嗓子,又调了调声卡,正要打开话筒,叮咚一声,系统发来提醒——

【青山不许】进入了语音频道。

原本她没觉得开麦有什么,忽然间,心就随着这声提醒莫名提了起来。

她拧开青柚水喝了一口,压压紧张情绪。然后酝酿着找感觉,半响才打开小话筒,用平生难得的温柔语调,贡献了玩游戏这么久以来第一次语音开麦。

"大家好,我是夏夏~"

……

整个语音陷入了诡异的沉默。过了一会儿,好像是春风不度先没忍住,扑哧一下笑出了声。

这声音也不是难听,甚至还挺好听的,但这道带着KTV立体双声道混响的清甜嗓音,在这个大家都用普通耳麦聊天的朴实频道里多少显得有点隆重了,隆重到格格不入。

池再夏脑子空白,完全蒙住。她刚刚试过,明明没问题啊!为什么会突然自带立体声混响?!

刚进语音频道的男生恍惚间以为听错了,怔了一瞬,忽然间明白了什么。他拿起那瓶白天没动的青柚水喝了一口,又蜷起手虚掩住翘起的唇角。

## 【二十二】

从春风不度破功的那声"扑哧"开始,语音里陆陆续续响起或隐忍或直接的笑声,听得出不是嘲笑,只是单纯忍不住地觉得好笑。

池再夏还没明白立体混响到底是怎么被她弄出来的,听到大家的笑声,才慢半拍地觉得社死,小脑瓜轰隆一响,逐渐升温的灼热感从耳朵蔓延到脸颊,再到脖颈。

她火速摘掉耳机退出语音,羞耻到快要原地爆炸!

救命!她都干了什么!为了第一次开麦给人留个好印象斥巨资弄回来一套设备,结果怎么会变成这样!

她像只受惊的小鸟扑腾扑腾慌不择路，想要卸载游戏，显示程序使用中无法卸载，想先关闭游戏，又半天用不好鼠标。

就在这时，企鹅突然弹出明镜的消息。

明镜：夏夏。

明镜：想先去做日常吗？今天周末，有双倍灵力奖励。

明镜：副本还要组一会儿人，不急。

他绝口不提方才的乌龙，也不问她为什么退语音，甚至怕她尴尬主动找好了暂离副本队伍的借口。

池再夏咬住下唇。游戏里青山不许已经率先离开队伍，她犹豫片刻，也选择了离队。

很快，单独的组队邀请弹了出来，两人如往常般默契地接取日常，一路沉默地赶赴任务点。

刷完日常，池再夏终于冷静下来。

不就是声卡调错了嘛，多大点事。本来解释一下也没什么，她这又是退语音又是和明镜一起离队的，倒显得她像个身患公主病的大小姐，离谱的操作很多，还玻璃心不好相处。虽然她本来就是。

池再夏拍拍脸蛋，不让自己再乱想些有的没的，然后又关掉声卡，调整耳麦，鼓起勇气打开团队语音，小心翼翼地试探了一句："喂，听得到吗？"

剑客脚步微顿："嗯，听得到。"

"我是夏夏。"

"嗯，夏夏。"

他不是话多的人，但好像在耐心地回应她。察觉到这点，池再夏无意识地放松下来。

"刚刚在语音频道，我用声卡了……但好像没有调整好，你们是不是都在笑话我？"她小声问。

对面的男生思考了一下，避重就轻，实话实说道："现在已经没有笑了。"

停了几秒,他又说:"夏夏,你的声音很好听,不需要声卡。"

他觉得好听吗……

这后半句,池再夏觉得他的语调莫名温柔,温柔到让人不自觉产生一种被宠溺的错觉。她安静好半天,噢了一声,心慌意乱。

再回到语音频道和副本队伍时,大家仍然热热闹闹,有说有笑的。

一开始没人提起先前闹的笑话,池再夏还有点不自在,直到满城风絮嘴上没把门,顺嘴吐槽了一个夹子音主播,又马上反应过来道歉:"啊夏夏,我没有说你的意思,对不起!"

满城风絮是那种有点情商但不多的人,比较容易把气氛搞差,但心思不坏。他们这会儿一边打本一边聊天,好几次芽芽快被BOSS秒杀,都是她及时出手把人救下。

池再夏回了声没关系,顺势解释之前是声卡没调好。

满城风絮问她买的什么声卡,得知是手机电脑通用的外置款,她表示这种一般不好用,自己的亲友在当主播,有需要的话可以帮她问问型号。

芽芽也难得没和满城风絮别苗头,夸池再夏的声音好听,还解围说用声卡很正常,她唱歌也用,不过没有网上流传得那么神,该五音不全的还是五音不全。

大家没再避讳这个话题,春风不度还当场表演了个深沉低音炮,惹得一众女生笑骂,安窈窈更是直接断奶放生。

语音里欢声笑语不断,副本也在不知不觉间打完,进入到竞拍阶段。池再夏没有需要的东西,等着别人竞拍,顺便整理了一下背包和邮件。

她刚把已读邮件清理完,信箱忽然弹出一封新邮件,寄件人——舒冷。

舒冷师姐?池再夏顺手点开。

邮件里只有一句话：小师妹，方便的话麻烦你帮忙把这件时装当面交还给你师兄，他关闭了邮件接收，无法退还，谢谢。

池再夏这才注意到邮件里还附带一件价值四位数的新时装。

与此同时，系统也冒出一行提醒——

你的好友【舒冷】已下线。

什么情况？江师兄给舒冷师姐送时装，还设置了关闭邮件接收拒绝退还，而舒冷师姐铁了心要退，把时装转寄给她？

池再夏一头雾水地打开好友列表，江悬夜不在线，企鹅也是灰色。转眼一瞥，却发现他的语音频道有人，只有一个。

池再夏想了想，偷偷和明镜说了一下，然后又问他能不能陪自己去趟江悬夜的语音频道。他没有犹豫，应了声好。

两人进入江悬夜的语音频道时里面正在放歌，放的是那种生离死别、爱而不得的苦情歌。

"是你们啊。"江悬夜的语气听起来有点意外，又有点失落。

池再夏打了声招呼，江悬夜还愣了一下，毕竟第一次听她说话。

池再夏没多闲聊，开门见山地问道："师兄，你现在方便上游戏吗？舒冷师姐让我转交个东西给你。"

江悬夜一下就明白过来是什么东西，苦笑一声，应好。

转还时装的事情很顺利，池再夏不想多管闲事，但这两人到底是她的师兄师姐，离开语音前，她还是没忍住多问了一句："师兄，你还好吧？"

怎么说呢，问完池再夏就大彻大悟了一件事，好奇心不仅会害死猫，还会害死她以及她无辜的亲友们。

她和明镜被迫待在这个以《你一定要幸福》《灰色头像》《浪费》《水星记》等背景音乐为基调的语音频道里，听江悬夜诉说清纯男大心事整整一小时。期间春风不度和安窈窕久等不见他俩回去，顺着语音频道摸过来，她亲爱的江师兄停下来和新朋友打完招呼，然后又继续沉浸式口述小作文，根本不把大家当外人。

池再夏听得头昏脑涨，但也大致听明白了。

两年前，秋行原本打算给江悬夜收个师弟，结果不慎收到了萌新时期玩男号的舒冷。

当时秋行有对象，自然要和女徒弟保持距离，舒冷也有分寸，有什么事情都会找师娘或者江悬夜这位师兄。一来二去，舒冷和师娘处成了闺密，他也喜欢上了这个外冷内热的师妹。奈何他这位师妹太有天分，没多久就成了一名犀利的天音阁玩家，再加上声音好听，建模美貌，在游戏里吸引了很多追求者。

他知道舒冷无心发展网恋，所以一直把自己的情感表现为正常的同门情谊，但随风的出现打破了这一平衡，他也变得不理智起来。他和随风之间的雄竞略过不提，总之那次随风退帮后，他压制不住自己的情感，头脑一热，没打招呼直接买了去往舒冷城市的机票，然后就踩了大雷！

舒冷表示他这样的行为太过冒犯，让她很受惊吓，她暂时不想再见到他。

"……她不想见我，所以这段时间我没怎么上游戏，我其实没想干什么，也不知道她住哪，只是因为以前聊到过她的城市，她说她的城市樱花很美，我想去看看。"

说这话的时候，江悬夜笑得苦涩，三分EMO三分无奈还有四分是被池再夏扣除的离谱。

她忍不住打断道："这个季节好像没有樱花吧？"以防自己文盲误事，她还特地私聊明镜求证了一下。

江悬夜噎住，被他和音乐氛围感动到的春风不度和安窈窕也狠狠噎住。

池再夏完全不明白这有什么可感动的，一个人不打招呼就跑来，到了才通知你，实在很容易让人联想到一些疯狂追求者。她大一就遇到过这种人，蹲在她公寓楼下送花送早餐，后来还发展到偷偷跟人过门禁进楼，把玫瑰送到门口。拜托，谁会想和这种人谈恋爱？这要是分手了岂不是一言不合就要泼硫酸？

江悬夜解释："这些天我也想通了，确实是我的问题，所以送给她时装是想赔礼道歉。"

"你的道歉就是关掉邮件接收，强迫人家收下时装吗？"池再夏不理解，他这一系列行为怎么看怎么像在自己感动自己。

回到故剑的语音频道，春风不度和安窈窈还在讨论江悬夜千里看樱花的事，继而聊起很多陈年八卦。玩游戏这么久，他们每个人或多或少都有故事。

可池再夏发现，明镜在从前那段游戏时光里，好像是一个处在游戏之中又游离于游戏之外的人，除了成为一名屠榜高玩，他没有什么情感故事。然后池再夏又发现，他一直安安静静，已经很久没说话了。于是池再夏私聊戳了一下他——

夏夏：你在干什么，都不说话？

明镜：记笔记。

感情是一种不讲道理的东西。相互喜欢时，一方的行为可能是浪漫、感动、爱的表达，但如果只是单向的，对另一方而言，没有感动，只有敬而远之的负累。他从来不想成为她的负累。

## 【二十三】

送还时装这件事不过是个小插曲，池再夏在游戏里给舒冷留了言就没再管。毕竟她自己的事情都没搞明白，实在没闲心去管别人的感情发展。

周一中午拿到干洗店送来的衬衣时池再夏还在想，这两天倒是和还衣服杠上了，游戏还完现实还。

她把衬衫拿出来检查，闻了一下。洗过之后衣服香香的，很干净，但好像没有许定给她时那么好闻……她转念又感觉自己像个变态，竟然偷闻人家的衬衫！

她匆忙把衬衫装回纸袋。

平城的天气惯常是不拘四季、不讲公平的，夏冬漫长，春秋仿佛走个过场。

一夜之间气温骤降，池再夏出门前换了一条浅燕麦羊绒裙，因为怕冷，还外搭了一件雾霾色羊毛大衣。刚洗完的头发蓬松柔软，没来得及化妆，看起来倒是难得清清淡淡，很有几分温柔千金感，前提是她不说话。

"……听你哥说，你和电影学院的那个小男生分手啦？"电话那头，一道听不太出年龄的女声正在问询。

池再夏将碍事的纸袋和小包递给姜岁岁，让她帮忙拿一下。自己则是捧着臂弯暂夹的咖啡，漫不经心地对电话那头说："电影学院？陈卓啊，都前前任了，他嫌你女儿影响他进军娱乐圈吸女友粉，早分了。"

"哦？"女声有点惊讶，"那前任呢？"

"以前静西附近体大的，开学那会儿也分了。"

话音刚落，姜岁岁就冲刚从旁边教学楼出来的许定招了招手："许会长！"

池再夏顺眼望去，隔着不远不近的距离朝来人点了点头，继续讲电话。

"体大的，那身材不错、体力不错哦，你们分手前进展到哪一步了呀？"

"交不出体检报告的那一步吧。"池再夏不以为意，"不是您说的嘛，有亲密接触得要体检报告。"

她说这话的声音并不大,在和姜岁岁寒暄的许定却转头看了她一眼。

"是的呀,体检报告还是很重要的,即便没有性行为,那乙肝……"

池再夏隐隐预感到什么,喝了口咖啡,抬眼望天,熟练地把手机拿开了点。估摸着健康小课堂快要结束,她将手机重新放回耳边。

"……注意的呀,妈妈其实是不反对婚前性行为的哦,研究数据表明,男性的性功能大概在二十岁这个阶段是最强的,给到女生的体验感也比较好,但是安全措施……"

竟然还没完!池再夏实在受不了,没好气地打断道:"妈,我要上课了,要没什么事我先挂了。"

"等等,急什么呀,别以为我不知道你们的上课时间,离下节课还有十分钟吧?"

陈医生又科普了三分钟的生理健康小知识,然后花三分钟教了她一些辨别男性性能力强弱的偏门小妙招。

池再夏只觉得荒谬之极,忍不住压低嗓音问道:"您胡说八道什么呢?这没有科学依据吧?"

"经验嘛,参考而已。"陈医生不以为意,"对了,你哥最近怎么样?有没有和你透露带女朋友回家之类的消息?妈妈不方便问,你也知道的。"

"没有,我开学到现在都没见过他。"池再夏想都没想。

"这样啊……"

陈医生沉思片刻,转而又叮嘱她几句,十分精准地给她留下两分钟课前准备时间,挂断电话。

姜岁岁看她接完电话臭着张小脸,低声试探道:"你妈骂你啦?"

那倒没有。她妈从来不骂人,只会让人恨不得挨一顿骂早早结束对话。也是奇了怪了,明明她们联系很少,但只要讲话超过三句,她就觉得即便是母女也应该保持适当的社交距离。她都不明白池礼也对医学知识屁都不懂，是怎么做到每次都能假模假样地和她妈鸡同鸭讲聊上一两个小时的。

她郁闷地坐下，不一会儿发现，今天姜岁岁竟然先她一步坐到了里面的位置，这就意味着走在她身后的许定……

眼睁睁看着男生在她右侧落座，池再夏反应过来，转头瞪向姜岁岁。姜岁岁一脸无辜，还把她的纸袋塞回给她。

"叮铃铃——"

上课铃响，再换座位也不现实。池再夏默默地在心底给姜岁岁记上一笔，不尴不尬地将塞回来的纸袋直接转交给了坐在她右侧的许定。

"上次你借给我的外套，已经洗过了，谢谢。"

"没关系，不用谢。"

鼻子、耳朵、眼睛……池再夏一边觉得陈医生说的那些性能力鉴别小妙招不靠谱，一边又下意识地对着眼前这张脸比对起来。

"怎么了吗？"见她一眨不眨地打量自己，许定问道。

"没、没怎么。"池再夏回过神，生硬地移开视线，别扭得不敢再和他对视一眼。

许定探究片刻，倒也没追问。

不知道和学霸坐在一起是不是都会有一种压迫感，池再夏这节课上得，手机没好意思玩，小说没好意思看，和姜岁岁讲几句小话还不自觉地压低了音量。可事实上，她旁边的学霸本人虽然认真，但认的不是这堂课的真，半节课画建筑图草稿，半节课写纸质报告，俨然把选修上成了自习。

池再夏瞟了一眼，他的书本上都是她知识范畴之外的东西，不过他的图和字都很好看，规整干净，如果考试真的有印象分，一定能拿满分。

池再夏思维发散，突然觉得姜岁岁说的也没错，和这种学霸打好关系不是没好处，说不定以后还可以找人帮忙写材料、翻译论文

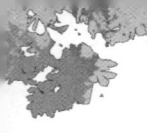

之类的。

她想了些有的没的,第一节课很快结束。

课间休息,各组成员都开始讨论这周外出拍摄的事。

几堂理论课后,老师给出了摄影课的第一个外拍作业,主题是"人生海海"。池再夏和姜岁岁都在第一时间将这个主题理解为人山人海,寻思着哪人多该去哪拍。其实这是一句闽南方言,可以理解为对人生命运的一种感慨,是相对比较抽象宽泛的主题,怎么拍都行,甚至就像她俩理解的那样去拍人潮也没太大问题,只要上台时能自圆其说即可。

一番商讨过后,他们小组定好这周六下午一起去离校不远的银月湖进行外拍。

第二节课上课,老师先给他们放了个短视频。

教室灯光暗下来,池再夏有点撑不住了。原本还是一只手支着下颌,百无聊赖地看着屏幕,看着看着,眼前不自觉地一片模糊。等到视频结束教室开灯,她已经趴在桌上睡了过去。

许定笔尖微顿,垂眸看她。她的皮肤清透干净,没有瑕疵,哪怕一点雀斑都找不见,五官也是精致的,仿佛被造物主偏爱,睫毛如蝉翼,薄薄一层,往上翘出不夸张的弧度,唇不点而红。

他不动声色地把手边的速写本往后翻了一页,铅笔浅浅勾勒,是女孩子好看的轮廓。

池再夏这一觉睡过大半节课,醒来时睡眼蒙眬,打了个呵欠。

好半晌才清醒,她坐直喝了口咖啡,发现自己先前脱掉的外套竟然被披到自己肩上。她转头望向姜岁岁。姜岁岁也睡得不省人事,嘴巴微张着,让人很想捏一捏把它闭起来。

池再夏有点疑惑,看了眼另一边还在写写写的许副会长,还是决定先保留姜岁岁睡前给自己披上外套的可能性。

回寝路上,池再夏随口问姜岁岁什么时候睡的觉。姜岁岁没多想：“第二节课一开始我就睡了吧，理论课好无聊。说起来，为什么让我们自己找时间外拍啊，其他选修是都会直接分出实践课的。”

第二节课一开始就睡了……那她的外套只能是那位许副会长帮忙披的呀。糟糕，该不会被姜岁岁的乌鸦嘴说中，他真的对她有意思吧？

虽然接触很少，了解有限，但他确实长了一副容易让人心动的模样，放在她玩游戏以前，发展一下也不是不行，可惜现在，哎……不过可能是她想多了，人家也许就是八面玲珑，比较细心？

池再夏脑子正想些有的没的，前脚回寝，后脚就收到许定的微信。

许定：池再夏，你的包在衬衣纸袋里。

如果不是收到这条微信，池再夏到现在都没发现自己的包不见了。她回忆了一下。噢，敢情接电话那会儿让姜岁岁帮忙拿东西，她就直接扔袋子里了。

许定：你方便下楼吗？我在你寝室楼下。

池再夏：1111

她边下楼边想，不行，不管这位许副会长是不是对她有意思，一定要在发现苗头的时候赶紧掐掉，选修课每周都得一起上呢，低头不见抬头见的。

于是在下楼过程中池再夏就眼不离手机，决心装作一副网瘾少女的模样，和许定交接包包时也表现得十分敷衍。

"谢了许会长，我还要和我情缘一起打游戏，就先不聊了。"她刷着手机，很赶时间的样子。

许定一听，果然捕捉到重点："情缘？"

池再夏顺势解释："就是游戏里的结婚对象……也可以简单理解为网恋对象，我们认识有段时间了，虽然还没正式在一起，但也快了。"

这意思表达得够清楚了吧？依这位的智商，肯定能听出来。

池再夏假装不经意地瞥了一眼男生的表情。

嗯，很复杂。也不知道他是不明白会有人搞网恋，还是不明白自

143

己为什么会输给一个网恋对象。

池再夏也不管那么多："那我先上去了,欠你的饭……改天姜岁岁有空再一起请,拜拜？"

许定点点头,神色已经恢复如常。

他沉吟片刻,回应道："那我祝你和你的……未来情缘,长长久久？"

## 【二十四】

池再夏也不知道怎么,从他平淡的祝福中竟然听出了一种发自内心的真诚。所以,又是她想多了？

回到寝室,她登录游戏。

今天登录界面出了新的宣传页,她点开看了一下,是新版本的预告。这次的新版本是一年一度的赛年大版本更新,有新副本、新地图、新的休闲玩法……只不过预告嘛,还处于画饼阶段,池再夏最关注的新时装只放了几张局部细节图。

好友列表里的"未来情缘"还没上线,她照常给小巫女换完衣服,忽然发现舒冷师姐给她回了一封新邮件。

这封邮件有点长,首先是感谢她帮忙转交时装,然后说自己要准备出国,之后很长一段时间可能不会再上游戏。

这是要退游呀。池再夏略感意外。

再往下,舒冷师姐向她解释："其实师父刚收你为徒的时候,我对你有些排斥,还在魂墟试探过你到底是不是新手,是我多心,抱歉。起初对你的排斥来源于一个女生,她是我们的前师娘,ID叫夏止,玩的天巫,以前大家也叫她夏夏……"

魂墟是拜师那会儿大家一起下的升级副本,池再夏都快忘了,她这么一说池再夏才记起来,原来当时不是手滑,是试探。

夏止、秋行，明显是情侣ID。

"我小白时期建的男号，懵懵懂懂拜师，结果因为收到我这个女徒弟，师父师娘吵了一架，当时很尴尬，拜师过后也没好意思再找他们玩。

"但不记得是从她拍装备送给我当见面礼开始，还是从我被人欺负、她为我出头开始，我们的关系慢慢好转，后来变成了无话不谈的闺密。

"我们经常连麦到半夜三四点，一起看风景、下副本、收集灵宠。

"然后毫无预兆地，某一天她说：'冷冷，我今天看到同学和男朋友在篮球场边散步，阳光很好，真的很好，我突然也想谈一场没有几千公里，我需要他他就会出现、陪我散步浪费时间的恋爱。'

"她和师父是异地恋，时常会患得患失，我没有太在意。我们还是和往常一样去看风景，收集灵宠，甚至运气很好地在灵鹿洞刷出了一只九色鹿。

"可那天过后，她所有的联系方式都无人回应，游戏账号停在灵鹿洞前，再也没有上线。我总觉得有一天她会回来，也希望她回来，但现在很为她开心，她已经有了一段她想要的没有距离的恋爱。

"师父是很好的人，但他不适合曾经那个夏夏。师兄也是很好的人，但不适合把游戏现实分得太开的我。

"小师妹，虽然我们算不上太熟悉，但看到你，我好像总会记起曾经那个朋友，你们一样快意，一样鲜活。祝愿你能拥有一段美好的游戏时光，如果有缘，我们江湖再见。"

落款舒冷，末了附赠大量的天巫族专用药品，还有一些珍稀道具。明明是和自己无关的事，池再夏看完却莫名有点难过。她去问秋行——

夏夏：师父，你知道舒冷师姐要A了吗？她给我寄了很多药品道具。

秋行：嗯，寄给你你就用吧，算是她这个师姐的一点心意。

夏夏：她还和我说了前师娘。

145

秋行的消息过了一会儿才发来。

秋行：我知道。其实她一直是为了等夏止才留在游戏，前两天我告诉她，夏止现实生活中已经订婚，所以她也不用等了。

这样……池再夏还想再问问江悬夜，点开他的头像就见一连更新的好几条离别感言。看来他知道了，并且这会儿不想和人说话。

正在这时，系统提醒——

你的好友【青山不许】上线了。

瞥见这行提醒，池再夏也没再多问。

夏夏：师父，明镜上线了，那我先去做日常了。

她刚要关掉聊天框，秋行忽然叫住了她。

秋行：等一下，夏夏，虽然我自己也是游戏滤镜的既得利益者，但不得不承认，游戏滤镜真的很厚，现实生活中大家大多都是普通人，天南海北，阻碍也远比想象中大。玩玩游戏可以，至于其他，可以再慎重考虑考虑。

池再夏听明白了，但容不得她细想，下一秒，明镜的组队邀请已经发送过来。

她进队，然后两人又一起加入故剑的语音频道。

频道里安窈窈正在唉声叹气，因为她要好的亲友死情缘，暂时A了。

池再夏下意识接了一句："我师姐也A了。"

"你师姐，舒冷吗？"

"嗯。"

几人边做日常边就着A游的话题聊开……池再夏一直注意着明镜的小话筒，他好像闭了麦，一次都没亮。

【私聊】雨一直夏：你该不会又在做笔记吧。【偷看】

【私聊】青山不许：……

【私聊】青山不许：我在打BOSS。

池再夏这才注意到，大家在语音闲侃摸鱼，只有他一个人在老实单刷。不久之后，BOSS倒地。

【私聊】青山不许：每个人都有自己的生活，游戏而已，你不用太难过。

虽然知道他这话是安慰的意思，但不知道为什么，看起来有点……不那么让人愉快。在他看来，游戏就只是游戏吗？

【私聊】青山不许：有人找，我挂会儿机。

由于不是非常愉快，她没回话，转而在语音继续和大家聊天，聊着聊着，话题来到了现实地区。

"夏夏，你哪里人呀？"

"盲猜包邮区。"

"说起来我还不知道许神是哪的。"

"深城吧，之前他给我寄平板是从深城寄来的，这是可以说的吗……"

"为什么给你寄平板啊。"

"我的放假落家里，我妈拿着看剧呢，本来寻思着再买个二手的，刚好他说多了一个，没用，我以为是什么老款，就从他那儿白嫖了，结果发现是个全新的，塑封都没拆，吓得我立马给他寄了金。"

深城……池再夏几乎是条件反射地打开网页搜索了一下平城和深城的距离，2000公里。

她盯着屏幕，不期然地想起舒冷师姐发来的邮件。

说起来，她念完高中家里本来要直接送她出国，她不想出去，就留了下来。国外哪有国内好，说话都听不明白，但再怎么拖延，明年这个时候她也应该在国外了。这么多年下来，家里已经勉强接受她不会念书的事实，但这不代表他们会允许她的学历看起来就像个彻头彻尾的草包，池家传统，哪怕是刷漆也得给她刷成金灿灿的模样。一时间，池再夏也不知道怎么，陷入一种不可名状的低落。

游戏里君山剑客的冥想BUFF消失，大概是回来了。

"周五晚上版本更新，咱们周六不如先团建个新十人本？"语音里话题转得很快，一恍神，已经聊到了新版本。

"行啊，周六我有空。"

"十人还不是闭眼过。"

"不知道新本都有些什么掉落，说起来，好久没出新坐骑了。"

"坐骑得梦魇才有吧？按官方这德性，梦魇怎么也得再等个几周。"

《风月》的大版本更新不是一次更完，而是会分两到三个阶段逐步开放，因为新内容比较多，一次全放出来，玩家很难赶上进度。

池再夏想起什么，提前报备道："不用给我留位置，我可能来不了，周六出门，不确定几点能回来。"

一直闭麦的青山不许也开口说："我也有事，不知道几点回。"

原本周末出门不上游戏很正常，可他俩一前一后说辞高度一致，就很难不让人嘴欠几句。

"你俩搁这儿约会呢，都不知道几点回。"

"周六能有什么正经事啊，偷偷约面基？"

明知是调侃，池再夏还是忍不住解释："我和同学一起。"

"欸，同学？男的女的呀，有没有帅哥？"

池再夏原本只打算回答前半个问题，但忽然想到明镜刚说的"游戏而已"，又想到2000公里的距离，她故作随意道："男女都有，帅哥也有，有一个特别帅，高高瘦瘦很干净，学习还很好，是我们校学生会的。"

她说话的时候一直盯着明镜的麦克风小图标，看到说话期间它亮了一下。似乎是一声笑……还是轻咳，或者是单纯碰到什么发出的一点声响，总之淹没在热闹的语音里，很模糊，并不引人注意。

等了很久，见他后续也没有什么特别的反应，池再夏莫名有些失望。

一眨眼，很快就到了周六。

这周一开始过得有点郁闷，知道没结果的事情好像及早扼杀才是正确的选择，可她清楚地感知到自己不想这么做。

不过郁闷没多久她就想通了。船到桥头自然直嘛，人家没有给过明确的信号，她又何必庸人自扰？再说了，感情本来最心动的就是暧昧期，该怎么样就怎么样，说不定没多久她就对游戏厌倦了，说不定知道明镜长什么样她就卸载游戏跑路了。既然如此，开心几天是几天，哪怕以后网恋奔现也无所谓，又不是谈个恋爱必须结婚，考虑距离干什么。

想通这一点，池再夏整个人都快乐起来，连带周末出门外拍都心情很好地哼着歌。

"打车，这么远？"出宿舍楼，听姜岁岁说要去南门打车，穿着小高跟的池再夏无知地问了一句。她根本不知道银月湖在哪，只记得上次课间讨论有人说离学校不远，她还以为走路就能到。

姜岁岁把导航给她看："不远呀，打车十分钟。"

瞥见在宿舍楼下等待的许定，姜岁岁又热络地打起招呼："许会长，你这么早就来啦！"

池再夏后知后觉地望去："他和我们一起？"

"我们一个组的，当然一起啊。"姜岁岁答得理所当然。

池再夏觉得这话真好笑："我们组可是有十个人，其他七个怎么没有一起？"

"那十个人一台车也坐不下呀。"

没等池再夏再说什么，许定已经上前，还主动道："需要我帮忙拿东西吗？"

别说，还真需要。池再夏的单反是周三那会儿池礼的助理送来的，一个相机本体，还有好几个不同的镜头，她分不清用途，索性都带上了，虽然姜岁岁帮忙拿了大半，但还是很重。

"那辛苦啦。"姜岁岁拉着池再夏一起，不客气地卸货给许定。

149

许定抿抿唇:"应该的。"

天气冷,他今天穿了件黑色冲锋衣,拉链拉到领口,衬得皮肤愈发冷白,走近时可以闻到他柔软黑发上好闻的洗发水味道。

两人走在许定身后,姜岁岁刻意拉住池再夏落后几步,别着手背凑近偷偷安利:"又帅又乖!池再夏,你能拿下他让我每天多看几眼吗?"

池再夏翻了个白眼:"我劝你别发梦。"

然而姜岁岁这人就一个优点,不听劝。

半路她提前打好车,走到南门时,司机师傅刚好过来。姜岁岁看见车牌,二话不说一个箭步冲上去占了副驾。

池再夏哽住,默默地坐进后座靠里的位置,转头看向窗外。

察觉到男生上车,她又举起手机无所事事地滑着玩,总之是打定主意谢绝交流,不想给姜岁岁这个CP脑发假糖。不过想起明镜之前说他周六也有事,她又点开企鹅给明镜发了一条消息。

夏夏:【探头探脑.jpg】

夏夏:你今天是要出门吗?

过了一会儿。

明镜:嗯,已经出门了。

夏夏:我也出门了。

她删删改改的,一时不知道再说点什么。问太多现实生活感觉像在查岗,不好,她也没这个立场。还是聊聊游戏好了。于是她又说起昨晚凌晨的新版本更新。

姜岁岁一个人在前面讲了半天没见反应,纳闷地往后视镜一看,好家伙,两个人都垂着脑袋在玩手机。

她正想说点什么,池再夏忽然收到来电,来电显示是陌生号码,归属地是美国。

池再夏心里隐约有个答案,犹疑一瞬,还是按下接听:"喂,哪位?"

电话那头低笑一声:"我。"

他没再多说半个字,但池再夏无意识地握紧了手机:"梁今越?"

说出这个名字时,她没注意到旁边的男生顿了顿。耳边只传来梁今越熟悉的懒洋洋的语调:"看来池大小姐还没把我给忘了,圣诞节我回国,见见?"

## 【二十五】

这通电话来得突兀,回国的消息也很突兀,池再夏半天没吭声,迟缓地消化完消息,又不由觉得好笑。

见见?他说见见就见见,多大脸。

火气莫名上涌,她的声音直接高八度,几乎是不经思考地喷了对方一顿:"圣诞回来干什么,祭祖吗?祭祖往西郊陵园找你家祖坟,少来我面前晃悠,晦不晦气!"

喷完她挂断电话,垮起张小猫脸,车内气压也骤然降低。

姜岁岁被这突如其来的电话和怒火整蒙了,往后探了探头。还没等她开口,池再夏就面无表情地从口袋掏出一副墨镜戴上。不开心的脸蛋被遮掉大半,信号十分明确——拒绝交流。

姜岁岁转而看向许定。他仿佛什么都没听到,视线和她交汇一瞬,面上毫无波澜。

临危不乱,处变不惊,不愧是许会长!她悄摸转回去握紧安全带,一路难得的安静。

计程车停在银月湖广场附近时,司机师傅前后看了几眼,目光最后落在姜岁岁身上,很懂气氛地压低嗓音招呼道:"美女,记得给个五星好评哈。"

姜岁岁连连点头,比着"OKOK"的口型,解开安全带溜下车,动作一气呵成。

许定也下了车,不过没表现出姜岁岁那种终于呼吸到新鲜空气的解脱感。

注意到池再夏还坐在车里没动,他撑着车门顶部,微微倾身朝里提醒:"池再夏,到了。"

什么?池再夏条件反射地抽了抽肩,被惊醒。

见她从椅背里坐起来摘下墨镜,视线还没聚焦,许定稍怔。所以这十来分钟的路程……她不仅聊了企鹅,接了电话,生了气,还睡了一觉。

池再夏也稀里糊涂的,不知道怎么回事,明明昨晚睡眠质量很好,可气着气着莫名涌上一阵困意,然后就猝不及防地打了个盹。

她晕头晕脑地从车上下来,冷风一吹,刚刚那种气不打一处来的感觉好像骤然消失。再看到梁今越发来的微信,也终于能PEACE没有LOVE地回上一句:"再说。"

梁今越发来的微信无非是劝她别那么大火气,以及认真地说了一下他放假回国想和她见见这件事。

两人是真正意义上的青梅竹马,从小一起长大,从幼儿园到高中都念的同一所学校,在学校也都是风云人物那一型,长相出挑家世好,带着点青春期的叛逆张扬。

池再夏起初没什么想法,她和梁今越太熟,看他在外面逼气十足白眼都能翻上天的那种熟。初中开始同学间总传他俩八卦,甚至很多人默认他俩是一对,池再夏也不以为意,只不过慢慢地,脑子里潜移默化,总会将其他追求者和梁今越对标。

友情真正变质可能是在高二升高三那年的暑假,那会儿他们很多人一起出去玩,在外面遇到一个色狼手欠撩她裙子,她还没反应过来梁今越就捉住那人的手腕折过去,把人狠揍了一顿。那一刻,她觉得梁今越桀骜不驯的样子有点帅。

可惜的是她的友情变质了，梁今越没有。他不仅没有，还在她眼皮子底下和她当时一个朋友玩起了心照不宣的暧昧。

得知他俩在一起时池再夏蒙了，反应过来才发现，她这不妥妥地成了青春校园文学里自以为万众瞩目的无脑女二吗？

虽然此前她这位朋友是那些天天洗脑他俩般配的嗑CP大军一员，但细想一下，她好像谁都怪不上。因为她口是心非，从来没有承认过自己对梁今越有好感，所以人家在一起，又有她这个马戏团C位小丑什么事？好在这之后很快毕业，她也不用憋屈地配合演出给人当敬业女配，不然她也不敢保证自己会不会发点什么不占理的脾气。

从她的过分疏远中，梁今越察觉到什么，只不过他虽然有所察觉，却也什么都没做。

梁今越的这段恋情最终和以往一样没有持续多久，但意义不一样。它的不一样不在于交往对象，而在于因为这段恋情，他们都清楚了彼此的心意。疏远是一种形式的感情信号，沉默则是另一种形式的委婉回应。

再往后梁今越出国念语言，又很快在留学圈子里交往了新的漂亮妹妹，池再夏的恋爱也谈得风生水起，两人却以分道扬镳为开始，默契地没再联系。

思绪戛然而止，池再夏收起手机，整理心情，跟着姜岁岁和许定一道往前走。

银月湖是平城一大著名文青景点，全称银月湖公园，占地面积上百公顷。因为极为宽广，又存在一定的地势差异，所以一面被改造成了人工沙滩，另一面则是被打造成临湖酒吧街，夜幕降临，一片灯影摇曳。

池再夏是土生土长的平城人，但以前从没来过，总觉得听着就差那么点意思。要去沙滩那就去海边度假，要去酒吧平城更是嗨吧遍地，临湖小酒馆，那民谣能把她催眠到第二天下午。

他们小组约定的地点离人工沙滩这面更近，周末人多，哪怕已近

153

冬日，也有很多不怕冷的美女穿着清凉，在沙滩上快乐拍照，周边有移植来的椰树，远远望去，恍惚以为来到海边。

"池再夏，许会长！你们要不要下来？这水不冷欸！"

沿湖特意围出一片狭长的水域，供大家下水玩乐，姜岁岁第一时间融入踩水大军，还招呼他们一起。池再夏没理。许定抬了抬相机，示意不方便。

不过他们小组还是有好几个人一起下去了，还有人结伴去洗手间、买饮料……徒留他俩坐在岸边的沙滩椅上摆弄着单反镜头，不得不交流几句拍照的问题。

也不知道许定是上课听了她没听到的部分，还是原本就知识涉猎范围很广，听得出他对摄影有一定了解。而且让人很舒服的一点是，他懂很多，但不会给人一种说教感，所以哪怕她不是那么懂，也愿意听他说完。

"那你帮我调一下，我用你的相机试试参数？"

许定应了声好。

两人交换相机，池再夏用他的相机咔嚓咔嚓拍了几张，然后停下来回看成果。忽然，她顿了一下。

等等，这张照片……甜品店，她，还有身边这位，没记错的话，这是之前她从姜岁岁手里抢过来删掉的照片吧？怎么还在？

她抬眼疑惑地望向许定。许定也回望她，目光笔直坦荡。

是她没删干净还是她漏删了？他的眼神不避不让，一时间池再夏很难不怀疑自己。当时她本来就没细看，又过了段时间，她已经不大确定姜岁岁拍了几张，也不确定自己是不是真的删完了。

"这照片？"她试探道。

"姜岁岁拍的，拍得不错。"

"……是不错。"没试探出什么，池再夏点了点头，口不对心地附和一句。

"你的相机调好了。"

两人再次交换相机,照片在池再夏面前过完明路,被光明正大地收了回去。

这场外拍一直持续到晚上。他们已经拍了很多照片,但组里的摄影大佬还希望用时间交错和水波变幻来体现人生的起伏,想再等一会儿,拍一下入夜之后的水面。

除了姜岁岁和池再夏,组里都是比铺盖还能卷的学霸,大佬这么一提,也没人有意见。

其实先前上课,包括在讨论组聊天,大家互相已经有些了解,出来半天更是熟悉不少,等到拍摄结束,有人提出找家小酒馆听听歌、聚聚餐。

姜岁岁率先举双手双脚赞成:"好啊好啊!我好饿,你们都不饿吗?"

"别说,我早就饿得没知觉了。"

"小酒馆有东西吃?"

"有,基本都有小吃,还有的是音乐餐吧呢,能给你做一桌子菜。"

没人反对,于是一行人找了家客人比较多还有现场表演的酒馆。

中间的舞台上灯光交错,四面都悬挂着液晶点歌屏,一楼已经坐满,他们被服务生领至二楼,正对着主唱的那一面。

池再夏看到隔壁卡座女生的那杯酒很漂亮,随口问服务生:"那个是什么酒,度数高吗?"

"您好,那杯是我们店的特调,清酒吻玫瑰,十五度左右。"

"那给我来一杯吧。"

许定:"两杯,谢谢。"

他还会喝酒?池再夏抬眼看他,略感意外。不过意外也只有一瞬,很快有组里男生专门来问她要哪个甜点,她应付完一个,隔壁桌又有男生过来搭讪。

在这种地方,帅哥美女总是惹眼。

许定坐在卡座转角灯光最昏暗处,还是有人注意到他,直接在点歌屏上挂弹幕信息。

二楼B10座穿黑色冲锋衣的帅哥,来B5喝杯酒好吗——平城李嘉欣诚挚邀请【爱心】

"B10是我们桌吧?"

"黑色冲锋衣,许会长说你呢。"

"自称平城李嘉欣,这不妥妥的大美女?许会长还不快去!"

大家纷纷起哄,池再夏觑了一眼屏幕,心想这位美女眼光还可以,但八成错付,得不到回应。果不其然,这位许会长任由众人揶揄,岿然不动。

不过有人开了头,点歌屏也跟着热闹起来,各种祝福、点歌、求勾搭的弹幕不断往外冒,台上主唱时不时地笑着念上一念。

点歌不要钱,但主唱也不一定唱,除非附上礼物打赏。

他们点的餐还没来齐,都闲得在发弹幕点歌,姜岁岁还斥九十九元巨资点了一首《遇到》,全程直播录屏,把她那远隔千里还在实验室记录数据的男朋友给感动坏了。

这家酒馆的点歌形式是扫码注册进入小程序,礼物则是以店内的酒品命名。由于请来的歌手嗓音不错,送礼物的人还真不少。

许定应对完那位见他迟迟没有回应直接找上门来的"平城李嘉欣",不知在想什么,忽然扫了一下码。

默认微信注册后,他抬头不经意地扫了一眼正和姜岁岁讨论曲目的池再夏,又垂眼若无其事地改了个昵称。

"谢谢B10台朋友送出的礼物清酒吻玫瑰,这位朋友点了一首《暗涌》……"主唱笑了一下,为难道,"这首歌我听过,但是粤语我不太会呀，B10的朋友可以换首歌吗？"

"B10，又是我们桌，谁点的？"

有人注意到许定的手机页面："许会长，你点的啊。"

许定坦然颔首，思考片刻，换了首歌。

池再夏注意到动静，抬头看向点歌屏。

"好，那下一首《温柔》，送给B10的朋友。"

【B10】台赠送礼物"清酒吻玫瑰"，点了一首歌曲《暗涌》，留言为空。

【B10】台点了一首歌曲《温柔》，留言为空。

主唱的声音和屏幕上定格的文字在耳边和眼前交错，池再夏怔住。除了正中的点歌内容，左上角还会显示点歌者的头像和名字，而那个名字竟然是……明镜非台。

服务生过来上酒。剔透的酒杯里，一朵玫瑰冰花被雕刻得栩栩如生，清酒沿着杯壁而下，如吻落玫瑰，轻盈绽放。

## 【二十六】

主唱半坐在高脚凳上，将麦克风调整至合适的高度，温柔开嗓。

这首歌大家都很熟悉，不少人跟随旋律摆头哼唱，点歌者却垂眼，安静地转动着桌上酒杯。

"天边风光，身边的我，都不在你眼中……"

酒杯里精致剔透的玫瑰冰花浮在清酒上，又随着他转动酒杯的动作摇摇晃晃。

池再夏盯着屏幕愣怔半响，脑海中浮现出两个字：真巧！

不过除了巧，池再夏也没作他想。这名字显然出自那首很有名的佛教诗：菩提本无树，明镜亦非台。

她虽然不太会念书，但《西游记》电视剧还是看过的，还一度觉得明镜的禅宗ID取得很贴合门派。

话说回来，他取的ID好像都很贴合门派。青山不许她特地搜过，似乎出自一首比较冷门的诗：青山不许谈新事，白鸟如曾狎故人。

君山神武叫青山客，白鸟又刚好是君山的门派象征。玩过《风月》的人，看到ID就能知道这人是个君山剑客。

还有春风不度，原本是他给自己的龙刀廷小号取的ID，被现在的春风不度要走了。游戏里的龙刀世代镇守玉门，春风不度玉门关，和门派再契合不过。不知道这事前，她还在心里嘀咕过这俩怎么这么像情侣ID。

想到这儿，她滑开手机看了一眼。白天闲聊几句便没了下文，看来明镜也没有回家。

池再夏心不在焉地喝了口酒，借着酒杯的遮掩偷瞄许定。

明镜取名是贴合门派，那他取这样的昵称是因为……信佛？以他的个性，说不定还真信。

漫无目地想了一会儿，台上的主唱已经动情地唱到高潮部分。

"没有关系，你的世界就让你拥有，不打扰是我的温柔……"

姜岁岁在旁边举起奶酪薯条摇晃身体，十分投入地跟唱。

池再夏喝了点酒，又热又晕，看见在半空挥舞的薯条，唯恐奶酪掉下来粘到外套，往旁边躲了躲。不巧旁边的人也在吃东西，她定睛一看，吃的还是油辣油辣的烤脑花。

池再夏不太明白小酒馆为什么会有烤脑花，但台上一首歌唱到结尾，她有点坐不住了。感官被刺激，那些本来不具体的食物油香、混杂的酒气、明明谢绝吸烟还是不知从哪飘来的尼古丁味道……全都交融在一起，她实在是急需吹吹冷风，呼吸点新鲜空气，借口上洗手间起身往外走。

酒馆内外，一动一静。

其实临湖酒吧街有很多家是露天的，外面也能听见有些清吧从二楼露台传来的现场演唱，但只要稍稍拉开点距离，就有种远离喧嚣、置身事外的清静感。

她伏在沿湖栏杆上，入目是湖面摇曳的泠泠灯光，身后是文艺氛围拉满，低吟浅唱里的人间烟火。她像一只发呆的猫咪，思绪飘散着，脑袋像一块浸了酒的海绵，沉甸甸的。

不应该呀，她以前和朋友出去玩也没少喝啤酒红酒，看来是太久没锻炼酒量了，喝一点十几度的特调就有了微醺的感觉。

她把脸蛋鼓成小胖河豚，慢慢往外吐气，反复几次，脸颊都鼓酸了。

正揉着，身后忽然有人叫她的名字："池再夏。"

她回头，维持着捧脸姿势。

"你怎么来了？"

看到来人她身体一顿，为了确认还眨了眨眼。

许定上前递给她一瓶纯净水："姜岁岁打你电话你没接，去洗手间找你了，刚好我想透气，就来外面找找。"

之前不想被梁今越骚扰，挂掉电话她就静了音，她后知后觉地看一眼手机，果然有未接来电。

"她找我有什么事吗？"

"没有，只是担心你。"许定说着，给她看了看和姜岁岁的聊天界面。

见他已经告诉姜岁岁人在外面，池再夏也就没回电话。

抬头瞥见他耳后根，她忍不住说道："你耳朵好红呀，是不是喝多了？"

"有吗？"许定微怔。

池再夏点点头，伸手指了一下："耳朵、脖子都红红的，该不会

159

过敏了吧。"

"我好像不对酒精过敏。"

"那就是喝多了。"

"但我感觉……很清醒。"

"喝多的人都这样说。"

"……好吧,是我喝多了。"

池再夏这才满意。

身后适时传来一阵抒情的吉他独奏,两人安静地吹了会儿风。

许定酝酿半晌,偏头看向她,想说点什么。可还没开口,池再夏就莫名地来了一句:"许会长,你听说过水猴子吗?"

问这话的时候,她盯着夜色下无光一角的幽深湖水,一副喝多了灵魂出窍的样子。

旖旎的氛围被不解风情打破,许定又是一怔,半响迟疑道:"你说的是……水鬼吗?"

"你也知道?"池再夏意外地看他一眼,手肘撑着栏杆,托腮碎碎念道,"我们小学那会儿学校里有个湖,湖边养了很多小动物。虽然旁边被围住了,有人看守,但还是有很多小朋友爱去那儿玩,有些家长为了让小孩不要玩水,编出水猴子的故事想吓住他们,然后水猴子的故事就慢慢传开了。"

说到这里她好像陷入了回忆,不知想到什么,把自己笑得够呛,笑完又继续说:"但是我和我朋友胆子特别大,没有传闻前吧,我们对那个湖也没什么兴趣。后来听说有水猴子,我们放学也不回家,就偷偷蹲在附近,我朋友还从家里偷拿了一个他爸爸钓鱼用的抄网,准备晚上活捉一只水猴子,结果水猴子没捉到,稀里糊涂地网走了一只鸭子!"

许定垂眼,默默喝水。

"后来家长和老师找过来,我们都挨了骂,我回家还被罚跪了。然后周一升旗,我们上去做检讨,那个检讨实在太好笑了,我本来还能忍住，但是我朋友笑了一声，我实在是没憋住，念到偷鸭子就笑到直不起腰，全校同学也跟着一起……"池再夏笑出了声。

许定也想起了什么。他记得那个升旗的阴天，女孩子严肃地绷着小脸，在台上认真反思自己的顽劣行径，刚说完不该偷鸭子，下一秒就破了功，和同伴笑得停不下来。台下的同学也被感染，小学生们笑成一片。老师拿着话筒，怎么喝止都没有用。幸好忽然下起小雨，大家一窝蜂地跑回教学楼，局面的失控才到此为止。

想起这些，许定望向远处，面上是一贯的平静，眼底碎落的星光却悄然黯淡下去。

她有很多印象深刻的事，这些事里都有一道男生的身影。可惜的是，那道身影从来不是他。

周末宿舍没有门禁，回学校时已近零点。

池再夏没醉，只是喝了酒话有点多，冷风一吹也已清醒不少。

进浴室洗澡时，她回想起在湖边和人聊什么水猴子……不，不能细想，一想她就觉得自己的脑子有点短路。

今晚室友都不在，她洗完澡还不困，躺在床上玩了会儿手机，突发奇想地打开听歌软件，搜了一下《温柔》和《暗涌》，第一首她听过，第二首没有。

搜索的时候，下面冒出的tag是"被收录至暗恋歌单""悲伤时都在听"。

池再夏一愣，她倒要听听有多悲伤。单曲循环一个小时后，她成功把自己给听EMO了。

歌词停在"我的命中命中"时她截了张图，发了个朋友圈。明明已经深夜一点，可她朋友圈发出没多久就显示出多条点赞和评论提醒。

陆明珠、姜岁岁、梁今越、许定、陈医生、池礼等赞过

姜岁岁：？

陆明珠：？
梁今越：？
陈医生：？

明明有些人不是共友，评论里却出现了相似的一排问号，且每个问号的含义都不尽相同。

池再夏脑子里也冒着问号，她就是深夜文艺一下，打算睡前删掉，大家都不用睡觉是吗？

然后很快又出现一条评论提醒——

许定：晚安。

还不如敲问号。

她赶忙硬着头皮回复了这条：你推荐的歌很好听，晚安。

然后又针对梁今越的问号进行回复：和你无关，不要自作多情，谢谢。

她给陈医生复制了一段百度上关于熬夜危害的科普提前堵嘴。

至于姜岁岁和陆明珠，没等她回两人就已经拉好了讨论组。

根据姜岁岁提供的线索，两人从歌词分析到今晚点歌，再从点歌往前推，分析到车上接的那通电话。

姜岁岁不知道那通电话是谁打的，名字也没听清，但陆明珠一听"回国"就知道是梁今越，整个人裂开，又给姜岁岁回忆了一波当年池再夏被人背刺以至于交友PTSD的心酸往事。池再夏再三表示自己只是听了一首歌，她俩也置若罔闻。

在讨论组里应付完她们俩已经快深夜两点，池再夏终于可以放下手机，安然入眠。

可睡意酝酿着酝酿着，她脑海中许多零碎的片段交错重叠，不知道怎么，越想越不对劲。

明镜非台、似乎有些熟悉的声线、出国，还有今晚出门……池再夏忽然睁眼从床上直直坐起，脑子里冷不丁地冒出一个可怕的念头：等等，明镜非台和许定——该不会是同一个人吧？！

## 【二十七】

毫不意外地，池再夏这晚失眠了。

起初从床上坐起，她很快就否定了这突如其来的荒诞想法。

不可能。前几天语音里刚聊过，明镜在深城，怎么会是这位许副会长？两个人简直就是八竿子打不到一块！她静坐几秒，安详地躺了下去。

可就像修仙文里说的，有些"邪念"一旦产生就很难从脑海中拔除。

她莫名想起最初和明镜加好友时的那个距离定位，有没有一种可能，她没记错，两人的定位确实是小于1000m呢？那天语音里有人说他在深城，但他玩青山不许是一两年前的事了，不代表现在还在呀。

明镜非台，青山不许……青山不许还带个许字欸。

不对不对，冷静，这是一首诗，一首和门派有关的诗。

那美国呢？明镜陪导师去美国的时候，许定也刚好去美国参加活动。

也不对，许定没去上那节选修，明镜却在当晚回来，还上了游戏。

有可能是他回来了，只是没来得及或者懒得去上选修课？暂且打个问号。

至于声线和语调，两人确实很像。

但耳麦里的说话声本来就会有点失真，再加上两人的话都不多，聊天内容也风马牛不相及，很难借此得出什么结论。光听声音，她觉得芽芽和她表妹、一川烟草和她的前前任陈卓都有点像。

她在床上翻来覆去，就这么不受控制地把八根竿子往一块凑来凑去，然后下一秒，否定的想法占据上风，八根竿子又像握拢在手心的一把筷子，一松即散。

她仔细地观察了一会儿明镜的企鹅，不是新号，但好像是专门玩游戏的，从来不发动态，各类信息也像是随便一填。

然后她又浏览了许定的朋友圈。上次在教室就着姜岁岁的手机匆匆一瞥，现下细看，区别大概是粗略的无聊和具体的无聊，反正看不出和游戏相关的蛛丝马迹。

她不死心，还登录学校的官网，进入建院模块查看最新新闻。新闻里确实有一条建院近期组织出国交流活动的消息，她点进去，许定的名字赫然在列。可惜这条消息很短，只随口提了月份，没写具体的活动日期。

熬到早上七点，她实在困得不行了，戴上蒸汽眼罩遮住漏进床帘的天光。

迷迷糊糊地睡过去前，她脑海中还闪现一个念头，不管是不是，等睡醒了一定要试探试探，嗯！

她这一觉睡得天昏地暗。大概是睡前的信念感太强，醒来天已经黑了，她扯开眼罩发了会儿呆，就回了魂似的动作迅速地爬下床，顺手打开电脑，然后站在洗漱台前一边刷牙，一边点了份粥。

游戏版本已经更新，每逢更新，玩家都比平日更为活跃。

池再夏上线时主城人满为患，她被挤到了门派地图风雪千山。漫天风雪里，她恍惚间看到一个熟悉的ID——明镜非台。

刚醒没多久，池再夏反应有点迟钝，过了好几秒她才点开好友列表确认。明镜非台正处于在线状态，还真是他。

她操纵着小巫女蹦跶到禅宗大师面前，有段时间没见这号上线，还有种久违的亲切感。

【私聊】雨一直夏：嘀嘀嘀！

【私聊】雨一直夏：晚上好！

【私聊】雨一直夏：今天怎么上这个号了？【疑惑】

大师抬手对她做了一个【摸摸头】的动作。

【私聊】明镜非台：晚上好。

【私聊】明镜非台：新版本了，想给这个号做点新装备。

【私聊】雨一直夏：噢。

青山不许是神武加满金装的配置。神武和金装在游戏里都是难得一见的成长型装备，一般情况下，只需要使用道具进行相应的版本提升即可，无须更换。除此之外的装备，每隔一段时间就会被新装备淘汰，需要随版本更新而更新。

【私聊】雨一直夏：但你怎么会在这儿？

不应该在禅宗的门派地图吗？

【私聊】明镜非台：主城人满了，我来这里等你。

他这话说得很自然，自然到池再夏明明觉得有哪不对，又说不上是哪不对。她噢了一声，接受对方发来的组队请求。

【私聊】雨一直夏：你在不在语音？

【私聊】明镜非台：稍等。

【私聊】明镜非台：82031×××

池再夏搜了一下，这是个新建的语音频道。

他俩之前都是不怎么开麦的人，一般只会进别人的频道或者帮会频道。她刚刚随口一问，也只是想问问他有没有在故剑的帮会语音，他这理解能力……

不过也好，单独聊天更方便她仔细辨听一下声音。

池再夏进入频道，语音那头已经是开麦的状态，可以清晰地听到他在点击鼠标，还敲了两下键盘。池再夏莫名有点紧张。

"今天的日常地图需要排队,不如先做周常吧,这周周常刚好在你们天巫。"

他语调寻常,声音低而清淡。

池再夏忍不住拿他的声音和许定进行对比。

救命!之前没有特意对比还不觉得,现在听起来就是好像好像,特别像!不会真是同一个人吧?不会吧不会吧!

"夏夏,在吗?"半晌没听到回应,对面的男生问询。

"在!"池再夏立马应了一声,而后心不在焉地附和着说,"好,周常,先做周常。"

她现在又紧张又分裂,理智告诉她冷静一点,这样相似条件的人天南海北不知道有多少,但荒唐的念头经过一夜发酵愈演愈烈。

好想问,但是从哪开始比较不显突兀呢?直接来一句"你和我现实里的同学声音好像啊,你现在在哪",感觉在说人声音大众,又有点刻意,那——

池再夏正琢磨着,点的粥到了。

她接完外送员的电话,在语音里打了声招呼:"我下去拿个外卖。"

"好。"

她摘下耳机,起身下楼。拿到外卖,她没什么胃口,但突然有了个主意。

回到电脑桌前,她故意将外卖包装拉扯出动静,故作闲聊道:"点了份粥,这两天胃口不是很好,昨天出门也没吃什么东西,欸对了,你昨天不是也出门了,去做什么啦?"

对面无端安静片刻。

"选修课小组,有个课外作业。"

池再夏拿着勺子的手忽地停在半空,整个人快要石化。

选修课、课外作业,先前的种种如果是巧合,那这未免也……

她的心跳速度快到无以复加,强装镇定地噢了一下:"我先喝粥。"然后火速闭麦平复心情,她感觉自己再多说几个字对面就会发现她的异样!

对面的男生看见她突然不亮的麦克风图标,目光微移,镇静地对着BOSS继续输出。

今天特地换号提醒,终于察觉到了吗……

反伤停手阶段,他拿起旁边的水拧开喝了一口,掌心微湿,握住瓶身都有些滑。

与此同时,故剑的语音频道正在组20人普通团本【万佛殿】的队伍。

"靠,现在禅宗这么难找吗?果然是要灭门了。"

"万佛殿都多久以前的本了,要不是这次出新本的前置道具,也没人打啊。"

"再加一千金补贴,不行我开个禅宗来。"

"再加两千都不一定有人,满世界都在哭天抢地找禅宗呢。"

大型副本都有时效性,当前版本推出的新副本才算主流本,旧副本产出的道具和装备会随着版本更新过时。为了不让旧副本彻底荒废,游戏经常会做一些新旧之间的联动设计,这次更新的20人普通新副本叫【东都古刹】,需要通关旧本【万佛殿】隐藏关卡拿到法器道具,才能开启入口。

万佛殿已经是两年前的副本了,虽然只是个普通本,但有个硬性条件,那就是必须带一个禅宗才能通关,五个BOSS里有三个都需要使用到禅宗的特殊技能。

当初每一次刷万佛殿,他们团都是某位团长亲自上禅宗号。

"说起来,团长呢,今天怎么不在?"

"他语音在线欸。"

"夏夏游戏在线,语音也在线……"

有人想到什么。

167

"合服之前,他在荒城玩的小号是不是禅宗?"

"没见过那个号,但我记得夏夏说过是禅宗。"

频道里默契地安静几秒,大家秉持着团伙作案法不责众的原则,在池再夏控制好情绪正酝酿着下一个能套出点信息又不至于试探得太过明显的问题时,一大群人分不清先后顺序地突然闯进了语音。

他们集体忽略了两人独处这一暧昧话题,和往常一样嘻嘻哈哈地很快将场子聊热,然后又不着痕迹地将副本事宜安排得明明白白。

直到进入万佛殿,池再夏还晕头转向。

这个副本竟然是由明镜开麦指挥。虽然早就得知他曾经是梦魇级副本的首杀团长,但合服之后下本,他也和以前一样打输出,从来没拿过团长位。

可能是知道误人大事犹如杀人父母,语音里自动自发地开始怀念并吹捧起某位大佬的指挥水平。不过人家接过团长权限后一直沉默地标记着站点,写团队规则,似乎屏蔽了所有外界讯息。

池再夏看了一眼团队规则:犯错一次扣除一半工资,两次换人。

首杀团规矩这么严格吗?她是不是现在就可以走啦?

紧接着她就听到那道熟悉的声音开麦:"规矩和以前一样,夏夏没打过这个本,惩罚不包括她,大家有问题吗?"

这谁敢有问题?团队频道飘过了一排整齐的2。

# 【二十八】

规矩虽然听着严格,但在场的除池再夏外都是PVE精英,区区20人普通本,想要出现什么失误都难。其中个别人士为了不被大师直接超度,连让池再夏随便逛街的鬼话都说得出来,简直没有一点对大型副本团灭机制的基本尊重。

不过池再夏还是在团队频道表示如果犯错照样扣工资,感谢大家带她下本之类的，然后又切换到私聊提醒明镜。

【私聊】雨一直夏：你不要这样讲。

【私聊】雨一直夏：别人会对你有意见！

【私聊】明镜非台：不会的，没关系。

【私聊】雨一直夏：我今天刚在论坛看到一个避雷贴，说的就是团长偏袒他情缘。

感觉有歧义，她又补上一句。

【私聊】雨一直夏：反正偏袒情缘偏袒亲友都很容易上818。【皱眉】【皱眉】

见她严肃认真，明镜非台便答应了。

【私聊】明镜非台：好的，以后注意。

她说的其实不无道理，PVE玩家非常注重下副本的公平性，毕竟大家来玩游戏，不是为了给人当秀恩爱的工具人背景板。在传说和梦魇难度的副本中，哪怕是相识已久的固定团成员，吵架翻脸都屡见不鲜。

副本很快开始，池再夏没有心安理得地划水，努力跟上节奏的同时，脑子里还在不停地对比声线语调。

"金身结束副T强嘲。"

"下一波增伤DEBUFF远程别吃，散开，不要给奶妈增加压力。"

"芽芽的挂件，你真是个挂件吗？我说散开，别贪。"

和芽芽的挂件站在差不多位置的小巫女忙往后撤，生怕被当众点名。

明镜的指挥风格和秋行很不一样。秋行是温柔细致的，时不时还会开个玩笑活跃一下团队气氛。开团如果组到路人，必会有人折服于他的好耐心和多情的渣男音，副本没结束就在团队频道追着要联系方式。

明镜怎么说呢，虽然不凶，但实在说不上温柔，感觉水平差一点跟他的团会很有压力。不过和这种首杀水平的固定团下普通本速度真是奇快无比，很多技能还没使出，BOSS就被过于暴力的DPS压了下去。

万佛殿是老本了，产出的装备没人要，只有帮会资源有点用。

169

原本大家就是来拿个道具，都没想能有什么喜人的工资，可万万没想到，最后竟然爆出一本掉率极低的璇玑宫秘籍。好巧不巧，团队里的三位璇玑都缺这本，富婆们谁都不让，最后拍出了远超市场十多倍的高价。

池再夏今天全程活着，也没犯大错，在大家的激烈竞拍下足足分到了三千金工资。

【团队】雨一直夏：第一次领到这么多工资！【星星眼】

【团队】安窈窈：夏夏真棒！【鼓掌】

【团队】满城风絮：夏夏真棒！【鼓掌】

【团队】芽芽：夏夏真棒！【鼓掌】

【团队】明镜非台：夏夏真棒！【鼓掌】

【团队】芽芽的挂件：夏夏真棒！【鼓掌】

大家排队复制，明镜甚至还在里面浑水摸了个鱼。

池再夏捧脸，难得有点不好意思。

"这点工资不算什么，等过段时间新版本的梦魇开了，夏夏可以和我们一起开荒赚大钱！"语音里不知是谁说了这么一句。

池再夏闻言，有点好奇："还能赚钱？"

游戏不都是花钱吗？她好像触及了一些知识盲区。

"当然，我们虽然不是专业代打，但在游戏里自给自足肯定够了。"

然后池再夏就被科普了首杀团的含金量，以及PVE玩家们花样百出的赚钱方式。其实以前秋行也给她讲过，但她那会儿技能都认不明白，这些更是耳旁风，听过即过。这当中最令她意外的消息是，青山不许那个号全身的装备差不多都是靠打本的工资赚来的。

池再夏悄咪咪地问："他们说的是真的吗？这么厉害！"

他坦然地嗯了一声："以前念高中，没有太多钱花给游戏。"

高中，她顺着这个话头试探道："噢，那你以前是在深城念高中？"

半晌，他敲出一个问号。

"没有，我在平城念的高中，大学也在平城。"

平城！池再夏觉得自己离真相越来越近了，指尖都有些不受控制地开始颤抖。

冷静，冷静。

她继续问："可是听你们帮会的人说，之前你在深城欸。"

那天聊到地区时他不在，于是池再夏把事情复述了一遍。

他终于了然："当时去深城参加了一个学校组织的活动，平板是活动奖品。"

他绝对是许定，天塌了他也是许定！

虽然认识的人是自己游戏亲友这件事很离谱，但如果这么多蛛丝马迹完全吻合还不是同一个人，这件事就更离谱了！

池再夏觉得很不可思议，与此同时，心底也涌上一种非常隐秘的欣喜。

欣喜过后，又有一些疑惑不由自主地蔓延开。他对游戏里的她到底是什么感觉？亲友？或者是可以发展成情缘的亲友？那现实生活中对她没意思？她这么没有魅力，连个网友都比不过？如果他对现实生活中的她有意思，那雨一直夏又算什么？

很多念头纷至沓来，没有办法厘清，但她可以确定的一点是，如果许定就是明镜非台，那可以成为她的下一任男朋友！

好神奇，当他只是许定时，她觉得这人不错，是她会喜欢的类型，可惜出现得有点晚，她已经对明镜动心了。当他只是明镜时，她虽然动心，但也清楚这种动心需要靠游戏滤镜维持，非常脆弱，她是个俗人，如果发展下去发现他的长相身高等条件实在不尽如人意，大概就会小鹿自杀心如止水连夜跑路。然而他们是同一个人，这不是缘分天注定是什么？！

然后她又开始沉思，现在的她处于一个近水楼台、敌明我暗的状态，许定还不知道她就是雨一直夏。她在游戏里暴露过的现实信息很少，甚至连城市都没说。上次在宿舍楼下还谎称自己有情缘……哪怕他知道她玩的是《风月》，估摸着也会被带偏，完全不会往一块联想。

池再夏对自己漏洞百出的推理十分笃定，很快就来到了拟定作战计划的阶段。

他们目前明显是游戏关系更为亲近，只要在游戏里逐步升温，现实生活中多刷刷存在感，再接触接触，等到游戏进度条来到面基，还不是手到擒来？

池再夏心里已经有个小人开始捂嘴偷笑，没想到冬天还没过完，春天这么快就要来了。她捞起手机给姜岁岁发了一条信息。

池再夏：帮我打听一下上次建院活动的具体来回日期，速。

姜岁岁：？

池再夏：你不是希望我拿下许定吗？

姜岁岁：【语音53s】

姜岁岁：【语音42s】

池再夏直接转成文字看完，无非就是震惊震惊震惊，疑问疑问疑问。

池再夏：用处你少管，以后告诉你。

池再夏：反正你想让我拿下他就赶紧去给我打听！

池再夏：不能问他本人。

姜岁岁：OKOK，包在我身上！

池再夏敲碗等了一会儿，姜岁岁不负所望，很快给她带来了确切的信息——果然，许定在选修课那天就已经回来了！

与此同时，热心市民姜小姐还给她带来了许定的个人信息、建筑学1班课程表、学生会值班表等，并表示：有事您说话。

再回到游戏，池再夏的心态已经完全不同了。

刷完万佛殿，故剑那帮人都要赶着去东都古刹，明镜拒绝继续下本，池再夏也不太能适应高强度打本的节奏，等人都走了，两人一起去做了日常，还接取了一些休闲任务。

"明镜明镜，你看前面，那是不是神谕？！"

做完一个喂松鼠宝宝的小任务，池再夏正酝酿着是不是该一起听听歌，烘托烘托气氛，增进一下感情什么的，无意中一瞥，眸光停在树上，呼吸都快停止了。

前面树枝上那个泛着神秘金光的卷轴，好像是传说中的神谕。

这游戏里神谕的设定相当于隐藏惊喜，出现的时间和地点没有规律，完全随机，获得的概率和中彩票没差多少，一个服务器一个月能出现一次就算不错，都是以神谕卷轴的形式出现，存在的时间极短，而且出现卷轴还不一定能开出真神谕。

池再夏想起这次版本更新里确实有那么一个神谕卷轴掉率翻倍的限时活动，不过没人当回事，还有人嘲笑说这不就是0.000001变成0.000002，真是翻了好大一个倍。

她小心地上前捡起，心脏提到嗓子眼，然后搓着小手打开——

*遗落万载的陨神之谕，已经看不清楚了。*

上面只有一行灰色的小字，这不是真神谕。

池再夏有点失望："就知道不会有这么好的运气，呸呸呸！"

对面不知想到了什么，等了一会儿才安慰："没关系，下次可能就遇到真的了。"

池再夏叹了一声，倒没把这话当真，卷轴她都是第一次见，真神谕哪那么好触发？

许定："等我一下，我换个号。"

"嗯，那我放下音乐。"

还是正事要紧，池再夏打开音乐软件找歌。

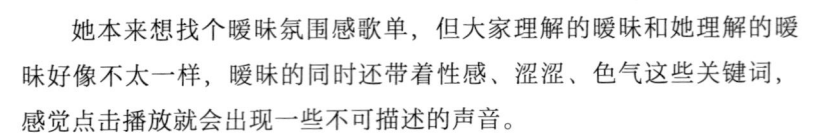

她本来想找个暧昧氛围感歌单，但大家理解的暧昧和她理解的暧昧好像不太一样，暧昧的同时还带着性感、涩涩、色气这些关键词，感觉点击播放就会出现一些不可描述的声音。

她赶紧换了个浪漫氛围歌单，还一本正经地解释道："随便点了个首页推荐的歌单，不喜欢你告诉我，我换一首。"

"嗯。"

他已经换回青山不许，两人边听歌、边沿路前往下一个任务点。

第一首是英文歌，挺好听，就是没听明白。

第二首一开始池再夏就觉得特别耳熟，但一下子没想起来是什么歌，只觉得旋律有点BE美学。

"夏夏，不如……换一首吧。"

池再夏一愣，她就客套一下，他还真不喜欢？

此时副歌也已经唱到最后一句："我却得到你安慰的淘汰……"

噢，池再夏迅速切掉。还没开始追呢就淘汰，怪不吉利的。

她还没来得及思考许定为什么也不想听这首歌，耳麦里的男声先提醒道："夏夏，看脚下。"

池再夏切回游戏。

神谕卷轴？怎么又来一个？

## 【二十九】

池再夏捡起卷轴，疑惑地嘀咕了句："官方这是调高了多少概率，一个地图竟然能见到两次……"

不过她没再抱什么希望，刚刚她太过激动，忘记他们服上周刚出过一回，那位玩家还在论坛里写了自己的神谕攻略帖，短期内应该不会再出了。

她随手一点，原本环绕在卷轴周围的淡淡金光随着卷轴缓缓展开蓦地大盛，近乎刺眼！

混沌之初，乾坤始奠……

池再夏蒙住了。她眼前打开的卷轴上不再是先前那行灰色小字，而是一段还在不断浮现的密密麻麻的金黑色长文。耳边也响起一道宛若仙侠电视剧开头惯用的毫耄之音，从盘古开天辟地伊始，给她同步讲述起这段冗长的背景故事。这是……

恭喜侠客触发神谕！快去南域之海中寻找远古神族修炼的幻境吧，古老的幻境中，也许会藏有意想不到的惊喜哦！

看着卷轴最后浮现出的那行提醒，池再夏眼睛一眨不眨。
神、神谕？！她开出来了？
"啊啊啊啊明镜！真神谕！这次是真神谕欸！"
池再夏激动得差点从椅子上蹦起来，什么运气，她竟然开到了真神谕！

【系统】南域密林以南，迷梦萦绕之海，尘封已久的幻境骤然现世，恭喜侠客【雨一直夏】触发真神之谕【南海遗梦】！

触发神谕会上系统公告，没过几秒，世界频道就被铺天盖地的问号占屏。
【世界】青空山海：是我记忆劈叉了吗，上周不是刚出过神谕？
【世界】小布丁：没劈叉，上周出神谕的是我亲友。【呆滞】
【世界】花未眠：南海遗梦！上次出南海遗梦是一年多以前了吧！
【世界】清梦星河：限时翻倍概率的活动难道是真的？

【世界】霜雪未凝：这ID好眼熟啊。

【世界】静水流深：前段时间西江月散帮战的女主角，能不眼熟吗？【吃瓜】

版本更新过后游戏本就热闹，这会儿关于神谕的讨论更是碾压各色招募，席卷了世界门派等各个公聊频道。话题也五花八门，复制段子的，讨论神谕概率的，讨论池再夏本人的……不知谁起的头，没一会儿世界又变成了许愿现场。

【世界】三花淡奶：上岸上岸上岸！【双手合十】

【世界】花未眠：接神谕！呜呜呜呜我不挑，只要给啥都行！

【世界】小布丁：接情缘！我永远热爱多情龙刀！

【世界】油炸小可爱：许愿顺利入职！【双手合十】

【世界】静水流深：四级必过四级必过！【双手合十】

池再夏的私聊也爆了。

好友列表在线的无一例外都来滴滴，很多不认识的陌生人也跑来恭喜她，问她在哪捡的卷轴，游戏消费记录是不是很高……还有代练发小广告问她需不需要帮做，以及一批收集党冲过来问她幻境队伍有没有多余位置，可以高价买坑之类的。

池再夏无从回起，索性全部没回。

相比其他人的激动，一直和她待在一起的明镜的反应倒是没那么夸张，只在她嚷嚷着出神谕那会儿一本正经地附和了句"嗯，夏夏运气真好"，然后就去给她找神谕攻略了。

《风月》目前仅有十道神谕线索，池再夏开启的南海遗梦据说是其中触发概率最低、奖励质量最高的一道，早年也出过几次，根据过往触发玩家的经验，幻境本身不难，就是前置任务比较烦琐。

池再夏看了一下攻略，有点晕头转向，这哪是比较烦琐啊，简直就是故意浪费玩家时间好吧。

她首先得按照神谕提示前往南域密林以南的海域找到专属道具

"神秘海螺"，聆听海螺里封存的远古呼唤，触发剧情。剧情结束后，她要跑遍十大门派，采集每个门派的专属圣草，前往五大主城，买齐五大属地的特产……

池再夏数了数，一共要跑三十张地图做这种收集类任务，还要去魔墟裂隙杀二十种指定妖兽，找到十位神秘人士获得他们的祝福……最后前往昆仑之巅进行祭拜，得到用于占卜的三枚铜钱。

"出现休…休微，休徵……？然后六什么，六驳？"

看到最后占卜那儿，池再夏实在迷惑了，现在玩游戏怎么还这么多不认识的字。

"休徵，六爻。"许定解释，"这句是说，让你在出现吉兆时进行占卜，昆仑仙山每天早上八点和晚上八点都会出现一次祥瑞吉兆，在这个时候占卜，有比较高的概率获得指定卦象，获得指定卦象后，就可以回到南海开启幻境了。"

池再夏陷入沉默。前面这么麻烦就算了，完了还要一天两趟定时跑去昆仑占卜，难怪有代练问老板需不需要帮过，她当时还纳闷神谕怎么可能花钱让别人来做，想桃子呢。

似乎是察觉到池再夏的想法，许定适时开口："没关系，我帮你，很快就可以做完。"

池再夏一听，下意识地问："前置任务队友帮不了忙，你是要上我的号吗？"

对面顿了下："我的意思是，你采集的时候，我可以先去下一张地图找到位置，直接用同心铃召唤，会比较快。"

"噢……"可是她已经手快地把账号密码发出去了。

【队伍】雨一直夏：186xia0101

【队伍】雨一直夏：A11111xia

账号是"夏"加手机尾号，密码是"夏"加她的车牌，手机尾号同时也是她的生日。

177

许定眸光微顿："没关系，妖兽你可能杀不过，我们换号先杀妖兽吧。"

【队伍】青山不许：0903FIRM

【队伍】青山不许：Summer.01

池再夏看了看他的账密。FIRM她记得，是他朋友圈的签名，数字……看起来有点像生日，她迅速翻出姜岁岁发来的许定资料。

他的生日是0701，summer01可以解释了，夏天某个月的1号是他的生日，那0903又是什么？对一个人来说有意义的数字可以有很多，池再夏一时没想明白，也没多作纠结。

两人双双下线，换号重上。

许定身为首杀团团长，不说精通，各门派的技能操作还是略知一二的，毕竟这也是身为团长的基本素养。天巫这种职业上限很高下限偏低，池再夏玩这么久勉强玩了个下限，就一个祝祷buff和复活技能用得贼溜。

此刻许定操作的小巫女宛若觉醒，正在魔墟裂隙里游走自如，大杀四方，剑客却停留在野外地图鬼鬼祟祟不知在捣鼓些什么。

池再夏先是打开他的背包看了一眼，里面所有道具材料都被收纳得特别整齐，有很多她见都没见过的东西。

金币，个十百千万十万……98W？

"你怎么有这么多金？"

池再夏有点意外，虽然她也买了很多，但基本随用随买，不会随身携带超过20W。

"以前打本赚的，钱庄还有一点。"他解释，"现在金价比以前高很多。"

池再夏溜达到主城，找到钱庄。

220W，这叫有一点？

先前听他说高中那会儿没有太多钱花给游戏，装备都是打本赚来的，搞得她还以为是什么勤俭持家的淳朴人设，原来是在闷声发大财。嗯……不愧是她的下一任男朋友，脑子真不错。

池再夏十分满意，然后又认真检视了一遍他的衣匣，相对来说比较朴素，除了门派预设袍服外，只有几套一两年前热门的黑青灰时装，他最常穿的还是黑不溜秋的那套。

"我可以给你换衣服吗？"她礼貌地问了一句。

对面还在老实杀妖兽的号主眼皮一跳，回想并确认了下自己那几套时装应该变不出什么花样，应了声好。

于是池再夏直奔异域商人，搓着手第一次逛起了男角色的时装商城……

神谕指定的妖兽单人杀起来需要点时间，许定这边杀到一半的时候，池再夏给他发了几张截图。

夏夏：【截图】

夏夏：【截图】

夏夏：【截图】

"好看吗？是不是很潇洒？"

许定抽空看了一眼……原来她说的换衣服是这个意思。

看着池再夏发来的各种时装，他面不改色地应了一声："好看，你喜欢就买，我给你发验证码。"

"OK，我给你打扮一下！"

池再夏虽然一口应下，但试穿的也没全买，毕竟是人家的号人家的金，最后只挑了两套比较帅气的剑客风装扮，征询过他的意见才付款。

心满意足地体验完男版奇迹小许，池再夏退出商城。余光一瞥，突然发现私聊频道多出来好几条未读消息。

【私聊】春风不度：？

【私聊】春风不度：语音频道上锁是什么意思？

【私聊】春风不度：你把溯往昆仑那个首杀奖励的神谕卷轴送人

了是吧!

【私聊】春风不度：之前谁问你要你都不给!

【私聊】春风不度：hetui!

# 【三十】

池再夏往后靠了一下，仿佛不想沾上春风不度通过网线吐来的唾沫星子。再看语音频道，果然是上锁状态。

难怪出了神谕他们只发了私聊，没有直接杀过来。不过春风不度这意思是……神谕是明镜送的？这玩意还能送？

她反应慢半拍，缓了一会儿才开口："春风不度给你发私聊了，他、他问你……算了，我截图给你。"

对面应了声好，说等他杀完这只妖兽就看。

过了半分钟，耳机里的键盘敲击声停了，池再夏忍不住问："你看了吗？他说的是不是真的？"

"嗯，首杀通关会给团长额外奖励，有一次给了不绑定的真神谕卷轴。"想了想，他补上一句，"当时他们都问我要，给谁都不太好，拿出来拍卖也容易引发摩擦，就一直留着忘了开，刚刚看你很喜欢才想起来。"

这也能忘，骗三岁小孩吧。池再夏这种对价格不敏感的人都知道不绑定的真神谕卷轴意味着什么，拿出来拍卖，少说能值一把没上段的神武。

见她不出声，许定以为她知道不是自己捡来的卷轴有点失落，又郑重解释道："虽然真神谕卷轴一定能开出神谕，但神谕本身是随机的，夏夏你能开出南海遗梦，运气特别好。"

这重要吗……

歌曲刚好随机播放到那首在小酒馆点过的《温柔》摇滚版，一时间，两人都安静下来。

池再夏听了一会儿，瞅准伴奏间歇，小声说道："谢谢你噢，明镜。"

他好像嗯了一声，又好像没有。摇滚版属实摇滚，她不是很确定。不过能确定的是，她心里涌上了一种异样的悸动，也清晰地感知到青山不许对雨一直夏的与众不同。

趁着妖兽还有几只没解决，池再夏想起什么，抓紧时间检查了一下他的好友列表。他的列表和她一样只有两个分组，一个是系统默认的好友组，人很多，但从没见过谁找他玩，大概率不熟；另一个里面基本都是故剑帮众，还有她。按亲密度排序，她是第一。

池再夏很满意，可往下滑动到一个ID时，她目光忽顿，心脏猛然一跳。

掌上明珠？这不是陆明珠吗？

池再夏惊了几秒，很快反应过来，大概是撞名了。

这人上次在线时间一年前，门派璇玑宫，和陆明珠都对不上，况且陆明珠玩的服务器带个北字，荒城之南、南柯一梦，哪个都跟北不沾边。

差点把自己给吓死，池再夏庆幸地拍了拍胸口。

杀完妖兽时间已经不早，池再夏看了一眼屏幕右下角，提议剩下的明晚再做。

许定没有立刻应下："明晚我不一定能上，八点半有个讲座，还不知道什么时候结束。"

"噢好的，没关系，正事要紧。"

池再夏回得云淡风轻，仿佛毫不在意，然而互道晚安下线之后，她火速给姜岁岁发了一条微信，让她帮忙打听一下明晚八点半学校都有些什么讲座。

姜岁岁也不知道在做什么，半天没回消息。池再夏等不及，电脑没关，鞋也没换，直接找到了姜岁岁她们寝室。

"你找岁岁吗？她、她在洗澡。"见来人是池再夏，姜岁岁的室友呆住，挡在寝室门口都忘了先让人进去，只回头喊，"岁岁，池再夏找你！"

"来了来了！"

姜岁岁刚洗好，一听池再夏找，衣服都没来得及穿，拿条浴巾匆匆一裹就跑了出来。

"怎么了，大晚上的你找我什么事？"

池再夏看到她这打扮，突然觉得也没那么急了："没什么，你先穿衣服吧。"

"那你进来坐坐？"

"不用，我在外面等你。"

姜岁岁也没强求，赶紧回去换好衣服，顺便拿了手机往寝室外走，这会儿看到池再夏发来的微信，她问："就这事儿啊。"

"嗯，快帮我打听打听。"

池再夏在外面站了好一会儿，已经耐心耗尽，像交接什么秘密任务似的不自然地半低着头掩面，总觉得走廊里路过的人都在打量她。

"不用打听啊，明晚八点半不就是那个防艾讲座吗？我们班也要安排人去听，学号轮到谁来着……"姜岁岁思索了一会儿，一手扒拉着门框，脑袋后仰，十分有技术难度地朝寝室内问，"又又，明晚是不是轮到你去听那个防艾讲座啦？"

"别说了，烦死了,本来我还想去玩剧本杀呢。"趴在床上的女生有气无力地回了句。

池再夏一听，给姜岁岁使了个眼色，又指了指自己。

姜岁岁秒懂："那你和池再夏换一下行吗？她帮你去，下次轮到她的学号参加活动你再去。"

还有这种好事。池再夏的学号靠前,早就轮过一次了,下次都不知道是什么时候。

女生好奇地往外探了探头:"行啊,我当然可以。"

池再夏比了个OK的手势,怕姜岁岁扛不住室友的拷问泄密,暂时没告诉她为什么要参加这个讲座,只说明晚她就知道了。

第二天晚上,摄影选修下课,池再夏、姜岁岁还有许定照例一起离开教室。

出了音乐楼,许定停步:"我还要去慎思楼听一个讲座。"

池再夏早就等着这句,话音刚落就仰头一脸惊讶无辜地表示:"好巧,我也要去听讲座。"

姜岁岁和许定都不禁望向她。

姜岁岁恍然,一面嫌弃她的演技做作浮夸,一面极力配合道:"噢对,好巧!那你们去听讲座吧,太晚了不安全,许会长,还要拜托你送她回一下寝室,麻烦啦!"

许定点了点头,一瞬了然过后,又有些迟疑。

两人目送姜岁岁离开,然后一道往慎思楼的方向走。

这是确认许定就是明镜非台之后第一次见到他本人,也是这之后第一次和他单独相处,池再夏莫名紧张,甚至感觉不太真实。

真的是他……好像忽然之间,就多了一种隐秘的亲近感。

她不动声色地撩了一下头发,许定却刚好轻咳清嗓。

"是我的香水喷太多了吗?"她没忍住,尽量矜持地问道。

许定一怔:"没有。"

他认真地闻了一下,这才察觉到空气中那股似有若无的荔枝玫瑰清甜:"你的香水很好闻,也很适合你。"

池再夏这才放心。她就说嘛,她明明只按了一泵,应该不至于熏到别人。

池再夏:"对了……你饿不饿。"

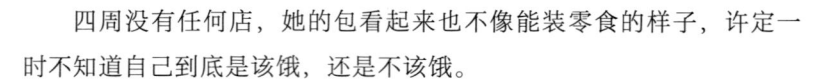

四周没有任何店，她的包看起来也不像能装零食的样子，许定一时不知道自己到底是该饿，还是不该饿。

斟酌片刻，他答："都可以。"

这问题难道有什么歧义？池再夏疑惑，又换了种问法："我是说，我有点饿，刚好上次还欠你一顿饭，所以等会儿讲座结束，要一起去吃点东西吗？"

原来是这样。几乎是没有思考，他应了声好。

慎思楼差不多算是讲座专用楼，此刻不少学生都在往这边走，池再夏一路跟着许定，直到走至教室门口才发觉有点不对。

一楼……她记得那个防艾讲座的教室是二零几来着，应该在二楼才对吧。

"等一下。"她及时停下脚步，"你是来听什么讲座的？"

"男性大学生健康教育专题讲座。"

她后知后觉地往教室里看了一眼，都是男生。半晌，她僵硬地伸出一根手指往天花板上戳了戳："搞错了，我在二楼。"说完便灰溜溜地转身，赶紧去爬楼梯。

许定望着她略显仓皇的背影好像明白了什么，不禁带着笑意轻咳一声。

另一边，迅速爬上二楼的池再夏站在防艾讲座的教室门外，捂住胸口一边喘气一边恼火。

姜岁岁这个不靠谱的，早知道许定要听的是什么男大学生健康教育，她就不来凑热闹了。现在倒好，讲座都要点名，她顶了人家的学号过来，也不可能现在就不听了！

于是前半节枯燥乏味的讲座，池再夏就在与姜岁岁的激情对线之中挨过。

姜岁岁丝毫不觉得自己的情报有错，听说两人约了吃饭，更是兴奋地安排起剧情。

姜岁岁：等会儿慢点吃，拖过门禁直接来个外宿，刚好可以检验一下男大学生健康教育的讲座成果。

姜岁岁：【大声密谋.jpg】

池再夏：？

姜岁岁：噢不行。

姜岁岁：许会长还没有上交体检报告。

池再夏：……

池再夏：滚哪！

"池再夏。"

她正准备再好好辱骂一番，忽然听到旁边有人喊她，转头猝不及防地对上许定的目光，整个人陷入凝滞。

"你、你怎么来了？"她回神，边收手机边惊讶地问，就连身体都坐直了些。

"我的讲座结束了。"他拿出一颗半熟芝士放在桌上，"同学给的，你要不要先垫垫肚子？"

"谢谢。"

池再夏镇定地接过小颗芝士，不露声色地在桌下拆着包装，心里却慌得疯狂敲鼓。

她的作战计划是什么来着？救命，全忘了！不慌不慌，她可是有前男友的人。

她仔细回忆了一下，她和前男友们……也没怎么一起上过课。和周司扬刚谈那会儿他倒是陪她上过一次马原，当时他非要拉着她一起打什么王者，她又不会，一直送人头还不小心外放了出来，总之不是什么愉快的体验。而且她习惯被人捧着，从来没有想过怎么主动撩男生，说得扎心一点，她要是会，也不至于总是被分手了。

她脑子里开始复习青春小说校园电影的片段。

忽然她想到什么，一般校园男女主同桌好像都会掉个东西，然后一起去捡,然后不小心碰到手,然后就疯狂心动。她手边除了打开的半熟芝士也没别的东西,看到许定桌上放着本子和笔,她灵机一动:"这个借我用一下。"

她借来许定的速写本,本来想装模作样地写点什么再不小心把笔一滑,可当她随手翻开本子,就看到一页素描,画的是一个长头发的女孩子。

## 【三十一】

是她的错觉吗?怎么感觉画上这个女孩子和她有点像……都是长卷发,发量还很惊人。池再夏狐疑。可这是人家的隐私,她实在不方便直勾勾地盯着研究。

翻到后面的空白页时她还在想,确实有点像,不过也就一点点,因为他只画了长卷发和半张侧脸,而且还是趴在桌上睡觉的状态,眼睛闭着,整张画比较注重氛围感,五官轮廓浅浅勾勒几笔,看不具体。

那么问题来了,他画的是谁呢?是真实存在的人,或者只是临摹?

他们专业好像需要一点绘画基础,之前姜岁岁发给她看的课表里就有和建筑美术相关的课程,所以也有可能是课堂练习……可是他们专业的美术课会练习画人像吗?

池再夏思维发散着,都不知道自己在乱写什么。

就在这时,台上的教授忽然宣布:"那今天的讲座就到这里,感谢大家……"

结束了?要不您再讲两分钟?!我的笔还没掉呢!

池再夏回过神,下意识地转头看向许定。许定也在看她,并且看看她,又看看速写本,似乎在用眼神问她写好了没有。

"马上!"她捂住自己乱写的一团,还装模作样地瞎添了两笔,然后将那页撕下来折好,一本正经地胡说八道,"刚刚有一点讲得特别好,我记了个笔记,好了,我们走吧。"

听防艾讲座记笔记,再联想起之前偶然听到的体检报告……她似乎很关注健康这一块。

许定没有多说什么,点点头,收好东西,起身站在过道,又给她腾出位置,护着她不被人挤。

出了教室,池再夏边下楼梯边问:"你想吃什么?"

"我都可以,你呢?"

池再夏本来就是吃东西只为活命的那一类人,对口味没有特别的需求,平时更是不会晚上加餐,刚刚那个半熟芝士已经把她给腻住了,这会儿哪能想到要吃什么。

她说:"你选一个吧,我很少吃夜宵。"

"那小龙虾?"

"这个季节还有小龙虾吗?"

"嗯,东门那边有一家店,四季都有。"

"那走吧。"

"小心。"

许定走在她右侧,注意到她身后两人嬉笑打闹,水瓶差点敲到她的脑袋,伸手挡了一下。

"不好意思同学。"身后台阶上的人赶忙道歉。

池再夏没太搞清状况,回头看了一眼,又下意识地拉住许定的衣摆,和他贴近了一点。

许定的手落下来,身侧却因为池再夏的主动靠近没有多余的空隙,只能虚虚地掩在她身后,远远看过去像搂着她的腰,姿态很亲密。

已经入冬了,平城昼夜温差很大,晚上愈发的冷。

随着人流走出慎思楼,池再夏还没来得及装柔弱喊上一句"好冷哦",手机就先一步嗡嗡振动。她拿出来看了一眼,来电显示:钟思甜。

钟思甜是她的室友，前段时间姜岁岁来找她一起上选修课，她给姜岁岁拿点心的时候顺便给钟思甜拿了一盒，两人的关系就此缓和不少，平时在寝室也能说上几句话。

　　不过也就是能说上几句话的关系而已，算不上熟，没事应该不会随便给她打电话。

　　她按下接听："喂，钟思甜？"

　　"喂，池再夏，是我。"钟思甜那边的背景音有些杂乱，小声说，"宿管部来突袭查寝，你的卷发棒就放在桌上，被查到了，说是违规电器。"

　　卷发棒，钟思甜不说她都忘了。这东西用起来很麻烦，宿舍还不让用，所以带过来之后她一直放在柜子里任其吃灰。今天找东西的时候翻了下柜子，卷发棒可能是那会儿拿出来腾地方，被她随手扔在桌上了。

　　"噢，没关系，那就让他们没收吧。"池再夏满不在乎道。

　　"你这个好像比较贵……他们说贵重物品需要本人签字同意，让你赶紧回来呢。"

　　"你把手机给查寝的负责人，我来讲。"

　　钟思甜只好把手机给了来查寝的学姐。奈何这位学姐是辩论社的，思路清晰逻辑严谨口齿还分外伶俐，她找的选修课讲座之类的借口都被一一驳回，直言这个时间点什么讲座都该结束了，还有四十分钟门禁，她在外面逗留是想谈恋爱夜不归宿吗？说得池再夏哑口无言。

　　许定听到这，示意让他来接电话。

　　"沈学姐，我是许定。"

　　"哦，许定，许副会长？"

　　"嗯，学姐，池再夏她……"

　　许定话还没说出口，就被这位刚正不阿的沈学姐打断："你既然叫我一声学姐，就赶紧送你女朋友回寝，副会长就可以以公谋私带女朋友外宿吗？

"你们才大二，住校就要遵守学校的规矩，等大三大四别说外宿，就是同居学校也懒得管你们。

"这周开会我会就你们大一大二夜不归寝的现象做一个统计报告，学弟，你应该不想成为反面教材吧？"

池再夏拉了一下许定的衣摆，又指了指回寝方向，小声说："回去吧，下次再吃。"

许定看向她，抿了抿唇："好的，学姐。"

挂掉电话，尴尬沉默了一会儿，两人不声不响地往寝室走。

"好冷哦。"池再夏双手捧脸，往手心呼热气，延迟地装了个柔弱打破沉默。

许定想到什么，从包里拿出一双没有任何款式可言的黑色毛线手套："给。"

池再夏接过，费劲地戴上。

手套是露五指的，但对她来说太大，本来应该露出的半截手指只露了葱白的指尖。

"为什么看起来这么好笑。"她疑惑地举起两只手在许定面前晃了晃。

许定轻咳。

她又扯下一只递给许定："你戴一下，我看看正常是什么样。"

许定依言接过。手套他戴倒是正好，据池再夏目测并心算一番，他的手应该能把她的手紧紧包住。

嗯……手套戴起来有什么意思？当然是人形暖手宝才有意思！

池再夏心里盘算着小九九，面上却不显，只主动提起没能成行的小龙虾之约，问他哪天有空。作为一只经验丰富的成熟鸽子精，她深知约定这种东西不确定具体时间就约等于没有。

许定想了一下，反问："你打算什么时候去体检？"

池再夏顿了顿才反应过来，他在说学校规定的一年一度体检。平大有医学部，医学部附属医院就在离校不远的地方，这一整周都对平大学生免费开放指定的体检项目。

"我和姜岁岁约了周四上午，没课，你呢？"

"周四上午我也没课。"

池再夏点点头："那就周四上午体检完去吧。"

她嘴上说得云淡风轻，心下不禁懊恼，好端端的提什么姜岁岁。

不过他看起来一副两个人、三个人都行的样子……该不会是因为猜到她不会单独去做体检，才故意挑这个时间避嫌吧？

经过神谕这遭，她基本可以确定，许定对游戏里的雨一直夏多少有那么点意思。谁会随便给普通亲友送神谕呢？而且其他人要都不给，只给她欸，她不是傻子好吗？所以基于这一点，他对现实生活中的女生避嫌是应该的。说不定他根本就没想单独和她去吃小龙虾，就算没人查寝，刚刚他也会找别的理由婉拒。

想到这，池再夏又开心又不开心的。

不对不对，自己醋自己算什么离谱行为？看来游戏里的进度得狠狠加快才行。

池再夏胡思乱想一会儿，不知不觉，两人已经走到了宿舍楼下。楼下呼啦啦一帮人好像在等什么，池再夏脚步一缓，似乎是在……等她？这阵仗，什么情况？

"池再夏？"为首的女生看了一眼许定，又看向他身边的池再夏，"寝室都查完了，刚好在楼下集合，顺便等你。你确认一下，这是你的卷发棒对吧？虽然还没拆封，但学校规定就是规定，记过处分加没收，没问题就签个字，期末带学生证来宿管部领。"

池再夏哪有心思确认，赶紧接过名册，刷刷签名。

与此同时，为首的这位沈学姐也没放过许定。她和许定同在建院，没有意外的话两人还会在同一位导师手下读研，算是他的直系学姐,根本没把会不会长的放在眼里,趁着池再夏签名的工夫顺便说了许定几句。

许定解释没有想要夜不归宿,学姐看了一眼他俩一人一只的手套,一副"你们这种死鸭子嘴硬的小情侣我见多了"的表情。

这会儿正是归寝时分,池再夏不想留在楼下被人参观,签完名话都没好意思和许定多说一句就匆匆上楼了。这场景落在学姐眼里便成了做贼心虚。

许定见状,也没再辩解。

池再夏回寝,室友正在洗漱聊天。

见她回来,钟思甜问了几句有没有遇上宿管部的人,还安慰她没事,这次突袭检查光是她们这栋就被收走几箱违规小电器,期末就可以去领之类的。

池再夏心不在焉地应了两声,突然发现手套忘了还他。她打开微信,正在想要不要给他发点什么,对面的消息就率先蹦出来——

许定:池再夏,不好意思,今晚让你饿肚子了。

许定:快门禁了,只能在便利店买点东西,给你买了三明治和热牛奶,放在门卫室窗外,你方便的话可以去拿一下。

## 【三十二】

看到许定发来的消息,池再夏盯着手机愣了几秒,随即趿着粉色兔子拖鞋往楼下冲。

楼下门卫室窗前放了个印有便利店LOGO的塑料袋,上面还贴了张便笺,写着"302寝,池再夏"。字迹规矩端正,落笔位置偏上方,下面空出一截,像是本来还要写点什么,最后没写。

她忍不住翘起嘴角,边上楼边举起这袋东西拍照。

池再夏:【图片】

池再夏：拿到啦，谢谢~
池再夏：【猫猫头比心.gif】
许定：好的。
许定：那早点休息。
许定：【晚安】

池再夏不满。这就说晚安，当代大学生哪有十二点前睡觉的？还是说他不想和她多聊呀？不过转念一想，他有好感的是雨一直夏，真要和她多聊，好像也不大对。真较真起来，如果她只是游戏里的小巫女，哪怕他是出于礼貌给女同学补上这袋吃的，她也会有点不爽。没谈恋爱之前，这种行为她尚且还能接受，谈恋爱之后没有她的允许那可不行。

想到这，沉浸式代入女友视角的池再夏终于记起，噢……对，他现在还是单身，没有女朋友。他看起来很有分寸，如果谈了恋爱，和其他女孩子的来往应该会给女朋友报备。

池再夏自己盘了一通逻辑，总算放下心来。她现在不饿，三明治可以留着当明天的早餐，牛奶貌似是从保温柜里拿出来的，摸着还有点温热，池再夏决定睡觉前把它给喝了。

"你昨晚和许会长怎么样，有没有什么进展？"

第二天一大早有课，姜岁岁给池再夏占好了座，人一过来就开始八卦。

池再夏没睡醒，朝她晃了一下三明治，没精打采道："这就是进展。"而后拆了塑料包装，神游式吃早餐。

姜岁岁一听，忍不住刨根究底："什么叫这就是进展？他给你买的早餐？进展这么神速？你们一起过来的？不对啊，刚刚没有看到他送你进教室。"

本来起床上第一节课就够困的了，这会儿姜岁岁在耳边聒噪，池再夏更是感觉脑瓜子嗡嗡作响。她闭上眼，举起三明治投降："行了,别吵,我喝口水再说。"

"你喝,你喝。"姜岁岁贴心地给她拧开瓶盖,期待她喝完水口述呈堂证供。

……

"噢,所以昨晚你们根本就没有去吃小龙虾。"听池再夏说完,姜岁岁想起什么,"昨晚隔壁寝有人说,回来的时候撞见宿管部在楼下抓了对打算外宿的小情侣,就是你们吧?"

"咳……咳咳!"池再夏差点被噎死。

"你激动什么?又不是真的。"姜岁岁无语,"话说你能不能行?直接上啊,我都快急死了!"

池再夏拍拍胸口顺了顺气:"急什么?我自然有我的作战计划,再说了,太容易得到的东西他能有多珍惜?"

她说得理直气壮,头头是道,说到关键处还凝望着自己举起的手缓缓将手指攥至掌心:"一定要让他不可自拔,情根深种,非我不可!"

姜岁岁无语,谈个恋爱而已,需要这么隆重吗?她平日不是说感情有点就行,不用太多,省得分手的时候对方纠缠不休,等在楼下泼硫酸之类的吗?这又是不可自拔又是情根深种的……奔着结婚去呀?她用怀疑的眼神看了一眼沉醉在完美计划中的池再夏,心里这么想着,嘴上倒没多说什么。

上课铃响起,老师进来,打断了池再夏的美好幻想。

这节是语言课,照例要做词汇听写。两人的词汇水平大哥不说二哥,老师中英混报了好几个,两人都一动不动,直到报出熟悉的"firm"才火速下笔。

多亏许定的朋友圈,池再夏难得记住了一个单词的四种词性。听写完她还在想,以后谈恋爱说不定还能让许定教教她英语,效果一定十分显著。

上午只有两节语言课,下课后,池再夏和姜岁岁一起绕去新开的

193

奶茶店买奶茶。

等号的时候姜岁岁脑中灵光一闪，拿出手机看了一眼课表，然后用手肘顶了顶池再夏，撺掇道："欸，许定这会儿在克己楼上课，你要不要去送送温暖？"

克己楼就在身后，是平大毕业的知名校友给建院捐赠的教学楼，里面基本都是建院各班级的专用教室。

"送什么温暖？莫名其妙的。"

"哪里莫名其妙？人家昨晚不是给你买了三明治和牛奶吗？送杯奶茶礼尚往来，很正常啊。"

"送奶茶正常，但专门查他课表跑到专教送奶茶，你真的觉得正常？"

说得也是，姜岁岁想了想："有了，你就说……陪我来找社团的同学，然后在窗外假装看见他，顺便打声招呼给他送奶茶，这个剧本你能理解吧？主打一个偶遇！"

理解是能理解，也没太大毛病，就是有点考验演技？

这么计划着，池再夏动了心，两人拿到奶茶就转身往克己楼走。

许定他们班专教在克己楼三楼，走到三楼时，姜岁岁要去上个洗手间，池再夏留在外面等，顺便酝酿酝酿偶遇台词。

楼梯往右是洗手间，往左第一间就是许定他们教室。池再夏等了好一会儿，见姜岁岁还没出来，忍不住晃荡到他们教室后门往里偷觑了一眼。

他们的专教很大，是普通教室的两倍有余，每个人都有一张大桌子，桌上堆满了模型、书籍、丁字尺之类的东西。老师好像不在……大家在教室里随意走动着，不像在上课的样子。

池再夏在后门那偷偷摸摸地徘徊了一小会儿，没找到许定。正当她思考姜岁岁是不是情报有误的时候，有人远远走来，正准备从前门进教室。隔着一整个专教的距离，他停顿几秒，确认道："池再夏？"

听到熟悉的声音，池再夏一愣，转头看见来人，她忍住心虚跑掉的冲动，缓慢且僵硬地站直。

许定上前，垂眼直直望她："你来找我吗？"

"不是！"池再夏下意识否认，"我、我那个，我陪姜岁岁来找她社团的同学，她同学好像在楼上。"

她的心跳很快，磕巴着说完一句又补充道："姜岁岁肚子痛，去洗手间了，我在这里转转，好巧啊……你也在这上课。"

她干笑两声，根本不敢对上许定的视线，没有彩排全凭临场不怎么样的发挥，这会儿脑袋已经全然空白。无言片刻，她才想起此行的目的："哦对了，这个奶茶还是热的，给你喝吧。"

他的目光在奶茶上停了一会儿，伸手接过，并道了声谢。见她毛茸茸的围脖快要松开，他想帮她掖好，可手指在身侧刚动一下又忍了回去。

"你的围脖。"他提醒道。

池再夏低头噢了一声，心不在焉地整理。

许定安静地注视着她的脸颊，眼睛一眨不眨，直到洗手间方向传来响动才克制地收回目光。

姜岁岁终于出来了，池再夏在心里已经把她暗骂了一万遍，但还是亲热地挽了上去，做出一副姐妹情深的样子，勉强扯着笑对许定说道："那就不打扰你上课了，我们先走啦。"

发挥极其失败，赶紧跑路！

许定目送她半拉半拽着姜岁岁下楼，忽而想起她刚说的"楼上"。

她好像不知道楼上没有教室，他垂眸喝了一口手中的港式奶茶，茶味偏重，很甜，也有点涩。

被姜岁岁撺掇着"顺路"送完奶茶，池再夏脚趾抓地，打死也不肯再制造什么偶遇，这两天只是很安分地在游戏里和对方保持交流。

神谕的收集任务已经做完了，但还没占出指定卦象。她这么衰，

195

只占晚上那轮也不知道何年何月才出，可她早上又起不来……好在明镜想她所想，主动揽下了早上那轮的占卜任务。

　　转眼周四，到了他们约定的体检时间。

　　池再夏一起床就收到企鹅消息，说是占到指定卦象了。两人聊了几句，约定好晚上一起做神谕副本。她心情很好，出门前还美美地打扮了一番。

　　三人在寝室楼下会和，一道前往医院。

　　在医院前台出示身份证领体检表时，前台护士照例问了一句："已婚还是未婚？"

　　池再夏："未婚。"

　　护士看了她一眼，又看了一眼许定，指了指下面一列妇科检查："有没有男朋友？"

　　池再夏不解："以前有，分手了，怎么了吗？"

　　"……我的意思是，有没有过性生活？"

　　"……没有。"

　　许定也不知道女生体检会被问到这种问题，怔了好一会儿，听到"性生活"才反应过来，退后回避。

　　池再夏多少有点尴尬，等姜岁岁拿到体检表，她朝远远回避的许定点了下头示意她们先去排队，就拉着姜岁岁一起火速冲往二楼的抽血窗口。

　　体检项目繁多，学校安排的全身体检也没包含所有项目，许定上前领体检表时仔细审视了一番表格内容，想了想，还是咨询了一下两性健康方面的附加检查。

　　前台护士见怪不怪，直言问道："要加性征发育情况和传染病四项检查？过性生活前一般是检查这些。"

　　"……嗯。"

## 【三十三】

今天过来体检的人不少，等他们按照建议流程做完已经十一点半了。

为了给池再夏和许定留下独处空间，姜岁岁早在听说约了小龙虾那会儿就和池再夏商量好，到时候她会找个借口提前开溜。她的要求不高，欠她的小龙虾以后补上一顿米其林就行。

所以三人离开医院没多久，姜岁岁就很巧地接了一通电话，没说几句她就掩住手机火急火燎地表示她吃不了了，有点急事得先走。许定问她需不需要帮忙打车她也立马摆手，让他们慢慢吃，不用管她。

离吃小龙虾的地方只有一步之遥，池再夏心里猜想，即便某人想要避嫌，这会儿也不好再提。果不其然，姜岁岁溜走后，许定没说什么，只和她一起往前走。

这家开在十字路口的店生意很好，有不少学生做完体检在这聚餐。

小龙虾上来后，池再夏拿着筷子特意放缓动作，夹着里面的配菜魔芋。她的美甲是前几天挑了个空闲时间新换的，做了延长，款式还有点复杂，包含猫眼渐变、贴钻、手绘、晕染腮红、上魔镜粉等一系列操作，耗时四个半钟头，足够闪亮，也足够不方便干活。

她这样慢动作地晃了两圈，许定却没什么反应，自顾自剥虾。

这么闪，看不到？池再夏怀疑他是故意视而不见，想了想，干脆放下筷子直接问道："许会长，我的指甲有点不方便剥虾，你能帮我剥两个吗？"

许定抬头，动作略顿，应了声好，虽然他剥的虾本来就是给她的。

交换到满满一碗雪白虾肉，池再夏心满意足，有一搭没一搭地吃了一会儿，又得寸进尺道："许会长，问你个问题。"

问题？许定擦了擦手，认真听。

"你现在没有女朋友对吧？那你有女朋友的话，还会给其他女生剥虾吗？"

许定静了几秒，似乎在思考答案。

"我就是有点好奇，随便问问。"

他斟酌道："一般不会，但如果和女朋友还有她要好的朋友一起吃饭，她的朋友有需要，我也会剥的。"

池再夏噢了一声，点点头。听听这答案，但凡陆明珠和姜岁岁在场，不得立马给他俩来个包办婚姻？他挺懂女生的嘛，还知道要照顾到女朋友的闺密。

一顿饭吃完，已经快一点钟了。两人下午都有课，看时间也来不及回寝，于是直接散步到了教学楼。

池再夏心情好极了，下午上课就开始盼着晚上回去和他一起打神谕副本。

神谕隐藏副本是基础的五人小队本，神谕持有者为队长，可以带四个队友一起进去。队友虽然不能获得神谕奖励，但可以收集特殊成就，所以很多收集党都愿意花大价钱买队伍位置。

这个副本简单得很，两个人就能通关，不过有白送的成就，自然要便宜亲友。然而她一问，秋行对成就不感兴趣，江悬夜跟着舒冷一起A了，春风不度和安窈窈要去打攻城战……最后加入神谕队伍的只有芽芽和芽芽的挂件。空余一个位置，池再夏留给了之前做日常认识的收集党月织织。

池再夏被慕浅瑶追杀那会儿，月织织是为数不多出手帮过她的人之一。只不过月织织主玩收集，手法差得和她不相上下，也只能帮她挂悬赏。

术业有专攻，月织织揍人打本都不太行，但在各类收集榜单上却很有名。加入神谕队伍后，她直接给池再夏送了一份主城天京的地契作为回礼。

在《风月》里，每座城都有一块可以买卖的居民区，玩家可以在居民区买地安家。其中五大主城的地皮就相当于现实里超一线城市的房子,寸土寸金,而且不像其他城市能随便买,获取条件极为苛刻,也只有月织织这种游戏进度拉满又财大气粗的顶级收集党能随手甩出一份多余的地契了。

不过住在主城除了彰显土豪身份,和住在其他城市没有太大差别,无非是在自己家下线,再上线时就算人数爆满也不会被挤出主城。

池再夏的亲友里只有舒冷在东都有房,其他人都不玩家园,受大家影响,她也没太研究过家园系统,习惯了四海为家。骤然喜提一线主城豪华地皮,池再夏都不知道从哪开始动工。好在有人专业对口,她略提了一下,就给自己找到了一位现成的设计师。

晚上八点,五人小队到齐。站在南海礁石上,池再夏手持三枚铜钱,点击使用。很快,占卜出的卦象徐徐放大至空中,一望无际的湛蓝海水里突然卷起神秘漩涡。

青山不许:"副本入口,下去吧。"

几人纷纷下跳。

"哇塞,这副本场景也太好看了吧!"第一次加入语音的月织织看着眼前如梦似幻的奇异海景,不禁感叹。

芽芽:"毕竟是神谕副本,这点排面肯定是有的。"

池再夏也觉得这副本的场景设计比平时下的副本更为用心。他们面前是一条蜿蜒的海底甬道,四周有燃着陵鱼之脂的长明灯,外侧则是透明的海水。

两侧的水幕中是摇曳变幻的海底奇境,一面是庞大的鲸身于幽微之中寂静沉落,缓慢消散,落至底端时只余一架雪白骨骸;一面是鲸落之后的万物再生,千万年的细微变幻在眼前加速更迭……耳边不期然响起触发神谕时那道熟悉的耄耋之音,它又开始缓缓讲述遗落万载的幻境往事。

南海遗梦主要讲的是一个《风月》大陆还未分裂成五域之前的凄

美爱情故事。

"陵鱼一族有女,名'逢霜不见'……"

池再夏听了个大概,大约就是一些为救苍生自我牺牲之类的经典戏码。听到灭族之恨不共戴天,黑化后仅凭一己之力覆灭青丘仙国时,池再夏恍然,原来这就是青丘仙国副本里毁灭狐族家园的上古大妖呀。

听了一通故事,看了一会儿风景,BOSS终于出场。BOSS是刚刚妖化的逢霜不见,武力值不高,技能也很单一,完全没有青丘仙国里20个人都要磨上十来分钟的爆表战斗力。而且刚刚打下半血,BOSS就从红名变回了普通NPC的绿名,意味着战斗状态就此结束。

池再夏知道这个副本简单,但没想到这么简单,做这么大的场景,结果就像个观光副本。

那道声音再次响起,讲述了故事的结尾,然后提示需要有两个人释放逢霜不见的两瓣魂灵。池再夏和许定去了。

魂灵被放到指定位置,沉寂一会儿,忽然化作两道刺目白光,笼罩住二人。与此同时,海水翻涌,再次卷出巨大漩涡,待白光散去,两人已经率先被传送回了海边。

说是"传送回"好像也不太对,他们似乎是到了另一重幻境——千万年前的南海之畔。

这大概是池再夏在《风月》里见过的最梦幻的场景。夜色静谧,海水微澜,月光皎洁无瑕,空灵的歌声遥远而缥缈,被释放的陵鱼魂灵摇曳出拖着长尾的一瞬虚影,而后消散在空中,沉落于海底的巨鲸跃出海面,幻化成一场绚烂的烟火。

【私聊】雨一直夏:真好看。

两人默契地没有在语音说话,这是五个人的副本,但只有他们两个人看到了这场千万年前南海之畔的鲸鱼烟火。他们所在的岸边有神秘的海螺闪着光,池再夏等烟火谢幕才捡起来。

您已通关"南海遗梦"幻境。

恭喜您获得了：陵鱼宝宝×1；长明珠×1；长明灯×1；吉光裘×1

这几样东西都是神谕给予的极品奖励，池再夏一一查看属性。看到长明灯时，她发现这是一件很漂亮的家具。

【私聊】雨一直夏：明镜，我想把这个摆在家里，要摆在特别显眼的位置！

【私聊】青山不许：好。

【私聊】雨一直夏：那辛苦你啦，感谢~

【私聊】青山不许：想感谢我的话，方便给我留一间房吗？

【私聊】青山不许：我想做一下家园任务。

看到这两行字，池再夏一怔。

其他三人还待在海底叽叽喳喳地聊天，他们两人站在海边，烟火散尽，静谧中似乎有种隐秘的情愫悄然流动。

【私聊】雨一直夏：当然，那到时候……我邀请你共住？

## 【三十四】

在游戏里，和亲友共住其实是件很平常的事。一块地皮有两个共住位，方便不想为家园费心的玩家落脚，顺便获取家园任务的完成资格。但池再夏知道，对面这人就是在找借口，他哪会对什么家园任务感兴趣？分明是心怀不轨想和美丽可爱的小巫女同居。

她闭了麦，手肘撑在桌上，忍不住捧脸偷笑。

大概是因为获得了"口头允诺"的落户资格，即便游戏中的房屋建造已经脱离建筑学原理，某位未来的大建筑师还是投入了整整一周的闲暇时间，研究起了游戏世界的家园建造，又是画蓝图又是做建模，一周后，房子终于盖好了。

《风月》是奇幻仙侠类游戏，所有家园素材都偏古风，诗意的江南小筑、古典的几进院落，这些在游戏里都很常见，更常见的是使用官方提供的固定模板一键摆烂。

池再夏等着他认认真真地盖了一周，心焦得很，也想过不如套个模板先同上居再说。然而这会儿看到他慢工磨出的细活，池再夏整个人呆住。

他这哪是盖房子，这是盖了座仙宫吧？！

主体建筑被云朵盛着，悬浮在半空，地面是大片大片的粉白玫瑰，长明灯放置在正中，变化出极品家具独有的幻彩，通往居所的路是一架和长明灯叠放的可互动云梯，可以走在花丛的流光之中回家。悬浮在空中的主体建筑更是美轮美奂，雾气缭绕的温泉池、可以俯瞰天京城的四面观景台……怕是连游戏策划来了，都想不到他们设计的素材能搭建出这样壮观又梦幻的家园建筑。

【队伍】青山不许：喜欢吗？

【队伍】雨一直夏：喜欢！！！【星星眼】

【队伍】青山不许：喜欢就好。

【队伍】青山不许：那我们现在去办共住？

他极其自然地提起自己的落户资格，池再夏也应得不假思索。

【队伍】雨一直夏：好呀！

共住办理的流程很简单，只需要房主在家园NPC处登记，并缴纳99金手续费就好。

不知怎的，明明只是亲友间常见的共住办理，池再夏却莫名有种结婚领证缴工本费的错觉，而且共住也会发放契书，一式三份，显得还挺正式。

【队伍】雨一直夏：真好，我们以后就可以在家里下线了。【憧憬】

【队伍】青山不许：嗯。

【队伍】青山不许：家务我来做。

还有家务？她点开家园看了看。

还真有。按照游戏设定，每天家里都会落灰，需要主人除尘，如果种了观赏性的花草树木，还要给它们松土、浇水、除杂草……这些琐碎日常都会直接影响到家园的繁荣度数值。

除此之外，家园涵盖种花、种菜、养动物等各种经营玩法，新家落成，主人还能邀请好友前来，开展暖居活动。

所谓暖居活动就是请人参观新居，吃饭喝酒，收取乔迁礼金。

池再夏太想炫耀自己的漂亮屋子了，一看到这个活动就迫不及待地在好友频道邀人过来参观。被邀请过来的好友看到她的新家无一例外吱哇乱叫，纷纷感叹这是什么极品豪宅，安窈窈还当场嚷着要来蹭住天京一线云景房！

共住位的确还剩一个，可在安窈窈开口的下一秒，池再夏就收到了新的私聊。

【私聊】青山不许：夏夏，我的禅宗号也想做家园任务。

懂了，但池再夏故意装作不懂。

【私聊】雨一直夏：噢……可是出家人住在这么豪华的地方，不好吧。【捧脸】【疑惑】

【私聊】青山不许：没关系，一楼有间小佛堂，我可以在那里敲木鱼。

【私聊】雨一直夏：？

她家有小佛堂，她自己怎么不知道！

【私聊】青山不许：我现在换号。

君山剑客不容分说地下线，禅宗大师随即上线。

再次和明镜非台找到家园NPC登记共居时，看到缴纳的99金手续费，池再夏陷入了沉思。

感觉自己在合法重婚是怎么回事？

游戏里，雨一直夏和青山不许的感情在心照不宣地升温。

现实里，池再夏和许定却已经好些天没见过面了，因为老师出差，摄影选修课暂停了一节。

天气越来越冷，这两天手机还一直收到应急管理局发来的温馨提醒。

近日强冷空气来袭，气温骤降，预计本周之内将有降雪，请市民朋友注意防寒保暖……

才十二月，竟然要下雪了，池再夏印象中，平城最近两年都是一月才开始下雪。她心里嘀咕一声，扔下手机，继续涂口红。

她涂的是干枯玫瑰的哑光色号，抿了抿，用唇刷从中间往四周晕染开，心下正觉得满意，可不经意扫到桌上的另一支玻璃唇釉，又开始纠结。

涂这个是不是会显得少女一点？最近很流行涂玻璃唇釉，然后故意在上唇边缘模糊晕染，突出无辜感。但现在是冬天欸，玻璃唇釉和她今天的妆面也不太搭……

"池再夏，你好了没？"姜岁岁已经第三次来问她了，"再不出发，人家领完奖走了我可不负责！"

"好了好了，马上！"来不及再换色号，她挑了支上次许定说好闻的香水喷了一下，匆匆出门。

今天学校有一个什么教育基金会奖助学金发放仪式，在音乐厅举行。池再夏没太在意具体名目，反正愿意给平大捐款的校友、基金会、企业集团多不胜数，不同类别的奖助学金都有五六十项。她只是听姜岁岁说今天许定会去参加，才特意打扮一番前往碰瓷，啊不对，偶遇。

池再夏和姜岁岁悄悄摸进去，随便找了个空位坐下。

"怎么这么多人？"池再夏诧异。这种发放仪式虽然不禁止其他学生参加，但一般没获奖的也不会去，毕竟全程都是各种讲话，枯燥得很。

"奖项多是这样的,不然你以为颁个奖学金为什么还要专门办发放仪式?"

说得也是,只不过这么多人,这么多奖,也不知道得等到什么时候。

池再夏正郁闷着,忽然听到台上的主持人说:"下面有请柏萃金池集团负责人池礼先生上台为获得柏萃奖学金的优秀学子颁奖,柏萃奖学金自成立以来,已连续十年资助我校建筑学院……"

池再夏赶紧垂下脑袋。

姜岁岁小声道:"这个负责人好像还挺帅的,身材气质和其他人都不是一个画风,不过为什么到他就不讲话了?看不到正脸……"

"说不定是个哑巴。"池再夏心虚地掩着额,还不忘嘴欠。

"什么?"

池再夏没再多说,只盼着瘟神赶紧去日理万机,千万别注意到她,省得刨根问底她一个和奖学金半毛钱关系不沾的人为什么要跑来这里。

不过没一会儿,她又听到主持人报出的获奖学生里面有许定。差点忘了,这是建院的奖学金。

姜岁岁忙摇了摇她的胳膊:"快看快看,许定上台了!"

在上台接受奖学金的一排人中,许定站在最右侧。

池再夏看着池礼背对观众席,从最左侧开始握手,发放奖学金证书。轮到许定两人却不再是简单握手,似乎交谈了几句,许定还礼貌地点了点头。

池再夏脑袋里绷紧了弦,明知道他们聊的肯定和她无关,还是忍不住自作多情。

事实上,池礼不仅不是为她而来,甚至都没打算顺便见她,她一个人在下面瞎紧张了好一会儿,台上很快有序地进行到下一项奖学金项目。

姜岁岁:"池再夏,你要不要现在去后台制造个偶遇什么的?许定已经下去了,获奖学生好像都要在后台录几句采访。"

池再夏对偶遇有点PTSD了,但现在确实有个现成的借口,刚刚给他颁奖学金的人是管她衣食住行吃喝拉撒的堂哥,她来找她堂哥,很合理。

池再夏等了一会儿,看到颁奖人坐回前排座位才猫着腰起身,绕到后台时,建院这批获奖学生已经录完采访准备离开。

池再夏看到许定,朝他挥了挥手。许定看见她,和旁边的同学说了两句,很快朝她走来。

"恭喜你呀,许会长。"池再夏打了声招呼,双手背在身后,随即解释起自己为什么会出现在这里,"我有个亲戚今天来学校参加活动,我找他有点事。好巧,在台下看到你领奖学金了。"

许定点点头:"是刚刚那位池总?"明明是反问,听起来却像笃定的陈述。

"你怎么知道?"池再夏问完才反应过来,"噢,我们都姓池。"

许定似乎默认。

这时后台又涌进来一拨人,是马上要上台领下一项奖学金的同学。两人贴墙站着,给人腾道。乍一看,有点像两个犯了错正在罚站的小学生。

池再夏看着一个很亮眼的高挑女生从眼前走过,没话找话地小声说:"许定,她的肩颈好直哦,天鹅颈!"

面前走过的人有点多,许定不知道她在说谁,下意识地嗯了一声。

池再夏一愣。她就是随口一说,他也这么觉得?她不死心地往前张望,天鹅颈已经不见人影。

说起来,她对自己的肩颈线条一直很有自信,可最近经常在宿舍打游戏,是不是弯腰驼背啦?池再夏突然警觉起来。

等这拨人走过,空间宽松了些。刚好有人来找许定,池再夏趁他不注意赶紧打开购物软件，搜索"背背佳"并加入购物车。

下单时，许定正在和人认真说话。

她看着他的侧脸不知道在想什么，鬼使神差地偷偷将收件人名改成了"许定的小甜心"。

## 【三十五】

"聊完啦？"

听到和许定讲话的男生说"先走一步"，池再夏赶紧将手机藏到身后，若无其事地看向许定，还偷偷挺直了背脊。

许定嗯了一声，问她："你现在要去找你的……亲戚吗？他好像坐在第一排。"

池再夏点了点头，然后又立马摇头："不急，我……我刚刚给他发了消息，他说等结束再说。"

她心虚地扯了个小谎，随即反问："你呢，还要留在这边吗？"

"嗯，后面还有一个奖学金。"

"噢……"她还以为领完就可以走了呢，刚好顺路吃个饭什么的。

见她不自觉地咬住下唇，似乎有点懊恼的样子，许定心念微动："我那边还有位置，要不要过去坐坐，等一会儿你的亲戚？"

瞌睡来了递枕头？

"好呀！"池再夏欣然应允。

两人从后台绕回台下座位。

远远望见姜岁岁还坐在原位玩手机，池再夏给她发了个表情包暗示已经成功偶遇。姜岁岁GET到她的意思，回了个功成身退的表情，并且在欠饭账单上毫不留情地又记下一笔。

池再夏没工夫多搭理她，屏蔽掉微信消息，然后特意打开《风月》论坛，轻咳一声，试图吸引许定的注意。

207

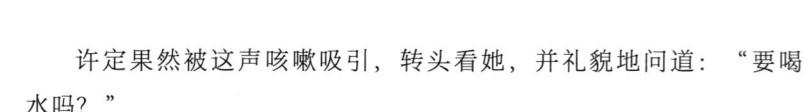

许定果然被这声咳嗽吸引，转头看她，并礼貌地问道："要喝水吗？"

"不用。"她摇摇头，自以为不着痕迹地将手机往许定那侧倾斜了些。

许定扫了一眼手机屏幕，默了默，开始思考自己应该给出什么反应。半晌，他终于问道："《风月》？"

池再夏摆出酝酿已久的惊讶表情："欸，你也知道这个游戏吗？"

"嗯，我是《风月》的玩家。"

"哇哦，这也太巧了吧。"

池再夏现在处于一个非常矛盾的状态，一方面希望可以按照预定计划和许定从游戏走到现实，一方面又因为计划进度缓慢时常产生一些不确定的想法。

不确定游戏里剑客对小巫女那些可以被感知到的好感是否只是游戏滤镜的加持，不确定当他知道小巫女就是池再夏这个人时对方会觉得惊喜而不是惊吓……不确定的事情太多，她的耐心也实在欠奉，以至于她非常迫切地想要探听一下许定的想法——他到底打算什么时候求情缘？！

于是藏好小马甲和许定聊了几句游戏之后，池再夏酝酿了一会儿，开始无中生有："说起来我刚刚还看到一个帖，楼主是璇玑宫的，她有个亲友是龙刀廷，他们关系很好，甚至比较暧昧，但不知道怎么回事，对方一直没和她求情缘，留言都在说男方是个渣男欸。"

龙刀廷……许定点点头："确实有点。"

池再夏哽住，不死心地主动提供思路："会不会是有什么计划呢？比如想等到新年、情人节再求情缘之类的。"

"嗯。"他对池再夏的观点一向是无条件认同，只不过忽然想起门派完全能对上的安窈窈和春风不度，又斟酌道，"当然也可能是因为在很难发展到现实的前提下，亲友比情缘来得更为稳定吧。"像安窈窈和春风不度,他们长久地保持亲友关系,各自和自己的小号绑定情缘,无非就是因为现实太过遥远,所以谁都没有迈出不可控的那一步。

池再夏两眼一黑,瞬间有种想上呼吸机的冲动。

他在胡说八道些什么?这就是他不求情缘的原因吗?他最好是完全没有代入自己和雨一直夏!最好是!

恰好许定又要上台领奖,池再夏怕把自己气出什么好歹,干脆直接离开了音乐厅。

领完奖,许定发现位置空了下来,给池再夏发了条消息,却只得到一句"有事"这样的敷衍回复。

他说错什么了吗?还是真的有事?由于门派完全对不上,他一时没往自己身上联想,默默复盘了一会儿,还打开游戏论坛寻找她说的帖子……

晚上池再夏早早上线,在从未使用过的游戏空间里转发各种养鱼渣男迟迟不给名分的批判帖,并且设置了提醒全体好友查看。随后又将自己三天两头就要改上一遍的投名状全都删除,让最初进游戏时设置的那句"雨不会一直下,但男人的头会"处于置顶状态,连衣服都换上了一身肃杀的全黑。

她站在自己的家园里,下定决心今晚就要试探出个答案。当然,她也做好了一言不合拆房间、拆佛堂,将某人扫地出门的万全打算。

说起来,还要感谢当初天蓝给她提供的各种灵感。仅对某人可见某人不一定能看见,那提醒查看总能收到系统提示了吧。反正她以前没用过游戏空间,事后就说自己不熟悉操作,手滑选上了全体提醒,没毛病。

哦对,还有故意漏麦。虽然天蓝唱歌难听,但一点勾引的小心思,这她还不会举一反三?区区暗示,今晚就给他玩得明明白白!

许定上游戏的时间比平时稍晚一些。

颁奖仪式后还有奖学金晚宴,晚宴结束后,他和学校领导、其他院系代表一起送各位资方负责人离开。他注意到那位池总的车直接开出了学校，并没有绕路去寝室楼，池再夏也没过来，他们好像没有约好碰面。

"叮咚——"听到语音频道访客进入的提示音，在家园勤勤恳恳种菜的小巫女立马警觉起来。池再夏不自觉地坐近电脑，摘下耳机，然后清了清嗓，打开语音的麦克风。

这一套动作她已经排练了好几次，特地录了声音对比，听耳机放到哪个位置能最大程度地营造出那种漫不经心的没戴耳机还忘记关麦的随意感。

一切准备就绪，她瞥着屏幕哼起准备好的小调，听到桌上耳麦里在喊"夏夏"也置若罔闻，脑海中不停地告诫自己：什么都没听到，她没戴耳机，自然自然自然，不要紧张！

催眠了几遍，她按照制定好的计划拿出备用手机给自己打了个电话。

【私聊】青山不许：夏夏，你忘记关麦了。

见她好像没戴耳机，许定在游戏里给她发了私聊。

不管，我瞎了，没看到，继续演。

铃声响了几下，她装作接起朋友电话的样子，和空气聊了几句有的没的，迅速切入正题："……对，我在玩《风月》，情缘？我没有情缘，倒是有一个在发展的对象，但是他一直没和我求情缘欸。"

她给这段电话设定的剧情是：她有个不存在的朋友准备找个游戏玩玩，打电话问她《风月》怎么样，然后问她有没有游戏情缘，她顺理成章地给出以上回答。

硬着头皮演完这段，池再夏松了口气，心跳却还在不争气地加速。在确认对面应该听到了中心思想句后，她实在演不下去了，开始匆匆收尾。

不负影后小夏的精心安排，听到这，许定终于明白了什么，而且他好像不小心明白得多了一点。

听她的声音以及手机铃声传出的位置,耳麦大概随手放在了桌上。这么近的距离她不应该听不到他的声音,当然,不排除她电脑静音的可能性。可是游戏里她站在家园菜地附近,身上并没有长时间不碰游戏会生成的冥想BUFF。她种的胡萝卜距离成熟还有3小时59分,根据胡萝卜四小时的成熟周期可以推断,她是在他上线时才种下的。

游戏空间提醒、投名状,以及他始终没有找到的论坛帖,她……在催婚?

"欸,明镜你来啦,刚刚没戴耳机,你来很久了吗?"和空气打完电话,池再夏稍稍调整一下状态,解释道。她心跳怦怦、脚趾抓地,在飚完演技之后才感觉到羞耻。

怎么办怎么办?有没有什么破绽?会不会很假!他那么聪明该不会看出来了吧!忐忑地等了几秒,对面清了下嗓,开口说话:"没很久,听见你在打电话,去拿了瓶水。"

咦,听起来,他好像没有发觉?池再夏稍微安心了点。

可不对呀,他去拿水,那她岂不是白演了?这也没好到哪儿去吧!池再夏捂额,闭上眼想先静静。

冷不丁地,对面提醒道:"夏夏,看游戏。"

【青山不许】使用同心铃召唤你前往风雪千山,坐标【20.188.10】,是否同意?

她想都没想,随手点了同意。到达指定坐标后,她才心神恍惚地问道:"今天的日常在这里吗?"

"不在。"

"那来这儿干什么?周常也做过了。"

对面安静了好一会儿:"风雪千山,是最开始我们遇见的地方。"

其实不该说遇见，当初扫楼时他看到她的ID、门派还有等级，从新手推荐的区服开始建小号尝试寻找，一连试到第十二个区荒城之南，他才找到能对应上信息的"雨一直夏"，然后连夜升级。20.188.10不只是升级任务的坐标，也是他处心积虑、控制不住想要接近她的坐标。

池再夏一怔，仔细看四周，重峦叠嶂，风雪漫天，她依稀记得……自己第一次被明镜非台群攻击倒也是在这样的场景。所以带她到这里来是什么意思？

"夏夏，情缘吗？"

## 【三十六】

语音频道忽然陷入一种不可名状的沉默。

他……他说什么？池再夏一瞬间以为自己出现了幻听，平复没多久的心跳开始不争气地加速。

"本来想再等等，但……我的耐心似乎没有自己想象中那么好，所以夏夏，你愿意和我绑情缘吗？"

系统提醒：【青山不许】向你赠送结契信物【连理镯】，请求与你结契，是否同意？

连理镯，他连这个都准备好了？！

不行，冷静，冷静，又不是没谈过恋爱，做什么这么激动！何况情缘最多算是网恋，网恋而已，大惊小怪什么？

池再夏一边提醒自己，一边关掉了麦，捂住胸口慢慢地吸气吐气。

对面静静等着，没有催她给出回应。好半晌，池再夏终于缓过来。她整理一下，矜持开麦，拿乔道："咳，情缘……也不是不可以，就是稍微有点突然，我还没有做好心理准备……"

青山不许解释："没关系，正式结契不急，我只是想要一个确定的答案。"

女孩子矜持一下而已，正式结契怎么就不急了！池再夏嘴巴张了张，脑子一蒙，不知从哪里纠正起。

青山不许又提醒："夏夏，请求快超时了。"

噢对，差点忘了。她赶在结契请求失效前点下同意。

与此同时，连理镯被自动收入背包，她的任务列表也多出一个结契任务的类目。

结契信物都是成双成对的，由一方购买或锻造，再赠送给另一方，品类繁多，从最普通的鸳鸯丝帕到品级不同的锁、坠子、铃铛、契戒……可以说是应有尽有。

连理镯是结契信物之首，等闲难见，需要九十九根珍稀材料连理枝配合一枚神级材料凤魄才能锻造。连理枝难得，但多花点金，费心收一收还是能收到的，凤魄就不一样了，它同时也是锻造神武的主材料，一般人根本不会拿它来熔炼信物。

毕竟信物只是个花架子，除了秀恩爱毫无用处，情缘换得勤的，结契都是1000金一条的丝帕敷衍了事。但凡能用上坠子铃铛的，都算对这段关系有几分重视。拿契戒结契的多半都有往线下发展的打算，解契之后为了契戒撕上论坛的事情也不少见。

池再夏看多了818，对这些也有了解。看到背包里流动着金色光芒的连理镯，她满心欢喜，按捺不住地问："你怎么拿连理镯结契，这个很难弄的。"

"这个最好看，也最适合你。"

那倒是，只可惜信物要等正式结契才能戴上，她现在还只能在背包预览。

"那你是什么时候做的？之前上你号都没发现。"

"有段时间了，我放在了账号仓库里。"

213

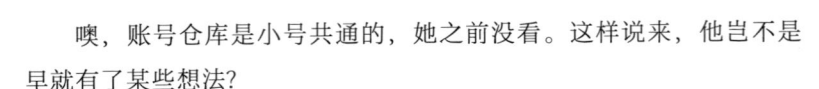

噢,账号仓库是小号共通的,她之前没看。这样说来,他岂不是早就有了某些想法?

刚想到这,对面的剑客单膝跪地,在地上摆出烟花并点燃。她怔了一下,反应很快地将当前场景调整成夜间模式。

茫茫雪夜之中,一簇烟火升空,骤然绽放,映衬着风雪千山的凛冽飘雪,在空中缓慢消散,紧接着又升起一簇不同的烟火。

"不知道你喜欢哪种,所以每种都买了一点,可能会有点乱,我慢慢放。"

池再夏目不暇接,看着五光十色的夜空,笑眼弯弯道:"我都喜欢!真好看!"

过了一会儿,她想起什么:"明镜,你停一下。"

剑客随即停止动作,紧接着小巫女上前环住他的腰,踮脚抱了上来。

这已经是正式结契前能使用的最亲密的动作了,池再夏暗示道:"听说正式结契之后可以解锁亲吻的动作,不知道是不是真的。"

对方嗯了一声,在池再夏看不到的地方,神色沉静,喉结滚动。

这一晚,池再夏失眠了。

她回想和明镜相识的点滴,再对应上现实生活中的许定,不知怎么,就是很开心,开心到根本睡不着觉。甚至有种一起床就跑到许定面前,告诉他自己就是雨一直夏的冲动。

实在是睡不着,她深夜三点刷起了朋友圈。好巧不巧,三分钟前梁今越发了一条配图行李箱、准备回国的新动态,池再夏这才发现快到圣诞节了。

不过再看到梁今越的消息,她好像没有什么特别的情绪,心里的天平在不知不觉间早已做出选择,不会被颠倒。

再往下滑,十分钟前,许定一连分享了好几条专业相关的论文。

所以他也睡不着,在翻看别人的论文?这么纯情的吗……该不会没谈过恋爱吧。别说，仔细一想还真有可能。

说不定他表面看起来一副正常的样子，实际却有什么异性交往障碍或者受过什么童年创伤，不然他这种脑子很好又很理智的人，应该不会隔着网线对人心动……这不就是言情小说里的剧情吗？这么好的机会，她不得给他狠狠救赎一番，成为他生命中的光？

也不知道最后几点，怀着成为光的信念，小夏奥特曼迷糊入睡。

次日上午有课，池再夏没睡几个小时就被闹钟叫醒。

今天的被窝格外暖和，她一动也不想动。翻身时侧边漏进一缕冷风，她掖紧被角，在脑海中算着省略化妆步骤好像能多睡二十分钟，如果再省去吃早餐的时间好像又能再赖十分钟，能赚半个小时，发财了。

隔没多久，她听到室友在阳台小声惊呼："下雪了欸！"

下雪了？不管，下冰雹也和她没关系。

在床上死死赖了半小时后，池再夏终于不情不愿地爬了起来。她已经省略了太多步骤，起床只来得及匆忙洗漱，擦点基础护肤。她出门时觉得今天好像特别冷，但也来不及再换衣服，只拿了条暖和的羊绒围巾。

走出寝室楼，世界银装素裹。池再夏愣住了，这才想起将醒未醒时听到的那声"下雪"，温馨提示可真准，说这两天会下雪，还真下了。她冷得打了个激灵，赶紧裹好围巾。

到教室时，她收到明镜发来的消息。

明镜：夏夏，早安。

明镜：今天下雪了。【雪花】

他们现在是情缘了，情缘之间互发早安晚安再正常不过，很多人还会换情侣头像、截情缘证件照什么的。

夏夏：早安鸭。

夏夏：今天确实好冷！【瑟瑟发抖】

夏夏：昨晚睡得好不好？

明镜：不太好，有点失眠。

夏夏：我也失眠了。

夏夏：【犯困猫猫头.jpg】

明镜：那中午记得午休。【摸摸头】

很奇怪，明明只是简单地聊了几句，池再夏却忍不住想要嘴角上扬。

当然，她是撑不到某些失眠还要看专业笔记的好学生所说的午休了，上课铃响过之后她就开始大睡特睡。所幸上午的两堂课在同一层，不用来回跑，老师也不怎么管，她睡得尽兴。

快下课时姜岁岁也听不下去了，肚子饿得咕咕叫，一心想着下课吃饭，在桌下偷偷看着校园通上的今日食堂菜单。

"今天六食堂有猪肚鸡欸，你要不要一起去喝点？"

池再夏摇头，下课间歇喝了杯冰淇淋酸奶，她已经腻到晚饭都不想吃了。

"你吃吧，我刚好去六食堂旁边的快递点拿个快递。"

"你又买什么了？"

"不知道，可能是代购的项链吧。"池再夏揉了揉睡到僵硬的后脖颈，不以为意。

她的记性本来就不怎么样，还三天两头地买东西，哪能分清到了什么，而且她也懒得费心去对订单，反正顺路就拿一下，不顺路就等到顺路再说。

下课铃响，池再夏和姜岁岁一路闲聊着往六食堂走。

姜岁岁原本只是例行问问昨天他俩在音乐厅的后续进展，哪承想池再夏突然来了一句："我们情缘了。"

"啊？"姜岁岁一下子蒙了。

池再夏："就是相当于游戏结婚你知道吧，虽然还没结，但已经确定关系了。"

姜岁岁："游戏结婚我知道……不是，你和许定？游戏结婚？"

这些东西解释起来很复杂，池再夏想了想，尽量简单地给她讲述了一遍过程，然而姜岁岁还是消化不了。

"等等，禅宗，明镜……明镜非台，青山不许，这个我没记错吧？君山，剑客，这不是五个人吗？"

"只有两个人，不对，都是一个人。"池再夏都快被她绕糊涂了，"反正都是他都是他！你怎么这都听不明白？！"

姜岁岁也不去纠结到底几个人了，仔细理了理："你的意思就是，你在游戏里认识的……一个人，其实就是许定？因为上次一起去小酒馆时许定点歌的ID就是你认识的那个人的ID，然后他们的声音还特别像。"

池再夏点头。

"你确定是同一个人？"姜岁岁十分怀疑，"怎么可能这么巧？你该不会闹了个大乌龙吧。"

池再夏白了她一眼："我懒得和你说，我是猪吗？这还不会确认！"

见前面就是六食堂，她打发道："行了行了，回寝室再说，我先去拿快递。"

这就是她之前没告诉姜岁岁的原因，游戏的事和不玩游戏的人解释起来，又费口舌又令人暴躁。

学校是根据快递公司分配快递点的，快递点承包方不同，经营模式也不太一样。池再夏还是第一次来六食堂这边的快递点。中午时分，她一进去就被挤得找不着北，似乎也不存在什么秩序，大家都被拦在长条桌外，要一遍遍重复自己的取货码工作人员才会帮拿。

"6581，6581！"

"封心锁爱！封心锁爱是你吗？手机尾号多少？"

"卷死林嘉怡……尾号4332？给给给！"

"麻烦帮我拿一下，我来了很久了！取货码22110，22110！"

……

池再夏有点怀疑人生。这么冷的天，她挤在人堆里，竟然被硬生生地挤出了满身大汗，这会儿进不得退不得，不禁在脑子里反复质问

217

自己这个快递是能救她的命吗？非要赶在大中午来拿！

但现在也没什么好的办法，来都来了。她已经被怼到了前排，只得随大流地喊了几遍自己的取货码。她以为一时半会儿还轮不到自己，可冷不防地，工作人员在货架那边取了个件就开始喊："许定，许定的小甜心！手机尾号多少！"

池再夏脑子嗡了一下。

这不是……她昨天才买的东西吗？她昨天才改的名，什么快递速度这么快？她刚刚还在心里嘲笑封心锁爱之类的名字好社死，下一秒竟然就轮到了她，真是离了大谱！

她绷住想要逃离现场的冲动，勉强朝工作人员招手："我的，我的！"

不远处，正跨出快递站的许定忽然听到嘈杂的人群中有人高喊他的名字，他脚步稍顿，不待多想，下一秒——

"许定的小甜心！"

他回头和众人一起看向想从工作人员手中夺过快递的女生。女生大口大口地喘着气，漂亮张扬的眉眼写满了焦急，踮着脚，双腿笔直，裙摆微漾。

那是，池……再夏？

## 【三十七】

虽然很多人的收件人名取得稀奇古怪，但和封心锁爱、卷死谁谁谁不同，和自称某些明星的妈妈、前妻、圈外女友也不同，池再夏这一自称带的是建院学生会会长的名字。

好巧不巧，六食堂附近的这一快递点离建院专用的克己楼很近，很多建院学生买东西都会选择投放至这一快递点。他们可能不知道也不关心校会副会长是谁，但自己院系的院会会长大多是有所耳闻的，何况这位会长专业能力过硬，很得院长看重。

池再夏哪知道这些，一心想着赶紧拿到快递溜之大吉。她早就习惯了别人打量的目光，这会儿很多人看她，她也没觉得有哪儿不对。直到她抱着快递逃离人群，正好撞上停在门口的许定。

两人的视线在半空相对，一时间四下无声，他身后的漫天风雪也倏然寂静。

池再夏脑袋空白了一会儿。当周遭声音回笼，大脑再次运转时，她眼前才迟缓地闪过很多具象的念头。

许定怎么会在这？他听到了？

怎么办，现在应该拔腿就跑吗？

腿拔不动是怎么回事！她踩到502胶水了？

或者直接承认自己是雨一直夏？

不不不，这可是快递站，乱糟糟的，她今天没有打扮化妆，甚至都没睡好，怎么可以在这种情况下被迫脱下小马甲！

假装不是自己的快递？那还能是谁的？而且她哪有这么乐于助人，又不是下场雪她就成了心地善良的白雪公主，说出来他连个标点符号都不会信吧？完！蛋！

和许定一起来取快递的陈稳也傻眼了。这、这不是以前一中的那个池再夏吗？

他下意识地撞了一下许定："池再夏，你认识她？你什么时候认识她的？她是不是在追你？可以啊许老师，有点东西。"

许定没应声，只是静静地看向朝他走来的池再夏。

池再夏麻了。在迈步之前，她已经给自己做了很久的心理建设，可真走到许定面前，她还是忍不住耳根发烫，这股热意持续蔓延，偏偏今天连气垫粉底都没拍一下，也不知道她的脸现在是不是红得像白雪公主吃下的毒苹果。

她僵硬地扯出一点笑，打了声招呼。

许定的目光落在她抱在身前的快递上:"需要帮忙吗?"

"不用!"池再夏条件反射地将快递藏到身后,"没有很重,我自己可以。"

说完她腾出一只手整理了下头发,心虚地解释道:"那个……你刚刚是不是听到了?你不要误会,我……那个收件人名,就是我们……我和姜岁岁她们一起玩真心话大冒险,是惩罚,对,是惩罚!"

绞尽脑汁编出这么个理由,也不知道他会不会信,池再夏从未觉得如此尴尬,忙补了句:"是不是给你造成什么困扰了?我等会儿就改掉。"

"没有,没关系。"

许定话音刚落,路过的人迟疑停步:"池再夏,许定,你们……"

那人是和他们同在摄影小组的男生,刚好也来拿快递。他脑子转得很快,打量一下两人,恍然大悟道:"我说呢,许定的小甜心,笑死,原来是池再夏啊,你俩在谈恋爱?"

"还没有!"池再夏下意识地反驳。

男生的视线转移到她身上,眼神似乎明晃晃在问:"还?"

救命,谁能来救救她!她难道真的是小猪吗?

"我的意思是没有,没有谈恋爱!误会,误会而已……我还有点事,你们聊,我先走了!"

池再夏实在没办法再待下去,撂下这句话就急急忙忙和许定错身,钻出了快递点。

外面下着很大的雪,她穿着毛呢短裙,可好像一点都感受不到寒冷,只升不降的温度蔓延至四肢百骸。

池再夏脑子里乱七八糟的,一会儿觉得好丢人……一会儿又试图说服自己有什么好丢人的,他们本来就是情缘,小甜心怎么了,难道她不是青山不许的小甜心吗?把青山不许从电脑里揪出来问问,看他敢不敢否认?!

许定望着她蹬蹬蹬跑远的背影,低头极浅地笑了一声,和摄影组的男生打了声招呼，又提醒陈稳："走了。"

陈稳还是一头雾水，追上前问："你们还真认识啊，刚刚那男的怎么也认识你俩？我记得是隔壁化工院的吧？欸你倒是说说你和池再夏到底是怎么回事，我都快好奇死了……"

"什么？"另一边，原本打算追问池再夏游戏情缘具体过程的姜岁岁在听了快递站事件后，突然爆发出抑制不住的笑声，"哈哈哈哈哈你是要笑死我吗池再夏，哈哈哈哈你怎么会这么好笑！"

池再夏用还没拆的快递打了一下姜岁岁："笑笑笑，笑死你算了！"

"不是，咳，对不起哈哈哈哈我忍一下。"姜岁岁努力憋了憋，看到池再夏扔在桌上的快递，又想笑。

池再夏气极，随手拿了把剪刀咔嚓咔嚓把外包装袋给剪了，还特意从快递单的收件人名上横着剪了过去，揉成一团塞进垃圾桶，眼不见心不烦。

"你到底买了啥？这不是代购的项链吧。"姜岁岁勉强收了笑，"背背佳，你买背背佳干什么？网上都说这东西没什么用，你买来自己穿啊？"

"你管我，回你们寝室吧！烦死了！"

池再夏是真觉得要烦死了，都不知道自己一天到晚在干什么，显得不太聪明的样子。本来是很困的，可这会儿她清醒得感觉还能再熬三个大夜！

正在这时，手机振动，她收到一条家里司机发来的消息，问她下午几点下课，最后一堂课在哪栋楼上，下雪天冷，他看看位置，到时候直接开到最近的地方接她。

噢，家里有长辈过寿，这周末得回家吃饭，她差点给忘了。

这样也好，回家两天上不了游戏，她也不用担心面对游戏里的青山不许会不好意思。

不过结契仪式还是得赶紧办了，办完她好直接把进度推到线下见面，省得一天天地在这闹笑话，她这辈子的脑细胞都要死在给自己挽尊找补上面了！

池再夏原本只是想回家两天完成吃饭的任务，顺便缓解一下社死带来的尴尬，倒是忘了梁今越回国这件事，以至于在家宴上遇见梁今越时，她都没来得及早早避开，和他保持距离。

他们俩是从小玩到大的，家里的长辈也知道他们关系好，很自然地就安排他们坐在一起。

梁今越变化不大，还是以前那副玩世不恭的大少爷做派，有点礼貌，但不多，在这种场合也我行我素地玩着手机。

坐到她身边，梁今越揉了一把她的脑袋，散漫地问道："池大小姐，好久不见，最近怎么样？"

长辈在场，池再夏忍住拍开他的手的冲动，皮笑肉不笑地回道："很好。"

梁今越笑起来，在侍应生给她倒红酒时提醒道："麻烦给她加点冰块，她不太能喝。"

池再夏想拒绝，旁边的陈医生却已经开始夸奖梁今越体贴懂事了。

池再夏心里的白眼都快翻上天了。这就叫体贴？要不要看看您女儿的准男朋友是怎么给您女儿剥虾的？听着双方家长虚假互夸，她只希望这顿所谓的家宴能快进成食堂打饭。

不过话说回来，池再夏忍不住问梁今越："你怎么会来？"

"谁知道，可能是想撮合我们吧。"梁今越懒洋洋的，也不刻意压低声音，"你明年出国，想好选哪所学校了吗？"

"明年的事你现在问什么，关你什么事？"

"我的意思是，你可以来我的学校。"梁今越喝了口饮料，随口道。

池再夏觉得好笑："我为什么要去你的学校？我的事你少管。"

梁今越看了她一眼，意味不明地点点头，没再继续这一话题。

饭吃得差不多的时候，池再夏主动提出自己要先回学校，梁今越妈妈一听，便理所当然地招呼梁今越："阿越，你开车送送小夏。"

陈医生也笑着表示："夏夏，带今越去你们学校转转，你们也顺便聊聊出国的事情，今越，麻烦你了。"

梁今越："不麻烦，阿姨。"

池再夏无语。陈医生可真能装，她可没少嫌弃梁今越的二世祖做派，以前她说自己对梁今越有好感，陈医生便直言她眼光不怎么样，还说这种男孩子谈谈恋爱无妨，结婚可不要想，少给自己找罪受。话是直接了点，但也没说错。

坐上梁今越那台发动机都在叫嚣我很贵的跑车，池再夏眼皮都没多抬一下，一路玩着手机，只希望它的速度对得起震耳欲聋的轰鸣声，能早早把她送回学校。

冬日夜里的街道十分寂静，两人没什么交流，梁今越打开车载蓝牙，一路外放，接了好几个电话。其中有两个是女生打来的，有一个还是池再夏认识的高中同学，都是知道他放假回国叫他出去玩，言语间不乏暧昧调情的意味。

池再夏自顾自地滑着手机，事不关己。

她从未否认自己喜欢过梁今越，在那段时间里，看到他和其他女生走得近她心里会不舒服，也会三天两头把自己气得够呛。甚至在最初得知他放假回国的消息时她也有过一瞬间的不确定，不确定再见到梁今越，自己是否会意难平。

可现在，她确定过去种种真的已经过去，听到这些边界感不够分明的对话她也心如止水，好像很难再回想起从前那种憋屈的感觉。

车停在寝室楼下时，梁今越解开安全带，起身绕到副驾帮她开门。

许定和室友刚好路过国际部寝室楼，目光被那台嚣张的跑车吸引。他停在不远处，清寒的身影隐在冬夜里路灯的暗面，凝成一道不被注意的静默阴影。

223

## 【三十八】

"谢了,我先上楼了。"

车内外温差很大,池再夏一出来就冷得打了个寒战,她敷衍地道了声谢,打算赶紧回寝。

梁今越叫住她:"等等。"

他打开后备厢,提出一个品牌购物袋,递给她。

池再夏垂眸一瞥:"干什么?"

"你之前不是发朋友圈说喜欢这只包吗?回来前刚好路过,顺手买了,就当是圣诞礼物。"梁今越个高,看人说话总是居高临下的样子。

池再夏嗤笑一声,忍不住阴阳怪气道:"我喜欢的东西还需要你送?搞搞清楚,我发朋友圈不是为了当互联网乞丐,只是单纯地表达我喜欢,分享生活,懂吗?"

梁今越笑起来:"我没有那个意思。"

池再夏也不想分辨他是什么意思:"还有事吗?"

"没了,圣诞再来接你。"

池再夏没应声,转身上楼。

圣诞是梁今越的生日,他们的关系不似从前,但至少还算朋友,都回了国,生日聚会她大概还是会去的。

"欸,池再夏。"

她停步回头。梁今越在不远处倚着车门,吊儿郎当地朝她晃了一下手机。手机振动,她打开看。

梁今越:空窗期?

梁今越:要不要给你介绍个男朋友?

池再夏忍住走过去踹他一脚的冲动,理都没理,径直上楼。

"那不梁今越吗?"陈稳原本在和舒孝宇讨论那辆炫酷的黑武士超跑,见到从车上下来的人,他一脸惊奇,"没想到还能在这儿见着他。"

"你认识？"舒孝宇问。

"一个高中的，说不上认识。"陈稳扬了扬下巴示意道，"那女的也是我们高中的，他俩青梅竹马。"

想到什么，陈稳看了一眼许定。

前两天许定只说他们一起上选修课，其他没多解释，但他总觉得池再夏的反应不大对劲。

舒孝宇对池再夏还挺好奇，于是多问了两句，陈稳泼冷水道："别想了，咱们和他们不是一类人，看看这跑车，哪怕坐上面的是个残废，请个司机踩一脚油门咱们都要费劲巴拉地跑上十几年。"

舒孝宇："不至于吧，你也太看不起你自己了。"

陈稳揽住他的肩拍了拍，故作语重心长："听你哥的，还是专心去追你新闻专业的学姐吧，啊。这种玩惯了的大小姐别想，不合适，也不值当。"

他这话说得意有所指，也不知道在提醒谁。

许定始终没出声，也没有动，像凛冽寒风中一棵安静的树。

池再夏回到寝室时，又收到一条梁今越的消息：怎么不说话？

池再夏翻了个白眼。

池再夏：你是不是有病？

池再夏：我好得很，马上就要有新男朋友了，不需要你介绍也不需要你操心，少在这里自作多情。你该不会以为我对你还有什么想法，困扰坏了吧？

梁今越：……

梁今越：新男朋友？

池再夏没再回他。没有对比就没有差距，以前她也没觉得梁今越有什么大问题，他个性本来就是这样，被捧惯了，非常自我，想一出是一出。可她知道换作许定，绝对不会有什么事情不在车上说完，大冷天的非要等她下了车再一次次叫住她。

人吧，果然还是要吃点好的。想到这，她给她的新晋情缘报备了一下刚刚回校，今晚没时间上游戏了，顺便打开康复训练的网课任其播放，准备洗澡。

她先前选修的康复训练一直都是上网课，甚至不是老师实时上课，而是把视频上传到校园网，学生自己随便找个时间静音播完就行的那种，水得那叫一个惊天动地。

不过康复训练是分理论和实践两种不同课时的，实践课集中安排在了其他课程结课到期末考中间近三周的复习时间里，还要过段时间才开始。

姜岁岁：什么情况？

姜岁岁：隔壁说看到有个超级大帅哥开跑车送你到寝室楼下，都跑来问我是不是你新男朋友！

姜岁岁：人呢？别装死！【抓狂】【抓狂】【抓狂】

从浴室出来，池再夏就收到了姜岁岁的消息轰炸。

池再夏：那是梁今越。

姜岁岁：？

姜岁岁：这就回国啦？旧情复燃？吃回头草？念念不忘必有回响？！

姜岁岁：这是什么校园玛丽苏文学照进现实！许会长对不起请允许我嗑一秒今夏cp！（手动捂心脏）

池再夏懒得看她发疯，打开企鹅，和明镜的聊天仍停留在她说今晚没时间上游戏，他回了一个"好"字。

他是小木头吗？都不会找找话题多聊两句！

池再夏郁闷，但今天确实又累又困，反正明天摄影课就能见面，她留言"晚安"，擦了擦身体乳，准备睡觉。

收到那句简短的"晚安"时，许定正伏在阳台的栏杆上，望着灯火通明的国际部宿舍楼，手里把玩着一个款式普通的打火机。咔嗒、咔嗒，冒出的微弱火苗在寒冷的冬夜里撑不过一秒。

之前剩下的半包烟在某次她闻到别人身上的味道皱眉后就被他扔了,只有多吹吹冷风,才能让他看起来一如既往的平静。可不管怎样忍耐,好像都否认不了梁今越出现的那一刻,他在奢望她分出一点精力注意到角落里的身影。

期待不合时宜,忽略也理所应当。不过没关系,快了,很快,她的眼里就只有他了。

周一,大雪初霁。

温度还很低,积雪厚厚一层压在绿化带上,阔叶枝丫往下结出长条的冰凌。

上选修课的教室里没有空调,池再夏和姜岁岁到教室时,同组的同学已经帮忙占好座位,姜岁岁很会来事地给大家每人分了一张暖宝宝。许定比她们晚到五分钟,提了一袋热牛奶。

"谢了许会长,也不知道我这是沾了谁的光。"陈纪挤眉弄眼地说。

池再夏心虚地在桌下踢了一脚他的椅子。陈纪就是上周五快递站偶遇的那个同组男生,性格比较外向,池再夏早就预料到今天逃不过他的调侃。

许定仿佛没有听出陈纪的言外之意,给大家分完牛奶便自然地坐到池再夏身边,将最后一瓶放到她桌上。

池再夏道了声谢,想起之前快递站的事情,心里还有一点点尴尬,不过按他的个性,应该不会再提这件事……而且她已经和姜岁岁串好了供,嗯,不心虚不心虚。

许定的确不会再提,然而陈纪早就按捺不住八卦的冲动。课间许定去洗手间,陈纪转过头来和组里成员分享乐子,池再夏拉着姜岁岁作伪证也挡不住大家一阵接一阵的哄笑。而且姜岁岁这个不靠谱的就差把"逼良为娼"几个字刻在脸上了,没两分钟就叛变倒戈,跟着大家一起笑她。

正在这时,前门来了个女生往里张望。

没望见要找的人，她又正好对上姜岁岁不经意间扫来的视线，于是朝姜岁岁开口问："同学，打扰一下，请问许定是这里上选修课吗？建筑学1班的许定。"

"找许定啊。"

"许定？"

"许定不在，但许定的小甜心在啊。"

小组成员看向池再夏，又是一阵惊天动地的哄笑。好半天才有人正经答上一句，说他去了洗手间。

笑什么笑，她就是许定的小甜心！小甜心！

池再夏看了一眼前门有些疑惑的女生，不以为耻，还偷偷地挺了挺小胸脯。

下一秒，女生忽然朝她身后扬了扬手："许定！"

池再夏转头。

许定刚从后门回来，听到小组笑闹也没反驳，路过座位时看了池再夏一眼，又越过她去找前门的女生。两人在外面聊了几句，上课铃响才回教室。

池再夏既心虚又好奇："那个女生是你同学？"

"嗯，来问个项目上的事情，我和她还有她男朋友在同一个项目组。"

池再夏精准捕捉到"她男朋友"这一关键信息，噢了一声，放下心来。

下半身穿太少，她顺手取下厚重的羊绒围巾盖在腿上。盖了一会儿，她用手肘轻轻撞了一下许定："你冷吗？"

许定转头看她，不动声色地问："怎么了？"

"你要是冷，我可以分一半给你。"池再夏往下指了指自己腿上的围巾。

许定顺着她的视线垂眸，下一秒颔首道："是有点冷，谢谢。"

池再夏将围巾铺开，分了一半过去。

"是不是很暖和？"她问。

许定嗯了一声，学着她将手放到围巾下面取暖。

池再夏的清醒顶多能坚持一节课，教室里待久了，温度也升了上来。她手还放在围巾下面，脑袋一点一点的，没一会儿就侧趴在桌上睡了过去。

许定："池再夏？"

没有回应。明明是很不舒服的睡姿，她的脸蛋却睡得红扑扑的，漂亮又可爱。

许定移开视线，望向讲台上的幻灯片，神色沉静又专注，一副好学生认真听课的样子，羊绒围巾下的清瘦指节却在一点点越线，轻轻覆上一只温热的小手。

## 【三十九】

池再夏做梦了。她梦见在人头攒动、霓虹闪烁的街头，许定紧紧地牵住她的手。他俩大概是在谈恋爱的状态，氛围特别甜蜜，自带粉红泡泡滤镜，她怀里还抱着一大捧粉白玫瑰，和游戏家园里铺的玫瑰特别像。

然后她就醒了。醒得猝不及防，甚至都没过完面前马路。

醒来后不知道为什么，她心里空落落的，看到许定坐在一旁认真看书，才稍微感觉安心一点。她偷偷在围巾下摸了摸梦里被握住的那只手，好奇怪，似乎有一种特别真实的触感。

"你醒了。"许定偏头，停住翻页的动作。

池再夏回神，抬手整理一下头发，迟疑地问："我睡了很久吗？"

许定抿了抿唇，委婉道："还有十分钟就下课了。"

噢，那她又睡了大半节课。不过姜岁岁比她还能睡，这会儿还没转醒。见状，池再夏心里那一点点本就不多的不好意思也烟消云散。

讲台上，老师正在布置第二次外拍作业，说是下周上课，要按照惯例做小组陈述，到时候会再布置第三次外拍，这门课的成绩也会依据三次外拍作业的评分来综合评定。

台下同学们听了纷纷提出意见。有人提议把第三次外拍作业一起布置了，大家顺路做完，毕竟快学期末了，考试什么的得早早准备起来，各专业的安排又不尽相同，一起外拍的时间很不好凑。

池再夏对这些不怎么关心。教室里发言踊跃，她神游了一会儿，目光落在许定刚刚在看的书上。书封是一幅有点抽象、线条感很重的素描，乍一看以为是什么艺术类书籍。

《大师和玛格丽特》？池再夏看到"大师"两个字，下意识地想起了明镜非台。

这什么书，得道高僧与鸡尾酒？荒唐的念头一闪而过，她指着书问："这个，我能看一下吗？"

"嗯。"许定将书递给她。

池再夏接过，看到封底写着一句："谁告诉你，世上没有忠贞不渝、真正永久的爱情？"

她有点意外："这是爱情小说。"

他还看爱情小说？池再夏随手翻了翻。

这书和她理解的好像不太一样。看到密密麻麻的文字和典型的俄式人名，她感觉头好晕，干巴巴地夸了句"插画挺有艺术感的"，然后就赶紧将书合上，推还给他。

许定还在斟酌她的上一个问题："虽然有描述爱情的部分，但准确来说，这本书应该算是一部魔幻现实主义小说，结合作者自身经历和时代背景来看会比较好理解，布尔加科夫是俄罗斯……"

他还真想给她解释清楚这本书讲了什么。

好在许定并没有好为人师的习惯，只是简单介绍了几句，点到即止："我对这类文学作品也不太了解，图书馆借的，随便看看。"

池再夏松了口气。

下课铃适时响起，姜岁岁终于睡醒了。

"你可真能睡，昨晚做贼去啦？"池再夏没好气道。

姜岁岁打了个呵欠，又伸了个懒腰，餍足地表示："太好睡了，不知道为什么，这节课就是特别好睡。"

池再夏无语，细想又觉得她好像也没说错。

出了音乐楼，许定没和她们一起走，说是室友在图书馆让他下课过去一趟，帮忙拿点东西回寝。

姜岁岁看着他的背影问池再夏："你确定他不知道你就是雨一直夏？"

在熬死很多脑细胞后，姜岁岁已经厘清了池再夏和许定之间的游戏关系，也基本认同许定就是游戏里那谁谁谁的说法。但她感觉很奇怪。池再夏都能察觉到游戏里他的声音和现实里的有些相似，许定察觉不到？而且，许定这种人会在不知道对方长什么样子、在什么城市，现实生活基本抓瞎的情况下搞网恋？

虽然大千世界无奇不有，池再夏也说她不懂游戏滤镜有多强大，但这不妨碍她觉得不对劲。

池再夏原本没有多想，坚定地认为自己当时对蛛丝马迹的追寻完全是闪烁着智慧光芒的神来之笔，可耐不住姜岁岁三番五次地质疑。她虽然嘴还硬着，心底却不知不觉埋下了一颗怀疑的种子。

几天没上游戏，再次登上《风月》时，池再夏看到任务栏里的"结契任务"已经是完成状态。

结契任务是举行结契仪式的前置条件，非常简单，只需要双方连续三天到姻缘树下上一炷香即可，其实也是给玩家们一个体面的反悔时间，有点像"结婚冷静期"。

没上游戏的这几天，是许定帮她双开做的任务。

【私聊】安窈窈：夏夏你上啦，快来语音！速！

231

【私聊】雨一直夏：1111

《风月》的大版本更新来到尾声，周六已经上线了最新的40人梦魇级幻境——十殿阎罗。全服的PVE玩家几乎都在开荒新梦魇本，有实力的团队更是争分夺秒地在抢首杀。

"十殿阎罗"顾名思义，有十个BOSS，不过这一副本其实只有五个关卡，每一关卡都是BOSS两两守关。

故剑情深周六当天就拿下了前两关的全服首杀。

第一关和其他副本一样，难度不大，比的是速度，上线不到一小时，各区服就有团队陆续通关。

第二关难度陡增，当晚各大PVE主播的直播间都是哀鸿一片，重复团灭。

故剑原本是春风不度主麦，一川烟草副麦，因为第二关下阶段时需要分头行动，必须得有两个指挥。可两人嗓子都喊得冒烟了，仍是卡在阶段转换那里过不去，孽镜台一次次爆开，大家一次次原地升天。团队里一共有40个人，很难保证所有人都有继续死亡的决心，晚上十点多的时候，陆续有人找借口离开。

春风不度也是第一次干开荒指挥这活儿，和平时当团长的体验实在差太多，心态有点崩，见人心有涣散的迹象，最后还是去找了许定。

许定早就说过期末忙、没时间，不带这次的梦魇开荒。然而春风不度找来，动之以情，晓之以理，并且拿出了一件压箱底的天巫金装给他做新婚贺礼，他还是很有人性地接了主麦，并且邀请同样卡在老二过不去的秋行来接副麦。

秋行的指挥水平很高，奈何踏星这个帮会总体水平有限，开荒期他不可能凭一己之力带动一群演员。

得知换了他俩上麦指挥，池再夏当晚睡在被窝里看了一晚上的开荒直播。

故剑的直播是团里奶妈开的，人气很高。池再夏偷偷开了个小马甲在直播间刷礼物。

无尽夏：团长哥哥声音好好听哦！【星星眼】

无尽夏：严肃起来也很苏耶！【害羞】【害羞】【害羞】

无尽夏：刷十个嘉年华主播小姐姐可以给我团长哥哥的联系方式吗？

仗着披了马甲，池再夏肆无忌惮地耍了好一会儿流氓。后面有人来问直播间里那个"无尽夏"是不是她，她也死不承认，什么直播？没有的事。

深夜两点，故剑推倒老二，保持住了新本通关的领先优势。

后面两关难度都不如第二关，许定没再指挥，换了秋行主麦，也在周日当天顺利通关。只不过最后一关的终极BOSS有点让人头大，全服现在有三四个团来到这一进度，但通通都被卡在了第一阶段，连后面有些什么技能都不知道。

梦魇本的终极BOSS不是那么好过的，卡上一两周都很正常，再加上团队成员的变动也很大，所以大家打算先拿以前的梦魇本磨合一下。

池再夏进语音时，春风不度等人正在极力挖秋行的墙脚，劝说他直接带上池再夏转来故剑，他们帮PVE实力他也见识到了，好指挥就要配好团队，不要被踏星那种PVE水平参差不齐的帮会拖累云云，见池再夏来了，更是师徒一起劝。

只不过踏星对秋行有特殊意义，打本可以，转帮一事他不会松口。

语音里热聊一阵，许定姗姗来迟。春风不度见他用明镜非台加入团队，疑问道："你今天玩禅宗？主T？"

主T即主坦克，是一个团队中最核心的位置，承担着引导BOSS、承受伤害的重要责任，一般都是拿指挥位的人玩。

"我副T，秋行主T，今天不是他指挥吗？"

他副T？他不是最不爱玩副T位吗？尤其是他们今天要下的这个本，副T完全就是个划水位置。

233

春风不度不禁怀疑他上禅宗划水是为了给今天第一次下梦魇本的某巫女保驾护航，毕竟只有待在副T位置上，才方便把天赋里的【赦世】技能点满。他查看了一下明镜非台的天赋。果不其然，【赦世】技能已经拉满到90秒一次CD，可以说已经到了为能最大限度地救人不要命了的状态。

池再夏浑然不知，还觉得自己蛮有打本的天赋，第一次下梦魇本就如此顺利，只死了区区五次。要知道，在梦魇本里团灭那是家常便饭，他们打了两个半小时，奶妈失误一次，团灭；DPS技能躲闪失误一次，团灭。死亡统计上她都排到第十位了，是非常正常的水平。

而且今天运气简直好到爆炸，最后一个BOSS掉落了锻造神武的主材料之一——凤魄！团队里有实力锻造神武但没运气见到材料的富婆们杀疯了，拍卖根本没有办法在竞拍系统进行，因为没几个人会随身携带那么多金币，都是直接在团队频道竞价。

竞价持续了二十分钟，最终花落满城风絮之手，大家纷纷恭喜老板，然后结算工资，算下来，每个人都能分到将近一千块。

满城风絮是第一次遇到这种情况，有点弄不明白，红包发错好几次，金额又有限制，分了好半天，还有几个人没有分到，她索性添加好友，单独转账了。

池再夏就是没被分到的几人之一。满城风絮加了好些人，然后在语音一一确认。

"无尽夏，夏夏这个是你吗？"

池再夏脑子一蒙。完蛋！平时除了扫码付款，她基本不会打开支付软件，都忘了自己的支付昵称也叫无尽夏了。她还想辩解，语音里已经有人笑出了声——

"哈哈哈哈哈哈无尽夏，这不是周末阿狸直播间里那个嚷着团长哥哥好苏的富婆吗？"

"哈哈哈哈哈哈夏夏你之前还不承认，我真的会笑死！"

池再夏哽住。然而社死到此并未结束,满城风絮下一句才叫一个晴天霹雳:"夏夏,你的真名好好听哦,好像言情小说女主欸!"

……什么意思?真名?池再夏恰好和许定加上好友,满城风絮这么一说,她才发现好友信息那里有一栏叫"真实姓名",许定这一栏显示的是"对方已隐藏"。

她隐隐有种不好的预感——

她该不会,没有设置隐藏真名吧?

## 【四十】

语音里明明还很热闹,池再夏却彻底宕机了。看着眼前的设置选项,她不得不接受一个离谱的事实,那就是她确实没有隐藏真名!而许定也不可能没有看到。

且不说他有没有第一时间发现,只说两人这边刚加上好友,满城风絮就立马在语音里夸她真名好听,但凡是个人,是个对自己的情缘有那么一丝好奇心的正常人,应该都会动一下那双尊贵的眼珠子,往实名认证那儿多看一眼吧?

所以,她捂得严严实实的小马甲……就这么掉了?!就这么猝不及防地掉了?!

池再夏脑中轰鸣,眼前像有万花筒在不停变幻。一时之间,她竟不知该做何反应。更让她不知该做何反应的是,没一会儿许定就给她原封不动地转了账,备注:上交工资,注意隐私。

她直接拔掉网线并将手机关机了。她得冷静一下,信息量有点爆炸。

显而易见,她真的掉马了。而许定的平静反应验证了一个不幸的事实,姜岁岁的质疑没有错,他早就知道了。

可是他怎么会知道啊!他什么时候知道的?!他!怎!么!可!

能！知！道！

池再夏抓狂。

许定听着电话那头传来的"对不起，您所拨打的用户已关机"，也略显无奈地叹了口气。

当初多番给出线索，他以为她察觉后会第一时间找他当面确认，却没想到她偷偷藏起了小马甲。

她的想法他大概能猜到一点，也一直在尽量配合。但眼下的情况，他酝酿了一会儿，发现自己既没办法装瞎，也没办法演出刚刚发现真相的惊讶情绪……

不过也是时候摊牌了，她总会知道事实，他也总要面对明明已经感知到她的心动，却仍掩藏在内心深处……一点不确定。

"你干什么呢？来上个公共课还戴墨镜，鬼鬼祟祟的。"

次日阶梯教室，姜岁岁疑惑地打量着四处张望的池再夏，忍不住吐槽。

池再夏罕见地没有回怼，确认教室里没有可疑许姓人士后才小心翼翼地摘下墨镜。

经历昨晚颠覆认知的真相洗礼，她整晚都处在一种烦闷混乱的状态之中。手机根本不敢打开，门禁前的半小时更是惴惴不安，生怕自己还没理清思绪，许定就直接堵上门来。

熄灯睡觉，她也是躺在床上辗转反侧，好想玩手机，但又害怕一开机就收到好多消息。

对她这种没了手机就像没了半条命的人来说，一口气憋到今天上课才悄悄开机，已经相当于悬梁自尽挂好脖子，只差踢翻小板凳就可以光荣就义的程度了。

开机动画缓慢变换，她输入密码，网络自动搜索、连接，手机开始一振一振。

软件推送，企鹅消息，微信消息……池再夏做了会儿心理准备，忐忑地点开微信——

消息显示99+的未读,其中有一条来自许定。

许定:【语音电话】对方已取消。

他打过语音!幸好她关机了,说不定他还打了电话!

池再夏再点开企鹅,置顶的"特别关心"里也有一条留言。

明镜:好好休息,晚安。【月亮】

……没啦?池再夏也说不好是什么心情,觉得他应该会多说一点,又觉得只有一句"晚安"很符合他的个性,总之是很奇怪很复杂的感觉。

一整天她都严阵以待,可始终都没有等到许定的新动作。他没发消息,没打电话,也没有在教学楼和寝室楼下堵她。

这又是什么意思?啊啊啊啊!和脑子好的人相处就是很烦!搞得她一个谈过恋爱的人现在像白痴一样!

池再夏心不在焉,直到睡前发现摄影讨论组里有@她的未读消息才明白过来。

陈纪:既然大家都没意见,那就这样定了。

陈纪:第二次外拍作业分工如下:摄影@池再夏@许定;图像处理@宋宋@周明月;文案@路思佳@蒋时;PPT@姜岁岁@曾情;统筹&上台pre@王子安@陈纪

前面有很长很长的讨论,可以看出大家原本是想一起出去外拍的,但接近学期末,时间真的很不好凑,无论什么时间点,总有人脱不开身,所以最后参考选用了其他小组的分工合作法。

将摄影分给她和许定也是有原因的,一来他们两个是相机持有者,二来上次外拍,许定的那组图获得了老师的高度赞扬,让他来拍能有比较稳定的原片保障。

池再夏原本还纳闷什么叫"大家都没意见",她难道不是"大家"之一?上下翻了翻才发现,姜岁岁见到她和许定被分到一起,早就替她应承下来。别问，问就是闲得抠脚，每天都很有空。

原来在这等着她呢。果不其然，没过多久她就收到了许定发来的新消息。

许定：明天有时间吗？

池再夏整个人差点从椅子里弹起来。

这是在约她吗？

这是在约她吧？！

她点了一下输入框，正准备打字，忽然停下动作。

不行，得晾他一会儿，不能显出一副她真的闲得抠脚，时时刻刻在等他来信的样子。

度秒如年地晾了对方三分钟，池再夏发出回复。

池再夏：明天没空。

许定回得很快。

许定：那周五呢？

周五是大后天。

池再夏：周五晚上有空。

许定：好。

许定：那周五我们一起吃个晚饭可以吗？

池再夏：嗯。

她忍住带语气词、波浪号、颜表情的冲动，十分高冷地回了这么一个字。然后立马开始找她常去的美容管理机构预约，从头发到脚趾一共约了近十个项目。她明天怎么可以有空，这些项目她马不停蹄地抽空做也得做个两三天！

周五当天，池再夏下午一点就翘课去做美甲了，这次做了个节日款式，银白色调，以雪花和圣诞树为主元素，温柔又闪亮。

做完美甲出来，她看了一眼许定发来的餐厅定位。

他定的是一家主打牛排的美式风格西餐厅，她去过一次，印象中氛围是偏安静正经的那种，却不至于像一些高级法餐那么拘谨。

定这种地方，他这是要直接告白吗？想到这，她的小心脏开始怦怦乱跳。

池再夏进入电梯一路往上，走过商场顶层的露天平台，到达餐厅。

餐厅光线柔和偏暗，人不多。池再夏被侍应生引到座位前时许定正在看菜单，耐心地听人介绍。

"您先前有在我们餐厅点过这道餐吗？这道通心粉是有加蓝纹芝士的，蓝纹芝士……"

听到熟悉的脚步声，他抬眼看向池再夏。

池再夏的目光和他相接一瞬，很快移开。她脱下外套递给一旁的侍应生，落座后又若无其事地整理了一下头发。

"路上冷吗？"

"还好，不冷。"

点餐很快，池再夏只要了一杯气泡酒，其他随便，许定看着点了一些。

开胃酒先上，两人边喝酒边不痛不痒地聊了几句。

池再夏向来没有什么食欲，但今天一天都没怎么吃东西，餐前面包烤得很香，外面焦焦脆脆的，面包体却很柔软，她吃了几块，已经半饱。再上来的几道开胃菜她都没怎么吃，沙拉和浓汤倒是稍微动了一下。

主菜是两份热盘牛排，一份8盎司的小菲力和一份10盎司的肋眼。肋眼她完全吃不了，尤其是这种浓烈的美式风格，是看一眼就会被腻住的程度。小菲力她也让侍应帮忙分餐，只要了一半，吃了两口她便放下刀叉，开始战术喝酒。

许定见状也放下刀叉："这家餐厅你不喜欢吗？"

他双手交握在一起，垂了垂眼，抿唇道："抱歉，比较重要的事情，我以为定一家正式一点的餐厅来说会比较好，是我的问题。"

池再夏一怔,比较重要的事情?她想到什么。

不行,温度好高!她别过眼喝了口酒,又麻烦侍应生将他们座位区域的空调调低一点。

"没有不喜欢,我只是本来就吃得少。"她清嗓解释道,银质汤勺在龙虾浓汤里瞎搅和着,心脏扑通扑通跳得很快。

很奇怪,明明想要敌不动、我不动,可静默不过几息她就有点按捺不住:"那个,你说比较重要的事情,是……是告白吗?"

许定似乎没想到她这么直接,咳了一声,迟缓几秒又抬眼看她,正经地点头道:"是。"

承认了?

他承认了?!

他也喝了口酒,好像开始酝酿什么,来回转动酒杯。

忽然,他开口道:"夏夏,虽然游戏里……我们还没正式结契,但你接受结契请求的时候我真的很开心,在我心里,你已经是我的情缘了。所以,现实生活中……你也可以成为我的女朋友吗?我喜欢你……很久了。"

他的目光清澈坚定,说出来的话郑重其事又很谨慎。

不一会儿,侍应捧来一大束粉白玫瑰,还有一只宝蓝色天鹅绒面的首饰盒用托盘装着。

虽然早有预感,但真的听到他的告白,池再夏还是有点蒙。她反应不过来这话更深的意思,只机械地接过那一大捧玫瑰,然后又看向打开的首饰盒。

首饰盒中是一只镯子,款式很眼熟,和游戏里的连理镯长得很像。

西餐、玫瑰、手镯……救命!这个年代怎么有人告白还又土又正经的!吓得她还以为这是要直接跳过恋爱阶段来一个求婚操作!

虽然但是,她好想答应是怎么回事?呜呜呜是不是显得太迫不及待了!

她强装镇定地端起酒杯,一连喝了好几口酒,好一会儿才缓过来,也没正面回应。

四周静默无声,好像过了很久很久。许定的掌心已经濡湿,他紧抿着唇,在等待一场宣判。

当他看到对面的宣判者别过眼矜持地往前伸手时,心下有一种很不真实的落定感,他停了两秒,迟钝地从首饰盒里取出手镯,仔细地帮她戴好。

镯子是铂金材质的,磨砂细枝交缠,精致且有质感。池再夏一边打量,一边在心底敲小鼓。

救命救命,接下来该说点什么?她从来没这么正式地被告白,电视剧里倒是常演,可演到这都切镜头了呀!

恰好这时,她放在桌上的手机响了起来。

这种时候她哪有心思接电话,但她觉得空调好像没调低,还是好热,正好她可以出去透口气,缓缓脸上发烫的温度,而且可以酝酿一下接下来的台词!

想到这,她匆匆道:"等等,我出去接个电话。"

没看错的话,刚刚的来电显示是梁今越。许定眸色倏然一暗。

餐厅在顶楼,外面是商场的露天平台,一阵冷风吹过,池再夏终于好受了一点。

"喂,什么事?快说。"

"今天周五,有空出来吗?老熟人都在,Monica,市中心这家,你来的话我叫人接你。"

梁今越说得很大声,大约是因为周遭声音嘈杂,怕她听不见。

"Monica?"

"嗯,酒吧!"

池再夏还没来得及拒绝,忽然感觉身后有人轻轻拉住她另一只手。

"夏夏,别去找他。"

241

# Chapter 02
## 清酒吻玫瑰

## 【四十一】

入夜天色黯淡,一面是餐厅干净的玻璃窗,透出柔和的光晕,一面是光线明亮的购物商场,另外两面则是被合围起来的天台边缘,远远眺望,中心商圈的闪烁霓虹和不夜喧嚣尽收眼底。

"喂?你那边谁在说话,到底来不来?"梁今越听到对面有道男声在喊"夏夏",具体说了什么倒没听清。

池再夏哪还有空理他,回头看向许定,握住手机的手边往下滑。

许定站在光影暗处,轻轻拉住她的手,明明安静内敛一如往常,池再夏却从他身上莫名感受到一种不确定的紧张,还有一种压抑又克制的欲望。这种欲望仍被约束在礼貌教养之下,仅仅外泄出一点,就让她倍感意外。

她往下看了一眼被牵住的手。他似乎想收回手,却还是抿着唇保持那种极轻微的触感,不肯真的松开。

这是……吃醋了吗?

池再夏回过神,正经地解释道:"我一个朋友放假回国约老同学聚聚,不过我没有要去,我本来就不喜欢去酒吧。"

许定没说话,指尖微动,似乎松了口气。

池再夏这才想起手里的电话,拿起来一看,梁今越那边早挂断了。也是,耐心不会超过三十秒的人哪会一直等她说话,又不是眼前对她超级无敌有耐心的亲亲男朋友!

她心底蔓延开小小的窃喜，主动回握住许定，还若无其事地说："外面好冷哦，我们快进去吧。"

　　"好。"他的声音似乎被风吹得有些哑，但得到回应，那只原本不敢太过越界的手终于敢落到实处地紧紧牵住她。

　　吃过饭后，许定安排的约会项目是看电影。

　　毕竟是能安排出鲜花配西餐同时送手镯的人，其他安排也是这么不出意料的老土又正经。许定还解释说他之前看她晒过这部电影的票根，这是第二部。池再夏倒也没有什么异议。

　　离开餐厅时，池再夏抱住那一大捧粉白玫瑰。许定帮她拎包，不经意间凝视了一下她捧花的手。池再夏好像懂了什么，两人并排走着，她忽然松开一只手整理头发，整理完自然地下垂至身侧。少顷，另一只宽大的手试探性地伸过来，见她没躲，终于得寸进尺地慢慢覆上她的手背，继而悄悄握住她的掌心。池再夏别过脸咬唇忍笑，许定也克制地牵起唇角。

　　电影正在热映期，IMAX影厅座无虚席，好在许定票买得早，选到了很好的位置。

　　不一会儿，灯熄下来，开始播放其他电影的预热广告。池再夏小声说："这个电影看起来还不错，贺岁档……这个也不错，我之前也看过一部这种犯罪题材的……"许定凑近低头认真听着，并一一记下。

　　不多时，电影正式开始。某种程度来说，池再夏是非常好哄的那类观众，看剧看电影都不会去深究逻辑BUG，只要过得去，她都能给出制片方希望得到的反馈。更别提这种口碑本来就还不错的电影，安排的笑点她能笑出声，煽情的地方她眼泪掉得比一些滴眼药水的明星还快，绝对值回票价。

　　等影厅的灯光再度亮起，池再夏的眼眶已经通红。她拿起手机照了照，指腹小心翼翼地碰触着眼角。咦，她的仙子睫毛好像掉了一根！她左右照了照，还好，没有粘在脸上。

"我的妆看起来还好吗?"她放下手机,向许定确认道。

许定耐心打量了一会儿:"嗯,很好看。"她从来都很好看。

那就好,池再夏终于放心。

看完电影时间已经不早,两人打车回校。一路上,两人的话并不多,可能是刚刚确认关系,前面还有陌生的司机,不好意思多说什么,他们聊了几句刚看的电影,又别过头望向车窗外闪烁的霓虹,偷偷在座位上牵着手。

到寝室楼下,两人告别,交握的双手还没松开。

池再夏明知故问:"你怎么还牵着我?"

许定垂眼看她,静静地,不松手,也不说话。

用沉默大法拖延了小半分钟,他怕池再夏冷,还是忍住长久逗留的冲动一点点、缓慢地松开交握的双手,然后做了个他已经肖想过很多次的动作——轻轻揉了一下她的脑袋。他一直在注意池再夏的反应,发现她并不抗拒自己做这种肢体接触,内心又默默将距离往前推了一点。

"那我上去啦。"

"嗯,快上去吧,外面冷。"

池再夏往后退开两步,转身,只不过走走停停,回头看了好几次。许定一直沉静地站在那里,目送她上楼。

室友周末都不在。池再夏回寝,趁着还没卸妆,抱住玫瑰自拍了好多张。最后精挑细选出一张抱花但不露脸,只露出手指美甲和腕间手镯的图发朋友圈。

花很漂亮,电影好看,我的男朋友也很帅~【wink.jpg】

发完朋友圈池再夏还觉得有点失策,刚刚在电影院忘记拍牵手

247

照了。

　　半熟不熟的人都是在夸漂亮或者恭喜，熟的人都在敲问号，尤其是陆明珠和姜岁岁。

　　姜岁岁今晚没在寝室，和社团的人一起去走百里毅行了，要外宿两天。刷到池再夏这条消息，她一整个激动住，她嗑的CP这就成啦？谁看了不夸一句她是CP界的点金圣手，随手这么一拉就点石成金，速度简直比挖金矿抢金店还快！

　　陆明珠倒不惊讶她又谈恋爱，却注意到了她手上的那个镯子。作为《风月》骨灰级玩家，她一眼就认了出来，这不是连理镯吗？

　　讨论组开始消息轰炸，一两句也解释不清，池再夏索性开了个视频，期间许定发来消息。

　　许定：夏夏，我到寝室了。

　　池再夏：【猫猫点头.gif】

　　池再夏：我现在在和朋友视频~

　　许定：好的。

　　注意到朋友圈那一栏有她的头像，他点进去看，目光停留在她新发的动态上，久久没有移开。

　　她是一个喜欢分享生活的女孩子，开心会表达喜悦，不开心也会直率抱怨。

　　那个叫陈卓的前男友，她一共发过两次相关的朋友圈，第一次大概是军训结束没多久，她发了一条和男朋友一起看电影的内容，但主要是在吐槽那部爱情片很烂，说她都忍不下去的片子还能上映，这个行业多少有点太过宽容；第二次是在他打听到的分手时间，她发了很长一串白眼，并配上一张脱口秀里关于普信男的吐槽截图。

　　关于那个叫周司扬的前男友，她一共发了三次朋友圈，一次是发他的比赛远景，配文"加油鸭"；一次是去童话里游乐场，虽然不是单独去的，但她发的九宫格里有一张两人的单独合照；第三次则是发了两人一起玩手游的截图，不耐烦地吐槽已卸载，谁再叫她玩这个破游戏就拉黑。

这些朋友圈她都已经删掉了，但高中时和梁今越有关的她还没删。

不过没关系，很多事情不是一朝一夕可以改变，也不是刻意清除掉过往痕迹才叫时移世易。至少现在，他已经走到她的镁光灯下。

他存下池再夏发的朋友圈图，自己也发了一条。

喜欢了很久的女孩子，我们在一起了。

## 【四十二】

许定这条朋友圈发出去，立刻收到了大量点赞和评论。甚至还有老师留言调侃，说他这朋友圈发得比自己带的研究生官宣订婚还要正式，乍一看以为他这是要结婚了呢。

"许老师，恭喜啊，欸，你女朋友是我们学校的吗？"同在学生会的李为最后回寝，进门见到许定就好奇地问。

许定严谨道："算是。"

舒孝宇垂死病中惊坐起："老李你说什么？女朋友，许老师有女朋友？！"

李为意外："不都在寝室吗？你不知道？"

舒孝宇反应过来，立马打开微信，紧接着一字一句念道："'喜欢了很久的女孩子，我们在一起了'，喜欢了很久……我去，原来你还真有白月光啊许老师！"

陈稳在打LOL，耳机开了降噪，但效果再好也抵不过舒孝宇的阵阵鬼叫，他眼皮一跳，兵线走到塔下都没清，捞起手机看了一眼。瞳孔地震片刻，他迟疑地问，"许老师，你这个白月光……该不会是池再夏吧？"

"是。"许定应得直接。

竟然真是!陈稳不可置信。他实在没法儿想象许定有白月光,而且这个白月光还真是和他八竿子打不到一块的池再夏!先前聊起池再夏的八卦时他还装得和没事人似的,这就在一起了?他上辈子是修过闭口禅吗?这都能一句不说半句不问,搁这儿整魔幻现实主义呢?!

"池再夏她,她前几天不是刚和——"

陈稳有心想再提醒一下前几天国际部楼下撞见的那一幕,许定却一脸平静地说:"她现在是我的女朋友。"

这就是不让说的意思了?陈稳仍未从震惊中缓过神来,却识趣地闭上了嘴。

虽然大家是室友,他和许定还来自同一所高中,但平心而论,他并不觉得许定有把在座哪位当成真正的朋友。不是说他待人接物不真诚,而是他似乎根本就没有一种建立亲密关系的欲望。当然从今晚的态度来看,池再夏是个例外。

与此同时,池再夏那边也就这段恋爱关系的官宣展开了十分激烈的讨论。

陆明珠一听她是真的在玩《风月》,噼里啪啦就是一通爱的问候,顺便还问候了一下游戏官方,凭什么某些人玩了两三个月直接就能网游言情照进现实,她玩了两三年就玩了个现实?

姜岁岁对游戏部分完全不感兴趣,沉醉在自己的CP点石成金术中不可自拔,顺便开始盘点池再夏在作战期间欠下的巨额债务。

然而池再夏根本不管她们一而再再而三的打断,自顾自回忆着今晚的告白,一边嫌弃某人老土一边又笑得根本压不下嘴角……

三个没头脑就这么鸡同鸭讲地热聊了半小时,视频挂断,各自满足。

池再夏起身洗漱,等洗漱完躺到床上,她才找许定聊天。

她试探了一下,发现他的室友都在寝室,就没好意思提语音或者视频。许定似乎知道她在想什么，主动给她打来了语音电话。

"喂，你还不睡吗？"池再夏的声音很小，大概是因为躺进了被窝，所以不自觉地往下压了压音量。

许定："已经关灯了的，很快就睡。"

"那你怎么还给我打语音？"

许定："想听你的声音。"

明明人没在她面前，池再夏却莫名能脑补出许定看着她说起这话的样子，她脸颊一热，呼吸都凝了一下，闷在被子里小声问："你是小朋友吗？难不成还要听睡前故事？"

许定："没有，只是听不到你的声音，总感觉有一点不真实。"

"可是我要睡觉了，怎么办？"她故意说。

许定："没关系，你睡。"

他的意思是不挂电话……连麦睡觉？

玩了一段时间游戏，她也知道情缘之间连麦睡觉是很正常的事情，但她之前听人说起连麦，总觉得戴着耳机睡一整晚会很不舒服，而且都睡着了，除了浪费手机电量，她实在不明白这种操作还有什么其他意义。

不过现在……她有点明白了。黑暗里传来的呼吸温柔而暧昧……好像有一种对方就陪在自己身边的错觉。她有点分不清楚是呼吸声更清楚，还是她的心跳声更清楚。

"许定，你睡了吗？"

"还没。"

……

"你现在睡了吗？"

"还没有。"

……

"许定？"

251

"嗯？"

……

她乐此不疲地隔一会儿就小声问一句，许定也用一种近乎气声的极轻语调给予回应。不知什么时候，她没再问了，呼吸在另外一边也变得绵长而规律。

"夏夏……晚安。"

次日是周六，平安夜。

池再夏一觉睡到下午两点才醒，醒来望着天花板发了会儿呆。

昨天许定是不是和她告白来着……然后她答应了。他们牵了手，去看了电影。他们谈恋爱了。

她正用一种很慢的速度回忆昨天发生的事，忽然耳边传来一声："夏夏，醒了吗？"

池再夏后知后觉地想起昨晚的睡前连麦，语音竟然还没被挂断。

她原本有点迷糊，这一声可算给她喊清醒了。她从床上坐起来："醒了。"她的声音软绵绵的，刚刚睡醒，有气无力。

静坐了一会儿，手机适时传来低电量提醒，她捞起来看了一眼，微信还多出好些条未读消息。

梁今越：真找男朋友了？

梁今越：昨晚不回消息就是因为你那个新男朋友？

梁今越：【定位】

梁今越：今晚生日趴对在这，要不要带来见见？

梁今越：不带的话我再来接你，三个人，车坐不下。

他是皇帝吗？她谈个恋爱还要进宫面圣？可真把自己当回事，池再夏自言自语地吐槽了句。

"什么？"

"没什么，刚刚看到消息，有个朋友明天生日，今晚开生日趴。"她没提梁今越让她带男朋友去见见的事，揉了揉耳朵，撒娇般地抱怨道，"耳朵好疼哦。"

听到前半句，许定有点沉默，听到后半句，他又轻声道歉："对不起夏夏，以后不连了，好不好？"

池再夏不置可否，软绵绵地嘟囔了声先挂了，要起床洗漱。

许定那边垂着眼，也不知道在想什么。

等池再夏洗漱完再给许定打电话，许定那边的声音听起来却有些混乱，隐约有人在问"没事吧""严不严重"之类的。

这才过了一刻钟吧？她皱眉道："你怎么了？出什么事了吗？"

"没事。"许定抿了抿唇，脑海中闪过一个念头，"我在寺院做义工，搬东西的时候有间要拆除的杂物房掉了点东西下来，被砸了一下。没关系的，不严重，等会儿就回学校了。"

被砸了一下？不严重？

没等池再夏再问什么，许定又说："夏夏，我先挂了，等回学校再联系你。"

电话里紧接着传来一声轻嘶，随即是挂断的嘟嘟声。都痛到抽气了还不严重？

许定活动了一下右手手腕，虽然隐隐作痛，但的确不严重。

他垂下眼睫，鼻息间是寺院随处可闻的香火味道，"南无阿弥陀佛"的佛音在耳边长久回荡，不远处就是供奉着释迦牟尼的大雄宝殿。也不知道当着佛祖的面妄言是不是会遭报应。他静静想着，却并不在意。

池再夏傍晚在建院专教见到许定的时候本来有点担心，但看到他右手并没有明显的伤痕，悬着的心又放下一点。

这个时间教室里没有其他人，许定正在用左手操作笔记本的触摸鼠标，见她来，喊了一声："夏夏。"

池再夏上前坐到他身边，小心又不敢太过靠近地打量了一下他的右手："真的没事吗？你都用左手了。"

"没事的，只是有点痛，暂时没办法太用力，已经擦过药了。"

"你怎么还在寺院做义工？你要出家吗？"池再夏没好气道。

许定解释："大一选修过一门佛教与佛学，偶尔会去，但是这学期比较忙，寺院里早课的时间又太早，所以有段时间没去了，昨晚……有点失眠，刚好也有点事情想过去一趟——"

"你该不会没睡觉就去了吧？"

"睡了几个小时的。"

池再夏都不知道说点什么好。

"对了，你朋友的生日……"他似乎想起什么。

池再夏没当回事："不重要，已经推掉了。"

许定顿了顿，斟酌道："是因为我……才推掉的吗？抱歉，夏夏。"

"说了不重要，买个礼物寄过去就好了。"

他都受了伤，她得有多不上心才能撇下男朋友去给别人过生日，池再夏边说边扫了一眼他的电脑屏幕。

她虽然不懂建筑学，但屏幕上的东西怎么看怎么和建筑无关，CT肺部扫描、核磁颅脑部位扫描、颈椎侧位片……等一下，这熟悉的内容，熟悉的页面……

许定适时说道："这是我的体检报告，你要看吗？"

他往上翻到"请就诊""待复查""需关注"的根目录，显示出的问题很少，不像她还有左右眼视力欠佳等七八项小毛病。

"夏夏，我很健康。"

池再夏还没反应过来，顺着看了一眼他的检查项目，等看到什么生殖器官、精子密度、活力……她突然感觉有点不对。

"所以……我以后可以亲你吗？"

## 【四十三】

"什么？"池再夏的目光久久没从体检报告上的那几列可疑项目

上移开。

等大脑处理完许定这句话所包含的信息，她才延迟炸毛："你……你是不是从姜岁岁那听到了什么？！"

对上池再夏瞪大的眼睛，许定稍顿："我应该……听到什么？"

不是姜岁岁。

"那你好端端的为什么给我看体检报告？还、还说什么亲不亲的！"

许定解释："之前听到你接家人的电话，好像比较关注健康这一块，还有防艾讲座你也在做笔记，所以……"

是吗……池再夏回忆了一下，不太重要的事，她也记不清了。不过不是从姜岁岁那听到的就好，她稍稍松了口气。虽然她不觉得自己有多大问题，但被现男友知道前男友的吐槽还是有点奇怪。

"夏夏？"

"嗯？"

池再夏回过神，对上许定的视线。停顿几秒，她终于在他等待的眼神中想起自己还没回答他的问题。

他的问题是什么来着？她神情一顿，不自在地别过头，目光在教室里堆成小山的模型工具上胡乱转着，小羊皮靴里的脚趾也紧紧地往里扣住。

半响，她硬着头皮摆出一副理直气壮的样子，质问道："你这是干什么？哪、哪有人谈恋爱一上来问这么直白的，这才第二天！"

许定察觉到这问题对她而言有点直接，二话不说又开始道歉。

她生硬地转移话题："你怎么现在才拿到体检报告？我的早就出来了。"

许定默了默，顺着她的话头说："做了传染病之类的额外检查，会晚一点。"

"额外检查？"

她就说嘛，男女检查项目虽然不太一样，但他的……有些隐私到看起来实在不像学校体检会包含的内容……

说起来,他到底多久以前就开始打她的主意了?从昨晚到今天,池再夏还一直没问他说的"喜欢很久"具体是多久。

她自己琢磨了一下,结合游戏来看,她觉得很有可能是第一次加好友时他也看到了两人定位之间的距离,早就意识到了他们同校,有这样的前提,知道她是雨一直夏并不困难。那满打满算也有三个多月了。

三个多月,都够她和别人从认识到分手了,确实算不上短,但池再夏潜意识里感觉到了一些不对劲,只是一时半会儿说不上来。

她刚想直接问来,拨弄着鼠标的手不知道碰到哪里,电脑忽地弹出看不懂的CAD图,她茫然地松开鼠标:"我是不是按到了什么?"

"没关系,我来弄。"

这会儿接近饭点,许定来教室本来也没什么正经事,体检报告已经顺势上交,他拿了几本书,两人就一起离开了克己楼。

晚上不去梁今越的生日趴了,刚好秋行在问他们要不要推十殿阎罗的最后一关,于是两人约好各自回寝上游戏。

一周过去,全服新梦魇本还是没有出现首杀团队,反而因为争这个首杀,各区服的PVE团衍生出了无数是非。打着打着打到散团,开始互曝隐私丑闻的;撕前面几个BOSS掉落的装备,抬价上头OT跑路的;卧底007,跑别人团偷打法被揪出来的……副本之外远比副本之内更为精彩。

故剑磨了一周,进度已经来到下P,也就是最后阶段。前面的进度是以秋行为主,核心团队成员一起尝试了无数次才磨合出来,许定没进本,抽空看了一下直播视频,给他们想了些优化打法。但无论如何,进入下P的血池地狱阶段都会团灭。目前来看,它必须得有人进入血池地狱之底,站到神秘血阵上打断BOSS进入疯狂状态,其他成员才有速战速决的喘息之机。

这绝对不是这个副本被设计出来的常规打法,但现在是开荒期,副本难度数值拉满，目的就是让顶级PVE玩家以非常规方式通关，争抢首杀。等首杀出来，数值和难度会慢慢降低，回归到合格PVE团队都有通关希望的水平。

这件事原本和池再夏可以说是一毛钱关系都没有，她的水平和顶级PVE沾不上边。然而神秘血阵自带吸血DEBUFF，掉血速度惊人到手法最犀利的奶妈下去也没办法坚持超过10秒。然而秋行想起她从南海遗梦神谕里获得了一件吉光裘，吉光裘的面板上写着"入水不濡"，还解释了具备抵抗吸血DEBUFF的功效，想着或许能试上一试。

"夏夏，站上阵法中心，给自己套一层祝福。"

许定今天上的是副麦。秋行把控全场，他才好拿剑客打出断层输出，并和池再夏语音，指挥她进血池地狱。

池再夏现在才知道，虽然以往的首杀记录里填报的是青山不许，但因为输出位没法主麦，许定以前从来没有用青山不许这个号拿过首杀，这还是第一次。

青山不许的DPS是真实存在的吗？和第二七星门十段神武差19W？不是说这版本七星门站起来了吗？

站个鸡儿站。

主播小姐姐是有点东西的，二队天音瞅着一巴掌要G这都奶上来了。

有无许神第一视角看一看？

故剑怎么换指挥了，青山不许打DPS？

故剑的奶妈直播间里，弹幕区正在热闹刷屏。目前全服已经有近十个团来到了最后一关的下P阶段，许多PVE玩家都在关注到底谁能拿下新本首杀，也想从各个团队的直播里研究一下新本打法。

故剑今天的开场并不顺利，因为又换了几个人，再加上还有池再夏这种打本不灵活的队员，磨合了五六遍才再一次摸到下P。

然而进入下P后，不到血池地狱的部分也出现了一些问题，总在重蹈覆辙地全员GG。打了近两个小时，团灭十二次，池再夏死亡十七次，全程垫底，她终于意识到自己的PVE水平到底有多菜，她存在的意义似乎只验证到了吉光裘确实有用。

她的心态已经不太好了，沮丧地问许定能不能交号让别人来。但首杀意义不同，官方会核查IP，以及是否为常用登录设备，下本期间发生变动会被直接封禁，后续若核查出代打情况也会取消首杀资格。

"所以一开始你用我的电脑上我的号就好了嘛。"池再夏死了好多遍，已经开始怀疑自己是不是一个天大的笨蛋了。她不想再打，但是现在走掉队伍又要重新找人，何况他们需要她的吉光裘。

另一边直播间也有观众发现了池再夏和其他人的操作差距。

故剑已经狂到开荒就开始带老板躺尸了是吧？
这个天巫是团长情缘？这身装备打出这么点DPS其他人是怎么忍的啊？
别说，她好像真就是青山不许的情缘。
她还不如躺尸。
保她下血池做什么？主打一个献祭？

池再夏看到这些更是又气又委屈。她本来就不想打，是大家说需要她来帮忙她才来的，同时也确实气自己怎么这么菜，DPS连许定的零头都没打到。

又是一波团灭，这波团灭和池再夏没有一毛钱关系，但是弹幕也有人不分青红皂白地怪到了她身上。这些话显然不止池再夏一个人看到了，团灭休整期间，有不少人都在安慰池再夏。

许定和池再夏单独挂着语音，已经道歉安慰了好一会儿，还说真的不想打了那就不打了，剩下的事情他来处理。池再夏发泄一通，还是决定再试最后一次。都已经打到这了，不拿下这个首杀她自己都觉得不甘心。

一分钟后，副本继续。

80%，BOSS点名雨一直夏进入热油小地狱，池再夏条件反射地用了一招免控，成功躲避。

50%，全地图覆盖掉血DEBUFF，全员血线降到安全值以下，奶妈抗住压力稳团血。

20%，血池地狱，池再夏下跳站到阵法上，给自己续上祝福BUFF并用治疗技能稳住被削弱的血海侵噬。

2%，主T倒下，副T倒下，奶妈接二连三倒下，青山不许成为第一仇恨。全员存活率持续降低，只剩下六个人还站着。

五个、四个……

秋行在语音里激动地喊着："稳住！稳住！1%了！"

青山不许的血线持续下降，70%，50%，30%……

池再夏感觉自己马上就要死了，她打不出什么DPS，于是毫不犹豫地将最后一个没有进入冷却的治疗技能朝青山不许扔了出去，并从未手速如此之快地为他补上了最后一次祝福减伤BUFF。

青山不许掉血的速度减缓，血线回升到38%。

35%，30%，20%……他的爆发循环好了！

池再夏能清晰地听到对面传来的不间断的键盘敲击声，最后一次爆发循环打出，剑客血槽近空，只剩4%，他执剑站在血海之中，看着BOSS在他面前缓缓倒地——

【系统】恭喜【青山不许】成功挑战【40人梦魇幻境 十殿阎罗 血池地狱】！

【系统】恭喜【雨一直夏】成功挑战【40人梦魇幻境 十殿阎罗 血池地狱】！

【系统】恭喜【秋行】成功挑战【40人梦魇幻境 十殿阎罗 血池地狱】!

……

【系统】恭喜【青山不许】成功通关【40人梦魇幻境 十殿阎罗】!
【系统】恭喜【秋行】成功通关【40人梦魇幻境 十殿阎罗】!
【系统】恭喜【安窈窈】成功通关【40人梦魇幻境 十殿阎罗】!

……

每个BOSS的首次成功挑战和整个副本的首次通关都会进行系统播报,此刻八十条提示刷屏,全服瞩目!

## 【四十四】

"啊啊啊终于过了!"

"通关了通关了!"

"差点以为又G了!"

"过了过了我们首杀呜呜呜!"

语音里传来震耳欲聋的欢呼,池再夏看着屏幕上弹出的通关提醒怔了怔,真的过了?!喜悦从心底悄然蔓延,她好像突然感受到了一点PVE玩家们竞拍之外的乐趣。

首杀!

厉害,带个老板都能过。

有一说一,不是天巫临死前加的那口奶,青山不许撑不到BOSS先G好吧?

青山不许这伤害太爆炸了!

话说血池地狱那里你们团是怎么压下去的?坚持让天巫下去有什

么说法吗？

主播快看掉落主播快看掉落！

直播间弹幕疯狂刷屏，不过这会儿主播也没空理会。

通关之后，大家最期待的自然是副本掉落。首杀终极BOSS必掉神武锻造材料龙魂、凤魄。凤魄池再夏也算见过两次了，许定送她的连理镯里就有，前不久分工资掉马事件的罪魁祸首也是一枚被富婆争抢的凤魄，目前副本成交价大概在60W到80W金。龙魂比凤魄更为少见，成交价一般翻倍，没准备个百来万金想都不要想。

说起来池再夏对神武也是有点心动的，天巫的神武是一柄缠绕着淡淡金光的血玉法杖，和天巫的其他武器比起来美貌得十分突出。

这边池再夏还在想要不要参与竞价，毕竟龙魂和凤魄这种东西基本不进竞拍系统，她得先看一眼零花钱还剩多少。

哪承想秋行分类完竞拍品，一宣布开始竞拍龙魂就有人一步到位出了天价。

【团队】青山不许：300W

【团队】安窈窈：？

【团队】春风不度：？

【团队】一川烟草：？

团队频道刷过一排排问号。

"这是不给一点参与的机会啊！"

"团长拍这个做什么，不是有神武了吗？"

对呀，他不是有神武了吗？池再夏也有些疑惑，忍不住在语音里问了一句。

许定说："我记得你和安窈窈他们聊天的时候，说过喜欢天巫神武。"

池再夏一愣，他怎么这都记得？之前她被安窈窈拉着去三生海围

261

观过一个本服的天巫主播结契。当时她随口说了句结契仪式挺好看的，美中不足的就是天巫武器大部分是青白两色，只有神武那柄血玉法杖和结契的嫁衣比较相配。所以……

秋行："没人出价的话我就倒数了，还有人需要再确认下吗？"

"确认了，PPPP！"

"我的建议是赶紧倒数，300W我怕他反悔！"

"好，那龙魂倒数，5、4、3、2、1！恭喜老板！"秋行停顿一下，在许定说话前就很懂地问了句，"给夏夏？"

【团队】青山不许：1

这个天巫是什么天仙，龙魂说送就送？

可能是救过他的命，又是带首杀又是送龙魂的。【惊呆】

66666666

我恨不得艾特一下那些"8W8彩礼你这不是要我全家命"的男人来看一看。

直播间弹幕又换了一茬话题。

安窈窈趁着竞拍照例去论坛发了团队首杀的庆贺宣传帖。前排都是恭喜夸赞，但夸着夸着，话题也被几条从直播间过来的不友好评论带偏了。

20L：只能说你们团的人为了赚钱也是不容易，这么菜的团长夫人也要忍。

43L：20L说得没错，但换我我也忍。【狗头】

82L：菜得抠脚，青山不许是被下了降头吗？这还送龙魂？她拿把神武做什么啊，当摆拍道具吗？

155L：笑死，人家团里人都没说啥网友就搁这破防了。

200L：西江月散帮战故剑不就是为了她打的？区区龙魂而已，互联网真没记忆。

311L：我记得这位团长夫人本身就是个富婆啊，当初和慕浅瑶撕逼的时候高手招募天天拉满。

400L：你们一口一个团长夫人，青山不许和她结契了吗？我怎么没印象？

楼层超过500L时，安窈窈在首楼更新了一张大家站在十殿阎罗最后一关放烟花的大合照，话题中心的菜鸡小巫女站在C位，旁边分别是她的情缘和她的师父。

通关庆祝！顺便统一回复下，我们团的人赚钱蛮容易的，毕竟常年首杀不缺老板鸭^-^，我们团长送龙魂就是因为天巫神武和嫁衣比较配哦，确实只是个摆拍道具，半小时后三生海我们团长和团长夫人办结契仪式，愿意随份子钱给我们团长夫人升级摆拍道具的话，欢迎来围观哈。

安窈窈这一波阴阳怪气加上团队成员赶来顶帖，直接坐实了某人的团宠地位。

半小时后，三生海。小巫女穿着一身大红嫁衣，拿着新出炉的天巫神武，和同样一身红衣的君山剑客站在姻缘树下。

《风月》的结契仪式是比较简单的，双方在姻缘树下使用结契信物，便会有姻缘红线自树梢飘落，系在两人腕间。同时会有系统提示音开始说长串台词，询问双方是否确认结契。点击确认后腕间红线缠绕，光芒闪动一瞬，红线倏然隐去。连理镯也在半空中悬浮着，极品信物独有的特效释放，连理枝快速生长、交缠，有比翼鸟的光影自枝头飞出，在夜空中盛放出灿若白昼的烟火。

【系统】姻缘树下红线牵，恭喜【青山不许】&【雨一直夏】喜结良缘！

他们终于结契了！虽然她和许定已经确认了恋爱关系，但看到游戏里的这一幕，池再夏心里还是有些不可名状的触动。

"夏夏，你不是好奇正式结契之后是不是真的可以解锁亲吻动作吗？"

你的情缘想对你使用【亲吻】动作，是否同意？

她哪有好奇！池再夏不争气地红了耳朵。见请求倒计时只剩不到十秒，她才勉为其难地点下同意。

游戏里的亲吻动作是搂腰吻，剑客的神情温柔似水，倾身吻上的一刻，天地都安静了下来。

直到关掉游戏下线洗漱，池再夏耳后根都还是热热的。她好像应该庆幸这个人就在自己身边，不然这种骗人网恋的游戏场景设计出来，谁遭得住呀，哪怕再过很多年，回忆起这段游戏经历也是恨不能魂穿梦中的程度。

手机铃响，是许定，她按下接听。

"喂，夏夏，你洗漱好了吗？"

她将牙刷放回原位："好了，还没有擦护肤品，怎么啦？"

"我在你寝室楼下。"

"什么？"

虽然周末没有门禁，但打本打了很久，现在已经很晚了，他怎么跑来了？

"那你等我一下！"

"不用下来，外面很冷，你来阳台一下就好。"他的声音似乎浸染了冬夜的清冷，抿了会儿唇，轻声道，"我只是，怕你还有一点生气。"

"生什么气，我又不是气球！"

她穿了件外套，边说边往下跑。跑到楼下她停了几秒，目光搜寻到楼外的身影，推开虚掩的铁栅门，雏鸟投林般飞奔向站在雪地里的许定。

许定比她高了大半个脑袋，穿着黑色冲锋衣，在清寒的雪夜里，冷白的面庞衬得轻抿的唇愈发殷红，耳朵也被冻得通红。他低头看她，眼睫很长，眼珠清黑，一副认真的神情。

池再夏仰起脑袋，忍不住用暖和的手去捂了捂他的耳朵："怎么这么晚还过来？"

"想见你。"他眼睛一眨不眨，如果有雪花落在睫毛上，好像也会一直看她。

好奇怪啊，怎么会有这样的男生？他以前也很好，可在没有坦白前，他总是有礼貌、有分寸的，池再夏以为就算在一起，他也会是这个样子，以后还需要她来精心调教。但这才一天，虽然没做什么逾矩的事情，她却感觉，哪怕在尽力收敛，他身上也有一种冷静外表下掩藏不住的热烈。

她捂住许定耳朵的手往下滑了滑，落在他的肩上，而后又在他脖颈后环绕，身体也往前靠了靠，形成主动拥抱的姿态。

鼻息间好像有一种冷冷的干净新雪的味道，隔着外套心跳听不分明，她却觉得他的心一定跳动得很快。

许定似乎因这突如其来的拥抱顿了一瞬，反应过来也抬手抱住她，还一点点试探性地收紧。

"你怎么老是送我东西。"池再夏埋在他胸口，声音在他的胸腔震开小小的酥麻感，"我们刚在一起，送东西也要讲究循序渐进，你知不知道？"

他用下颌轻轻抵住她的脑袋："我只是想让你开心。"

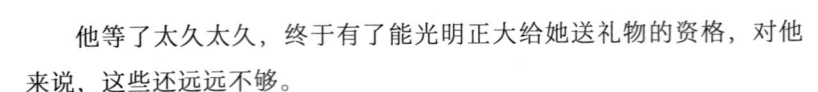

他等了太久太久，终于有了能光明正大给她送礼物的资格，对他来说，这些还远远不够。

"那你想要什么？我也想送你礼物。"池再夏问。

许定低头靠到她的颈侧，看着她晶莹玉雪的耳垂，喉结滚动了一下，犹豫着思考亲一下她耳朵这样的要求是不是有点过分。

半晌，温热的呼吸徐徐洒在她颈间，非分的念想最终没能说出口："没有，夏夏，我什么都不需要。"

"那你这样，我很难办。"

池再夏从他胸口探出头，想了好一会儿，目光从轻抿的唇落到瘦瘦的侧脸，又移动到冻得通红的耳朵上。末了，她踮脚，在他的耳垂上轻轻吻了一下。

## 【四十五】

浴室花洒开到最大，整个密闭的小空间都被弥漫的热气包裹着，哗哗的水声不绝于耳，间或夹杂极低的、隐忍的喘息。

许定倚着墙，被打湿的黑发还在不断往下淌着水珠，从线条流畅的下颌滑落至喉结滚动的脖颈，再往下，是湿漉漉的上身。他闭眼，在结束的瞬间紧抿的唇粗重地喘了口气，胸腔起伏，落在身侧的手指微微颤抖。

许定从浴室出来时穿了件黑色T恤，头发只擦至半干，神色倒是如常。

"哟，您可算是出来了，我女朋友洗澡都没您久。"陈稳路过，意有所指地撞了一下他的肩，出言调侃。

舒孝宇坐在电脑前，手枕在后脑勺上，往后仰了仰，语调懒洋洋地拉长："许老师这叫干净卫生，你懂什么。"

靠在床上看书的李为都忍不住地摇头笑了一下。

许定面不改色，回桌前拿了手机，又径直走向阳台。

寂静的夜里，雪花在昏黄路灯下轻轻飘落。他伏在阳台栏杆上，仿佛又看到宿舍楼下女孩子踮脚亲他耳垂的模样，唇角不自觉地上扬。

明明没怎么睡觉，可不知道怎么，一点困意都没有。微信里用美少女头像的池再夏早就发来了晚安，他打开聊天界面反复看了一会儿，又握着手机继续望向不远处的女生宿舍。

延迟满足的后果就是他在近乎自我折磨地期待与她见面，与她更近距离地亲密接触。

怎么办，夏夏？

好热。池再夏睡到半夜踢开被子，转了个身。没一会儿她又从床上坐起，打开手机手电筒，睡眼惺忪地去上洗手间。

在洗手间坐了一会儿，她打着呵欠困倦地随手刷了刷朋友圈。五分钟前，许定发了一张照片，拍的是路灯下的雪花。池再夏一看时间，人都清醒了不少。

池再夏：四点半了，你还没睡觉？

许定回得很快。

许定：来寺院做早课了。

池再夏：？

许定：还早，你多睡一会儿。

池再夏：……

她是必然要多睡一会儿的，但他是什么铁人吗？没记错的话他昨晚就没睡几个小时去做义工，今天又去，还真信佛？可平时也没见他只吃素不吃荤呀。池再夏不解。

然而在这之后的很长一段时间，许定隔三岔五就会早起或者没睡直接去附近的寺院做早课，有时候还会去做晚课。池再夏一度以为自己找了个什么俗家弟子谈恋爱，暗想着果然是在游戏都要玩禅宗的男人，谁见了不夸一句虔诚？

其实许定去寺院的频率也不是没规律可言。然而这一规律直到很久之后她在床上躺了一天一夜都爬不起来，才灵光一闪突然发现。

今年平城的雪下得特别频繁，纷纷扬扬，整个年末都被染成了一片银白。

圣诞之后紧接而来的就是跨年，还有池再夏的生日。二十岁前的最后一个生日，池再夏让池礼帮忙在君逸新开的设计师酒店定了B612星球主题的顶层生日套房。套房自带餐厅、桌球、私人温泉、棋牌娱乐、影音设备，主打一站式娱乐，180°观景阳台还可以一览平城跨年夜的璀璨烟火。

池再夏原本只打算邀请陆明珠、姜岁岁还有许定小过一下，没想弄这么大阵仗。可恰好姜岁岁的男朋友趁着元旦放假过来找她，队伍多了一员，宿舍里还有个钟思甜元旦不回家，再加上摄影小组有人号问有没有放假留校的，想组队去市中心跨年，池再夏索性就一道邀请，往热闹的方向安排了。

因为是生日套房，酒店会做相应的布置和安排，不需要自己费心，出门时池再夏连包都懒得拿，只带了手机和身份证。从钟思甜口中得知现在扫电子身份证就行的时候，她还顿觉失策。

一行人到酒店时刚好到饭点，晚餐也已经备好。池再夏给许定发了一条消息，问他什么时候能到。许定回复刚开完会，很快。

放假前校学生会有事，许定没和他们一起，提前告知过不用等他吃饭，结束会自己过来。

他们到酒店不久陆明珠也过来了，刚好赶上晚饭。有姜岁岁这个社牛，再加上摄影小组里很会来事的陈纪也在，气氛很快就热络起来，哄笑打闹不断。

"许会长呢？他的小甜心生日，他怎么还没来？"吃饭间隙，喝多了的陈纪直嚷嚷。

不出所料，他又开始讲之前快递站的事情。池再夏拦都拦不住，在场为数不多没有听过笑话的人又被他科普了一番。没办法,她是今天的主人公,话题自然会围绕她来展开,加上她和许定在一起不久,恋爱话题更是备受瞩目。

陆明珠也觉得这段恋情很神奇:"以前在同一所高中都不认识欸,大学竟然谈上了。"

"等等,你说他俩……一个高中?"姜岁岁捕捉到未知的关键信息,人都傻了。

"对啊,你不知道?"

"不知道啊,池再夏都没说过!"

众人顺着姜岁岁的目光齐齐看向池再夏,池再夏没当回事:"有什么好说的?我和他高中又不认识。"

姜岁岁:"不认识?"

池再夏:"我骗你做什么,你问陆明珠,她也不认识。"

陆明珠点点头:"那倒是,我们学校挺大的,顶楼的班和我们普通班没什么碰面的机会。"

"嘁,白激动了。"姜岁岁喝了不少,撑着脸颊没趣地指挥她男朋友帮忙剥虾,打着酒嗝说道,"我刚刚还脑补了高中暗恋的剧情呢,许会长那个朋友圈不是说喜欢很久了吗?怪正式的。"

她看了一眼她男朋友,又忍不住拧着他的耳朵控诉:"他就是高中暗恋我,那时候一天到晚找我茬,毕业竟然还敢来告白!我……"

后面的话池再夏没怎么听进去,脑子里慢半拍地闪过"高中暗恋"这一念头,筷子停在半空都忘了夹菜。她被劝了五六杯红的啤的,不知道是不是也有点喝多了,周遭的声音莫名虚化,很多细枝末节在她脑海中浮现,然后又被她一一否定。

不可能吧?她很确定,自己高中和他绝对不认识,怎么可能莫名其妙暗恋……真是天方夜谭。

手机嗡嗡一阵振动,她以为许定到了,捞起来看,没承想却是梁

269

今越打来的电话。她起身按下接听。

"喂，池大小姐，生日快乐。"电话那头传来梁今越懒洋洋的声音。

池再夏："谢了，不过我明天才生日，还没到点呢，有什么事吗？"

其实前两天梁今越就来问过她生日什么安排，还说平安夜她放了鸽子，这回是不是该补上。她直接表示这次生日要和男朋友还有大学朋友一起过，他听了也没多说什么。

"我在君逸楼下，你下来一趟？"

"你怎么知道我在君逸？"

说完她才想起来，刚到酒店时她发过带定位的朋友圈。

她回头看了一眼气氛热烈的一群人，也没打算邀请梁今越上来。其他人不说，陆明珠看见他就不会有什么好脸色。何况她总归喜欢过这个人，没必要在这种场合让许定和他碰面，到时候解释起来，许定可能也会觉得膈应。

"好吧，你等一下，我现在下来。"挂断电话，池再夏打了声招呼就下去了。

夜风疏冷，梁今越靠在他那辆嚣张的黑武士旁，把玩着金属打火机。见到池再夏，他笑了一下，往她身后看了一眼："男朋友呢？没陪你下来？他就放心让你一个人来见我？"

池再夏顿感无语，没什么耐心地问道："叫我下来做什么？"

梁今越拢着风不疾不徐地点了根烟："池再夏，我问你个问题。"

池再夏偏头捂住口鼻，懒得再多看他。

"你那个男朋友，是真的存在吗？"

池再夏一下没反应过来。他什么意思？他以为她编了个男朋友出来？

"或者说，你是真的喜欢他吗？如果不是真的存在，也不是真的喜欢，要不要考虑下我？"

## 【四十六】

梁今越先前问她是不是空窗期,要不要介绍男朋友,其实还有后半句没说完,他想介绍一下自己。然而当时被骂了回来,他也没往下聊,打算等生日在自己的场子上再和她说说这事。

其实从高三那会儿明白池再夏的心意开始,他就有点不知道该怎么应对。他对池再夏说不上怦然心动,但也不是全然无感。两个人太熟了,他一时间好像没法想象关系的改变,加上他也从来不会主动,所以两人之间就保持一种心照不宣的疏远,持续到出国。

出国之后不得不承认,有很长一段时间他都没怎么想起池再夏。留学圈子里女孩子很多,投怀送抱的从来不缺,他也结交了很多新朋友。只不过待得越久,他越觉得无聊,好像总是缺点什么。

这次回来见到池再夏,他说不清楚和她待在一起时那种莫名的愉悦感是源自熟悉还是其他,他想试试,确认一下。结果在他生日前,她身边就突然冒出来一个男朋友。

说实话,他是不怎么信的。几个哥们也觉得她是故意的,让他别绕弯子,直接一点,毕竟池再夏的心意大家也算有目共睹。

池再夏人都傻了。梁今越是有什么大病吗?突如其来一通揣测,又话锋一转问什么考不考虑。她定在原地,由于过度震惊,脑子一下还没转过弯来,不知道该说点什么。

恰好这时,口袋里的手机振了振,这次是许定打来的。她回过神,转身避开缭绕的烟雾,按下接听。

"喂,你是到了吗?"

她四处张望,但没有看到熟悉的身影,也没看到停下的出租车。

电话那头静默两秒:"嗯,我到前台了。"

池再夏:"噢,那你先登记一下,我刚好也在楼下,马上就来找你。"

许定应了声好。

电话挂断,他朝帮拿东西的套房管家点了点头,下意识想要回望门外某处,但动作停了一瞬,还是沉静地继续配合登记。

池再夏也终于找回话头,抬眼看向梁今越:"你不是想知道我的男朋友是不是真实存在吗?走吧。"

她没好气地撂下这句,转身往里走。梁今越略顿片刻,也摁灭烟蒂,抬步跟上。

酒店大堂灯火通明,池再夏一眼便看见前台登记处熟悉的身影。她小快步上前,在许定身后停住,往前探探脑袋,见他在认真签名,于是悄悄踮脚蒙住了他的双眼。

感受到熟悉的气息,许定几不可察地翘了翘唇角。

"夏夏?"

"猜、对、了!"

池再夏撒娇般一字字应声,手松到一半被许定握住。

许定很自然地回过身抱了抱她,揉揉她的脑袋,转眼目光对上不远处放缓步调的梁今越,笔直而平静。

梁今越也以一种审视的目光盯着许定。这个人,有种说不上来的……很微妙的熟悉感。

池再夏从许定怀里稍微退出来一点,给梁今越介绍道:"这就是我男朋友,他叫许定。"

她又向许定介绍:"这是我以前的朋友,梁今越。"

"而今迈步从头越,很好的名字。"许定点点头,声音清淡,却一反常态没有主动握手的意思。

梁今越在听到"许定"时面上就显露出一丝不同寻常的意外,再听对方说出他名字的由来,一瞬间想起了很多事。

"你是许定?你爸爸是许秦山……许伯伯吗?"他迟疑地问。

许定没有回答,梁今越的神情复杂起来。

池再夏疑惑:"你们认识?"

梁今越的目光短暂地从许定身上移向池再夏,不过很快又重新移回许定身上:"你不认识?没记错的话,我们小学一年级还是同班同学。"

池再夏看看许定,又看看梁今越,脑子被无数问号填满。

什么?她和许定是小学同班同学?!

梁今越已经没心情去验证池再夏的情感关系了。过了这么多年,他还是没办法很自在地面对许定。就像小时候短暂同班,即使他刻意忽略,还是会因为这个人的存在忍不住告诉他妈想要换班或者换所学校,虽然最后被换走的不是他。

确认眼前人后,他避开眼神,很快找借口离开了君逸。

池再夏蒙了又蒙,面对无从消化的巨量信息,一时忘了朝许定开口。

许定捏了捏她的手,将她往电梯上带。他平静又简短地解释:"我爸爸和他爸爸是老同学,他的名字是我爸爸取的。我们小学也确实是同班同学,只不过不到一学期我就转班了,夏夏,你不记得也很正常。"

正常吗……那为什么他们都记得?

她努力回想,但小学一年级实在太过遥远,整个小学阶段她也记不起多少完整的人名。不过梁今越爸爸的事情她倒是听说过一点。他爸爸好像是入赘梁家,当年很不厚道地坑了老同学才积下资产,在梁家站稳脚跟。这不是什么秘密,她记得小时候梁今越还因为爸爸和其他小孩打过架。

等等,许定的爸爸……该不会就是那个被坑的老同学吧?不然梁今越怎么是这种反应?

她看了一眼许定。许定神色如常,似乎没有将这小小的插曲放在心上。但她的脑子这会儿像一团搅散的糨糊。不久前姜岁岁说过的话和梁今越说过的话反复在耳边响起,让她从心底生出一种奇异又陌生

273

的直觉，高中、小学……

她那么肯定地说高中不认识，是真的不认识吗……毕竟她都不知道他们小学就是同学。看许定的反应，他应该是一直知道的。

忽然间，她就不敢再继续多想了。

"夏夏，到了。"

"噢。"池再夏迟缓回神，慢一拍地跟上许定的脚步。

房间里大家依然热闹，有人还在吃饭聊天，有人已经开始唱歌。见他俩一起进来，大家起哄了好一阵，好像这不是过生日，而是什么恋爱官宣发布会。

闹完一阵，许定被陈纪他们拉着打扑克，池再夏也被陆明珠叫去聊八卦。池再夏心不在焉的，时不时往许定那里看上一眼。

快零点的时候，酒店人员敲门，推着金色小推车将定制的三层蛋糕送了进来，池再夏收回心神，往上面插好"1"和"9"两个数字蜡烛，然后又在大家的起哄下戴好可爱的生日帽。

观景阳台外，跨年夜的烟火已经开始沸腾，中央大屏上显示出新年倒计时，大家在唱热闹的生日快乐歌。

池再夏闭眼许愿。

"祝你生日快乐，祝你生日快乐……"

"10、9、8、7……"

她睁眼的瞬间，窗外烟火将整个世界照得亮如白昼，市中心的跨年欢呼、烟火升空爆开的轰隆声响还有近在咫尺的祝福交织在一起。

"夏夏！新年快乐！生日快乐！"

池再夏吹灭蜡烛，弯起唇角："谢谢大家，新年快乐！"

唱完生日歌、许完愿，自然是要切蛋糕，池再夏切不好，索性将这项任务分配给了许定。大家玩牌的继续玩牌，唱歌的继续唱歌，池再夏起身去了趟洗手间。

从洗手间出来时，她想起有人说房间管家之前送了许定的礼物上来，顿了一下，于是又折回堆放礼物的卧室看了一眼。

其他礼物她都有过手，所以许定的很好认。她拿起那份包装精致、大小和大衣外套盒子差不多大的礼物上下打量了一会儿，正想拆开看看，身后许定敲了敲门，端了一份蛋糕进来。

"这是你送我的吗？"她抱着礼物转身。

许定点头，将蛋糕放在一旁的桌上："其实还有一份，但……不太方便挪动，回学校再给你。"他目光落在礼物盒上，"要不要拆开看看？"

"好呀。"

池再夏有点好奇老土的某人又送了什么老土的礼物。打开礼物的外包装，里面是一个很大的抽拉盒，拉出里面那层，看到的竟然是一个手工制作的——

"盲盒？"

"嗯。"

池再夏很意外，她第一次收到这样的礼物，尤其是这礼物还出自老土的许会长之手。她好奇心暴涨，数了数，盲盒一共分了十九个格子，大小并不完全一致。

纠结了一会儿，她挑了最底下的一格打开。这一格里是一个小小的首饰盒，里面是一枚磨砂素戒。

许定解释："这是情侣戒指。"

池再夏拿起戒指打量，果不其然，某人老套的本质并没有变，戒指内圈刻着两人的名字缩写。她戴上它，举到许定眼前晃了晃："好不好看？"

许定浅笑："很好看。"

换了个格子打开，里面是一对耳夹，玫瑰花的款式，很精致。她怕痛，没有打耳洞，只偶尔会戴耳夹。

一连开了十几格，里面还有香水、游戏手办、录了生日歌的录音笔等各种小东西，这些东西她以前都收到过，算不上特别，倒是正中的护身符和一张彩票引起了她的注意。

"你之前说去寺院有事，是去求护身符？"

"嗯。"

他在寺院祈福很久，希望叫池再夏的女孩子可以健康平安，永远快乐。

"那这个呢？03，07，09，12，19，23，01……这组数字有什么含义吗？"池再夏打量着彩票。

许定抿了抿唇："其实是凑的，我第一次买彩票，不知道双色球一定要选七个数字，而且只能在1到33里面选。"

他一个个数字斟酌解释："01是你的生日月份，07是我的生日月份，19是因为你今年19岁，12月23日我们在一起了。"

池再夏一怔，看了看，又问："那03和09呢？"

没记错的话，他的游戏账号密码里也有这两个数字。

"是……我第一次见到你的日子。"

## 【四十七】

那年南桥小学一年级开学是九月三号，许定记得很清楚。

奶奶送他到学校，摸摸他的脑袋，慈爱地叮嘱道："小定，在学校要乖乖的，听老师的话，知道吗？"

"嗯，我知道的奶奶。"

他从上幼儿园开始就是很乖、很听话的小朋友，老师都很喜欢他。背着小书包走进教室，他坐在没有小朋友愿意坐的第一组第一个位置，身板挺得很直，双手规规矩矩地搭在座位上，看其他小朋友蹦蹦跳跳地在教室玩闹。

那天阳光很好，暖洋洋地从窗户照进来。他就是坐在近门能晒到太阳的那个位置，看到缺了半颗牙的女孩子不高兴地甩开梁今越，气呼呼走进教室。他从来没有见过那么漂亮的女孩子，梳着好看的公主头，别着亮晶晶的发卡，脸蛋被气出了一层粉晕。

她找到座位坐下，不开心地用小手托住脸颊："我不要！我就要我的库洛牌！"

梁今越朝她吐了吐舌头："略略略！不要就不要，我还舍不得给呢！"

她更不开心了，起身去打梁今越。梁今越灵活地跑开，她也很快追了出去。

那是他第一次见到池再夏。明明应该好奇梁叔叔的小孩为什么会成为他的同学，他却一直在看那个鼓着脸不高兴的小女孩，心想：她生气也很可爱，如果能和她交朋友就好了，想捏捏她的脸。

放学回家的时候，奶奶来接他。他在学校门口的小超市看到了库洛牌，奶奶给他买了一盒。

晚上写完老师布置的自我介绍，他把库洛牌铺在桌上认真地研究了好一会儿。

如果把这个送给她，他们会成为好朋友吗？可是，她好像是梁今越的好朋友，梁叔叔骗了他爸爸。他爸爸没有很多钱，去很远的地方重新赚钱了，妈妈也和爸爸离了婚，所以他不能和梁今越交朋友，那他也不能和梁今越的好朋友交朋友了。

他有一点失落，把库洛牌仔细地收进抽屉里，开始默默盼望池再夏小朋友和梁今越小朋友赶紧决裂。其实有好几次池再夏已经很生气了，可是小孩子的气来得很快，去得也很快，他们第二天又像什么都没有发生，手牵着手一起来上学。

他也想和池再夏小朋友牵手上学。如果是他就好了，他不会惹她生气的。

他等啊等，等了好多天，可他没有等来两个好朋友决裂，却等来

277

了自己被调换班级。

换班前一天,梁今越的妈妈来家里找过奶奶,然后他就从一(1)班被调换到一(4)班。他很不安,不知道是不是自己的坏心思被梁今越发现了。

换班之后,他从一楼搬到二楼,不能每天都见到池再夏,但他还是会经常留意一(1)班的动静。他们总是形影不离地出现,一起被通报批评,一起罚站,一起做检讨……

大概到三四年级的时候,他已经能明白很多事了,明白梁爸爸的欺骗对他家到底造成了怎样的后果,明白梁今越所拥有的一切,其中有一部分原本应该属于自己。

他在电视上看武侠剧,武侠剧里说,江湖儿女应该快意恩仇。嗯,他应该讨厌梁今越,打败梁今越。

在成绩上打败梁今越实在是一件很简单的事,他生病缺考总分都能比梁今越高出大半截。而梁今越一点都不在乎成绩,他只在乎什么好玩,只在乎他的朋友。可抢走梁今越的朋友是一件很难很难、他根本做不到的事情,他站在角落里,连走上前主动和池再夏讲话的勇气都没有。

到后来,他甚至已经分不清自己对池再夏漫长又沉默的关注,还有想要和她做朋友的执念到底是因为她本身,还是因为她是梁今越的朋友了。

小学毕业,他们去往不同的初中。在没有梁今越和池再夏的三年里,他度过了一段很平淡的学习时光,也已经成为一个成熟的男生。在他以为小学的记忆和一些幼稚想法会随着时间流逝慢慢消失时,时隔三年,平城一中开学,他再一次见到了她。

林荫道上,她穿一件层层叠叠的提花吊带和低腰小热裤,撑着一把樱桃图案的遮阳伞,裸露在外的肌肤雪白晃眼。

男生帮她买来奶茶,她没好气地翻起白眼:"我都说了喝不了冰的，烦死了，你到底有没有听我说话！"

男生是梁今越，他并没有第一时间认出。但隔着不到十米的距离，他第一时间就认出了小时候他心心念念想成为朋友的女孩子。

林荫道上树枝间隙漏下斑驳的光影，闷热的风吹来不绝于耳的蝉鸣。那些孩提时代的幼稚想法从那一天开始破土而出，在无人知晓的角落肆意生长。

很巧的是，那一天也是九月三号。

## 【四十八】

"我……"听到这些，池再夏有点茫然不知所措。

许定伸手很轻地揉了揉她的脑袋："没什么，你不用觉得完全没印象是一件有负担的事情，它对你来说的确不重要。"

他说出来的故事只是轻描淡写，记忆里的一角，因为她不应该也没必要去承担一些于她而言只是背景板的回忆。他的好感不是强加给她的感动和负累。

池再夏无所适从地垂下眼睫，看向手中的彩票。

她的确没印象。她连他口中和梁今越的那些打闹都记不清晰，又怎么可能去注意故事背景里不具名的某一天，不隆重的一件衣服，旁观的某个配角。

明明只是三言两语，叙述中的两人甚至没有什么特别的交集，她却迟钝地确认了一些事……小时候的许定仅仅是想和她做朋友，那长大后的许定呢？

他的游戏密码Summer.01，显然不是她揣测的夏天某个月1号，而是她和她的生日。如果说密码是后来喜欢才改，账号设置的初见日期怎么都没办法解释。

他一直都认识她，他暗恋她，正如他所说的，喜欢了很久很久。

其实从先前吃饭、姜岁岁说起这事开始，她脑海中就浮现过很多细枝末节。直到他和梁今越碰面，她心中奇异的直觉更为强烈。她压下发散的念头过完生日仪式，直至这一刻——

"所以你一直……之前我还觉得这种事是天方夜谭，但……"她不知道该怎么说，"你、你让我先缓一下。"

她不敢对上许定的视线，只双手环抱，背过身踱到窗前，又忍不住低头慌乱地咬了一会儿指甲。干净的落地玻璃窗透出窗外的万家灯火，也倒映出身后许定静默的身影，只不过这一切在池再夏眼中都模糊成了走神时失焦的重叠光斑。

从小到大一直有很多人喜欢她，她从来不会觉得被喜欢是一件很特殊、需要心怀感激的事。高中毕业吃散伙饭的时候，还有男生把她叫出包间当面表白长达三年的暗恋。当时她都没有认真听，只知道对方在告白，并且觉得很遗憾，这人不是她的菜。

对于别人的爱慕，池再夏向来是比较冷漠的，不会因为不喜欢的人的狂热追求而妥协，也不会被无法共情的心酸暗恋感动。

然而当这个人变成许定，他什么都没有说，只告诉她一个初次见面和再次重逢的日期，她就忍不住开始脑补那些漫长岁月里自己不曾留意过的细节，然后在混乱复杂的情绪里悄然冒出一种说不清道不明的……欣喜。

毫无疑问，知道许定一直喜欢她，她是开心的，仿佛第一次感受到这种并非理所应当，而是会意外、会惊喜的被喜欢。

"许定……"她回过神，目光落在窗里倒映的那道身影上，喊了一声他的名字。

他没有迟疑地朝她走来。池再夏转身，抬头望向熟悉的清俊面庞。他也在注视她，目光静而笃定。

池再夏伸手轻轻按在他的胸膛上，手肘是自然弯曲的，比起拉开距离，更像是在感受他的心跳频率。

"我有几个问题，你老实回答我。"她努力保持镇定。

许定应好。

她问："高中的社团是不是你故意让我进的？"

"是。"

"游戏里，你是不是从一开始就在故意接近我？"

"是。"

"那你是怎么知道我玩游戏的？扫楼那次吗？"

"嗯。"

她没有傻到现在还看不出来这不是什么网游小说照进现实，而是一场处心积虑、蓄谋已久的刻意接近，从时间来看她只能想到最早的扫楼，试探性地问了一下，没想到还真是。

"如果你没有在扫楼的时候见到我呢？"

许定沉默一瞬："不会，我会见到你的。"

池再夏一怔，忽然明白过来。

原来不只是后来的选修课、甜品店、已经添加的微信……甚至连最初的扫楼都不是偶遇。

她感觉心快到跳嗓子眼，艰难地吞咽一下："你能告诉我，有哪一件事是偶然发生的吗？"

许定想了想，认真回答："合校？"

池再夏无言地看着他。

"如果没有合校，我好像还是只能远远地看你。"只能为了更多留意静西校区的动态处理他不喜欢的学生会事务，然后听闻和旁观她一场又一场无疾而终的恋爱。

池再夏确认道："所以你是因为合校才想接近我的。"

许定嗯了一声，低头看她，表情温柔："夏夏，其实我不是一个……特别勇敢的人。刚刚你说起天方夜谭，天方夜谭的另一个名字是一千零一夜，从高一开学那天算起，到我们确认关系，一共是1572

天，1571夜，比天方夜谭的时间要久。"

池再夏不知道他是怎么算出这么精确的数字。

"但是在靠近你之前……那种比天方夜谭更久的喜欢，也许说成好感会更合适。"他坦白地说，"我的确对你有很强烈的好感，这种好感让我对你长久地保持好奇，但其实不足以……让我不管不顾地去靠近你，知道合校之后我才控制不住地想和你产生交集，所以，你不用把我想象得特别深情，也不用有任何沉重的负担，夏夏，你明白吗？"

池再夏迟缓地点头，消化着他说的话。她发现他一点也不像她以前遇到过的暗恋者，总是非常迫切地自白，唱自己的独角戏。他有些回避，给出的回应也更像是害怕长久以来的喜欢会给她带来压力。

她的手往下滑，从胸膛落到外套的衣角抽绳轻轻一扯，感觉自己的心脏也随之抽动了一下。他实在是一个很好、很好，好到她会后悔没有早点看到的男生……

毫不意外地，池再夏这晚又失眠了。

窗帘一直没拉，深夜时落地窗外没有征兆地扬起飘雪，到天光熹微才停，对面的楼顶已经积攒了一层薄白。

池再夏洗了个澡，就在堆放礼物的卧室里休息。外面几个人闹到凌晨三四点才歇，东倒西歪着，许定耐心地收拾残局。

池再夏喝了酒，脑子有点晕，明明也能感觉到困意，但就是翻来覆去地睡不着，脑子里一刻不停地想着许定的事。起来拆了会儿其他礼物，躺回去又玩了很久的手机，实在闲得无聊，她还翻了翻床头的抽屉。

抽屉里放的收费物品也不稀奇，她拿了盒烟看看，又随手拿起盒避孕套打量。说起来这种东西在超市酒店很常见，但她还从来没见过里面实际是什么样子。

她脑子也不知道在想什么，上下打量完包装就直接拆了一盒。里面是一片片的独立包装，包装颜色还不一样，似乎是类型味道不同。

还有味道？她撕开一片好奇地闻了闻，拉扯了两下。

这不就是个没吹起来的气球吗？她很快没了兴趣，把东西扔进垃圾桶，双眼放空地望向天花板。

早上七点多的时候外面有了些动静，池再夏捞起手机给许定发了条消息。

池再夏：你醒了吗？【探头探脑】

许定：醒了。【太阳】

许定：早餐送过来了，要不要吃一点？

池再夏：嗯，那你帮我拿进来。【捧脸】

许定应了声好，不一会儿房门外就响起脚步声，然后是很轻的敲门咚咚声。

池再夏：没锁。

她已经起来了，穿着酒店的浴袍坐在床沿玩手机。见到许定进房间，她起身快步走到许定面前，双手背在身后，低头打量了一下他端来的早餐，又抬眼看他。

许定将早餐放到旁边桌上，摸摸她的头，顺势抱了她一下："早安，昨晚睡得好吗？"

他们已经慢慢习惯这种见面的拥抱，池再夏也环抱住他的腰，声音闷在他的胸膛里："好像没睡着。"

"那吃了东西再睡一会儿。"

池再夏嗯一声："你先坐，我去洗漱，换下衣服。"

"好。"

池再夏邀请是发出去了，然而房间里除了床，沙发和椅子都已经被礼物占满，没有地方可坐，许定似乎想要腾点位置出来，池再夏却拉了拉他的衣角："你就坐在床边吧，没关系。"

许定稍顿，点了点头。

床很软，被子还很凌乱，许定手肘撑着膝盖，双手交握着坐在床

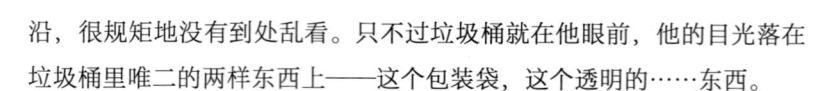

沿，很规矩地没有到处乱看。只不过垃圾桶就在他眼前，他的目光落在垃圾桶里唯二的两样东西上——这个包装袋，这个透明的……东西。

他轻抿着唇，腮帮动了下，交握的双手调换位置。他的视线挪开了一会儿，可很快又被吸引回去。

池再夏在洗手间待了好一会儿，洗漱完还不忘给自己喷点香水。从洗手间出来她就看到许定坐在床边，目光落在一处半晌没动。

看什么呢？她一边走一边撩了一下头发，视线顺着许定的目光往垃圾桶移。

一开始她还没想起来，这是什么玩意儿？忽地，她顿住脚步。等等，这玩意儿好像是她昨晚闲得没事干随手拆的……避孕套？

"那个！那个不是我用的！"她下意识解释。

许定抬头看她，点了点头，老实地说："我知道，你……好像也用不了。"

## 【四十九】

池再夏哽住。什么叫她也用不了，这……这东西难道讲究的不是一个配合吗？他说话可真难听！她一边眨眼，一边张了张嘴，然而好半天也没憋点什么出来。

这要她怎么说呀？说自己闲得无聊好奇，还是说自己没见过世面？关键是突然好奇这种事好像也不太对劲吧？

许定见她尴尬倒也识趣地没再说话，默默地将垃圾桶移到床另一侧两人都看不见的位置。

池再夏见状更是耳根发烫，脚趾也不争气地紧紧抠住。

她走到桌前，随便端起一杯牛奶食不知味地喝完，匆忙道："我饱了，你、你拿走，我再睡一会儿。"

许定闻言起身走到她面前，低头看她一眼，又从旁边纸巾盒里抽了两张纸递给她。

池再夏随手接过纸巾胡乱擦了擦,小声嘟囔了句"我去睡觉"就避开许定的视线,很快钻回被窝。她左拱拱右拱拱,压紧被沿,三两下就把自己裹成了一只缩头蚕宝宝。

许定回头望了一眼,却没立刻就走,而是跟到床头。

池再夏警惕地只露出上半张脸,声音闷在被子里面:"你过来做什么?"

许定也不回话,看着她缓缓倾身——按下了床头的窗帘开关。

遮光窗帘缓缓合上,原本就没开灯的卧室倏然暗下来,只余洗手间的氛围夜灯晕出柔和的光。

晦暗不明的房间里,许定的声音也略显低哑:"睡吧,夏夏。"

他收回的手自然地落在她头上轻轻揉了揉,又将她散落脸颊的碎发拢至耳后,被角掖紧。

咚、咚、咚……池再夏似乎能很清晰地听到自己的心跳声,敲鼓般震动着她的耳膜。

在许定想要直起身体的前一秒,她不知道怎么想的忽然伸手拉住他。

空气如同倏停的呼吸,没有征兆地瞬息凝固。

许定身体稍顿。池再夏能感受到自己握住他的那只手开始发热,手心好像在冒汗,全都沾在他的手背上,已经有一点潮湿的触感。

她起身很快地在他脸上亲了一下,然后火速躺下去,触电般松开手,整个人转身背对他蜷缩着,连脑袋都往被子里缩了一半,声音也瓮瓮的:"好了,你可以走了。"

许定像是没回过神,仍然保持着半倾的姿势,手撑在床头柜角慢慢收紧,喉结上下滚动。

过了好一会儿,他有些不自然地站直,身体某一处好像在不受控地与背脊同步。

池再夏装死,但耳朵一直竖着。她没听到脚步声,也能感受到身后没有消散的气息。他没走。

房间里很安静，可空气似乎在这不算狭小的空间里凝滞交缠起来，呼吸都被迫放缓。

她已经开始后悔招惹他了，万一被摁在床上强吻怎么办？虽然好像有点想要尝试和他接吻，但感觉地点不太对。不过依照许定的性格，应该做不出这么冒犯的事……所以他还赖在这里做什么？

她正想到这，身后忽然响起比先前更显低哑的嗓音："夏夏，我能用一下洗手间吗？"

用下洗手间而已，她当然不会拒绝，敷衍地嗯了一声，听到他迈步，她又连忙换了一边侧躺。只不过他这洗手间上得多少有点久，水声哗哗，一直在响。

池再夏琢磨了一下，自己是不是误会了用洗手间的意思？他是在洗澡吗？套房里洗手间好像只有三个，确实不方便，昨晚说不定还没洗。可这听着好像也不是花洒那种比较散、会落到地板上的水声，更像是洗手台上那种——

忽然，水声戛然而止，池再夏的思绪也跟着一断。

许定眼底微红，紧抿着唇，呼吸有些掩饰不住的粗重。他立在洗漱台前，扯出几张面巾纸擦干水珠，双手撑在大理石边缘，垂着头默默地缓了很久。

池再夏真是要迷惑死了。他在洗手间做题呢？水声停下又没了动静。

等了好半天她才听到洗手间门推拉的声音。他出来后好像在门口站了一会儿，随即朝着餐桌走去。有餐盘离桌的轻微响动，脚步声渐行渐远，最后是极轻的房门咔嗒声。

池再夏悬着的心随着这一声轻合，总算是缓缓落地。

君逸的黑金卡在所有旗下酒店的退房时间都是自动延至下午两点，除了许定，包括复睡的池再夏在内，一行人都是差不多中午才醒。

在酒店简单用过午饭，一行人准备离开。水单是直接挂在池礼名下的，池再夏签个名就行。她看都没看，在A4纸上刷刷签字，前台的工作人员留存后，给了她一份。

她本来懒得拿，但陈纪凑过来嚷嚷着要看看高端酒店生日套房的费用开开眼，姜岁岁也好奇地伸着脑袋往水单上凑，她就直接将单子递给了他俩。

陈纪："我天，这么贵？"

姜岁岁也咋舌，随即又疑惑道："额外费用……计生用品，计生用品？"

"避孕套啊，谁用了？"陈纪乐了，想都没想就接了一句。

池再夏脑子一嗡，立马抢过来看。

写这么详细做什么？她一觉醒来都忘了这事了！

她不抢还好，毕竟这里不止一对情侣，这一抢简直就是此地无银三百两，所有人的目光都开始在她和许定身上打转。

陆明珠一脸惊诧，虽然什么都没说，但那眼神显然是在质问"不应该啊，你俩怎么进度这么快"，姜岁岁更是人都傻了，池再夏不是要体检报告才能接吻的吗？这就……

陈纪恍然："怪不得今早上厕所还看见……"

见许定望过来，陈纪识相地将看见某人从某间房出来的后半句咽了下去，但意思大家已经基本懂了。

姜岁岁的男朋友还一脸淡定地火上浇油："这有什么？成年人了都是。"

"我、我没有！"池再夏脑子打结，"我只是……"

她好心梗，解释事实吗？可解释事实好像也没有显得这件事正常到哪里去啊。

"我用的，看错了，以为是口香糖。"许定镇静地认下来，"走吧，不早了，回学校还有事。"

他好像是在解围，又好像没有解开，大家虽然默契地不说什么，眼神却是愈发的暧昧了然。

　　……说现在他们连吻都没有接过，会有人信吗？池再夏第一次体会到什么叫百口莫辩。

　　回到学校，池再夏在讨论组自白了很久，陆明珠和姜岁岁总算是相信了他们没有在大家眼皮子底下干坏事这一事实，然而两人又开始嘲笑起她居然连安全套长什么样都不知道。她很郁闷。

　　生日收到了很多东西，拿回学校后，姜岁岁和她一起整理了很久。许定还给她送来另一份他说不方便挪动的礼物——一栋MOC的乐高建筑。

　　池再夏对乐高的了解只有两个字——积木，丝毫不懂MOC的特别所在。

　　看半天，除了觉得精致好看、好重好重，也没看出什么花来，而且她也不敢随便乱动，感觉很容易就会散架的样子，只能在桌上腾出块地方供着它。

　　生日过完，元旦假期还有两天，这两天池再夏和许定差不多都待在一起，吃饭、看电影、打游戏，过着普通情侣的日常生活。两人谁都没再提过酒店房间里那个很轻、很淡，黑暗中的侧脸吻。

　　周日晚上，许定在建院专教画图，池再夏坐在一旁，明为背雅思单词，实则聊天看小说。

　　她看到小说里女主为了找零随手买的彩票中奖，忽然想起今天好像是许定送的那张彩票的开奖日期。她上网查了一下具体时间，好巧不巧，离开奖刚好还有三分钟。

　　她摇了摇许定的胳膊，将手机给他看："彩票要开奖了！"

　　许定看了一眼，反应过来，存档工程进度，然后打开网页找到双色球的开奖直播。

　　"这个一等奖是五百万吗？一定要按照顺序才算还是只要号码中了就算？是怎么兑的？你买的是不是只能你去兑？"

池再夏像个好奇宝宝，瞬间就提出一连串的疑问，甚至已经开始担忧兑奖会不会被人围观。这一部分也属于许定的知识盲区，他只能边查边给她解答。

"一等奖是要看奖池金额的，不固定。不用按顺序，中了就算。拿彩票和有效身份证件就可以兑奖。"

……

不一会儿，节目开始，主持人报了一下目前的奖池金额是7.1亿，然后说起公证之类的串词，紧接着就进入摇奖环节。

现场共有两个摇奖机，一个用来摇出6个红球，一个用来摇出1个蓝球。先开始摇的是红球，33个红色球在透明摇奖机里不停晃动，随即一个个从下方掉出。

"12、19、03……"池再夏对着数字，心开始怦怦跳，"三个了，三个都对了欸。"

能中三个，许定也有点意外。

"23，四个！"池再夏紧紧攥住许定的手。

"09！五个了！"池再夏人都傻了，不会吧，这都能中？！

她的心脏提到了最高处，最后一个红球砸下来，时间仿若骤停——31。

他们买的红球最后一个号码是07。

"啊啊啊啊没中，好气，就差一个！"

更气的是紧接着蓝球开奖01，也中了，许定送她的这张彩票只差一个号码就是一等奖！

许定摸摸她的脑袋，顺毛道："三等奖，已经很好了。"

池再夏托着小脸气鼓鼓地说："可是就差一个号码！你好菜！"

许定看了一眼彩票："怪我，这个号码是我的生日月份，当时凑不齐有意义的数字了……不过以后有更多的纪念日，就会有更多可以选择的数字。"

"还能有什么纪念日?"

许定没说话,眼睫轻垂,和她对视的目光往下移了一点。

接吻?池再夏脑海中忽然闪过这个念头,不由自主地顺着思路往下想,接吻纪念日,那下一个是什么?做爱纪念日?

她眼神躲闪,脸颊忽地一热。救命,妈妈我的脑子脏啦!

## 【五十】

关于纪念日的这一话题到底还是没能继续下去。

池再夏回身捧脸,眼神乱飘,顾左右而言他,一会儿碎碎念着三等奖的三千块该怎么花,一会儿又指着词汇书上的单词问许定该怎么念。

许定见状也不多提,顺着她的话题耐心教她,还给她改了改夹在词汇书里写得乱七八糟的大作文练习。

"……should be a priority for……后面的从句也有一点语法错误,改成……"

池再夏托腮,眼睛往下瞥,也不知道有没有认真在听。

那张中了三等奖的彩票最终还是兑了。他们选了个一对一助学项目,给一名和池再夏同月同日生的小朋友捐了一年的生活费和学杂费用,用意外之财尽了点绵薄心意。还剩下两块,池再夏重新买了张这组号码的彩票留作纪念。

假期总是过得很快。元旦过后,专业课和公共课都陆续进入结课阶段,摄影选修也要结课了。由于布置第二次外拍时大家诉求强烈,觉得临近期末一起外出的时间很不好凑,老师决定将最后一堂摄影课改为实践,让大家用上课时间进行这学期的最后一次外拍。

适逢下雪,傍晚天色转暗,落雪无声扑簌,不过刚开始下,操场上还有人穿着单薄的运动服坚持跑步,中间踢球的男生也没急着散场。

许定和池再夏牵手在后面走着,池再夏还拿了杯热奶茶。奶茶喝到一半，上半截空了，握着也不暖手了，她递给许定："给，你喝。"

许定会错意，垂眼就着她的吸管喝了一口。

池再夏没好气地白他一眼："我又不是喂你，拿着！"

许定一怔，应了一声，老实地从她手里接过奶茶。

走在前头的陈纪刚好举着VLOG神器转过身拍他们，边拍还边配上旁白："看看看，这里还有无良情侣虐狗……"

秒针一跳到了整点，操场上的探照灯忽地亮起。池再夏被照得偏头闭眼，许定下意识地将她拢在怀里，伸手捂住她的眼睛。

陈纪也被照得吓了一跳，条件反射地伸手挡了一下，一时没注意拍了什么。

镜头短暂停留，又开始记录其他画面。等适应了突如其来的强光，池再夏缓缓睁眼，拍着小胸脯道："吓我一跳。"

"应该是整点开灯了。"许定摸摸她的头，温声安抚。

适时，手机传来低电量的提示音，池再夏看了一眼，想起姜岁岁带了充电宝，于是目光四下搜寻。她没看到姜岁岁，倒是意外地看到了之前在奖学金颁奖典礼后台那个引人注目的天鹅颈女生。

人家很自律，正在体育器材边做拉伸运动，看打扮应该是要跑步。女生很高，背薄颈长，气质确实突出。

池再夏默默欣赏了一番，忽然想到买回来就被自己遗忘在角落里的背背佳……

"夏夏？"

许定顺着她的视线望去，体育器材处已然空荡，不知道她在出神什么，轻喊一声。

池再夏收回心神，接着先前被奶茶岔开的话题继续说："我的课这周好像都要结了……不对，还有一个选修。"

"康复训练？"

池再夏意外地抬头，不过马上就反应过来。他当然知道，他有什

291

么不知道的?摄影选修就是他特意选的,等等——

"你……该不会也选了康复训练吧?"

许定抿唇默认。

池再夏无言地看着他。

有时候暗恋和变态好像只有一线之隔,心动和反感也只在一念之间。如果再出格一点,又或者这个人她不喜欢,她大概会觉得很被冒犯。说起来她当时以为自己在明许定在暗,偷偷制造讲座偶遇好像也是大差不差的行为,她悻悻地抢回奶茶,咬着吸管,倒没多说什么。

康复训练的实践课在一周后正式开课,要上一整周。前几天基本都是在体育馆组织活动,什么广播操、波比跳、卷腹、深蹲……池再夏恍惚以为自己来到健身房。她连夜给自己和许定买了两把筋膜枪,可使用方法似乎不对,差点没把自己给打得瘫痪在床。

跟着筋膜枪一起下单的还有登山服,因为刚开始上课老师就说想组织一个夜爬京山看日出的活动,问大家愿不愿意,愿意的话最后两天就不上常规实践课了。

大冬天夜爬,池再夏觉得但凡没有血海深仇老师都想不出这种馊主意。然而不少同学一听夜爬看日出,都觉得很浪漫很有意义,连许定都是一副意动的神情,最终结果少数服从多数,反对无效。

京山就在离城南校区不远的地方,徒步半小时,坐车几分钟,最早的平大旧址甚至就在山脚,如今还是平城的知名旅游景点。夜爬也是京山的热门项目,尤其是在夏天,晚上九十点钟开始,登山道上就密密麻麻的全是人。帐篷驻扎营地有限,还有很多人会等到凌晨两三点再出发,这样就不用休息,到达山顶就可以直接等日出。

现在是大冬天,夜爬的人少一点,不过考虑到他们康复训练班也有好几十号人,留宿不方便,所以是定的夜间两点出发,直接上山看日出。

一行人乘坐景区环山路车到达门票点时是深夜两点半,池再夏白天睡了大半天,倒不困,只是晚上很冷,她裹得严实,仍是忍不住把脸埋进许定的胸膛。

"缆车晚上不开,等会儿我爬不动了怎么办?"她撒娇。

"我可以背你。"

她抬眼看他,完全不信:"你爬山还背得动?我又不是棉花!"

许定往上远眺,认真思考了一下:"全程很难,一半应该没问题。"

池再夏有点狐疑,他看起来虽然不显单薄,但并不是那种阳光运动力量型,难不成是传说中的"穿衣显瘦,脱衣有肉"?别说,他的身体靠起来确实硬邦邦的。

想到这,池再夏偷偷伸出根手指在他的腰上戳了一下。

"……别闹,夏夏。"许定轻轻握住她的手,将其规矩地环回自己身后。

池再夏仰头朝他吐舌头,在他身后又示威般光明正大地戳了几下。

许定无奈地叹了口气,忍着,不动声色地往后稍移,不让下半身与她靠得过近。好在没过一会儿课代表就验完票,带着大家通过入口闸机,开始正式爬山了。

此时山上漆黑一片,只有登山客们的手电在山道上一段一段地照着。京山前三分之一的登山道还是比较好爬的,宽而缓,池再夏和许定牵着手,说些有的没的,还有空自拍修图。

"你看,这张怎么样?补光是不是太强了?"

她琢磨着调整参数,许定拆开一块巧克力递到她嘴边,她只咬了一半,没有继续吃的意思,他便自然地吃掉剩下一半。

爬完三分之一,池再夏没精力玩手机了,她有点喘不上气,心跳得特别快,小腿肚也开始泛酸,而且开始出汗。

"夏夏,休息一会儿。"许定牵着她坐到山道旁的石板凳上,又给她拧开一瓶水。

他也出汗了,已经将外套脱下放回背包。

"要脱衣服吗?"他问池再夏。

池再夏下意识地应了声好，然而刚摸上登山服的拉链，她就想起了里面穿的东西……不行！她略显心虚地找借口道："算了，我怕等一下冷。"说着连忙站起来，将水递还给许定，"我休息好了，走吧。"

许定打量了一眼她的外套，没有多说，只点点头，起身牵着她继续往上爬。

爬完前面的三分之一，中间一段骤然变陡，登山道也窄了不止一半。慢慢地，已经没人闲聊，先前说说笑笑的众人都不约而同地开始大喘气，呼哧呼哧的白气在黑夜里不停地往外冒，就像几十个长了脚正上着汽的高压锅在艰难前行。

高压锅小夏感觉自己快要死掉了！呼吸道有种钝钝的疼，每一次吸气呼气都很要命，稍稍一停，那种疼痛感更是呈反扑之势铺天盖地地袭来。

她既喘不过气，腿又沉重得像灌了铅，还热得快要爆炸。偏生最陡的一段虽然已过，但还没到休息的地方，路很窄，附近也没地方可坐。

许定注意到她的状态，等后面几个人走过就挑了个平缓的位置，取下背包，半蹲下身。

"夏夏，上来。"

他的额头覆着一层薄汗，声音也重了些，不过面色如常，并不是很累的样子。

池再夏连说话的力气都没有了，她艰难地吞咽一下，摆手示意不用。

许定坚持："没关系，我可以。"

池再夏实在不行了，没力气再推辞，只好拿上他的包趴到他的背上。

许定背稳她站起，略停片刻就开始一步步缓慢而坚定地往上爬，他紧抿着唇，保持规律的呼吸。爬过一段，有汗珠慢慢从他额间沿着脸颊流下。池再夏在他背上趴了小半分钟，稍微缓过点劲，能说话了。

"你放我下来，不用背了，我可以慢慢走上去。"

许定："没事，马上到休息的地方了。"

池再夏往上看一眼，确实快到半山凉亭了。

她本来也只是觉得背人爬山太累，有一点良心不安，并不是真想自己爬，既然许定坚持，她也就将人抱紧，安心地侧贴着他的背脊，没再出声。

到了凉亭，池再夏终于从许定身上下来。她找了个地方坐下，一口气喝了小半瓶水，还不停地用手扇着风。

许定也站着喝了几口水，很快缓过来。见池再夏热得脸都红了，他再次提醒："夏夏，外套脱了吧，这样捂汗会着凉的。"

凉亭里这会儿坐了一堆休息的人，池再夏环顾一眼，条件反射般忙摇头道："不用！"

她里面穿着背背佳，被人看到会被笑话一辈子的！她这一路肠子都快悔青了，这个世界上应该不会有第二个人会穿着背背佳来爬山吧？她怀疑自己的脑子多少有点问题，为什么出发前完全没觉得有哪不对？

许定似乎看出了她有什么难以启齿的缘由，拧紧水瓶坐到她身边不动声色地酝酿着，正准备问上一问。不想池再夏紧紧裹住自己的外套，先他一步转移话题："看……看不出来，你体力还挺好，真的可以背我爬山。"

许定稍怔，垂眸看她，难得不谦虚地应道："嗯，我体力的确很好。"

池再夏正好抬眼。两人对视着，空气没由来地静默一瞬。

这话听着怎么感觉不大对呢？他是想证明什么？或者是她脑子越来越脏，想歪了？

## 【五十一】

念头在脑海中一闪而过，池再夏也没精力深想，因为她实在是太太太太热了！

登山服很厚，里面还穿着一件背背佳，她坐直难受，不坐直更难受，又闷又勒，像是用荷叶把自己裹成糯米鸡，外面还紧紧绑上绳子被扔进蒸笼里。

她挪开视线，要强地继续喝水，反正是打定主意扛过这一会儿。毕竟是冬天，再热也热不了多久。

凌晨四点的冷风阵阵吹过，燥意渐渐消散，可是闷出的汗被冷风一吹黏腻又湿冷，贴着肌肤难受得很。更难受的是还剩下半程的路。后半程虽然不如前面一段难走，但到此处很多人都已体力告急，池再夏更是处于"花呗小夏"的透支状态。

在凉亭坐了一会儿，她以为自己休息好了，可走没两步又开始气喘吁吁。她心里憋闷着，不停地想自己为什么要选这个破课，老师为什么非要安排这破个活动！她好笨，为什么要穿背背佳爬山！怎么还没到山顶！

许定察觉到她情绪不对，在她发脾气前就耐心地哄着，一会儿牵她，一会儿陪她休息，一会儿又蹲下身非要背她，弄得她不好意思迁怒，那股子邪火也没能正式登场。

凌晨五点，旭日将升之时，他们终于到达京山山顶。天还是蒙蒙亮，呈现出一种灰白色调，只远处破开一线泛金的天光。

池再夏没有半分心思欣赏，第一时间冲去了洗手间。她把自己锁进小隔间里，艰难地脱下背背佳。呼——解开的那一刻，她感觉自己的灵魂都得到了升华！

她休整了一会儿，将背背佳偷偷塞进许定的包里，然后又洗了把脸，臭美地在镜子前左照照、右照照。嗯，素颜状态不错，再擦个润唇膏。

京山山顶是很热闹的，有很多小商店，此刻都还开着灯，生意不断。

池再夏出来时，许定早就买好了早餐在外面等她。

"豆浆、小笼包、玉米、茶叶蛋，还有牛奶，夏夏，有你想吃的吗？没有的话我再去买。"许定接过包背着，又将买来的早餐展开，任她挑选。

池再夏双手背在身后，低头视察一番："我想吃茶叶蛋，但我只想吃蛋白。"

"好，那我帮你剥。"许定牵着她找地方坐下，两人一起吃早餐。

池再夏不知道是因为女友视角滤镜很厚还是怎么，总觉得许定吃东西特别赏心悦目，慢条斯理，不急不缓，就连咀嚼也安静认真。

正所谓秀色可餐，她吃完蛋白难得地多吃了半截玉米，还就着许定的吸管喝了半杯豆浆。

等他们吃完早餐，太阳也刚好升起来了。云层缝隙间金光四溢，世界被朝阳照亮。山顶明明很冷，可远远地，好像能感受到一丝似有若无的暖意。

"真好看！"池再夏长这么大第一次看日出，几个小时的疲累仿佛顷刻消散，她站在观景台边激动地张开双手，做出拥抱阳光的姿态。

许定站在她身后缓缓搂住她的腰，下颌搭在她后脑勺上，轻轻摩挲着。

"夏夏，刚吃完早餐不要喝风，会着凉的。"

池再夏噢了一声，乖乖闭上嘴巴，转头看他。

她转过来的时候，许定正低着头将下颌搭到她肩上。她这么忽然一转，两人的脸猝然贴在一起，轻触到彼此的鼻尖。

四周的风刹那凝固，池再夏都忘了要往后躲，气息交缠间眨了下眼睛，蝉翼般的睫毛隐隐在他脸颊扫过。她的心脏仿佛被已经脱掉的背背佳亡魂死死勒住，察觉到略在上方的视线，她慌乱得不争气地屏住了呼吸。

许定喉头滚动，拢在她腰间的手也不自觉地收紧。

他试探性地拉近了一点距离，这种距离远看看不出来，池再夏却能很明显地感受到两人的唇贴近到只差一张薄纸,温热触手可及。

她一动不动。这种静止无疑是一种心知肚明的默许。许定往前,那张薄纸被浸透,两唇相贴。

其实只是蜻蜓点水,很轻的一下碰触。可直到池再夏耳尖发烫地转回去,都无法掩盖唇上那种冰凉又温热、细腻真实到久久不散的奇特触感。

他们接吻了,在一月的清晨,山顶的日出和风都窥见作证。

众人陆续抵达山顶,课代表点过名就开始组织大家拍大合照。

许定和池再夏始终牵着手站在一起,照片定格的瞬间两人的脑袋偏向对方,池再夏笑眼弯弯,明媚动人,许定眼底也浮现温柔的笑意。

他们心照不宣地没有提起刚才的事,但彼此都很清楚,两人之间的距离……再度拉近了。

京山的缆车早上七点开始运行,有缆车,池再夏死也不愿意再走下去。许定其实还好,不过池再夏强烈要求坐缆车,他也没什么意见。

一路下山,径直回校,许定将池再夏送到寝室楼下。池再夏上楼前记起藏在他包里的背背佳,于是要求先把包拿回去,晚点再还给他。许定应好,随后两人各自回寝补眠。

一觉睡到下午六点,池再夏醒来时大脑还处在放空状态。等到彻底醒神,她从枕头底下摸出手机,给许定发了个猫猫头查岗的表情。许定也很快给她回了个猫猫头举爪。聊天框里立起一只爪子的小猫咪认真的样子和他不相上下。池再夏侧躺着,窝在被子里觉得好笑。

聊了几句有的没的,得知他这会儿还在寝室,池再夏突然兴起,决定去他寝室楼下等他一次。

出门前,她把要命的背背佳从他包里拿了出来。拿背背佳的时候她发现包底有一支口红形状的东西,外壳还是白绿渐变色。她好奇拿起来看了一眼,发现这是一支口气清新剂,冻顶乌龙味,看分量应该只剩下半支了。

池再夏不禁回想起晨间山顶那个浅尝辄止的吻，太表面了，根本没有味道，如果……想到这，她忽然拍了一下自己的脑袋。

池！再！夏！你在幻想什么呢！难不成是年纪到了？以前和人牵手走路她都会觉得靠太近很烦，现在为什么一点也不排斥这种亲密接触，心底反而有一种说不出口的莫名期待？真是完了大蛋，她的脑子真的脏了，不行，改天得让陈医生好好给她检查一下！

池再夏胡思乱想着走到男寝楼下，进出的不少男生都不由自主地看向她，心里想的无非是"这哪来的大美女""这大美女在等谁"，还有人脚步放缓，不时回头打量，有点想看看他们这栋到底是哪坨牛粪有这么好的福气。

不一会儿，许定下楼，他上前第一件事是握住池再夏的手捂了捂："夏夏，冷吗？"

池再夏摇头："我又不傻，这里挡风。"

她将背包递过去，一脸意有所指的表情："我翻了你的包。"

许定稍怔，下意识地点点头，但没太明白她的意思："你想翻什么都可以。"

"说得好听。"池再夏没好气地瞥他一眼，"那我要是想翻你的账单，翻你的聊天记录也可以吗？"

许定闻言直接解锁手机，打开支付宝账单递了过去："从这个开始吗？微信也有，你都可以看。"

池再夏一愣，迟钝地接过手机。许定却已经自然地牵住她另一只手，带她去吃饭。

池再夏就那么随口一说，哪想到这人还真把手机拿出来给她看！她像是接了烫手山芋般忙打算还回去，可转瞬她又想到，有这么光明正大的机会，不看白不看，没准某人还真有什么不可告人的小心思，只是仗着脑子好在和她打心理战呢！

这么一想，她咳了一声，边往前走，边装模作样地翻了翻他的

账单。

在学校里大家基本都用校园卡,账单上都是些校外支出和网购支出,流水账而已,乏善可陈,她看了几眼,兴致缺缺。不过很快,一笔口气清新剂的消费记录引起了她的注意,她点开看。

12-20 23:31

188.46元

*交易成功*

交易对象是某品牌旗舰店,服务详情里显示着他买了多件不同味道的口气清新剂,有冻顶乌龙、盐渍青柠、冰荔枝……

12月20日?池再夏难得对时间敏感一次。他们是平安夜的前一天,12月23日在一起的。没记错的话,12月20日应该是他约她出来吃饭的那天吧?

为了验证自己的猜想,池再夏还在账单上方的搜索框内搜索了一下关键词,近一年的搜索记录显示他只下过这一次口气清新剂的订单。

好啊,晚上刚约她吃完饭,十一点多就突发奇想地下单买一堆口气清新剂,青山不许之心,路人皆知!

她举着手机理直气壮扬起脑袋:"这个,解释解释。"

许定看了一眼,想起什么,终于明白她刚刚为什么提到翻包。

不远处就是平大校内最热闹的休闲广场,各种美食、电影院、网咖、剧本杀馆都在此汇聚。广场中心的空地上,滑板社和跳蚤市场各占半壁江山,闪烁的灯牌和鼎沸的人声交杂,校内乐队正在一旁直播演唱,略带摇滚感的歌声和贝斯极具穿透力,很能调动气氛。

"给你一瓶魔法药水,喝下去就不需要氧气……"

"冻顶乌龙放在包里了,回寝室,我用的是荔枝味道。"许定没有狡辩的意思,停步低头问她,"夏夏,你想试试吗?"

他们停在路灯照不见的树下。温热的呼吸扑洒而来，池再夏一下子就听懂了他的话，瞬间脸颊发热。

"宇宙的有趣我才不在意，我在意的是你牵我的手而乱跳的心……"

不知道是被音乐气氛感染还是内心早就蠢蠢欲动，池再夏艰难吞咽了一下，下定决心般突然踮脚抬头，亲了上去。

## 【五十二】

池再夏这一下充其量算是对某人早上行径不分伯仲的小儿科回敬，真正亲上去后她心里慌乱得不行，就想赶紧退开。

许定眼神深了深，在她放松脚尖的瞬间揽住她的腰，微微噙住了还未离远的柔软唇瓣，一开始只是轻尝浅啄地来回试探，慢慢地，含住就不再放开了。

荔枝味……好像是真的有。池再夏脑海中莫名闪过这一念头，不过她很快就陷入了混沌迷离，再也分不出精力来思考了。

两人的呼吸都变重了，气息交缠在一起，温热的唇舌像荔枝果肉鲜甜可口，令人欲罢不能。

池再夏的胸口剧烈起伏，推了一下许定的肩，想要拉开一点距离喘息。可到这时她才发现，腰间的禁锢与平日克制的温柔力道截然不同。她这一推并未让自己获得半分退出的余地，反而被变本加厉地咬住下唇，闷哼声消泯在唇齿间，只余暧昧轻吟，拉扯着浸湿夜色。

池再夏眼睫轻颤，眼里浮起迷蒙水汽，背脊也战栗着，本能地往后仰。许定揽在她腰间的手顺势往上游走，将她无间隙地贴紧自己的胸膛，后仰一分，收紧一寸，她的脚无意识地跟跄往后，他便索性将她压至身后树上，一时间退无可退。他身上多了一种池再夏并不熟悉的侵占气息，温柔又凶猛。她像是被困在海水中央，被他包裹着，又被他吞噬。

明明是寒冷的冬夜，她却自脖颈往下都开始泛起薄汗，早上回校的澡算是白洗了。直到池再夏感觉自己快要溺毙在汹涌热烈的吻潮之中时许定才放缓动作，但仍舍不得彻底放开她诱人的唇瓣，好不容易离开一下，又忍不住重新覆上，反复品尝。

结束的时候，池再夏在他后背胡乱抓瞎的手指都是颤抖的，浑身酸软无力，如果不是靠着树干，她都怀疑自己能不能好好站稳。

许定一手握住她的后脖颈，拇指指腹在颈侧轻轻摩挲，额头抵着她的额头平复过快的呼吸，他嗓音低哑地问："夏夏，尝到了吗？"

池再夏哪还有空搭理他，不停地喘气，浑身都潮热着，身体好像有一种很异样的变化。

许定见她不回答又想吻上去，池再夏忙伸手捂住他的唇："尝到了尝到了！"

初尝"荔枝"的后果就是当晚两人去吃饭时池再夏感觉自己的舌头都麻了，如同丧失味觉般什么都吃不出味道。偏偏许定还当着她的面又找了一个新的口气清新剂品牌，这家销量更高，味道更多，评论里说持续效果也比较久。

他直接将购买页面递给她看，像是咨询论文意见般正经地问："夏夏，你喜欢什么味道？"

池再夏一口蛋羹哽在喉咙，羞恼得直接上手拍他："你是色狼吗？！"

许定仿若未觉，拿了张纸巾帮她擦拭唇角，解释说："狼是对爱情很忠贞的动物，他们一生只会拥有一个伴侣。"

池再夏瞪他一眼，见他目光缓移至唇上，又有点儿怂地转了回去继续吃饭。

最终许定还是买了新的口气清新剂，并且在学期结束前邀请池再夏成为野生品鉴官，各种味道都尝试了一番。小夏品鉴官遍尝百味，心里还是觉得荔枝味道最好。

随着集中上课的康复训练顺利结课，考试期也正式到来了。国际部的考试安排比建院要早，考完室友都陆续回家，姜岁岁不是平城本地人,也第一时间买好了回程机票。

池再夏还在学校逗留,打算等许定考完再走。不过许定很忙,陪他复习也都是在旁边看小说睡觉,老让他同学看见还怪不好意思的,她去了几次,索性也懒得去了,留在寝室偶尔还能打打游戏。

和许定在一起后,两人上游戏的频率其实肉眼可见地降低了不少,俗话说得好,有恋爱谈谁还打游戏啊。倒是陆明珠考完试,终于想起来检测一下她的游戏水平。

先前得知她所在的区服是荒城之南陆明珠就兴致缺缺,连ID都懒得问。荒城之南这名字一听就是新开的乡下小服,整个服的人数加起来说不定还没NPC多,水平可见一斑,连带池再夏口述的那些游戏经历也像小庙里的妖风,听起来档次不高、场面不大的样子。

这会儿陆明珠选择荒城之南,进入游戏。看见登录界面清绝美貌持笛而立的天音成女,再看看熟悉的ID,她愣了一下:"我怎么在你们服有号,还是个天音?"

池再夏一边杀野猪一边心不在焉地反问:"我怎么知道?"

陆明珠疑惑地点击确认,画面开始加载。等画面跳转至天音阁的门派地图,她打开游戏角色信息和背包检查,终于想起来了:"这不是我以前在南柯一梦的号吗?"

"那就是了,荒城之南和南柯一梦合服了呀。"

池再夏习惯叫荒城之南,加上登录入口没变,两区任选,进入的都是同一服务器,她也就没有特意提过合服的事。

"不过,你不知道前段时间合服的事吗?"

"我知道啊。"陆明珠怔了一下才回答,"但谁会记得你们乡下小服叫什么,都是记大服好不好?"

池再夏无语,乡下小服乡下小服,知道你玩游戏有服务器歧视了,能不能不要一直说!她懒得掰扯,杀完最后一只野猪,问:"你ID叫什么?我加你。"

"掌上明珠。"

池再夏在搜索框内输完ID突然感觉有哪不对，等好友请求发送过去，她才后知后觉地想起什么。

"你等我一下。"说完这句，池再夏下线，重新登录许定的青山不许。她打开好友列表，掌上明珠赫然在线。她的心怦怦直跳，给陆明珠发了一条私聊。

【私聊】青山不许：1

【私聊】掌上明珠：？

与此同时耳麦里传来陆明珠略显激动的声音："池再夏，我突然发现我认识你们服一个大佬欸！他私聊我了！"

【私聊】青山不许：……

【私聊】青山不许：是我。

【私聊】掌上明珠：我知道，团长？好久不见！

【私聊】青山不许：池再夏！

【私聊】掌上明珠：？

陆明珠反应过来，声音瞬间提高八个度："你是青山不许？开什么玩笑！"

池再夏闭眼，差点被震得把耳机摘了。她调低点音量解释道："不是我，是许定，我上他号了！"

陆明珠静了一秒，音量丝毫没有降低："许定是青山不许？你怎么不早说！"

池再夏又闭了闭眼，深吸口气用更大的声音喊道："我之前想说！但你不是嫌游戏的事千篇一律不耐烦听？刚说到他一个ID叫明镜非台你就让我住嘴！一会儿让我直接说重点，一会儿又说禅宗这种快灭门的门派做呈堂证供的时候请直接用职业代替！"

陆明珠大概也是被震麻了，两相安静，无言半晌，她终于承认："OK，我的。"

池再夏快要被气死，喊完一通又见陆明珠及时认错，总算歇了点火气。她喝了口水，反问："你怎么会在南柯一梦玩过？还玩的天音，你不是最讨厌天音吗？"

以前没玩游戏的时候她就老听陆明珠骂其他天音，搞得她对这个门派也天然缺乏好感。

"你懂什么，这就叫作恨比爱长久。我最开始就是在南柯玩的天音，当时主玩PVE，青山不许是我那个时候跟的固定团团长。"她顿了一下，不死心地问，"他真是许定？"

"不然呢？我还能盗个号骗你？"

陆明珠仍然觉得不可思议："那时候天音PVE手感很差，再加上我以前那个师门特别离谱，没多久我就换服重来玩PVP了，后来青山不许屠榜，我还感叹过这人以前是我亲友呢。"

她越想越觉得神奇："对了，我不是和你说过我以前那个离谱的师门有个师妹叫小夏吗？菜得很，看着大大咧咧的，其实很那什么，三了好几个人的情缘，听说后来被原配砍到退游了。"

这个人池再夏记得，毕竟和她同名。

"她刚进我们师门那会儿好像在野外被青山不许救过一次，然后打本的时候就直接向人求情缘了，不过被当场拒绝，说是救错了人。青山不许……就是你男友，我印象中还是蛮给女生面子的，也不知道我那师妹干了什么，关系撕得那叫一个干净，世界名画了属于是。"

池再夏听到这，恍然大悟。

很好，青山不许，某些色狼的心机可真深！什么救人，该不会是砍人再救的手段提前预演吧？！她将好友列表截图发给许定，还说起陆明珠师妹的事，开门见山讨要解释。

许定很快便给出回复。故意接近陆明珠的事他认了，认错人的事他也认了，但砍人再救这一指控他没认。他说："当时确实是在野外偶遇救了一下，但聊了几句就发现她不是你。"

"哦懂了，救人家就是真英雄救美。"

许定含蓄辩解："只能说是为我们的偶遇提供了一些灵感。"

"什么灵感？可以不用真救，另辟蹊径砍人再救的灵感是吧？"池再夏故意找茬，开始延迟算账。

许定看出她的目的，一秒认错："对不起，夏夏，是我的错。"

池再夏心满意足，但不忘恶狠狠道："知道错了就好，这周不准再用口气清新剂！"

"可以……换个惩罚吗？"他试图商量。

池再夏一口回绝："不准讨价还价！"

"好吧……"

池再夏欺负了老实人，心里有点得意，不过她还没得意多久就被老实人堂而皇之地钻了空子。

口气清新剂的错关接吻什么事？一个是名词，一个是动词，阅读理解都不会放在一起当选项的程度，两个概念罢了。

伴随着年末纷纷扬扬的大雪，建院的专业课考试终于结束了，陈医生也打电话来问池再夏怎么还没回去，两人不得不暂时分别。不过回家问题也不大，他们都在平城，又没门禁，回家待两天池再夏就发现在家比在学校还要方便，因为不用上课，两人几乎一出门就可以待在一起一整天。

他们看电影、逛街、吃饭，去电玩城、游乐场，许定还会耐心地陪她做指甲、染头发。他们在拥挤的人潮中紧紧牵手，在无人处拥抱热吻。池再夏从来没有谈过这么开心的恋爱，每天都很讨厌晚上十点，因为一到十点许定就要送她回家了。

小年那日，他们和马上要回老家过年的陆明珠一起吃了顿夜宵。

吃完将陆明珠送上出租车，又记下车牌号，池再夏望望四周，忽然想起什么："南桥小学是不是在这附近？"

许定稍顿，点了点头。

池再夏一时兴起："那我们去看看吧！"

"好。"

池再夏多年不来南桥东巷，觉得熟悉又陌生，学校还在，至今仍是平城师资力量数一数二的公办小学，藏在平平无奇的幽静老巷中。

学校自然是进不去的，隔着铁门往里望了望，池再夏问："你小时候为什么会来这边念书？"说实话，要进南桥小学并不容易。按许定的话说，他家当时应该处于破产的状态。

"我爷爷奶奶住在这边，算是学区房？"

池再夏了然地点点头。

许定又说："爷爷奶奶过世后，我一直一个人住在这边，你……要去我家看看吗？"

池再夏一怔，没想到话题转得这么快，也没想到他就住在这边。

他咳了一声，解释道："我没有别的意思，就是……看看。"

别的意思是什么意思？池再夏反应过来，忍不住脸红了一下，忙迈步道："那、那走吧。"

许定牵住她："走反了。"

一路从南桥东巷走到南桥北巷，许定停在一幢独立的三层洋房院落门口，拿出钥匙开外面的铁门。

南桥四巷里西南两巷历史最为悠久，都是高门大户的四合院，北巷也有一些年头，有很多极具时代感的领事馆办事处，大多为洋房建筑。

"这是你家？"池再夏好奇地跟进铁门，打量这方小小的院落。

许定嗯了一声。

她探头探脑，四处张望："好多树。"

"还有很多花，不过春夏才开，到时候带你来看。"他开门，"进来吧，夏夏。"

池再夏乖乖跟进去，在门口换上他的大拖鞋。

一楼是客餐厅、茶室和厨房，空间很大，装修是具有特定时代特

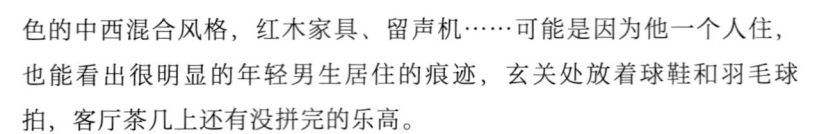

色的中西混合风格，红木家具、留声机……可能是因为他一个人住，也能看出很明显的年轻男生居住的痕迹，玄关处放着球鞋和羽毛球拍，客厅茶几上还有没拼完的乐高。

池再夏被引着坐到客厅沙发上，四处打量完又研究起眼前的乐高。

许定去冰箱给她拿了饮料过来。她接过饮料，看着乐高说："你之前送我的那个我拿回家了，差点散架。"

许定笑起来："你打开看过吗？"

"还能打开？"池再夏意外道，"我以为就是摆件呢。"

许定点点头，又上前摆弄起还未完工的乐高给她看，耐心地讲解："……可以这样打开，这边是一架电梯，摇动手柄小人就可以坐电梯上去，不过电梯轨道还没装上。"

"好神奇！"池再夏小心翼翼地试了试，完全被吸引。

"楼上有一间房，里面都是我拼的乐高，要不要上去看看？"

池再夏欣然点头："好呀！"

二楼也有客厅，还有书房，有一间似乎是他说的乐高房，剩下的应该就是他的卧室了。

路过卧室时池再夏才感觉有点怪怪的，目不斜视地加快脚步走过。

进入乐高房，她被三面墙以及中间大摆台上的乐高模型震得呆立当场。

这……多少是有点壮观了。

许定一个个给她介绍，还拿了些小的给她玩。摆台上的是街景造城，还装了灯光效果，都是他的MOC作品。

池再夏听得入迷，玩得更入迷，丝毫没注意到唯一一面没摆乐高的窗外不知何时传来了淅沥的雨声。等欣赏完整座街景造城，外面的淅沥雨声已然变成无法忽视的暴雨。

许定似乎也意识到什么，停下提醒道："夏夏，下雨了。"

## 【五十三】

下雨了，怎么这么突然？池再夏走到窗边往外看。外面暴雨如注，整面窗不停地被雨水冲刷着，而后汇集成一股股水流往下淌，空中一连闪了几道亮光，不一会儿，闷雷轰隆作响。

"好大的雨！"

她想起什么，看了一眼手机——九点五十三分，马上就到十点了。

许定上前安慰道："可能只是阵雨，等会儿就停了。"

池再夏可有可无地点点头，心里没底。

许定想了想，又提议："现在雨太大了，路上不安全，不如我们先拼个乐高，或者看部电影？"

池再夏略微矜持了一下，应声说好，反正她也没有急着回家。

许定倾身从展示台下方的柜子里找出一套还没拆封的菲亚特500。菲亚特500拼出来是一台奶黄小车，可可爱爱，它是乐高Creator系列的作品，零件不多，难度也不大，很适合用来打发时间。

池再夏抱着这盒乐高跟许定进了隔壁书房。他的书房里有一张很大的桌子，还有整两面墙的书架，书架上摆满了书，还有几个用透明展示盒装好的建筑模型。

"夏夏，等我一会儿，我去拿饮料。"

"好。"

池再夏在桌前坐着，规矩不过三秒就开始摆弄桌上的魔方，摆弄完又起身视察他的书架。

他实在是一个很规矩的人，书都分门别类摆放得整整齐齐。他还很念旧，有一排摆着从小学到高中的教材，甚至连透明书皮都还在。

池再夏抽出几本教材，随手翻了翻。课本扉页上的"许定"二字从青涩稚嫩到游刃有余，都透露出一种端正沉静的气息，和他本人倒是一模一样。

很快许定就回来了，池再夏看他一眼，不急不缓地将书放回原位。放的时候位置有点紧，她将其他书往旁边挤了挤，忽然注意到旁边那本小学六年级的语文书中间有一条很大的缝隙，里面好像夹了什么。

她拿出来看，里面确实夹了东西，是一本红底金字、年代感十足的小学生手册，红底稍稍褪色，金字已经磨损大半。

池再夏觉得好笑，怎么还有人留着这个啊，不过小学生手册的第一页都会贴照片吧？她还挺想看看小时候的许定长什么样子的，说不定看到照片她还能有点印象呢。

她将书放好，举着小学生手册转身，一脸抓到把柄的表情走到许定跟前，还将手中的小本晃了晃："看，这是什么！"

许定目光微顿，放好饮料和水果，沉吟片刻正想说话，池再夏已经面露得意地翻开了第一页。然而在翻开的那一瞬间，她的神情凝固。

姓名：池再夏
性别：女
民族：汉

后面还有出生日期、政治面貌、家庭住址等个人信息，右上角贴着一张属于小学生池再夏的一寸红底免冠照。拍照的时候她缺的牙齿刚好长齐，所以笑得很灿烂，眼睛像弯弯的月牙，脸颊上还有可爱的小酒窝。

这……这是她的小学生手册？！他怎么会有她的小学生手册！

池再夏蒙了有好一会儿，等她反应过来，后知后觉地看向许定，劈头质问道："你是变态吗？！偷我的小学生手册！"

"不是偷的。"许定轻咳一声，解释道，"小学毕业那会儿老师准备把留下来的作业本、学生手册这些都当废品卖掉。我当时应该是留校帮忙，刚好在办公室看到了，就——"

"就偷废品？"

许定默了默，她说的好像也没错。

"但我的确没有从你那里偷小学生手册，夏夏，我不是变态。"

"你就是变态！变态变态变态！"池再夏故作不听，趾高气扬地仰头看他，还伸手去捏他的脸。

熟悉的清甜气息无可拒绝地钻入鼻腔，许定眼神幽微。面对凑到近前，娇嫩饱满还不停翕动的唇瓣，他实在没办法很好地控制住涌动的某些欲望。

静默半晌，他承认了："好吧，我是变态。"

低低淡淡的声音落在池再夏耳侧，随之而来的是温柔又熟悉的亲吻。池再夏迟钝一瞬，牙关已被入侵。接吻这么多次，许定的吻技已经炉火纯青，不像最开始那般太过忘情，差点让池再夏喘不上气，而是会松弛有度地让她呼吸，引导她跟随自己的节奏投入、享受。

今天的吻比之先前有所不同，从唇瓣交缠自然地过渡到下颌、耳垂，而后沿着颈侧一点点往下。

可能是觉得她站着不太方便，许定又将她抱坐到书桌边缘，无停歇地继续着密密麻麻、缠绵湿热的亲吻。

窗外雨一直下，池再夏手中的小学生手册早就落到了桌上。她双手攀附着许定的脖颈，能感受到房间内温度的节节攀升，也能感受到与她身体紧贴的某处有了明显的变化。她被吻得浑浑噩噩，不知道该不该喊停，好像没有准备好，又好像抗拒不了情动时自然而然的一些发展……

宽松的落肩毛衣被脱下半截，吻已经从锁骨延伸到姣好的曲线，触及贴身衣物的边缘。他埋首片刻，紧紧拢在她后背的手青筋凸显，微微颤抖。他闭了闭眼，调整呼吸，克制地没再往下，只沿着颈侧缓慢地往上亲回。

一吻结束，两人一坐一站，亲密地抱在一起，许定腾出一只手帮池再夏整理好衣服。

311

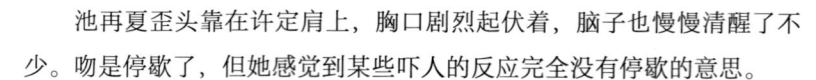

池再夏歪头靠在许定肩上，胸口剧烈起伏着，脑子也慢慢清醒了不少。吻是停歇了，但她感觉到某些吓人的反应完全没有停歇的意思。

两人保持着拥抱的姿态，没说话，也不敢再动分毫。最后是许定主动松开她，抱歉道："夏夏，我可能需要去趟洗手间。"

池再夏再不懂也明白这是什么意思了。她别过头，没事找事地拉拉毛衣的领口，紧张结巴道："你、你去吧。"

许定从洗手间回来已经是半个多小时之后的事了。他换了身衣服，头发半湿，身上有沐浴露的香味，看起来直接洗了个澡。

池再夏瞥他一眼，很快收回目光，继续对着说明书拼小黄车。

许定："拿错零件了，是这个。"

那股清淡的沐浴露香味袭来，慢慢从身后笼罩住她，她背脊一僵，慌慌张张地换了他递来的零件。好在他很快退开，另外抽出一把椅子在她身边落座。

窗外的暴雨缓了一些，但丝毫没有要停的意思，池再夏拼完三包零件的时候已经十二点了。

下雨天，留人天。两人谁都没提回家的事，默契地拆开第四包零件。

等到第四包零件快要拼完，雨仍未歇。许定将这包零件的最后一片递到她手边，目不转睛地低头看着她："夏夏，今晚不如……就睡在我家吧。"

这句话来得并不意外，池再夏却耳根发热，根本不敢抬眼。

"好吧，反正我家没人。"她挽了挽头发，应得轻松，最后一片零件却怎么也对不上位置。

许定仍是看着她，不知为何，感觉胸口被温热胀满。可能是因为自己喜欢的女孩子住在自己家，他幻想这一天幻想了很久很久。

"那我去准备一下。"

池再夏有些不明所以，准备？准备什么？不知怎的，她脑子里忽然就蹦出了之前住酒店因为好奇拆开过的某件物品。

妈呀，该不会真是她想的那样吧？虽然男女朋友留宿的确是一个非常暧昧的信号，她偷偷想象过，好像也不排斥和许定更进一步的亲密接触，但……但这是不是太快了一点？

她捂住发烫的脸颊，忐忑地等待着。

过了一会儿，许定回来。

"夏夏，准备好了。"

她手足无措地放下零件，看向许定。

许定上前："三楼有客房，但很久没有打扫了，你睡我房间吧。对了，洗澡水我已经帮你放好了，我家没有女生的衣服，你穿我的衣服好吗？等会儿我帮你把衣服洗好烘干，明天就可以穿了。"

是这个准备？池再夏怔了一下，点头起身，还不忘拿上没收的小学生手册。跟着他走到卧室门口，她才想起来问："我睡你的房间，那你睡哪？"

"外面沙发。"说完他补上一句，"你要是不放心，我可以去睡楼下沙发。"

他还摆弄了一下门把手，示意道："这个可以从里面锁住。"

"……我倒也没那么不放心。"她小声嘟囔了一句。

走进许定的卧室，里面已经开好了空调和加湿器，浴室里热气蒸腾，水雾朦胧，被子铺得整整齐齐，床头甚至还泡好了牛奶，点好了小夜灯，插好了手机充电器。

"有什么需要你再叫我，我就在外面客厅。"许定带她参观完房间，退回门口停顿少顷，声音略低，"那……晚安，夏夏。"

池再夏嗯了一声，趁他不注意，踮脚在他脸侧偷亲了一下。

"笨蛋晚安！"说完她立马将门关上，生怕又引发某人无休无止的缠吻，继而发展出什么不可控的情况。

平复一会儿心跳，她去浴室洗澡，洗完穿着许定宽大的睡衣出来，她还上下闻了闻。

香香的，很清淡，是他的味道。

池再夏整个人扑倒在床，那种熟悉的清淡气息更是铺天盖地包裹住她，心里莫名有种很甜蜜的感觉。在床上翻滚几圈，她还是换回趴伏的姿势，闲得无聊，边玩手机边喝许定给她泡的牛奶。喝完将杯子放回去，她又顺手拿起搁在床头的小学生手册翻阅。

不得不承认，她的学习成绩从小学开始就很稳定，每页上登记的分数看起来都是那么无力回天，及格全凭运气。

除了成绩，手册上还有评语栏，分为自评和老师评价。自评栏列出各类项目，根据自我表现打钩，池再夏小朋友很自信，每一学期、每一栏都欢快地选择了"优秀"。

老师评价就比较真实了。委婉一点的是"期待进步""有充足的提升空间"，直接一点的是"比较顽劣""学习成绩长期处于下游水平""常有违规违纪行为"。

池再夏看着看着，总觉得有点不对。她前后翻了翻，忽然发现每一学期的老师评价后都有一句相同的评语，那句评语的笔迹稚嫩却又端正——

但是池再夏同学漂亮活泼，心地善良，乐于助人，是一位非常可爱的小朋友。

## 【五十四】

池再夏……是一位非常可爱的小朋友。

看着这句在小学生手册里重复写了十二遍的话，池再夏一瞬间不知道该怎么去形容自己的心情。她好像从来都是一个被爱而自知的人。不会觉得花团锦簇和众星捧月里，单独的一朵花和寥落的一颗星有多珍贵，所以即使它们枯萎或陨落，她也不会觉得有多可惜。

可在这一刹那，她猝不及防地窥见自己长久以来被人发自内心珍视的过往一角，感觉很奇妙，再具象一点说，感觉很美妙，美妙到她惊讶窃喜过后很久都回不过神。好不容易回过神了，又开始觉得如果有一天这个人不再认真对待她，她应该会很难过，不同于以往任何一段恋爱的难过。

深夜三点，池再夏躺在床上还没睡着。窗外的雨停了一阵，又在深夜倾盆而下，雷电交加，没拉严实的窗帘间隙隐约可见一闪而过的光亮。

池再夏开灯起来上了趟洗手间，随后缩回温暖的被窝继续玩手机。门口忽然传来几声轻轻敲门的声音，池再夏一愣，爬起来开门。

许定站在门口："夏夏，房门底下漏光，我看你开了灯，是被雷声吓醒了吗？"

池再夏眨了眨眼，一时卡壳。她如果说自己只是睡不着起来上洗手间忘了关灯……是不是有点煞风景呀？说实话，她还挺喜欢电闪雷鸣暴雨天的，总觉得这种天气窝在床上很惬意，很有安全感。

"夏夏？"

"噢，有……有一点。"池再夏回神，镇定地装了一下柔弱，"你呢？怎么还没睡？是不是沙发不太舒服？"

许定抿唇："还好，可能是昨晚睡太多了，有点睡不着。"

池再夏点点头，有些犹豫，按照她博览小说的发展，下一步她好像应该邀请他一起睡床了，但……不行不行，她还没有做好准备！而且都深夜三点了，她只是睡不着，不代表她想耗体力熬通宵！想到这，她忙道："那、那不如我们看个电影吧？说不定看会儿电影就困了。"

许定神色稍怔，应了声好。

客厅沙发上还铺着许定盖的被子。池再夏裹进他暖好的被窝里蹲坐着，乖巧地等他放下电影幕布。

"夏夏，你想看哪部？"

池再夏双手抱膝，下巴搭在膝盖上，百无聊赖地看着影片列表："看个催眠一点的吧。"

许定选中一部青春片："这个？"

池再夏狐疑地转头看他，在他眼里，青春片很催眠？

不过她看什么都无所谓，可有可无地嗯了一声就顺势往他身边挪了挪，把脑袋靠到他肩上。

他们挑的这部电影叙事结构很常规，以职场部分作为开场，然后在成年人积累的情绪到达爆发点时开始时光倒带，回溯青春。

池再夏认真看了一会儿，脑袋歪得有点不舒服，于是不知不觉从他肩上靠到了他腿上。嗯，这下舒服多了。

青春片嘛，大差不差，欢笑、暧昧、误会、分开，最后以重逢或者讲故事的形式展现开放式结局，抑或和过往告别，释然收场。

这些并不属于大多数人的青春桥段因为戏剧冲突被重复选择，说不上有多让人感同身受，但在电影捧场王池再夏看来，绝对算不上催眠。

许定都看得睡着了，她却越看越有精神。当电影放到男女主因误会错过分开的时候，她突然一个弹跳从许定腿上坐起："好离谱啊！男女主是被毒哑了吗？！就硬不长嘴！"

她好气愤，恨不得穿进电影里替他俩把事情说清楚。许定被惊醒，没太醒过神，眼睛半阖不阖，下意识地揽住她，拍着她的背脊安慰："夏夏，不气。"

池再夏气了一会儿的确不生气了，因为她很快又全情投入到多年之后男女主重逢的剧情中，心里一边骂骂咧咧，一边沉浸在BGM里默默流泪："好可惜哦，呜呜呜。"

许定的瞌睡彻底没了，无奈地轻叹口气，抽出纸巾细致地帮她擦起眼泪。

凌晨五点，天已经不是纯粹的暗色，下了一夜的雨也终于停歇。

池再夏哭完脑子昏昏沉沉的，困倦袭来，不知何时舒服地埋在许定的颈窝里安静地睡了过去。

许定看着怀里女生哭得泛红的鼻尖，好一会儿没敢动。等她的呼吸变得均匀绵长才缓缓调整姿势，将她抱回卧室。她在他怀里很轻，也很柔软。

将她放到床上后，许定坐在床边帮她盖好被子，整理好头发，最后在她的唇瓣落下晚安吻。只不过这吻一落又流连辗转着往里，直到喉头滚动，熟悉的欲望喷薄而来，才不舍地坐起。

他缓慢地呼出长气，揉了一把脸，手肘撑在膝盖上躬身坐在床沿静默良久，一遍遍告诉自己，他可以等。

池再夏睡醒时已经到了中午，许定也刚好做完一顿简单的午饭，清蒸鲈鱼、滑蛋虾仁、白灼生菜，还有一锅萝卜玉米排骨汤，都是比较清淡的菜。他发现池再夏虽然吃得不多，但遇到口味轻一点的菜她就会多动动筷子。果不其然，池再夏很中意他炖的汤，一连喝了两碗，喝完还让他帮忙盛了小半碗米饭。

吃饭的时候池再夏才想起来问："你过年在哪里过？就在这边吗？"

"去我爸家过。"许定边应声边帮她夹菜。

触及她好奇的眼神，许定也没有隐瞒的意思，主动交代道："我爸很早就再婚了，这两年才从深城搬回来，现在一家住在西郊那边。"

停顿片刻，他又说："初五之后我可能还要去星城一趟，我妈这些年一直在国外，差不多只有过年这段时间才会回国看我外婆，我外婆在星城。"

"星城，那你什么时候回来？"

许定想了想："回来可能就快开学了。"

池再夏噢了一声，仔细一算，那今天过后，他们可能得有小半个月见不到了。明天陈医生就休假回家，她得陪母上大人几天，接下来马上过年，池家过年流程烦琐得很，初八之前都别想有什么时间偷溜出来。一想到要分开半个月,池再夏就有点郁闷了。

吃过饭,她和许定在一起腻了一整个下午。热恋期的小情侣黏人得很,池再夏几乎整个人都挂在许定身上,一个不下来,一个不撒手,时不时拥吻,差点擦枪走火。

在暧昧的夜色降临之前池再夏终于被送回家,两人不舍地结束了年前最后一次约会。

今年过年很热闹,也很无聊。大年三十和大年初一基本都在走池家春节的一些传统流程,拜灶君、拜祠堂,老宅里走一遭,四处说吉祥话,还是有固定台词的那种,穿什么吃什么也有规矩定例。

初二池再夏开始被迫营业,每天都要上午起床,招待上门拜年的各位亲戚,还有她爸和池礼生意场上来往的合作伙伴。

梁今越他们家也来拜年了。自从跨年生日过后,池再夏和梁今越就没再有过联系。池再夏并不好奇梁今越那日的突然告白,开玩笑也好,寻找新鲜感也好,总归她不会接受,那这件事就不值得她去在意。她也没有想过要找梁今越说清楚,因为她的态度已经十分明了。所谓说清解的是对方,而她并没有这种普度四方的善心和欲望。

梁今越和他父母来拜年时态度和以往并无不同,他也没有提起生日那天的事,只在临走前说,过完初五他就要回学校上学了。

池再夏看他一眼,如实评价道:"你这个假放得够久了,回学校好好念书吧。"

梁今越挑眉笑了一声:"你呢?过完年,下学期也该准备留学的事了,你和……你男朋友,什么打算?"

"这就不劳你操心了。"她表现得云淡风轻。

梁今越闻言点点头,没再多说什么。倒是他和他父母走后,未散的席间又聊起梁家生意上的事。

"梁二那边不表态,肯定就只能这样了,当初本来也不厚道,被打击报复也很正常。"

"说起来，许秦山这些年在深城算是混出了点名堂，蒋宏涛也是深城来的，想也知道，肯定更愿意跟他合作。"

许秦山？许定的爸爸？

池再夏听了一耳朵，有点好奇，只不过大人说话没她插嘴的份，她也不是很关心这些长辈的恩怨情仇。相比之下，梁今越说的留学问题确实摆在她眼前，更值得她担忧。

和许定才几天没见，她就已经迫不及待地想要开学了，下半年去留学可怎么办？之前她也和许定提过一嘴，许定当时嗯了一声，只说知道，似乎没有很担心。

唉，好在她并不是一个爱操心的人，想了些有的没的，陈医生叫她去拿酒，她便很快就将这些烦恼抛诸脑后。

初七一过，年差不多就算过完了，上班的上班，上学的也要开始准备上学。

平大今年是正月十三正式开学，消息一出，很多外地学生都开始抱怨不能在家过元宵了，池再夏却开心得不行。

这些天一到她晚上就和许定高强度视频，虽然能看到他的脸，和他说话聊天，但不能和他亲亲抱抱，对她来说实在是一种甜蜜的折磨。

这种折磨当然不能她一个人承受，所以视频打游戏的时候，她还总会实践一点跟各位情感博主学来的远程撩人小妙招，比如穿露肩的性感小睡裙，又比如情急之下喊声哥哥……反正好几次她都能看到许定的表情明显一凝，然后开始没事找事地喝水、咳嗽、眼神躲避、耳朵泛红什么的，可爱得要命。

许定是开学前一天才回平城的，回家简单收拾过后就径直返校。

池再夏比他早一天到学校，和姜岁岁沉浸式交流了一番假期恋爱心得。得知她去许定家过夜还没突破到接吻的下一步，姜岁岁下巴都快惊掉了："许会长他是不是不行啊？"

池再夏思索道："我猜应该挺行的。"

319

甜品店里人不多,她环顾一圈,对了对着手指小声道:"他有反应,那个……感觉还挺大。"

"你又没经验,知道什么叫大吗?"姜岁岁狐疑。

"陆明珠给我传了个片子,让我按那个里面的来比对,我感受了一下,应该没错?"

姜岁岁一副很有经验的表情:"没脱裤子看对比起来不准的,下次你用手比一下,记下位置,回头再用软尺量一下。"

池再夏认真记下知识点,可转念一想:"我还要脱他裤子用手比?这不是变态吗?"

姜岁岁喝了口水:"不脱也行,那你……"她凑近池再夏,又传授了一些近距离辨别的小妙招。

池再夏听完,嘴上一本正经地说着下头,但见到返校的许定熊抱上去之后,脑子里还是不由自主地冒出了一些脏东西。

根据小妙招辨别后,她给姜岁岁发了条消息,然而没等到姜岁岁对她的判断给予肯定,却先等来了摄影讨论组里转发过来的一个短视频。

@池再夏@许定,我没看错,这是你俩吧?你俩火了欸!

## 【五十五】

池再夏愣了一下,点开视频。

视频不长,开头是晃荡的画面和画外音。

"看看看,这里还有无良情侣虐狗……"

随后镜头给到她和许定,操场的探照灯在这一瞬间忽然亮起,她下意识地偏头闭眼,而许定伸手将她拢进怀里,并捂住她的眼睛。

操场傍晚的飘雪、刹那点亮的暖黄灯光加上两人的高颜值,本就浪漫的画面被刻意慢放,再配上清新的滤镜和一段很甜的BGM,不到半分钟的视频将氛围感烘托到了极致，视频的文案还带了"校园情侣天花板""甜甜的恋爱瞬间""言情小说照进现实"之类的热门标签，距离发布不过十来个小时，点赞已破百万。

池再夏蒙了，看到博主写的"视频素材出处@陈纪成绩怎么办"，她才反应过来，这好像是上次陈纪拍到的东西。

陈纪虽然是化工院的，但他辅修的新闻学有一节新媒体运营相关的课程，老师要求培养社交媒体账号，账号的内容产出将作为期末的考查指标。他们新闻班做各种内容的都有，有的还不只在一个平台做。他图省事，只在某短视频平台上开了个账号，随手拍点日常VLOG当是完成任务。摄影小组的人听了有账号的还都关注了他，时不时给他点上一个友情的小爱心。

他的VLOG拍得平平无奇，就是视频版的流水账日记，点赞基本维持在两三位数的水平，只有零星几条可能是获得了曝光推荐，有四位数的点赞。

上次陈纪在摄影课上拍VLOG池再夏是知道的，但没在意，因为陈纪不是第一次拍到他们了。之前去银月湖外拍，还有她的生日聚餐，陈纪都录了一些片段，大家也大大方方地出过镜。

谁知这次竟然被其他博主搬运剪辑，就这么火了。

池再夏很没有实感地看完视频，又点开评论区。

*直说吧，要卖啥？敏感肌能用不？*
*果然，恋爱还是得看别人谈。*
*后面那哥们还跑得下去步，你是真的油盐不进啊。*

前排高赞基本都在玩网络热梗，往后的评论则是五花八门。

*男生捂眼睛又低头去看她那一下，谁懂啊！*

爬到原PO看了，竟然是平大的，震惊我一万年。

悟了，没上平大，所以我不配拥有甜甜的恋爱。【卑微】

这又是哪家MCN要捧新网红？招数别太烂。【白眼】

很快，微信上就不停有人给池再夏和许定转发这个视频。陈纪后知后觉知道这事，也很不可置信。这条他寒假之前就发布了，数据在他发的内容里还算不错，三四千的点赞，一两百的留言。他刚发就有人在长达六分钟的VLOG里注意到这十几秒的一小段，还说这对小情侣好甜，真好嗑。不过放眼平台，这种数据和火可以说是毫不沾边，小范围的自娱自乐罢了。

这会儿他点开后台，他发的原VLOG却因为那条爆火的剪辑视频点赞已经来到20W+，评论也已上万，与此同时，其他作品的数据也在不断上涨，尤其是另外几条有池再夏和许定出镜的，都被网友找了出来。

不得不说，如今网络信息传播的速度实在是快得吓人。这条视频是开学前一晚莫名其妙突然火的，池再夏睡了一觉醒来上课，全校的同学就好像都知道了，走到哪都有人好奇地打量。

好在池再夏和许定早就习惯了别人的目光，现在只不过是比以前多一点，再说了，大家也没恶意，看看而已，影响不了什么。他们都以为这意料之外的火会停留在那条百万赞的短视频上，毕竟是信息时代，很多东西升温快降温也快，可没承想这条视频经过后续发酵，竟然延伸出了一些不可控的走向。

由于视频效果太好，那位专做校园内容分享的博主连夜又将陈纪的另外几条有他俩出镜的VLOG剪出了一个片段合集，这次还带上了"平大""学霸恋爱""智性恋"之类的标签，买了推广，视频直接冲上热门。这条新视频一出就被各大营销号转发，点赞再度突破百万。甚至平大官方账号也下场玩梗，让大家报考平大，谈甜甜的恋爱，网友则是互动调侃：难道不报平大是我不想报吗？

有隐身在暗处的好事者还把池再夏的朋友圈搬运到网上。

今天许老师排队给我买的竹筒奶茶,救命,好难喝TvT!

和某人一起去体验了一下采耳,好舒服哦!某人不服,表示买套工具这个活他也能干。【推眼镜】

情侣装LOOK。【酷】

打游戏打到键盘串键TvT!但是某人给我组装了新的漂亮小粉!第一次知道键盘还能自己组装。【惊呆】

今日出街,游乐园小夏和她的小跟班~

许老师送的包包,真可爱,真适合可爱的我!

某人家里的乐高,也太壮观了!

看到疑似朋友圈本人秀的恩爱,各路网友更是纷纷感叹"嗑拉了""神仙爱情""年纪大了看不得这些"。

池再夏没想到自己发的朋友圈还会被人搬运,更没想到的是,她那条晒许定给她组装键盘的朋友圈随手拍到了游戏画面,有人眼尖,发现她玩的游戏是《风月》。

这一视频很快就被转发到《风月》的各个游戏群里。转到故剑情深时,有人认出了画面上她手持的那把天巫神武,再加上露出的一半ID、她之前在语音频道发过的电脑配置、朋友圈截图里对许定的称呼……全都能对上号,一时间,他俩的游戏ID又被扒了出来,给这段神仙爱情增加了一层新的光环。

《风月》官方账号也亲自下场,发了一条他俩和游戏相关的恋爱内容。

好家伙,小破游这个营销角度是我没想到的,这不比请明星代言强?

乍一看还以为又是什么网聊APP打广告。

呸！骗人网恋，举报了！（骂骂咧咧地点了个赞）

事情发展到这里虽然速度快到让人来不及做出反应，但评论基本都还是趋于正面的羡慕祝福和玩梗嗑糖，然而俗话说得好，美好的东西就是用来破灭的。

网络上什么人都有，有人有好奇心，有人有窥私欲，有人不相信，也有人容不得……

总之，第二条视频是开学第一天下午火的，池再夏和许定的个人信息是晚上被扒的。许定能被找到的经历非常符合"名校学神"这一标签，拿到手软的奖也一个赛一个的硬核。喷不了，下一位。于是池再夏迅速被人扒出念的不是平大本部，而是花钱就能上的平大国际交流学院，简称国际部。

一夕之间，风向大变。

虽然"学历不重要"是一种趋于立场正确的思想言论，但不得不承认，高学历所带来的光环永远是耀眼的，更何况大众对吹嘘学历这件事有着近乎天然的敏感。平大国际部立马就被扒了个底朝天，池再夏连带平大官方账号一起被火速嘲上平台热门。

笑死，念个国际部都能吹学霸，这年头人设真好立。

国际部，懂的都懂。

我朋友也是平大国际部的，这女的换男朋友的速度说不定比你们换衣服还快，就别吹啥纯爱了吧，无语。

她啊，我在体大见过，她前男友是我们学校田径队的，还挺帅。

才谈多久就去人家家里，说实话有点不自爱了。

平大好LOW，还下场转发这种东西，名校滤镜碎得稀巴烂。【呕】

池再夏还没来得及陷进网友对她的夸赞，就突如其来地被骂了个狗血淋头。许定也没好到哪去，躲过了初一，没躲过十五。

这女的家里好像巨有钱，那么问题来了，高颜值高智商的学神找上脑袋空空的富家女，还能为了什么？【狗头】

该说不说，书念得多的男人是有一点脑子在身上的。

不懂，这个履历毕业出来，自己实现财富自由也很简单吧。【疑惑】

你好单纯，财富自由和跨越阶级是两码事，建议你去看看大佬们的发家史，靠老婆的不要太多。

玩咖富二代×心机凤凰男，谁看了不说一声绝配，建议锁死。【鼓掌】

## 【五十六】

其实要说多难听也没有，事实与先前被大肆传播的"学霸双向奔赴"不符，舆论反转也在情理之中，部分嘲讽也是因为如今类似炒作太多，公众出于本能地反感。只是这件事从头到尾也才发生两天，它的火与所谓反转都并非出自池再夏和许定本意。

池再夏刚开始被人扒学历又被人骂的时候还蛮生气的。拜托，她从来都没说过自己是什么学霸好吗？看到第二个视频那会儿她就觉得挺离谱的，这哪跟哪呀。

她下意识地觉得不妥，还私聊陈纪问他是不是应该发点什么解释一下，她只是国际部的，不拿平大本部毕业证的那种，不是什么学霸。陈纪说这种东西都是一时热度，应该不会有人特别在意，不过他可以再录个视频帮她解释一下。

谁想到他们前脚才聊起这一话题，后脚就直接被人骂上了热门。骂她也就算了，毕竟她的确不是什么学霸，但怎么连许定都要骂？完全是不讲道理了!

下课的时候，许定来接她。两人并未在意旁人的目光，一路牵着手离开了教学楼。路上许定有点沉默，等走到他们第一次真正接吻的广场附近时他缓下脚步，忽然说："夏夏，对不起。"

池再夏情绪不高，但听到这句还是不禁怔了一下："你又没做错什么，为什么道歉？你是笨蛋吗？"

许定低头看她，眼神里有一些她读不太懂的情绪。他开口："因为我现在才发现，原来我还做不到很好地保护你。"

池再夏不懂："这种事情怎么保护？嘴长在别人身上，本来就是意外，谁也不想的。"

"可这种意外原本是可以避免的。"许定难得在面对她时固执地坚持自己的观点。

池再夏一时不知该说什么。她不知道许定自责的是没有拦着陈纪还是什么别的，但她觉得许定这样子想不对。他们大大方方谈恋爱没有错，和朋友一起拍照拍VLOG也没有错，错的是那些擅自给他们贴上的标签，为搏流量不顾本人意愿地传播视频和没由来地恶意揣测的那些人。

她抬头捧住许定的脸，踮脚在他的唇上亲了一下，很认真地跟他讲："你不要这样想，不是你的错，为什么要往自己身上揽？我是和你谈恋爱，又不是给你当女儿，况且就算是我爸也不可能挡在我面前，什么事都不让我自己操心吧？再说了，这件事你难道不是受害者吗？"

两人静静地对视良久，许定没再辩驳。他完全能够理解眼前女孩子单纯的想法，也清楚她并不会迁怒自己。但自我感动也好，一厢情愿也罢，他好像没有办法忍受她受委屈，也没有办法克制源自内心深处不讲道理的保护欲。

夏夏，你可能不明白，也不会明白，我希望的是有朝一日可以给你一个没有风雨的世界。他在心里这样告诉池再夏，也告诉自己，面上却很平静，伸手轻轻将池再夏脸颊上的碎发挽至耳后。

网络风向惯常是瞬息万变,众人前面马不停蹄地骂完立人设伪学霸凤凰男,后面陈纪连夜赶工做了回应视频,舆论很快又不坚定起来。

陈纪的回应视频分为三部分:第一部分是向池再夏和许定道歉,毕竟是他拍的VLOG,对两人的学习和生活造成了影响,他感到很抱歉;第二部分是解释他这两位同学没公司纯素人,也不打算出道当网红当明星。女生的确不是平大本部生,但她从来没有吹过自己的学历,并且附上了他俩在事情发酵之前的聊天记录作为证据;第三部分则是强调这只是普通人的普通恋爱,从头到尾都并非本人主动扩散,希望大家不要再过多关注,并表明已经联系到未经授权就搬运剪辑他的视频的博主,要求其删除,也请其他转发传播的博主配合删除。

事实上一直是有部分网友和那些谩骂嘲讽的人是持相反态度的,人家谈个恋爱,一没收钱二没卖货,深究那么多做什么?甜就完事了。然而先前这些言论都没在前排,很难被人看见,陈纪发了视频之后,这类评论才出现在众人的视野中。

我之前就纳闷,寻思着人家自己啥都没说,你们这流程是不是走得太快了?

散了吧,该删删,人家既然不是主动想发到网上的,闹大了对人家不好。

有些评论真的别太离谱,讲点基本法吧,那可是平城,那么大一屋子乐高能是什么贫穷凤凰男啊?

排热2,某些营销号有点良心就删了,说句不好听的,以后要是分手了还搁这儿网络永流传,还让不让人再谈别的恋爱了?

这么关心人家小情侣配不配,不如去献献爱心看看自己的骨髓和白血病人配不配吧,一天天闲得。

现在有些人我是真的会幻视互联网七大姑八大姨,什么时候素人谈恋爱也要接受审判了。【裂开】

既然说了是纯素人，也并非出于本人意愿出现在互联网上，部分站在道德制高点的批判似乎就失去了先决立场。然而这条视频还是发得晚了一点，在陈纪上传视频前不久，已经有人顺着他的关注互动找到了姜岁岁的账号，又顺藤摸瓜地找到了池再夏的账号。

池再夏只发过一条视频，还是高考结束那会儿出去玩拍的海浪，已经过去很久了。她平时很少看这个软件，只偶尔和陆明珠、姜岁岁互相推送一些视频。主页画风也有点清奇，仿佛没什么隐私概念，点赞收藏都没隐藏，一刷过去，十个里面有六七个都是给那些山村留守儿童、孤寡老人、重症患者募捐点的赞，顺着看过去，她还经常会留一些相关评论。

你们这个捐赠项目进度在哪里看？
已支持，一定要早日康复！【爱心】
加油，好好学习。
你们是骗子吧？上上个月直播就是摔断了腿，怎么还是断腿？

剩下点赞的东西也五花八门，搞笑视频、探店视频、失恋EMO视频、网恋被骗视频、电影解说视频……她的习惯就是点赞评论收藏都要有，从她留言的蛛丝马迹可以看出，这个人就是一副情感充沛很好骗的样子。于是又有很多人跑到她两年前发布的唯一一条视频下面评论，觉得她蛮可爱蛮好笑的。

虽然舆论又被拉回来一大截，但其中也不乏一些阴谋论者，仍然觉得这是一场有幕后推手的营销活动。

怎么这么巧，视频一发账号就被扒出来了？现在这年头还有谁会把自己的主页公开？这不就是故意让人去看自己多有爱心吗？而且留言点赞不等于捐款，有本事就晒捐款记录呗。

有池再夏的微信好友看不下去，发了某知名公益筹款平台可以看到的好友捐赠记录。然而不想闭嘴的人永远也不会闭嘴，记录有了，又开始嘲讽她捐的这仨瓜俩枣还比不上她的一把游戏武器。

当然大部分人还是正常的，对于这类零星的找茬评论给予毫不留情的抨击，捐多捐少都是心意，人家又没四处宣扬立慈善家人设，总比你就出张嘴强。

两三天下来，一段被人随手记录的甜蜜恋爱瞬间引发诸多争议，等事情转无可转，论无可论，终于算是平息下来。回过头公众才发现，这场戏从头唱到尾，两位主人公都没有亲自出来说过半句话。他们似乎的确只是单纯的素人，不想出名，也没有旺盛的表达欲，女方甚至决绝地把自己被扒出来的账号注销了。

事实上池再夏和许定都想过要说点什么，陈纪在做回应视频的时候分别收到了来自两人的录音。只不过思来想去，两人又默契地分别找到他，让他不要发，不想掉入无休无止的自证陷阱，也不想再引起更多的讨论了。

许定有这样的举动陈纪不意外，但池再夏是一个从不沉默的人，可似乎是因为有了想要保护的人，也选择了沉默。

池再夏的录音说的是："没有想过会以这样的方式突然获得关注，对于我自己的事情我也不想解释什么，但是看到几个评论真的生气。这样说吧，他长得丑，脑子不好，一无是处，我也看不上他。双向选择而已，不要随便乱揣测好不好？我会跟他锁死的，放心，也奉劝大家不要恋爱扶贫，没有好结果的。"

许定的录音说的则是："感谢大家对我和我女朋友的关注，看到了很多祝福，也看到了一些未知全貌、不太友好的评论，希望向大家澄清的只有一点，可以和她走到一起是我的荣幸，不管未来怎样，我都认为她是一个很可爱、很有趣、值得被任何男生认真对待的女孩子，也祝愿大家可以找到自己的梦寐以求、心驰神往。"

## 【五十七】

在事情渐渐平息后，陈纪思来想去，还是将这两段录音分别发给了对方。给池再夏发的时候，陈纪告诉她整个澄清视频的稿件其实都是许定写的，许定还去找了法学院的老师做相关咨询，不然那个最初剪辑视频并突然爆火的博主还自以为是地觉得是自己捧红了他们，没收钱就不错了，根本不想删除。后续一些影响力大的相关视频，许定也还在默默跟进下架事宜。

得知这些，池再夏发了很久的呆。可能是她以前也遭受过一些同学私下里带着刻板印象的揣测，所以她对这件事表现得没有特别愤怒，但这并不代表她一点也没被影响到。她更像是反射弧有点长，等风波过去才冷不丁地回想起一些网友的评论。

面对那些纯攻击性的评论，她并不觉得生气和沮丧，对于那些反转之后的夸赞，她没有丝毫感动，但还是有一些评论让她有点动摇。

一直以来池再夏都没觉得自己念不明白书、学历拿不出手有多丢人。甚至会觉得反正读书的目的也是赚钱过日子，她又不缺钱花，为什么要为难自己？

但是这次她看到了一些并非围绕事情本身，而是讨论学历相差过大能不能走得长远的评论。有人拿自己念大专，和985对象恋爱四年毕业分手的亲身经历做例子；也有自己本身非常优秀对象却比较拉胯，但马上就要结婚的人出来现身说法。池再夏偶尔记起这些会忍不住去想，如果自己一直这样得过且过、不思进取，和许定能走到哪一步呢？

以前谈恋爱时，她不是不喜欢不在乎对方，但平心而论，确实没有在任何一段关系里这么认真投入。所以即便两人不愉快地分开，她会低落、会失眠，却也会很快走出来，哪怕分手的直接原因在对方，她也懒得多作纠缠。她想的是该开心的时候就开心，没有想过以后这么样。甚至对于近乎白月光般没有得到过的梁今越，在最喜欢他的时候，她也从未幻想过以后要跟他一起生活。

可是对许定，池再夏第一次有了不想跟一个人只走一段的念头。她好像真的好喜欢他，喜欢到担心等他们彻底不玩游戏，原本就不多的话题会变得更少；喜欢到想要靠近他的世界，去了解他的一切；喜欢到想跟他有说不完的话，想要他不用思考很久去转换表达，自己也能理解他的想法……她很贪心地想了很多，不经意地就想到了很多以后。

冬末春初，气温渐渐回暖，新绿染上枝丫。可能是这个季节学校的社团活动比较多，踏青、汉服展、天文露营季……整个城南校区都被这些热热闹闹的活动衬托得鲜活了不少。

池再夏一直是生动鲜活的，很能融入这种校园氛围，只是许定发现，最近他的女朋友好像有点不一样。这种不一样具体表现在她闲暇时很少再待在寝室里打游戏睡觉，而是主动加入了他所在的乐高MOC社团，并且不像高中时那样只是为了混学分，而是会积极参加每一次社团活动。除此之外，她还经常和他一起学习，报考的国二和普通话考试都好好准备了，也会认真看雅思机经，打算刷分……

他反思了一下，自己最近在为大三的事做准备，稍微有点忙，每天只能在吃饭的时间陪陪她，然后在睡前聊聊语音。她恐怕是觉得相处时间太少，所以才忍着无聊来和他一起学习吧。

想到这，他特地腾出周五晚上到周末的完整时间，还做了详尽的规划。周五晚上陪她打游戏、吃夜宵。周六上午预约了她想去的新美甲店陪她做美甲，下午在市中心逛街买东西，再带她回家，给她做饭炖汤，晚上可以一起打打游戏，或者看个电影。周日去近郊山上的庵堂吃斋饭看多肉，走一走山上新建的玻璃桥，挂同心锁，下山去玩卡丁车，最后再去附近的花市挑些新鲜绿植回家。

他规划得很不错，池再夏听了也没什么意见，但表示周五晚上的游戏就不用打了，她约了姜岁岁一起去上雅思课。

许定闻言沉思片刻，最后还是找姜岁岁旁敲侧击地打听了一下，姜岁岁牌大漏勺没等许定细问就把池再夏最近烦恼的那点事竹筒倒豆子般都给他交代了。

周六上午，许定陪池再夏去做美甲。做到一半，许定估算着时间，去最近新开的一家港式茶餐厅取了号排队。等美甲做完刚好差不多快排到他们，许定在附近买了奶茶，两人进店。

池再夏喝了一口自己的奶茶，又想去喝许定的，不过刚摸到他的杯壁就不满地皱了皱鼻子："这个加冰才好喝，你怎么买常温的？"

"你不是来那个了吗？"许定记她的生理期记得比她自己还清楚。

她气闷托腮："这次走得快，前天就没啦。"

许定闻言很自然地拿出手机，在软件上记好结束日期，好脾气道："那我现在再去买一杯冰的，好不好？"

"哎，算了。"池再夏翻翻菜单，"他们店里也有喝的，我想喝这个菠萝冰。"

许定点点头，帮她勾选菠萝冰，然后继续点其他东西。

期间店员过来推荐招牌西多士，他想都没想，礼貌拒绝："不用，谢谢，我女朋友不爱吃太甜的。"

池再夏看着他，莫名有点想笑，等店员走了她才托腮调侃道："许老师，你有没有发现，你老是喜欢说'我女朋友''我女朋友'……好像生怕别人看不出我们是情侣一样。"

许定喝着被她抛弃的奶茶，静静地看着她说："当然发现了，因为我是故意的。"

池再夏眨了眨眼，似乎没反应过来他在说什么。他却若无其事地垂眸继续给她约附近的写真馆。

出门那会儿池再夏想起最近要交的资料里需要几张证件照。她其实只是随口一提，想着回学校随便找个打印店拍也是一样，反正她天生丽质,怎么拍也不会太难看。直到站在写真馆门口她才后知后觉地发现,某人把这种她都忘记的小事记在了心上,约的时间也刚刚好,过去就能拍。

他好像总是这样无微不至,体贴周到。下行电梯时间很久,拿到照片出来,池再夏忍不住在电梯里亲了一下许定的脸,还赖在他怀里抬头逼问道:"许老师,你怎么这么好?你老实说,是不是故意想把我养废,让我离不开你?"

"我没有。"许定答得一本正经。

"那如果你以后不在我身边了怎么办?"

许定摸摸她的脑袋,认真说道:"夏夏,我不会离开你的,除非你不要我了。"

"真的吗?可是你在录音里说什么……不管未来怎样,我都值得被任何男生认真对待,我听了总觉得你好像并不认为自己会是未来的那个男生。"

池再夏顺着话头说出了自己纠结了很久的问题。其实刚开始她只觉得这话让她很感动,可回放多了,又开始担心他其实没想过两人会有以后。池再夏第一次发现,如果真的很喜欢一个人,好像就是会这样子莫名其妙、患得患失。

许定闻言一怔:"夏夏,你误会了。"

他想了想,解释道:"如果当时知道那段录音只给你听,那我会说你是我会认真对待的女孩子,我想和你永远在一起。"可是如果要发出去,他这样说就好像会给她带来很大的负担。

池再夏听懂了这后半句,鼻子没由来地忽然一酸。她把这种酸涩感憋了回去:"你少来,就会说甜言蜜语!"

"夏夏,不是甜言蜜语,我是真的想告诉你,你不用为难自己做任何事,我对你的感情和学历认知这些都没有关系。如果你是发自内心地想成为一个更优秀的人,那我会陪你一起,但你如果只是担心共

同语言之类的问题，在强迫自己，那完全没有必要，我只希望你每天都开开心心的。"

"我才没有强迫自己，你不要这么自恋！"

许定还想再说点什么，叮的一声，电梯到G层了。

两人默契地安静下来，很快恢复成牵手的姿态，没在大庭广众之下黏糊地继续抱在一起。这会儿正是商场各大品牌换季上春装的时节，他俩逛了一会儿，买了新的情侣装外套，还买了情侣球鞋。

傍晚，两人打车回到南桥北巷，回家放了东西，又一起去附近逛超市。

许定的厨艺算不上惊艳绝伦，但莫名的很合池再夏的胃口。开学以来他们也回了南桥北巷好几次，每次许定都会变着花样给她做菜。

今晚许大厨列出的菜单有香煎鸡翅、虾仁豆腐、蚝油生菜、火腿山笋汤。

许大厨一进超市就在生鲜区很认真地挑着活虾和新鲜鸡翅，池再夏闻不了生鲜区的味道，百无聊赖地在粮油调料区等他。等得无聊了就玩玩手机，抬头看到有小朋友在玩米，她内心也有点蠢蠢欲动。理智告诉她玩米是一种不文明的行为，但实在是很想试一试这种久违的手感。

她发了条信息问许定是不是要买米，见许定回了个是，她便开始说服自己，她就戳一下，小小地戳一下，等会儿就把戳过的米买走！

说服完毕，她找好袋子，还找了个散装里面单价最高的品种，打算戳完就立马把戳过的部分铲走。

池再夏环顾四周，发现没人在看她。很好，一切准备就绪——

她看着洁白莹润的大米，直直地将大拇指以外的四根手指戳了进去！

呜呜呜，真是怀念的手感！

她停留了一会儿，偷乐着重温完童年的坏习惯，克制着继续戳的冲动恋恋不舍地拿起米铲，开始往袋子里装米。只是装着装着，她突然感觉哪里不对。

手上怎么空空的？她的情侣戒指呢？她那么大一个情侣戒指呢？！

想起这茬,她又扒拉了一下已经装进袋子里的米。

没有!难道掉进米缸,被她铲得陷到很深的地方去了?池再夏脑子嗡嗡的。

许定过来找池再夏的时候,就见她在米缸前勤勤恳恳、仔仔细细地装米。他上前制止道:"夏夏,我们买一个十斤袋装的就好,比较好拿。"

"就、就买这个吧,我已经装了很多了。"池再夏强装镇定,继续虔诚地装米。

许定顿了一瞬,察觉到什么:"夏夏,怎么了吗?"

又一铲……没有!

池再夏绝望了,她看向许定,犹豫半晌还是无措地附在他耳边小声说:"我戒指好像掉进去了,怎么办怎么办?一直没铲到!"

许定一愣,他女朋友真是有一些奇怪的天分。

"散装的买这么多干什么呀,小伙子?阿姨给你推荐个袋装的,十斤一袋、二十斤一袋的都有,香得嘞。"

许定一边耐心装米,一边回话:"谢谢阿姨,我们就买这个。"

当许定装好近三十斤米终于找到那只熟悉的情侣素戒时,池再夏就像被坏人捂住口鼻终于松开一般长长地舒了口气。

阿弥陀佛老天保佑,再装下去,她出国前两人都不知道能不能吃完这么多米饭!她老实地待在许定身边小声承认错误:"我错了,我以后再也不玩米了。"

许定停了一下,含蓄地建议道:"其实你想玩的话,我们可以买回去在家里的米桶玩。"

对噢……她怎么没想到!

# 【五十八】

幸而许定有先见之明,出门还带了个买菜专用的小推车,不然拎着这三十来斤的大米和其他东西走回家多少有点费劲,更别说还要爬一段上坡路了。

回到家,池再夏一进门就换上了许定特地给她买的小兔子拖鞋,去厨房帮忙装了会儿米,顺便摘下戒指在米桶里戳来戳去,过足了没在超市玩够的瘾。之后许定洗菜切菜,她双手背在身后,教导主任般监督了一番又觉得没趣,很快离开厨房去了客厅,边看电视边拼乐高。

自从寒假那会儿在许定家拼过小黄车,池再夏就对乐高产生了浓厚的兴趣,前段时间加入MOC乐高社,她也了解到乐高MOC的一些独特之处。

说起来,池再夏还回家打开过许定在她生日时送的那个MOC建筑。那是一栋三层的尖顶小房子,整体偏田园风格,搭建得特别精致。每一扇门、每一扇窗都可以活动,透过门窗往里看,里面还有电梯、楼梯,餐桌上有面包,书架上有书,每一处都细节满满,屋外还有花园和泳池,甚至连泳池边的遮阳伞和沙滩椅都做出来了。

不过池再夏左看右看,也没发现什么隐藏惊喜。主要是她也不敢有太大动作,万一弄散架了,她可不知道怎么复原。

池再夏在客厅待了一会儿,拼完之前剩下的小黄车,没过多久就闻到了饭菜的香味,她忍不住又跑回厨房。

"好香!"她蹭到许定旁边,探头探脑。

许定看她一眼,有条不紊将她直勾勾盯着的虾仁豆腐锅盖盖好:"这个还要焖一会儿才能入味。"

说着,他揭开旁边的砂锅:"汤倒是已经煮好了,要先试试吗?"

汤汁奶白,咕噜咕噜地往外冒着泡泡,鲜香味扑鼻而来。

池再夏忙点头:"好呀,我先试试!"

许定往里放了一点盐,然后用大汤勺搅匀,盛了小半碗,很有耐心地吹凉了些才递给池再夏。池再夏接过之后下意识地多呼了两口,小嘴轻呷,迫不及待地开始品尝。

"怎么样？还要再加点盐吗？"许定询问。

"不用，刚刚好。"

池再夏喝完一口，又捧着碗咕嘟咕嘟把剩下小半碗全喝了，喝完她满足地闭眼回味："太好喝了，我宣布——许会长，你的厨艺又进步啦！"

许定笑了一下，垂眼望她，玩笑般地问："那有没有什么奖励？"

池再夏放下碗歪头想了想，然后冷不丁地踮脚亲了他一口："这个奖励怎么样？"

亲吻如今对他们来说太过寻常，不过许定还是会满足于她每一次的主动。

他微微垂首，额头抵着她的额头，温柔地回吻了一下，直起身子后又揉揉她的脑袋，半哄道："夏夏，帮我去拿饮料好吗？菜很快就可以上桌了。"

"好吧！"池再夏也无意在厨房多作逗留，转身脚步轻快地去了餐厅。

只不过到餐厅打开冰箱门，她在许定准备的各色饮料上扫视一圈，忽然很想喝冰箱里没有的西柚水。

她纠结了好一会儿，还是打开外卖软件，找了个附近有西柚水卖的便利店。

便利店要满39块才给配送，她除了西柚水也没什么想买的，而且冰箱已经很满了，西柚水买多了也占地方。她无聊地翻着，在翻到"计生用品"那一栏时指尖一顿，脑海中浮现一个大胆的想法……

外卖小哥打电话过来的时候菜刚好全部上桌，池再夏一边应着"马上来"，一边火速放下蹲在椅子上的双腿，胡乱跋上兔子拖鞋就准备起身。

许定放下最后一道香煎鸡翅："夏夏，你点外卖了？我去拿吧。"

"不用，你……你去拿碗筷什么的吧，我自己去拿就好，就是突然很想喝西柚水，点了个外卖。"池再夏保持镇定地推辞着，不等许定再说就一溜烟地跑向门口。

337

许定望向她着急忙慌的背影，顿了几秒。

平日里她的快递都是让他帮忙放到楼下，好像是第一次看她这么积极……等她拿了外卖回来，见她手里真的只有一瓶西柚水，许定更是若有所思。西柚水单价5块，卖得贵一点的便利店最多7块，一瓶饮料起送？

他没说什么，照常帮池再夏摆好碗筷，用她专用的兔耳朵碗给她盛了一碗汤，自己则是用之前随手给她盛汤试喝的碗。

池再夏浑然不觉自己已经露出破绽，还美滋滋地喝着汤，时不时给许定夹上一只虾仁、半块豆腐，表现一下身为女友温柔体贴的一面。

吃过饭，许定收拾好厨房，又陪池再夏打了一会儿游戏。

视频事件牵扯到游戏之后，他们本就不再频繁的游戏频率愈发降低了，现在偶尔上游戏也只是做做双修任务，和熟人们打打休闲本。

10人副本的队伍组到一半，秋行的新情缘说是要来，许定便主动退出，给池再夏的新师娘腾了个位置。但今天的这个本池再夏没有很想打，烘干机又刚好在响，是许定给她买的新睡衣烘好了，她索性起身让许定帮忙随便打打，她趁着这会儿去洗个澡。

和许定待在一起久了，池再夏的时间估算能力好像也愈发见长，洗完澡出来时副本刚好打完。

她直接侧坐到许定身上，从他手里接过鼠标，看着屏幕随口问："你没进语音吗？"

许定抱住她，嗯了一声："家里的耳机有点不舒服，不想戴。"

团队里正好在问他们要不要一起再去下个30人传说本，池再夏想都没想就拒绝了。传说本动辄两三个小时，多累，有这工夫还不如窝在沙发上看个电影，多舒服。

她这边正回着话，忽然感觉许定摩挲了一下她的侧脖颈，她停下打字，回头觑了他一眼："做什么？"

许定解释："你头发上的水滴下来了。"

她哦了一声，打完剩下半句拒绝的话干脆地关掉游戏，转过来环住许定的脖颈，半是撒娇半是命令道："那你帮我吹头发。"

许定抿唇看着她，自是无不应好。

"那走吧。"池再夏准备从他身上起来，未料许定往后退了一点，抱着她直接起了身。

池再夏猝不及防，稍稍一怔，这样亲密地抱在一起近距离地打量着许定的侧脸，还是会忍不住心跳加速。

一路被抱到客厅，许定给她调出电影，又拿来吹风机坐到她身后，温柔地帮她吹着头发。

这次买的洗发水和沐浴露是一套的，都是荔枝味道。他的鼻尖萦绕着浅淡的清甜，将手中的发丝挽起，露出一段白嫩的脖颈。绸缎质地可爱的烟粉色睡衣泛着柔软的光泽，衬得她像是一颗沾满露珠亟待采撷的鲜荔枝。

许定喉结滚动了一下，调整着呼吸，已经做好帮她吹完头发就去洗澡的打算。

将头发吹到不再带有湿润的触感，许定关掉吹风。屏幕上正在播放的电影画面此时忽然一转，场景变成了灯光昏黄的房间，男女主坐在床边，往下竟是一段暗潮涌动的情节。先前有吹风机的声音倒不觉得怎么，忽然安静下来，电影里每一声压抑的喘息都显得格外清晰。

池再夏身体一僵，明显感受到身后的一些变化。

红晕与潮热自下而上悄然蔓延，两人谁都没有说话，僵持许久。电影里明明只有不到两分钟的片段，不知怎么像是被拉成0.5倍速，漫长得没有尽头。

等到这一段播完，两人都不自觉地松了口气。许定收好吹风机，声音低低的："夏夏，你先看，我去洗个澡。"

察觉到他要起身，池再夏不知道在想什么，忽然拉住他的手腕。

许定一怔。

池再夏视线飘忽着，不敢往下看也不敢对上他的视线，艰难地吞

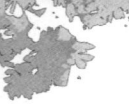

咽了一下才小声说:"其、其实我可以帮帮你。"

许定难得像脑袋短了路,脱口便问:"怎么帮?"

拉住他手腕的手紧了紧,许定的眼神也不由得深了深。

电影被静了音,昏暗的空间里只有屏幕上的光偶尔交叠着,压抑细碎的轻喘却不绝于耳。

池再夏对坐在许定怀中,脑袋搭在他肩上,手掌这会儿早就没了知觉。

池再夏有点欲哭无泪,更令她感到茫然不安的是,她好像也有一种很奇怪的感觉。

等许定结束,一边道歉一边抱她去洗手的时候,那种源自本能的奇怪感觉也并未停歇,仿佛只要他靠近就会有……她忍不住绷紧身体。许定在身后环抱住她,帮她洗手,似乎也察觉到了什么。

他亲了亲她的耳垂,低声问:"夏夏,需要我帮帮你吗?"

## 【五十九】

帮帮她……怎么帮?

相较于先前许定大脑短路般脱口而出的话,池再夏确实是有些茫然。她的理论知识大部分来源于陆明珠提供的视频素材,可那些素材不算完整,她也没有仔细钻研、逐帧分析。小部分则是来源于她闲得无聊时看的言情小说,描述大多受限,不是意识流的花花草草、风霜雷电就是拉灯,一夜过去了,一夜又过去了。

这会儿她的手被许定握着放在水龙头下揉捏冲洗。香皂泡沫被冲洗干净后许定关了水,拿面巾纸给她擦手,一根根手指,温柔又细致地擦拭。镜子里的他神情正经,好似他附在耳畔的询问也是这样,没有一点低级趣味。

池再夏都不知道自己是怎么又被抱回客厅的。

熟悉的沙发,黯淡的光线,时长不足两小时的影片早就已经播完，投影回到初始菜单页面。不过他们之间的位置却有所改变。满目昏暗中，池再夏只能看到他乌黑柔软的短发。

池再夏震惊又无措："你……你做什么！"

她瑟缩了一下，陌生又温热的触感让她的背脊不禁战栗起来。从没意识到许定说的帮忙是这样子帮，还以为和她一样……她惶然着，手无意识地往后撑。刚做的酒红猫眼美甲泛着渐变的流沙光泽，隐约变幻晃动，在真皮沙发上留下泛白的划痕。

不知何时开始，她的声音变调成了带着颤意的哭腔："许定，你是变……态吗你？"

许定埋首未答，只挑动她的神经，似乎是在用这种方式给予她肯定的回应。

沙发上原本有四个抱枕和一张薄毯，先前她帮忙时抱枕已经全部滚落在地。洗完手回来，许定捡了一个抱枕给她垫着，薄毯则是一半落在地上，一半被她按住。

池再夏从未有过如此明确的羞耻感和惊慌感，她葱管般的手指将珊瑚绒毯攥了又松，没一会儿又忍不住用力攥紧。

浑浑噩噩间，她脑海中还冒出一个莫名其妙的念头：许定一定有洁癖，一点也不给她弄脏绒毯的机会，可最后她瘫陷在沙发角落，拿起抱枕捂脸，毯子好像还是逃不过换洗的宿命。

屋外月色静谧如水。很奇怪，现在已是春日，在平城这种四季并不分明的城市，几个艳阳天下来甚至已经略有初夏的气息，可原本应该渐短的夜却漫长得好似没有尽头。

她窝在沙发角落里半睡半醒，听他在耳边说："夏夏，乖，回房间睡好吗？"

她揉了揉眼睛，打了个呵欠，还有点迷糊地抱上他的脖颈嗯了一声。

和之前每一次来他家一样，他已经铺好床，点好夜灯，泡好牛奶……什么都帮她准备好了。她钻进被子，许定也从另一侧上了床。

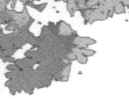

网上风波过去没多久他们就经常情不自禁地试探到越界的边缘。可能是那会儿情绪还没恢复完全，池再夏在宿舍连做了两天噩梦，周末来他家睡前便拉了一下他的手留人……之后同床共枕好像就成了一件很自然的事。

　　不过这件很自然的事一共也没发生几次，每一次两人还都很规矩，最多只是在早上变成相拥而眠的姿态，然后有人继续睡，有人起床解决一些自找的折磨。

　　今天大约是还不太累，躺到床上后，先前那种忽然上涌的困意莫名消失了，池再夏彻底清醒过来，靠在许定怀里还想玩会儿手机。

　　然而等她拿起手机一看，电量只剩10%。她想都没想就打算连上快充，边充边玩。许定也想都没想就制止了，给她举了好几个充电玩手机突然爆炸的例子，然后又将自己的手机给她。她也无所谓，反正她只打算逛逛购物软件，玩谁的都一样。

　　许定的手机是那种很恋爱脑的风格。屏保用了两人的合照，墙纸用了她的自拍，社交软件都很有仪式感地和她换上了情头，聊天背景、气泡也要用情侣配套款，甚至连购物车都放了好多看着不错、觉得能给她买的东西，大数据推荐更是比她的还要少女心，都是些什么发卡、项链、可爱睡袜、女生睡裙、玉米夹板……

　　说起玉米夹板，上学期池再夏被没收的卷发棒许定还给她领回来了，她懒得拿，就让许定放在家里，还小撒一娇，让许定自学了一门卷发棒使用课程。

　　许定前脚刚学会卷波浪，她后脚就嫌头顶不够蓬松，缺少一点头包脸的氛围感，于是许定又买了玉米夹板给她弄什么颅顶增高。

　　许老师不愧是许老师，很会举一反三，研究明白各种卷发工具后，不等她得寸进尺就默默研究起了网上流行的一些发型，现在已经熟练掌握十来种编发技术，没事就给她编头发。

　　和许定本人相比，他手机的恋爱脑程度显然还要略逊三分。

池再夏刷了一会儿购物软件，正准备看看自己的手机有没有充到一半电，不经间往下滑了一下通知栏，看到一条微信讨论组的全体提醒。她点进去看，好像是在提醒大家记得提交什么交换生的承诺书。

"你要去当交换生？"她怔了一下，举着手机问。

许定接过手机看了一眼："嗯，你不是已经选好学校了吗？本来想等通知书下来再告诉你的。我在我们专业对口的国外交流大学中选了离你学校比较近的一所，但还是有一点距离，到时候在那边找个公寓，再买部车，应该还算方便。"

池再夏看着他，既意外又惊喜。

她念的国际部，出国是既定之事，其实她都已经做好了异地的心理准备。他俩不还网恋过吗？大不了一有假期就回来，而且许定肯定会去看她，应该也没那么难熬。

可他一声不吭，不仅申请了交换生，还已经考虑到了在那边找房子买车的事……

愣了好一会儿，她回过神："你、你选的哪所学校？排名怎么样？我那学校你可不能去！"

许定直接翻出早已提交的资料递给她看。

池再夏看到校名，暗道还好，某人还算没有恋爱脑到无可救药的地步。保险起见，她还搜了一下该校的建筑学排名，总算放下心来。

"你怎么不早告诉我？我都打算要异地了！"

"刚签完承诺书，虽然理论上不会有变故，但通知书不是还没下来吗？我怕你失望。"许定解释道。

池再夏没好气地拿额头撞他的下巴。他这人总是这样，事情不到尘埃落定就不会随意说些什么，也不知道该说他嘴严还是能忍。

想到这，她又好了伤疤忘了疼地伸手在被子里撩拨了他一下。

忍吧忍吧，看他能忍到几时！

池再夏纯粹就是手欠，加上有恃无恐，今晚她刚帮过忙，他还去

343

洗了次澡，便想当然地觉得他即便有心也不能把她怎么样。

然而她还是低估了一个能背着她爬半程京山的男大学生的真实体力。只在很短的时间里，一切好像都乱了套，不说许定，她都没想过自己在沙发上平静下来后，如止水般的心还能这么快再度涌起暗潮。

加湿器往外喷着细密柔软的水汽，温热的牛奶已经凉了，快充提示电量已满，暖黄的夜灯在黑夜里照亮不再整齐的被褥一角……

抵在最后的阻碍前，气息很重地吸进呼出，清晰得声声入耳。许定不知想到什么，隐忍得手背暴起青筋，却还是闭上眼停了下来："夏夏，对不起，我去洗手间。"

这不是他去洗手间就行的事情了！池再夏拉住他。

他深吸口气，声音低哑地解释："家里没有……我也很想，但……下次好吗？"

池再夏半张脸埋在被子里，蚊蚋般小声说："有的，在我外套口袋里。"

许定一怔，终于明白吃饭时消失的另一半外卖到底是什么了。

池再夏买了好几种不同的尺寸，虽然和姜岁岁有过一些这方面的探讨和交流，但终究是对自己的判断没有十足的把握，或者说对实际标准没有具体的概念，怕对许定太有信心，到时候出现一些尴尬的情况。

许定拆开一盒，还不忘告诉她另外几种以后不要买，很浪费，用不上。真是不管怎样性格的男生，好像都对这种莫名其妙的尊严很有执念。

池再夏是有些忐忑害怕的，但又有些跃跃欲试。不知道为什么，和许定谈恋爱后，她就是很爱和他黏在一起，喜欢他身上的味道，喜欢他传递出的令人安心的情绪，也喜欢和他有很多亲密的接触，会害羞，会心跳加速，也会期待和他更亲近。她想知道，和很喜欢的人在一起是不是真的是一件很美妙的事情。

夏夜仿佛提前到来，除了漫长还很燥热，加湿器停止了工作，牛奶被打翻，滴滴答答地流淌到地板上……

池再夏仿佛不间断地在经历一场又一场考试，坐在考场上，时而因复杂的卷面困惑不解，时而因遇上一道会解的题忽然兴奋，更多的时候还是大脑空白，答题时间很长，至于分数，作为学渣也只能被动接受。

而许定好像是监考，又好像是给她递小抄的邻座同学，又坏又好心，折磨她又帮她，对于她的打闹挣扎包容地全盘接受，甚至会一遍遍哄骗，让她以为真的做完这道题就考完了。

深夜三点，池再夏罢考。他爱怎样就怎样吧，不能理解学霸的世界，好累，好困，她得先歇一会儿。

周末一整天的安排注定作废。池再夏醒来时整个人陷在柔软的被窝里，舒服到不想动弹。好半天，她侧了个身，感觉稍微有点不适，但身上是舒爽干净的。

脑海中断断续续地涌上困到极点时的一些零碎画面，冒着热气的浴室，男生湿答答的黑发，耳边的湿润低哄，还有细致清理的温热指腹。她的脸倏然红起来，心虚地拉起被子遮了遮，只露出一双眼睛在外转悠。

今天是个好天气，阳台上泻出暖金色的光，洗过的衣服整齐地晾晒着，散发出淡淡的肥皂清香。

不一会儿，外面传来熟悉的脚步声，她赶紧闭眼。

来人放轻动作进屋，气息渐近，似乎是弯腰帮她掖了掖被角，指尖轻柔地捏了捏她的脸颊。池再夏忍不住皱了下眉，来人动作立马顿住。

被发现啦？池再夏既紧张又尴尬。

好奇怪，沙发上帮完忙那会儿，她并没有这种不敢面对他的情绪。可能是因为那种帮助没有太过直接的眼神对视，所以结束后缓一缓也没什么，不像后来那种避无可避的视线接触……不行不行，不能再回想了。

可许定好像没有这样的感觉，揉着她的脑袋轻声说："夏夏，我煮了粥，在保温，你多睡一会儿，什么时候起来喝都可以。"

池再夏持续装死。

"我看阳光没有照到房间里面，又顺便晾了你的衣服，所以没拉

345

窗帘,会感觉刺眼吗?"

池再夏忍不住了,被子蒙头,伸手胡乱地推了他一把:"你好烦!不刺眼不刺眼,你快走开!"

许定很轻地咳了一下,从喉腔里发出一声带着笑意的"好"。他将手机留在床头充电,还是去阳台将纱帘那层拉上了。

池再夏悄悄偷看了一眼,她男朋友个子高高的,腰窄腿长,这会儿只是随意地穿了件T恤衫,黑发往下滴着水珠……

察觉到他马上要回身,她动作迅速地再次蒙住脑袋。直到门口传来轻微的关门声她才敢冒出头,摸索着拿到床头的手机,想赶紧和某些狐朋狗友交流心得体验。

可能是昨晚闹过了头,她脑子还有点迟钝,又可能是因为许定手机录了她的人脸识别信息,解锁太过丝滑,明明屏保不一样,愣是等到打开微信她才发现这不是她的手机。

池再夏下意识地往上滑了一下,刚想退出,却不小心调出后台运行界面。

后台还开着某菜谱软件上的女生补气粥谱,再往前是日历。他在日历上标记了好多日期,往后的大多是日程安排,往前的差不多都是他口中的纪念日,什么"情缘""告白""吻"……昨天的日期也被他标记了,备注为"许定的夏夏"。

# 【六十】

六月,平城已是暑热难当。平大国际部在六月底正式结束了这学期的教学和考试,大家也陆陆续续搬离了寝室。

骄阳似火,照得人气短心慌。黑色轿车停在宿舍楼下,池再夏戴着遮掉半张脸的大墨镜,撑一把碎花遮阳伞,站在树下喝冷饮。

一字带高跟裸露出她白皙瘦削的脚踝,脚趾甲上还涂了冰透粉银闪片指甲油，吊带裙不过膝，双腿长而笔直，上半身倒是一反常态地加了一件薄罩衫。没办法，虽然昨晚某人没在脖颈间留下痕迹，往下却肆无忌惮，让她没办法穿着吊带裙在外晃荡，大夏天的，热死人啦！

想到这，本就热得不行的池再夏耐心尽失，懒得再等，干脆坐进车里吹空调了。好在东西很快都被搬上了车，最后一趟下楼，许定敲了敲后座车窗。池再夏降下车窗，见他鼻尖冒着汗意，黑色T恤都被汗液浸深了一个色调，还是不忍心，打开了车门。

"进来吧。"她板着小脸说。

许定依言坐进去，池再夏升起前后座的隔音挡板，递给他一瓶冰水，动作很不温柔地拆着湿巾给他擦汗。许定喝了两口冰水，转头老实地微仰起下巴让她擦着，擦完他才轻轻握住池再夏的手腕，在她的唇上吻了一下。

他的黑发被汗水浸湿，柔软地耷拉着，唇也抿着，清透漆黑的眼睛认真地看着她："夏夏，不生气了好不好？我以为今天可以穿短袖才有点没控制住……"

池再夏打断道："那我也不是不愿意穿短袖，可是穿短袖就要配短裙或者短裤，没带安全裤穿不了短裙，那剩下短裤你让我怎么穿？我都——"她停了一下，下意识地看了一眼挡板，压低声音没好气道，"都走不了路了！"说着，她自己红了脸。

许定忍不住又亲亲她柔软的脸颊，将她抱到怀里继续道歉："嗯，总之是我不对，以后一定不这样了，原谅我好吗？"

池再夏已经不会再轻信他的道歉了。上次她的后背被浴室瓷砖磨破了皮，他边擦药边道歉，说什么再也不会了，她听着怪诚恳的，还以为是再也不会在浴室做了，没想到他的意思是再做的时候给她垫好浴巾。上上次弄脏镜子，她说这样她以后还怎么好意思照镜子，他也是道歉，结果下一次就从镜子换到了同样能照见人影的玻璃窗。

真是无语死了！擦窗子、洗窗帘，收拾沙发、餐桌、洗手台……

她都不明白他怎么那么爱给自己找多余的活干。

"你好烦，我头发都被你弄散了！"她从许定怀里退出来，没什么气势地瞪了他一眼。

他温和顺毛："来，我帮你。"

池再夏不情不愿地转过身。许定熟练地取下发夹和皮筋，重新盘好并固定住她的头发。

"好了。"

池再夏拿起小镜子照了照，还算满意，突然想起什么，她又问："对了，陈医生叫你这周六去家里吃晚饭，你有没有空？"

"有空。"

"那你记得带花来哦，她上次看了你的朋友圈，一直惦记着你那几盆花。"

许定自是无不应好。

其实一起出国的事定下后没多久，许定就到池家见过家长了。

先前情侣视频的风波在部分网络平台传播发酵，关注的也都是年轻人，以至于事情平息了好一段时间才传到陈医生的耳朵里。陈医生知道后，池再夏顺势将这段恋爱关系交了个底，也应她要求将许定带回家见了个面。

许定到池家拜访，池礼也在，代替陈医生试探了一些她不方便试探的问题。不过许定早就做好了准备，回答得很坦诚，也做出了让他们满意的保证。

其实许定和池再夏待在一起的时候，很少会聊一些过于现实的事情，但面对家长不一样。池再夏也是那会儿才知道他家现在的具体情况，听到一些他对自己未来的规划。

他爸妈虽然离婚了，但时过境迁，如今各自都有了不错的发展，他和双方也都保持着稳定的联系。家庭方面可以给他提供一定助力，只不过他们终究都有了新的家庭，他也早已经济独立，往后可能不太会麻烦到他们。当然,他可以保证现在恋爱,以后结婚,都不会让她的生活水平有所降级。

池再夏当时听着觉得有哪不对,但具体是哪不对一下子也指不出来,就让他说下去了。等见面结束她才回过神,怎么有人都想到结婚了?

过后她质问许定,许定却很自然地给她看了一份建筑设计图纸:"这是我设计的,我们以后的家。"

平面图池再夏看不太懂,但做出来的渲染图还是能看懂的。沉思了好一会儿,她问:"我怎么感觉……有点像你送我的乐高呢?"

"有没有可能……它就是呢?"

所以说某人刚和她在一起那会儿就已经把他们以后的家给设计好了?

周末,许定如约到池家吃饭。饭后陈医生原本还要再拉他聊聊天,但计划赶不上变化,医院临时有事,陈医生接了个电话就急忙赶回医院了。

许定被池再夏拖着进了她的房间,亲自拆解他送的乐高。一边拆,许定还一边解释,乐高是积木拼搭,对设计图的还原表达比较受限。他还用其他材料做了一个1:200的建筑模型,还原度很高,但可玩性不行,只能观赏外立面。

房子拆成几部分后,池再夏也终于发现了很多只看外表看不出的细节。比如游泳池底用深浅不同的蓝色积木拼了SUMMER,时钟指针指向的是0903,卧室床上躺了两个小人,床头花瓶里插的是粉白玫瑰,抽屉里放着一颗写了"生日快乐"的折纸星星,桌上的积木书本真的能够打开,里面有一张指甲盖大小、被缩印的素描画,是摄影课上许定偷画的她……

他好像总是比她想象中更用心,更喜欢她一点。

池再夏对坐到他身上,捧住他的脸亲亲:"许老师,你为什么这么好?那你过生日我要送你什么?你这样搞得我压力很大知不知道!"

许定抵住她的额头:"夏夏,其实你在我身边,对我来说就是最好的礼物了。"

"你好会说哦。"

"我还很会做。"

"……你是色情狂吗你？"

"我说的做是指实际行动。"他顿了顿，正色道，"当然你的理解也没错。"

"要死呀你！"池再夏打了他两下。可下一秒，他挠了挠她的胳肢窝，她又忍不住发笑，在他身上不安分地蹭来蹭去。

两人在房间里闹了好一会儿，擦枪走火前及时刹住了车，毕竟还在她家，有点不方便。

抱着说了一会儿悄悄话，池再夏一时嘴快给他画了个惊天巨饼，说过几天他生日，他想怎样就怎样。许定闻言确认的话还没问出口，冷不丁地，她的手机响了一声。

池礼：一小时三十九分钟。

池礼：现在是一小时四十分钟了，注意分寸。

池再夏回了个问号，想起什么，打开房门往楼下看了一眼。

救命，池礼怎么回来了？！一小时四十分钟，他在客厅里坐这么久了？！

两人很快收拾好下楼。许定倒没表现出什么心虚的神情，还是一如既往，礼貌地上前打了声招呼。池礼也是惯常的斯文模样，和他交谈了几句。

然而池再夏不知道在想什么，他俩正说着话，她冷不丁地冒出一句解释："大……大概是你回来前，我们刚好上楼。"

池礼眸光转向她，没出声，眼神似乎在问"所以呢"。

池再夏做贼心虚地补充道："我们在拼乐高。"

"拼乐……高？"池礼一顿，三个正经的字被他莫名其妙的断句断出了别样的深意。

许定轻咳一声。池再夏恍若未闻，还在自顾自地画蛇添足："真的是拼乐高,你不要跟我妈乱讲!"

池礼平静而缓慢地颔首,甚至似有若无地笑了一下:"好,我知道了,拼乐高。"

池再夏哽住。

"不过我没有不让你们拼乐高,只是稍微提醒一下时间而已。"

稍微,谁稍微提醒会精确到分钟呀!池再夏快要尴尬死了,一跺脚,拉着许定赶紧溜走了。偏偏许定没觉得怎样,还想和她确认生日的事。

池再夏脚趾抓地。她好不理解,他们是什么尴尬绝缘体吗?是怎么做到又离谱又正经的?

虽然当下池再夏并没有给许定什么好脸色,但到许定生日当天,池再夏还是把他关系不错的同学和朋友都请来了,用心安排了生日聚餐,包了第一次摄影外拍时去的那家小酒馆,给他献唱了一首《生日快乐》。两人碰杯,再度喝下那杯盛着玫瑰冰花的清酒。

夏夜湖面清风徐徐,吹亮了去年冬夜里天边黯淡的星。

晚上回到南桥北巷,池再夏还想兑现自己承诺的大饼,可实在有心无力,承受不来,最后又是撒娇又是眼泪巴巴的,勉强和许定达成了暂兑一半的协议。只为喂这一半的饼,她还在床上蔫了一整天,实在不明白某些男大学生哪来的那么多体力和热情。

八月,两人出国前的准备都已就绪。

整理电脑的时候,池再夏想了想,还是把《风月》删掉了,游戏太大,占内存。

听说秋行现在成了踏星的团长,踏星和故剑情深也由此深度结盟,组建了新的PVE固定团。值得一提的是,江悬夜回了游戏,加入了这一固定团。他终于清醒地认识到感情的事强求不来,游戏里有他割舍不下的东西,疗愈过后还是选择了回归。

有人回来就有人离开,故剑情深那边,安窈窈现实生活中交了男朋友,生活重心逐步转移,和池再夏他们一样很少再上游戏,和春风不度也默契地不再联系。

网络世界就是这样，来来走走，怀念一阵，感伤一阵，有意难忘，也有终别离。

他们新固定团的氛围很不错，近期还打算借着《风月》周年庆的线下活动组织面基，地点定在了离平城不远的星城，但池再夏和许定并不打算去。因为他们很清楚，这段游戏旅程于他们而言已经结束了。

游戏给过他们一些美好的回忆，甚至可以说是他们在一起的契机，但有些美好注定只能成为人生的其中一段，路还很长，他们还有太多触摸得到的温暖的以后，停留在那一段里的萍水相逢和曾经遇见都已经到了该就此别过的时候。

八月底，池再夏和许定同赴平城国际机场。

即将前往异国他乡，池再夏的心情稍微有些忐忑。她是从心底里排斥陌生的语言环境的那种人，旅游玩几天还好，要待一两年，如果只有她自己，可能会狠狠抑郁。

好在经过这学期的努力，她的语言水平有明显的提升，姜岁岁还有她们寝的钟思甜和她申请了同一所学校，再加上有许定陪着，给她安排好一切，忐忑的情绪少了很多。

比起忐忑，她现在更觉得困倦。明明在一起很久了，许定却越来越黏她，一点也没有兴致减退的意思，她又不爱吃又不爱运动，是真的有点吃不消。

上了飞机，许定熟练地给她放好颈枕、戴好眼罩，让她安心睡觉。

沉沉睡去之前池再夏还在想，到了那边天天住在一起还得了？不行，必须给他立个规矩。

许定看她睡觉还不高兴地鼓着小脸，唇角翘了翘，拿了薄毯，动作很轻地给她盖上，而后又轻轻扣住她的手，呈十指交缠的姿态。

晴空一望无际，尾迹云留下离开的痕迹。夏日的航班准点起飞，下一站——应许之夏。

篇外01

# 无尽夏

## 【一】

早春二月，平城一中高一下学期开学。

学期之初，各大社团照常举办招新活动。相较于其他社团花样百出，又是报名送礼又是唱歌跳舞穿着奇装异服吸引大家的关注，MOC乐高社的招新摊位显得平平无奇，甚至有点简陋。当然，这并不影响MOC乐高社收到的报名表有高一九门教科书摞起来那么厚。

身为乐高社社长，许定自然是要负责社团招新相关事宜的。他花了两个晚自习的时间才初步筛选完招新报名表，当他看到最后那张姓名栏处填着"池再夏"的报名表时，平静的目光忽然一顿，又闪了闪。

池再夏……自从上学期开学在林荫道上认出她后，他好像又和小学时一样会不由自主地留意她的一举一动。遗憾的是，一学期过去了，他们之间并没有产生比小学时更多的交集。他们一个在一楼，一个在六楼，中间隔着整整二十四个班，就连周一早会和课间出操都站在距离最远的两端。要说偶遇，也有那么零星几次，每次她都和同学走在一起，说说笑笑的，很有话聊的样子。

她和小时候一样，五官像是等比例放大一般精致又出挑，在人群中分外惹眼，只是褪去了小朋友的稚气，明亮鲜活之余，身上又多了一种独特的少女清艳气质。

池再夏的报名表字迹潦草，除了简单的个人信息，后面的兴趣爱好、申请理由都空着。许定看了一会儿，把它收了起来。

晚自习结束,他和室友一起回寝室。洗漱过后,宿舍楼准点熄灯,他躺在床上盯着黑暗中离自己很近的天花板,眼睛一眨不眨。

过了好一会儿,他不知道在想什么,从枕头下面拿出手机,打开微信发送了一条在心底默念了很多次的好友申请。

池再夏同学你好,我是MOC乐高社社长许定。

其实在发送这条好友申请前,他就做好了不会被通过的心理准备。她在学校里很受欢迎,想方设法地加她微信的男生有很多,社团活动而已,她大概会觉得……没有用微信联系的必要。

他的作息时间一向规律,当天晚上却时不时地看手机,有点失眠。

第二天早上起来,手机没有动静。

中午吃饭,手机没有动静。

晚上自习,手机还是没有动静。

许定以为她不会通过了。没关系,这很正常,他早就想到了不是吗?他这样平静地安慰自己。

自习间隙,他模仿她有点潦草的字迹,在报名表的空白处补上兴趣爱好和申请理由,然后将这张报名表放到了通过的那一沓里。

过了两三天,在许定都快遗忘这件事的时候,他的好友请求忽然被通过了。但她没有主动打招呼,大概并没有对"许定"这个名字感到熟悉,也并不好奇。

许定低头盯着手机屏幕,自己都没发觉地弯了一下唇角。

她的朋友圈热闹丰富,多姿多彩。许定一条条翻下去,不知不觉间,好像单方面地靠近了一点她的世界。虽然在同一所高中,但他们的学习环境和生活方式截然不同。

许定从同学口中得知表白墙的存在时,池再夏早已是表白墙上罚站的常客了,不是被人隔空喊话,就是被人八卦感情状况。

许定第一次打开表白墙。网络延迟几秒后,他看到的第一条消息就是别人挂出的池再夏和梁今越站在一起的照片,讨论他俩般不般配。他点开看别人的评论,心里有种很奇怪的、说不上来的感觉。小时候,梁今越和池再夏在一起玩,他很羡慕。长大了,他们还在一起玩,他的羡慕却不知从何时开始变成了一种更浓烈的情绪。

他在那条讨论下面写了很长一段话,试图论证这两个人到底哪里不般配。发送后,有人玩笑般地回了他一句:"哥们,哪个班的啊?打这么多字累不累?你这还不如直接写'我暗恋池再夏'呢,多简单,多粗暴。"

看到这条回复,他抿抿唇,默默地删掉了自己的留言,暗道论证得不够客观,下次继续努力。

话说回来,池再夏虽然加入了乐高社,但这之后她并没有参加过任何社团活动,人也联系不上,朋友圈开开心心地更新着,但每一次给她发活动通知,她都视若无睹。期中考后,许定打算去池再夏他们班找她当面说一下社团活动的事。

那天正是午休时间,池再夏和一帮同学围坐在靠近后门的位置玩狼人杀。她拿了狼人牌,前置位悍跳预言家不成功,发言又漏洞百出,很快被投票推了出去。她郁闷地起身,和夜里的"死者"一起去上洗手间。

"烦死了,这破游戏一点体验感都没有,当警察死,当平民死,当狼人还死,我真是会被活活气死!"

许定站在后门处,见她出来,下意识地避让了一下。

池再夏也没注意到他,只和身边的人有一搭没一搭地聊着天。

"说起游戏,你来跟我们玩《风月》呗,还挺好玩的。"

"你们怎么都在玩这个?"

"好玩呀,最近特别火,你也来玩嘛,我带你。"

"再说吧,有空下一个。"

《风月》?

许定抬头看了一眼她的背影，想到什么，心念一动，忽然就改变了主意。

## 【二】

池再夏和许定出国半年了，他们俩也已经同居了半年。

在一起时间久了，两人比从前更加亲密，但很神奇的是，彼此都没有产生过厌倦和无聊的感觉。且不提某人在床上耗不完的热情，空闲下来，他们好像也有很多话可以聊，很多事可以一起做。

尤其是许定。

恋爱越久池再夏就越发现，许定对她的喜欢和依恋好像已经到了不结婚很难收场的地步。虽然许定对她过往的感情以及和异性朋友的相处总是奉行不追究、不干涉、不吃醋的三不原则，但池再夏总觉得他没有表现出来的那么大度。

比如出国那天，她在机场大厅瞥了一眼液晶屏上的生日应援，觉得那人还怪眼熟的。可没等她细看许定就揽住她，不着痕迹地用身体挡住了她的视线。当时她被许定突然提起的什么话题给岔过去了，也没多想，后来她才知道，生日应援上的人是陈卓。

陈卓演戏演不明白，仗着形象还过得去，转去走爱豆选秀的路子了。幸好他这也不行那也不行，脸还不怎么上镜，没红起来，不然池再夏也很害怕这下头男的粉丝会扒到她这个前任女友。生日应援上的那张图P得有些过火，她都没能认出这位前前任，许定竟然一眼就认出来了，也不知道他哪来的好眼力。

又比如圣诞将至，许定连着几天找理由看她的购物车。她一开始还没明白他在看什么，等到圣诞当天梁今越发了生日聚会的朋友圈她才反应过来，某人该不会是想看看她今年有没有给梁今越准备生日礼物吧？

她不经意间试探了一下，提起去年给梁今越送了一副耳机。果不其然，有些小心眼没过两天就说自己的耳机坏了，还说没有耳机降噪，他就没有办法专心学习，一定要有一副女朋友送的新耳机才能好。她能怎么办呢？为了不让某些在意得要命的小心眼偷偷醋死，只能懂事地给两人换上专属刻字的情侣耳机了。

## 【三】

池再夏觉得自己算是一个比较外向的人，会很直接地表达自己的爱意。但不知道为什么，许定好像总觉得不够，经常在做到最后关头的时候哄着她说很多情话才肯罢休，像一个很没安全感的小朋友。

不过许定自己知道，他不是没有安全感，也不是什么小朋友，他只是对池再夏有着一种超乎寻常的占有欲。他一直在克制这种占有欲，不想吓到她，也不想让自己看起来很狼狈，不得体。

从小他就是大人们都很喜欢的小孩子，聪明乖巧，听话懂事，爷爷却觉得他其实很固执。那时候他并不懂得什么叫固执，后来才明白，爷爷说得没错。他固执地想要和一个小女孩成为好朋友，又在长大后固执地喜欢上那个没能成为好朋友的小女孩。

记得小学那年的某个节日，梁今越当着很多小朋友的面给池再夏送了一个很漂亮的芭比娃娃。小朋友们争相围观，还有调皮的小男孩做着鬼脸，大大咧咧地嬉笑："梁今越，你是不是喜欢池再夏啊？羞羞羞！"

那时候的他站在人群外围，还不够高的个子要踮着脚才能往里面望。看到那个芭比娃娃的瞬间，他下意识地把自己买的闪灯音乐贺卡往身后藏了藏。

放学回家，他拿着贺卡开开合合很多次，听了好多遍《天空之城》的音乐片段。会唱歌的小电池电量很快被耗尽，他趴在作业本上，有一点点难过，难过完他又将贺卡和库洛牌爱惜地收到了一起。

池再夏不会知道，那一天他有多羡慕梁今越可以光明正大地送给她礼物,也不会知道从那一天起,他等了整整4653天,才终于等到两人的名字被一起提及。

池再夏问过他,明明他们没有什么交集,为什么会觉得她是可爱善良的小朋友?后来又为什么会喜欢上她?

他也给出过标准答案,比如撞见她往学校募捐箱里偷偷塞过零花钱,比如旁观过她带人跑到实验班帮室友吵架讨公道……可诸般种种,并不尽然。

喜欢一个人是很难找到具体原因的,一定要有原因的话,那大概是……他人生中对女孩子的认知由她开始,也只能由她结束。

## 【四】

池再夏和许定在一个夏天回到南桥北巷,彼时池再夏手上的素银情侣戒指已经换成了闪亮剔透的订婚粉钻。他们要搬家了,许定在大学时代设计的家终于在这一年于平城西郊落成。

收拾东西的时候,池再夏在他幼时书桌的抽屉里发现了一些已经变黄的旧物,好奇地问他是什么。他看了一眼,目光遥远而怀念。

前段时间他陪池再夏去参加同学聚会,推门而入时,梁今越一首《蒲公英的约定》正好唱到结尾。梁今越看向他们,最后一句识趣地没唱出口,只有屏幕上显出歌词:"而我已经分不清,你是友情,还是错过的爱情。"

池再夏没看梁今越,只附在他耳边偷偷问:"许老师,我们这算不算是爱情和错过的友情?"

他想,应该是算的。

不过没关系。

阳台上的粉紫无尽夏簇拥盛放,像花海瀑布般延伸往下,他也终于拥有了属于他的,无尽的盛夏。

篇外02
# 不许夏线

池再夏一度以为她和《风月》的故事会停留在出国那年的夏天，不会再有后文。可没想到次年她和许定放假回国，第一次出门就碰巧撞上了《风月》五周年的线下活动。

彼时童话里游乐场开了新园区，回国前，池再夏见朋友圈有人打卡就蠢蠢欲动，落地平城，她在回程路上就顺手订了两张童话里的畅玩门票。

童话里在星城城郊，从平城过去不算太远，池再夏上一次去还是和前男友周司扬一起。当初周司扬心里盘算着小九九，想说服她看完烟花留宿园区酒店，没承想她早早地叫了家里的司机来接，根本不给他留一点幻想空间。

不过这回池再夏订的畅玩门票是包含一晚园区酒店住宿的，在酒店休整过后，两人入园。

"今天怎么这么多人？欸，那是COSER吗？"甫一入园，池再夏就被一群穿着COS服的男生吸引，她好奇地拽了拽许定的手臂，"他们COS的什么？怎么感觉有点眼熟？"

许定抬眼望去，眸光微凝。

长剑，白鸟，黑色袍服——君山剑客？

池再夏也后知后觉地反应过来："这好像是剑客！还有那边，天巫、龙刀廷……《风月》的COSER？！"

没等许定接话，她就拖着许定往COSER聚集的方向走了。

"《风月》五周年玩家见面会……"池再夏辨认着不远处红白横幅上的字,不禁兴奋道,"还真是《风月》!"

她和许定已经很久没玩《风月》了,起初A掉游戏,她还会习惯性地关注时装更新信息,后来忙起来,她和游戏亲友也渐渐淡了联系,再后来,她连游戏群都没打开过了。许久不见《风月》的相关消息,骤然相逢,池再夏多少有些怀念。

"过去看看?"许定看出了池再夏的心思,适时建议道。

池再夏迫不及待地点了点头,指使许定扫码买票。

童话里原本就有预留的空旷场地用以举办各色活动,这次和《风月》合作,场地被圈出,需要额外购票才能进入。当然,票价并不高,只不过是为了筛选玩家,不让过多游客跑来凑热闹。

验票入场,工作人员给池再夏和许定各送了一个手环。手环是纸质的,却别出心裁地设计成异形的Q版门派人物形象。

池再夏拿到的是天音阁吹笛子的少女,她打量了一会儿,还没戴到手上就被前面女生手里拿法杖的天巫少女吸引了注意:"你看你看,她的是小巫女,好可爱!"

许定看了一眼,想到什么,又回望检票口。可检票口人太多了,工作人员也很忙。他顿了顿,牵着池再夏上前,轻轻拍了拍前面女生的肩膀:"不好意思,打扰一下。"

女生回头,看见许定的脸不禁一愣,《风月》还有这么帅的男玩家?

"你好,请问方便换一下手环吗?"许定很有礼貌地开口问道,"我女朋友是巫女,她很想要一个巫女的手环,当然,不可以也没关系。"

女朋友……女生这才顺着两人交握的手看向池再夏。

……这么漂亮?

她看看池再夏,又看看许定,视线在两人之间转了几个来回,暗暗咋舌,《风月》的玩家颜值都这么高啦?

"小姐姐，可以吗？"池再夏也双手合十，难得温柔地跟着问了一句。

女生回神："可以，可以，我不玩巫女的。"她忙不迭点头，将手中的小巫女手环递出。

"谢谢。"

"谢谢小姐姐！"

许定和池再夏接连道谢。

Q版小巫女手持法杖，紧闭双眼，睫毛长长的，灵动又可爱。换到这只心仪的手环，池再夏欣喜不已，忙让许定帮忙戴上。

不过往前走上一段池再夏才发现，纸质手环实在算不上什么，场地内随处可见《风月》相关的周边，大到门派人物立牌、神武模型，小到各色手机壳、定制键帽，应有尽有。池再夏目不暇接，这个觉得可爱，那个觉得好玩，什么都想买买买。

到了整点，玩家见面会正式开始，《风月》的主创团队上台发言，池再夏也逛累了，和许定一起找了个角落落座。

主创发言无非是那老三样，回顾游戏发展历史，历数去年辉煌成绩，最后是玩家们关心的游戏未来更新内容。

有段时间没玩《风月》，有些更新内容池再夏已经听不太懂了，但关于游戏榜单的重新规划，她还是听明白了。简单来说，为了不让榜单沦为摆设，像四海群英榜、门派武器榜这种很难产生变动的记录型榜单，将做出相应的权重调整，榜单将不再收录退隐江湖过久的玩家的相关信息。也就是说，当初她所惊讶的青山不许霸榜的盛况注定成为游戏历史。

对此，许定并没有什么特别的反应，释放榜单，鼓励头部玩家争抢排名本就是无可厚非的事情。倒是池再夏有些替他不平，嘀咕了一会儿，在大屏幕播放玩家祝福视频时，她的声音才戛然而止。

"南柯一梦故剑情深帮会全体成员祝《风月》五周年生日快乐！"

映入眼帘的是一帮年轻的男男女女，大概是大家在线下聚餐时顺

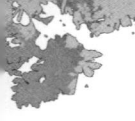

便录制的祝福视频。

简单的集体祝福过后，春风不度单独说了几句："希望还在玩游戏的朋友能开心打本，多出神谕，也祝愿专注现实的老朋友身体健康，万事顺心，有时间回来看看就更好了。"

最后还有一张拼凑成心形的成员名单图以过场动画的形式在屏幕上闪现。池再夏清晰地捕捉到，图的正中间有两个熟悉的ID——青山不许，雨一直夏。她愣了愣，心底没由来地有种说不清道不明的感动。

许定看向她。她口不对心地下意识嘟囔道："搞什么，我又不是你们故剑情深的人。"

过了一会儿，她又小声补道："回头有时间上游戏看看也不是不行……我看最近出的新时装还挺好看的。"

许定不置可否，揉了揉她的脑袋。

略显无聊的官方发言过后，是知名古风歌手和COSER的表演，大家也可以离座在活动场地内自行找乐子，官方请来了人气画手现场签绘，抽盲盒、猜灯谜等活动也吸引了大批玩家参与，现场热闹得不行。

池再夏是第一次参加这种活动，见着什么都觉得新奇，最新奇的是站在这里，她终于真切地感受到游戏建模背后并不只是一串冰冷的数据，还藏着一个个有温度、鲜活的灵魂，就像游戏里每一次主城传送周围都有密密麻麻的陌生玩家，此刻挤挤挨挨的人群中也许有很多人，他们已经不是第一次擦肩而过。

在等许定买水的间隙，池再夏看到大屏幕上在播放游戏精彩视频集锦，越看越觉得眼熟。

等等，这……这不是当初她被慕浅瑶追杀，许定切大号过来救她的第三视视角录屏吗？竟然还有人录了屏！

原来不知从什么时候起，那段君山剑客强开敌对制霸冥河的录屏已经成为剑客这一职业野外PK的实战天花板，被收进了游戏官方的高阶教学视频。

周围有人驻足围观,池再夏听到她们讨论——

"这剑客好牛,谁呀?"

"不是吧,这么经典的视频你竟然没看过?"

"拜托,我才刚玩两个月好不好。"

"但你玩的可是剑客欸,第一剑客冲冠一怒救情缘的视频你都没看过,也太荒谬了。"

"冲冠一怒救情缘?什么什么?你快给我展开讲讲。"

"刚刚祝福视频里播过的故剑情深帮会你有印象吧?南柯一梦第一帮会,这个剑客叫青山不许,以前……"

"夏夏,水。"许定回来,将拧开的水瓶递到池再夏面前,眼神探究地看了一眼已经切换成中插广告的屏幕,"在看什么?"

池再夏接过水瓶喝了口水,神秘兮兮地边往前走边道:"不告诉你,八卦。"

"……反正十殿阎罗首杀通关后,他俩就去结契了,首杀会掉龙魂嘛,你知道吗?青山不许当时直接拍了龙魂给他情缘做神武……"

许定刚好听到旁边的女生讨论到此处,心下了然。嗯,确实是八卦,他们的八卦。他很轻地笑了笑,跟上池再夏的步伐。

见面会结束的时候,大家都在手环内侧写上祝福或者心愿,将手环挂到出口处仿照游戏制作的姻缘树上。

人太多,池再夏找不到可以写字的桌子,索性靠在许定背上写了一行字。

许定:"写了什么?"

池再夏:"不告诉你!"

她没写祝福也没写心愿,只写了两个ID——青山不许,雨一直夏。

网络世界中的关系很难长久,她也没有什么再想从这游戏中得到,可她始终心怀感激,那年秋天,她进入《风月》中的江湖,遇到了属于她的无边风月。

**图书在版编目（CIP）数据**

清酒吻玫瑰 / 不止是颗菜著. —北京：九州出版社，2024.4
ISBN 978-7-5225-2654-6

Ⅰ.①清… Ⅱ.①不… Ⅲ.①言情小说－中国－当代 Ⅳ.①I247.5

中国国家版本馆CIP数据核字（2024）第039481号

## 清酒吻玫瑰

| 作　　者 | 不止是颗菜　著 |
| --- | --- |
| 责任编辑 | 张皖莉 |
| 出版发行 | 九州出版社 |
| 地　　址 | 北京市西城区阜外大街甲35号（100037） |
| 发行电话 | （010）68992190/3/5/6 |
| 网　　址 | www.jiuzhoupress.com |
| 印　　刷 | 三河市中晟雅豪印务有限公司 |
| 开　　本 | 870毫米×1280毫米　32开 |
| 印　　张 | 11.75 |
| 字　　数 | 300千字 |
| 版　　次 | 2024年4月第1版 |
| 印　　次 | 2024年4月第1次印刷 |
| 书　　号 | ISBN 978-7-5225-2654-6 |
| 定　　价 | 49.80元 |

★ 版权所有　侵权必究 ★